dtv

Hamburg, 1883. Die junge Helena von Odenhof, die als Kind ihre Sprache verloren hat, soll den reichen Jonah Aldermann heiraten, dessen Familie auf Java eine Plantage besitzt. Die eigenwillige Helena weigert sich zunächst. Da ihrem Vater aber die Schuldhaft droht und ihr das Heim, stimmt sie schließlich zu. Im fernen Java findet sie sich in einer hasserfüllten Familie wieder. Bei den Aldermanns wird jeder gegen jeden ausgespielt, denn es gibt ein schreckliches Familiengeheimnis. Verzweifelt sucht Helena nach einem Ausweg. Da bricht eine Katastrophe über die javanischen Küstenstädte herein: die Jahrhunderteruption des Vulkans Krakatau. Das Inferno aus Feuer, Asche und tödlichen Tsunamis setzt alle Konventionen außer Kraft.

Charlotte Sandmann arbeitet als Schriftstellerin, Ghostwriterin und Übersetzerin. Fasziniert von der dramatischen und tragischen Geschichte Javas, schrieb die ehemalige Reporterin diesen Roman über Leidenschaft und Liebe im Schatten einer der furchtbarsten Katastrophen, die die Welt je erlebte.

Charlotte Sandmann

Paradies in Flammen

Historischer Roman

Deutscher Taschenbuch Verlag

Von Charlotte Sandmann
sind im Deutschen Taschenbuch Verlag erschienen:
Kalte Zärtlichkeit (21276)
Die Frau des Apothekers (21281)
Die Erbin (24782)

**Ausführliche Informationen über
unsere Autoren und Bücher
finden Sie auf unserer Website
www.dtv.de**

MIX
Papier aus verantwortungsvollen Quellen
FSC® C019821
FSC www.fsc.org

Ungekürzte Ausgabe 2011

Ein Projekt der AVA international GmbH
Autoren- und Verlagsagentur, Herrsching
www.ava-international.de
Umschlagkonzept: Balk & Brumshagen
Umschlaggestaltung: Lisa Helm
unter Verwendung eines Fotos von
gallerystock/Heimo Schmidt
Satz: Greiner & Reichel, Köln
Gesetzt aus der Calson 9,5/12·
Druck und Bindung: Druckerei C.H. Beck, Nördlingen
Gedruckt auf säurefreiem, chlorfrei gebleichtem Papier
Printed in Germany · ISBN 978-3-423-21315-8

Hamburg, Norddeutschland

1

»Ich kenne Sie jetzt ja schon viele Jahre, Albert«, sagte Rechtsanwalt Pieter Schwab, »und ich weiß, wie skrupellos Sie sein können, aber dass Sie zu einer solchen Niedertracht Ihrem eigenen Kind gegenüber fähig sind, das verschlägt mir die Sprache. Das hat Helena nicht verdient.«

Es war im Frühsommer des Jahres 1883. Regen prasselte gegen die Fensterscheiben der Wohnung am Hamburger Rathausmarkt, in der zwei ältere Herren einander gegenübersaßen. Die weitläufige, mit hübschen Stuckatur-Ornamenten verzierte Wohnung prunkte geschmacklos mit einem Sammelsurium aus schweren Samtportieren, Teppichen und Kirschholzmöbeln im italienischen Stil, grotesk unpassend für einen Mann, der verzweifelt einen Ausweg aus einer katastrophalen finanziellen Situation suchte.

Albert von Odenhof wusste auch ohne den Protest seines Rechtsvertreters, dass er im Begriff stand, einen feigen Verrat zu begehen, noch dazu einen Verrat an seinem eigenen Kind. Aber er wusste nicht, was er sonst hätte tun sollen, auch wenn es ihm das Herz brach. Dass es auch Helena das Herz brechen würde, daran wollte er besser nicht denken.

Von Odenhof – der sich gern Professor von Odenhof nannte, obwohl er kein Anrecht auf diesen Titel hatte – war ein beleibter, backenbärtiger Mann um die fünfzig, elegant gekleidet und nicht unattraktiv selbst in seinem fortgeschrittenen Alter. Er pflegte ein pompöses Auftreten, das ihn als Mann von außergewöhnlicher Intelligenz und Begabung ausweisen sollte, aber diese Fassade hatte angesichts der dramatischen Situation zu bröseln begonnen. Mit kläglichem Blick wandte er sich an den Rechtsanwalt, der ihm gegenüber in dem tiefen, rotsamtenen Sessel saß. »Meinen Sie denn, ich tue es gern? Aber vielleicht ist es ja auch gar nicht notwendig.«

»Und warum sollte es plötzlich doch nicht notwendig sein?«, fragte Schwab in eisigem Ton.

Albert errötete angesichts der Verachtung, die ihm aus der Stimme des Advokaten entgegenschlug. »Meine verbesserte Luftpumpe könnte alles ändern«, murmelte er und klammerte sich wie ein Ertrinkender an einen Strohhalm. »Ein geniales Konzept ... revolutionäre Technik ... wenn ich dafür einen Investor finde ...«

»Sie werden keinen finden«, unterbrach ihn Dr. Schwab. »Genauso wenig wie für all Ihre anderen verrückten Projekte. Niemand in Deutschland wird auch nur einen Pfennig in Ihre sogenannten Erfindungen stecken, wenigstens das müssten Sie aus den Erfahrungen der letzten zwanzig Jahre gelernt haben.« Sein Ton wurde milder, als er sah, wie hart seine nüchterne Feststellung Albert getroffen hatte. »Sehen Sie den Tatsachen doch ins Auge, mein Freund. Sie sind bankrott. Seit zwanzig Jahren verschleudern Sie jeden Pfennig, den Sie in die Hände bekommen, für solche untauglichen Erfindungen wie die Luftpumpe, an der Sie gerade herumbasteln. Ihre finanzielle Situation ist desaströs. Wir können von Glück reden, wenn es uns gelingt, einen Prozess wegen betrügerischem Bankrott zu vermeiden und Sie vor dem Gefängnis zu bewahren.«

Albert begehrte auf. »Meine Erfindungen könnten den Durchbruch auf allen Gebieten der Wissenschaft bedeuten!«

»Mag sein, aber was nützt es, wenn die Welt noch nicht reif dafür ist?« Dr. Schwab mochte mit seinem langjährigen Klienten nicht streiten. Er kannte Albert von Odenhof gut genug, um zu wissen, wie heillos dieser sich in die Idee, ein zweiter

Leonardo da Vinci zu sein, verrannt hatte. Unablässig ersann er neue Projekte, zeichnete, rechnete, baute, experimentierte – und verlor dabei sein ganzes Geld. Jetzt war er erstmals an dem Punkt angelangt, dass nicht nur sein eigenes, einst beträchtliches Vermögen aufgebraucht war, sondern noch dazu das, was seine verstorbene Frau ihm hinterlassen hatte, sowie all das Geld, das als Mitgift seiner Tochter Helena und der Adoptivtochter Mathilda den Weg in eine gute Ehe hätte ebnen sollen. Zudem hatte er Berge von Schulden.

Schwab streckte die Hand aus. »Zeigen Sie mir das Foto doch einmal.«

Von Odenhof reichte ihm bereitwillig ein sepiabraunes Lichtbild, auf dem eine Großfamilie, alle in makelloses Weiß gekleidet, vor dem Hintergrund einer herrschaftlichen Villa abgebildet war. Auf einer verschnörkelten Gartenbank unter einem Banyan-Baum saßen die Damen mit rüschenbesetzten Sonnenschirmen. Hinter ihnen standen die Herren in Tropenanzügen, mit breitkrempigen Strohhüten, um sich vor der grausamen Sonne Niederländisch-Ostindiens zu schützen.

»Und welcher von ihnen ist Jonah Aldermann?«

»Der Mann mit der Zigarettenspitze in der Hand. Der mit den langen blonden Haaren.«

»Hm.« Im Licht der Schreibtischlampe studierte der Rechtsanwalt Gestalt und Züge des jungen Mannes. Was er sah, gefiel ihm. Ein stattlicher Kerl, schlank, fast hager, mit einem schmalen, glatt rasierten Gesicht, das von seitlich gescheiteltem Haar umrahmt wurde.

»Er sieht nicht übel aus. Ich meine, man sieht es ihm nicht an, jedenfalls nicht auf dem Bild hier. Ist es wirklich so schlimm?«, fragte Schwab.

Albert, der sich vor seinen eigenen Erinnerungen fürchtete, zuckte unbehaglich die Achseln. »Als ich ihn vor neun Jahren das letzte Mal gesehen habe – da war er ungefähr elf Jahre alt –, war es ziemlich schlimm. Und es besteht auch keine Aussicht auf Besserung. Deshalb haben sie ja in Port Crescent keine Frau für ihn gefunden. Die Leute dort kennen ihn zu gut. Und in dem Testament ist die Rede von einer ›standesgemäßen‹ Gattin, also können sie nicht irgendein Dienstmädchen bestechen oder zwingen, mit ihm vor den Traualtar zu treten. Aber er muss heiraten, bevor er einundzwanzig wird – oder der Nachlass seines Großonkels fällt einem anderen Erben zu.«

Schwab zündete sich eine Zigarre an und blies den würzigen Rauch quer durch den Raum. »Merkwürdiger Letzter Wille. Warum muss der Junge unbedingt verheiratet sein?«

»Weil eine Frau den Schmuck tragen soll.« Als der Anwalt daraufhin fragend die Augenbrauen hochzog, beeilte Albert sich zu erklären. »Der Erblasser war Goldschmied, ein begeisterter Sammler. Er hat eine außergewöhnliche Kollektion von historischen Schmuckstücken hinterlassen. Allerdings könnte man sie leicht zu Geld machen. Soviel ich weiß, würden alle Edelsteinhändler der Welt sich eine Hand abhacken lassen, um diesen Schmuck in ihren Besitz zu bringen.«

Der Spott in den Augen des Advokaten, dessen gekrümmte Gestalt etwas Krähenhaftes hatte, war nicht zu übersehen. »Ach! Sie meinen Geld, auf das Sie, wenn Ihre Tochter ihn wirklich heiratet, zugreifen könnten, obwohl Sie kein gesetzliches Anrecht darauf haben? Sie wissen genau: Helena würde Ihnen niemals ihre Hilfe verweigern, auch wenn sie das Geld, das sie Ihnen leiht, besser gleich in den Ofen werfen könnte.«

Albert war aufgestanden und schritt nun, die Hände auf dem Rücken verschränkt, im Salon auf und ab, wie ein Tiger im Käfig. Seine tiefe Stimme bebte vor Nervosität. »Zweifellos würde Helena mir helfen. Und es wäre eine gute Investition! Sie werden sehen, wenn ich erst die Pläne für die verbesserte Schiffsschraube fertig habe …«

Dr. Schwab seufzte tief. »Schon gut, schon gut. Weiß der junge Mann eigentlich, was Sie und seine Großmutter ausgeheckt haben? Und ist er überhaupt einverstanden?«

»Ich glaube nicht, dass er eine andere Wahl hat. Er kann froh sein, wenn er überhaupt eine Frau bekommt, gar nicht zu reden von einer, die so schön und klug ist wie meine Helena. Seine Familie wird ihn schon dazu bewegen, dem zuzustimmen.«

Schwab wechselte abrupt das Thema. »Haben Sie denn noch genug Geld, um Helena auf eine so weite Reise zu schicken?«

Albert wirkte gekränkt. »Aber natürlich. Sogar standesgemäß. Erster Klasse.«

Wo hat er sich dieses Geld bloß wieder gepumpt?, dachte Dr. Schwab, verzichtete jedoch auf einen Kommentar und sagte nur: »Sie wissen, dass Sie eine junge Dame nicht allein reisen lassen können. Werden Sie Ihre Tochter begleiten?«

»Nein.« Albert von Odenhof war anzumerken, welche Angst er vor der Vorstellung hatte, dabei zu sein, wenn seine Tochter den Betrug entdeckte – vor allem, wenn sie erst erfuhr, dass es kein Zurück mehr gab. Wenn sie begriff, dass sie für immer in diesem fremdartigen, feuchtheißen Port Crescent würde bleiben müssen. Lieber wollte Odenhof warten, bis ein bisschen Gras über die Sache gewachsen war – das hieß, bis Helena sich in ihr Schicksal ergeben hatte und er keine Szenen befürchten musste. »Mathilda wird sie begleiten. Sie wird sich sicher freuen, zu ihrer Familie auf Java zurückzukehren.«

Dr. Schwab, der seinerzeit die Adoptionsverhandlungen geführt und die neuen Papiere ausgestellt hatte, lächelte zynisch. »Gewiss, gewiss, aber wird auch die Familie sich freuen? In der Abfindungssumme damals war die Vereinbarung eingeschlossen, dass die junge Dame nie wieder nach Java zurückkehrt.«

Albert schlang die Hände auf dem Rücken ineinander und begann von Neuem, rastlos im Zimmer auf und ab zu gehen. »Vereinbarung!«, dröhnte er. »Die Situation hat sich nun mal geändert. Ich kann nicht mehr für sie sorgen. Soll ich sie hier in ein Armenhaus stecken? Man muss jetzt eben eine andere Lösung finden. Das heißt ja nicht, dass ich sie im Stich lasse! Sobald ich wieder flüssig bin …«

Der Anwalt zuckte resigniert die Achseln und griff nach der Mappe, die er mitgebracht hatte. »Jedenfalls würde ich Ihnen raten, möglichst bald nach der Eheschließung nach Java zu reisen, bevor die Aasgeier über das Erbe herfallen.«

Albert umklammerte mit zitternden Händen die Lehne des Stuhls, hinter dem er stand. Jetzt, wo die Sache in eine juristische Form gegossen wurde, plagten ihn Schuldgefühle. Aber zurück konnte er nicht mehr, dazu war seine Gier nach dem Vermögen, das Helenas Heirat ihm einbringen würde, zu groß. Verzweifelt bemüht, sich zu rechtfertigen, murmelte er mit niedergeschlagenen Augen: »Und auch Helena hat ja gar keine andere Wahl. Wie sollte sie denn mit ihrer Behinderung jemals Arbeit finden? Wer braucht schon eine Gouvernante, die nicht sprechen kann? Es könnte sie schlimmer treffen.«

Dr. Schwab überging diese jämmerlichen Ausflüchte, aus denen das schlechte Gewissen sprach, doch seine Blicke waren voller Verachtung. »Ich glaube, wir sind so weit, dass wir mit Helena sprechen können.«

Albert von Odenhof krallte die Hände in die Stuhllehne. Der Augenblick war gekommen, vor dem er sich seit Wochen gefürchtet hatte, der Augenblick, in dem er endgültig zum Lügner und Verräter wurde.

2

Dr. Pieter Schwab hatte trotz seines hohen Alters immer noch einen geschulten Blick für weibliche Schönheit, und als Helena von Odenhof eintrat, nickte er anerkennend, obwohl sie in diesem Augenblick nicht einmal sonderlich zurechtgemacht war. Mittelgroß und sehr schlank, vielleicht ein wenig zu knabenhaft für eine 18-Jährige, mit ebenmäßigen, wenn auch einschüchternd strengen Zügen, ähnelte sie in ihrem vielfach gerafften und geknöpften Hauskleid aus tabakbraunem Kaliko eher einer etwas altjüngferlichen Dorflehrerin als der Tochter eines Weltreisenden, Erfinders und Universalgenies. Sie war sehr blass, unter ihre Augen hatten sich dunkle Schatten gelegt. Im ewig kalten und verregneten Hamburg waren die meisten Menschen bleich wie Kartoffeltriebe. Schwab fiel auf, dass sie einen Häkelschal wie einen Turban um den Kopf geschlungen hatte und ein paar widerspenstige Haarstoppel darunter hervorlugten. Offenbar war ihr hüftlanges mittelblondes Haar – die schönste Zierde eines jungen Mädchens – ganz kurz abgeschnitten worden, und er fragte sich, was da nun wieder passiert war. Bei Helena wusste man nie, was sie als Nächstes anstellen würde. Es würde, das musste er zugeben, für alle in ihrer Umgebung eine Erleichterung sein, sie weit, weit weg in der ostindischen Wildnis zu wissen.

Sie bedachte den Rechtsanwalt widerwillig mit einem steifen Kopfnicken. Schwab wusste, dass sie ihn nicht ausstehen konnte, wie sie alle Vertrauten ihres Vaters nicht ausstehen konnte. War es kindische Eifersucht? Oder die intelligente Erkenntnis, dass Alberts Freunde ganz gewiss nicht ihre Freunde waren? Oder trug sie es ihm immer noch nach, dass er seinerzeit ihre Unterbringung in Dr. Wiedemanns »Heil- und Pflegeanstalt für bürgerliche und adelige Damen« arrangiert hatte? Als wäre es seine Idee gewesen!

»Guten Tag, Fräulein Helena«, begrüßte er sie. »Nehmen Sie doch bitte Platz. Ihr Herr Vater und ich haben wichtige Dinge mit Ihnen zu besprechen.«

Helena nickte schweigend, und Schwab war froh darüber. Er fand ihr heiseres Flüstern unheimlich, es hörte sich an, als redete ein Gespenst mit ihm.

Sie ließ sich zögernd in dem Sessel nieder, auf den er deutete, und faltete die Hände im Schoß. Dann musterte sie ihn aufmerksam, während ihm Verschiedenes durch den Kopf ging: Wenn sie wüsste, was ihr bevorsteht! Und ihr Vater hat keine Gewissensbisse, sie in diese entsetzliche Verbindung hineinzustoßen … doch, mit Sicherheit hat er Gewissensbisse, aber das hindert ihn nicht daran, seine Pläne in die Tat umzusetzen. Ihn interessiert nur das Geld, mit dem er künftig seine Projekte finanzieren kann. Ich hätte ihn zum Teufel schicken sollen, statt ihm noch dabei zu helfen, aber ich bin nun einmal sein Anwalt.

»Fräulein von Odenhof …« Er blätterte wichtigtuerisch in seinen Papieren, obwohl er alles, was er ihr zu sagen hatte, auswendig wusste. Sein Gedächtnis, ein Leben lang geschult, war trotz seines hohen Alters noch ausgezeichnet. »Ich muss Ihnen leider mitteilen, dass die finanzielle Situation Ihres Herrn Vaters sehr … sehr wenig zufriedenstellend ist. Ja, sie gibt Anlass zu echter Besorgnis. Mit anderen Worten: Es ist kein Geld mehr da. Nicht für die Wohnung, nicht für die Dienstboten, nicht für Fräulein Mathilda und auch nicht mehr für Ihren eigenen Unterhalt.«

Die junge Frau sah nicht besonders schockiert aus. Sie hatte schon so oft erlebt, dass sie und ihr Vater am Rande des Abgrunds standen. Irgendwie war es dann doch immer weitergegangen.

»Ich weiß, was Sie denken«, fuhr Dr. Schwab fort. »Sie hoffen, es wird sich wie immer alles einrenken. Aber diesmal wird das leider nicht der Fall sein. Die Lage ist sehr, sehr ernst, umso mehr, als Ihr unglückliches Schicksal es Ihnen unmöglich macht, einen standesgemäßen Beruf zu ergreifen.« Er beugte sich vor und sprach sie so eindringlich an, als sei sie nicht nur stumm, sondern auch taub. »Fräulein Helena, ich bedaure zutiefst, Ihnen das sagen zu müssen, aber für Ihre Zukunft in Deutschland sieht es nicht gut aus.«

Helena wandte sich mit einem fragenden Blick an ihren Vater.

Der räusperte sich, hüstelte und kratzte unbehaglich seinen Backenbart. »Es ist der Unverstand, Helena«, stammelte er. »Der Unverstand der Menschen ist an allem schuld. Ich habe geniale Erfindungen gemacht, Erfindungen, die einen revolutionären Durchbruch in einem halben Dutzend Wissenschaften bedeuten könnten, wären die zuständigen Leute nur geistig in der Lage, sie zu verstehen. Aber diese bornierten Hohlköpfe haben alles abgelehnt.« Er lamentierte noch eine ganze Weile lang weiter, ehe er schließlich stotternd eingestand, dass der Anwalt Recht hatte: Niemand wusste, wovon Helena in Zukunft leben sollte – das Vermögen vergeudet, die Wohnung verloren, der Vater verarmt, womöglich sogar bald im Gefängnis …

Bei diesen letzten Worten sprang sie erschrocken auf und blickte zu Dr. Schwab hinüber. Der nickte mit unheilvoller Miene und bedeutete ihr, sich wieder zu setzen.

»Das ist leider die Wahrheit, Fräulein von Odenhof. Ihr Vater hat gewisse … äh … geschäftliche Ungeschicklichkeiten geschehen lassen, nicht aus böser Absicht, nein, nur aus einer verzeihlichen Verkennung der juristischen Finessen heraus, und nun haben übelwollende Personen ihn beschuldigt, er habe in betrügerischer Absicht Kredite aufgenommen, die er niemals zurückzahlen könne. Selbstverständlich werden wir das vor Gericht Punkt für Punkt widerlegen, aber es besteht die Möglichkeit, dass Ihr Herr Vater verhaftet und wegen Flucht- und Verdunkelungsgefahr bis zum Prozess in Verwahrung genommen wird. Sie würden in diesem Fall mutterseelenallein in der Welt stehen, arbeitsunfähig und völlig mittellos.«

Mit einer gewissen Genugtuung, die keinerlei persönlichen Abneigung gegen Helena entwuchs, sondern allein dem Wunsch geschuldet war, das Ganze so schnell wie möglich hinter sich zu bringen, stellte er fest, dass sie gegen ihren Willen die Contenance verlor und allmählich Angst bekam. Er fuhr noch eine Weile damit fort, ihr die Zukunft in den finstersten Farben auszumalen, damit sie umso bereitwilliger zustimmen würde, wenn er ihr den einzig möglichen Ausweg vor Augen führte. Schließlich sagte er: »Wir müssen also in erster Linie dafür sorgen, dass es Ihnen an nichts fehlt, was auch immer mit Ihrem Vater geschieht.«

Albert richtete sich feierlich auf und gab zu verstehen, dass er für das Wohlergehen seiner Tochter zu jedem Opfer bereit sei.

Dr. Schwab sprach jetzt sehr trocken und geschäftsmäßig.

»Der einzige Weg, wie wir das erreichen können, ist eine standesgemäße Heirat. Ein junger Mann aus guter Familie, mit dem entsprechenden finanziellen Rückhalt – das wäre Ihr Rettungsanker in dieser unglücklichen Situation. Nun hat es sich ergeben, dass entfernte Verwandte Ihres Herrn Vaters eine Frau für ihren Sohn suchen. Wollen Sie sich einmal dieses Bild ansehen?« Er reichte ihr die Fotografie. »Hier, neben der alten Dame, das ist Jonathan Aldermann.«

Er zuckte ein wenig zusammen, als Helena mit ihrer unangenehm heiseren Stimme herauspresste: »Ihn soll ich heiraten?« In Schwabs Ohren klang dieses Krächzen unerträglich.

»Ich sehe keine andere Möglichkeit, Sie zu schützen, Fräulein von Odenhof. Und es könnte Ihnen durchaus Schlimmeres widerfahren, ja, ich muss Ihnen leider sagen, es *wird* Ihnen weitaus Schlimmeres widerfahren, wenn Sie ablehnen.« Schwab seufzte tief und bedauernd. »Verstehen Sie mich recht! Es ist eine Tatsache, dass Sie irgendwie untergebracht werden müssen, sofern Sie diesen Heiratsvorschlag ablehnen. Im Falle Ihrer Weigerung wären wir leider gezwungen, Sie auf Dauer als Pensionärin in Professor Wiedemanns Institution –«

Helena starrte ihn aus dunkel umschatteten Augen an. »Sie Teufel!«, krächzte sie. »Sie drohen mir, mich lebenslänglich ins Irrenhaus zu sperren, wenn ich diesen Menschen nicht heirate?«

»Hören Sie.« Schwabs Stimme war jetzt kalt und ruhig. »Wenn Sie mir eine Möglichkeit nennen können, wie Sie ohne Geld zu einem Dach über dem Kopf und Essen auf dem Tisch kommen, werde ich sie sofort akzeptieren. Vielleicht wollen Sie lieber in ein Kloster eintreten? Nein, Sie sind ja Protestantin, da fällt auch diese Möglichkeit weg. Aber noch haben Sie die Wahl. Viele Frauen wären dankbar, wenn man ihnen das Angebot machte, einen jungen, attraktiven Mann aus guter Familie zu heiraten, der in nicht allzu ferner Zukunft über ein beträchtliches Vermögen verfügen wird.«

»Wohnt er hier in Hamburg?«

Schwab ließ sich Zeit mit einer Antwort. Mit einem kaum merklichen Zögern versuchte er, diese gefährliche Klippe zu umschiffen. Wie würde sie darauf reagieren, dass man sie ans andere Ende der Welt schickte? »Nein. Die Familie Aldermann ist vor vier Generationen ausgewandert ... nach Niederländisch-Ostindien. Ihre Plantage liegt an der Westküste von Java, an der Sundastraße, der Meerenge zwischen Sumatra und Java. Eine viel befahrene Route, daher sind die Küstenstädte – Port Crescent, Merak, Anjer, Tjeringin und ein Dutzend weitere – alle sehr reich. Europäische Zivilisation, aber eine Landschaft von tropischer Schönheit. Ein herrliches Land. Fräulein Mathilda wird Ihnen doch sicher schon viel über ihre Heimat erzählt haben.«

Sie ließ sich nicht ablenken. Skeptisch zog sie die Augenbrauen hoch. »Gibt es denn dort keine Frauen?«

»Doch, natürlich. Aber die deutsche Gemeinschaft ist sehr klein. Wie Sie vielleicht wissen, steht das Land unter holländischer Kolonialverwaltung. Die meisten Bewohner von Port Crescent – so heißt die Stadt, in der Jonah lebt – sind Holländer. Eine Anzahl Engländer hat sich ebenfalls dort angesiedelt. Aber man bleibt unter sich. Die Aldermanns wollen eine deutsche Frau für Jonah, und davon gibt es nicht sehr viele.«

Er beugte sich vor und tippte Helena auf den Arm. Sie zuckte sofort zurück. Er ärgerte sich über die Abneigung, die sie ihm so unverhohlen zeigte, ließ sich aber nichts anmerken. »Lassen Sie mich die Situation einmal im Einzelnen darlegen ...«

Er redete und redete, malte ihr das luxuriöse Leben als Gattin eines deutschen Plantagenbesitzers in Port Crescent aus und appellierte schließlich an ihr Gewissen, ihren Vater von der nagenden Sorge um ihre Existenz zu befreien. Seine scharfen Raubvogelaugen registrierten die gegensätzlichen Gefühle, die in ihr tobten – ihr Protest gegen eine aufgezwungene Ehe lag im Streit mit der Sorge um das Schicksal ihres Vaters, dem sie stets eine treue, wenn auch nicht unbedingt liebende Tochter gewesen war. Schwab merkte, wie sehr der Gedanke, Albert könnte im Gefängnis landen, sie erschütterte.

Und als der ihr dann auch noch die geöffneten Hände entgegenstreckte und mit zitternder Stimme rief: »Nimm mir nicht den Trost, zu wissen, dass es wenigstens dir gut geht!« – da knickte sie ein und flüsterte: »Ich werde darüber nachdenken.«

Albert warf seinem Anwalt einen besorgten Blick zu, und dieser sprang ihm sofort zur Seite. »Fräulein von Odenhof: Ihr Vater kann jeden Tag verhaftet werden. Wir wollen Sie um jeden Preis aus dem Skandal heraushalten. Überlegen Sie nicht zu lange. Je eher Sie abreisen, desto besser.«

»Wann?«, fragte sie im Ton eines Gefangenen, der sich nach dem Datum seiner Hinrichtung erkundigt.

»Sobald das nächste Schiff nach Batavia fährt. Wir werden uns sofort um die Reisevorbereitungen kümmern. Fräulein Mathilda wird Sie begleiten. Sie kann natürlich ebenso wenig in Hamburg bleiben, wenn Ihr Vater außerstande ist, für ihren Unterhalt zu sorgen.«

Helena lächelte – ein dünnes, kaltes Lächeln. »Wird man Mathilda auch in ein Irrenhaus sperren, wenn sie sich weigert zu fahren?«

Dr. Schwab ignorierte ihren Sarkasmus. »Aber nein. Sie kehrt ja zu ihrer Familie auf Java zurück. Nun … Können wir mit Ihrer Zustimmung rechnen?«

Beide Männer starrten sie an und warteten angespannt auf die Antwort, die Alberts Schicksal besiegeln würde.

»Sie werden verstehen«, flüsterte Helena, »dass ich nicht binnen einer halben Stunde entscheiden kann, ob ich einen mir völlig unbekannten Mann in einem Land auf der anderen Seite der Erdkugel heiraten will. Ich bin mir über den Ernst der Situation im Klaren, aber ich muss Sie bitten, mir ein paar Tage Bedenkzeit zu geben.«

»Aber wir –«, fiel Albert schwer atmend ein. Doch der Rechtsanwalt bedeutete ihm zu schweigen. Es hatte keinen Sinn, Helena weiter unter Druck zu setzen, das würde sie nur trotzig und vor allem misstrauisch machen. Ein, zwei Tage Bedenkzeit mussten sie ihr gewähren.

»Natürlich werden wir das tun, Fräulein von Odenhof«, sagte er. »Aber ich bitte Sie um Ihretwillen, sich rasch zu entscheiden. Sonst könnte es zu spät sein. Sobald man Ihren Vater verhaftet, wird nicht einmal mehr das Geld für die Schiffsreise zur Verfügung stehen. Was das bedeuten würde, muss ich ja nicht wiederholen. Natürlich stünde Ihnen Professor Wiedemanns Sanatorium als letzte Option –«

Helena erhob sich abrupt. Ihre Gesichtszüge waren verkrampft, als sie ihrem Vater wortlos zunickte. Den Rechtsanwalt ignorierte sie. Langsam, den Kopf hoch erhoben, schritt sie aus dem Raum.

3

Es war ihr gelungen, den Salon mit Würde zu verlassen, aber kaum hatte sie die Tür hinter sich geschlossen, taumelte sie und musste sich in der halbdunklen Halle an die Wand lehnen. Das Blut rauschte in ihren Ohren, und alles verschwamm vor ihren Augen. Ein verzweifelter Klagelaut drang über ihre Lippen, und wie von Schmerzen gequält schlang sie die Arme um die eigenen Schultern. Dann überkam sie grenzenlose Wut, so finster und gewalttätig wie in dem Augenblick, als sie ihr langes Haar mit dem Rasiermesser abgesäbelt hatte, weil es ihr wie ein Symbol ihrer geknechteten Weiblichkeit erschienen war. Sie keuchte. Wie immer, wenn blinde Wut sie überwältigte, versagte ihr die Stimme völlig. Sie hätte mit den Fäusten gegen die Tür des Salons trommeln und irgendetwas in Stücke schlagen wollen, aber Dr. Schwabs Anwesenheit in diesem Haus hielt sie davon ab. Er würde ihren Wutausbruch nur benutzen, um seine Drohung mit dem Irrenhaus zu wiederholen. In seinen Augen war sie, die so oft und so heftig die Fassung verlor, ohnehin eine Wahnsinnige. Was wusste er denn, wie es war, wenn man den Zorn, der in einem brodelte, nicht einmal herausschreien konnte? Wenn man sich fühlte wie auf dem Grund eines Brunnenschachts? Das protzige Haus, in dem sie wohnte, war nichts weiter als ein Gefängnis. Sie glaubte zu ersticken in dieser Gruft aus Gips, Plüsch und Mahagoni, in den von staubiger Leere erfüllten Tagen, die sich wie eine endlose Wüste vor ihr erstreckten. Glaubte zu ersticken an den immer gleichen, größenwahnsinnigen Fantasien ihres Vaters, die doch alle nur leeres Gerede waren. Lieber ans Ende der Welt reisen, als ein Leben lang hier vor sich hin zu vegetieren!

Aber heiraten – oh Gott, heiraten! Bei dem bloßen Gedanken daran verspürte sie heftigen Abscheu. Nein, Jonah Aldermann sollte sie nicht berühren. Er sollte sie nicht umarmen oder gar in ihren Körper eindringen! So fern er ihr auch war, fühlte sie sich doch von seiner bloßen Existenz so bedroht, als stünde er bereits hinter ihr. Es war keine persönliche Abneigung. Sie hätte jeden anderen genauso verabscheut. Warum traf Frauen dieses furchtbare Schicksal, dass sie heiraten mussten – Körper und Geist, Willen und Gefühl einem Mann ausliefern, der sie als Sklavin betrachtete?

Aber sie ahnte, warum sie mit dieser verhassten Ehe gestraft wurde. ER steckte dahinter. ER, den Mathilda den Polong nannte, den bösen Geist der Rache, der sie seit elf Jahren unerbittlich verfolgte. Niemals würde der Mensch, der ihn ihr nachgeschickt hatte, ihr verzeihen. Solange sie lebte, würde sie ihm niemals entgehen, ob sie hier blieb oder ans Ende der Welt floh.

Erschöpft von den wilden Emotionen, die in ihr tobten und keinen Weg nach draußen fanden, ließ sie sich schließlich an der Wand heruntergleiten und kauerte dann, die Arme um die Knie geschlungen, im Halbdunkel des Vorzimmers.

»Helena? Ist dir nicht wohl?«, fragte eine sanfte Stimme.

Sie öffnete die Augen und sah Mathilda vor sich stehen, die Sundanesin, die Albert als Gesellschafterin für seine oft allein gelassene Tochter von einer seiner Ostindienreisen mitgebracht hatte. Wie er behauptete, hatten wohlmeinende, fromme Menschen sie ihm anvertraut, damit er dem ungewöhnlich begabten Kind im reichen Deutschland eine gute Erziehung verschaffen könnte. Deshalb hatte er sie auch adoptiert. Aber selbst bis an Helenas Ohren war das Gerücht gedrungen, dass sie eines der unehelichen Kinder sei, von denen er mehrere in der weiten Welt hatte. Es war ihr gleich. Wer immer Mathilda sein mochte, eine Fremde oder ihre Halbschwester, sie hatte sie vom ersten Augenblick an geliebt, und diese Liebe war stets zärtlich erwidert worden.

Jetzt beugte sich Mathilda zu ihr herunter und legte die Arme um ihre Schultern. Ein feiner würziger Duft ging von ihr aus – sie kaute Nelken, eine Gewohnheit aus ihrem Heimatland. »Was ist geschehen? Du bist weiß wie ein Fischbauch. Soll ich dir eine Tasse Tee mit Kognak machen?«

Helena nickte stumm und bedeutete ihr, sie wolle auf ihr Zimmer gehen und den Tee dort trinken. Langsam wie eine alte Frau stieg sie, ans Geländer geklammert, die steile, mit Teppich ausgelegte Treppe empor, die nur vom schwachen Schein einer Gaslampe erhellt wurde, und suchte Zuflucht in ihrem Zimmer. In der trüben Dämmerung erschien es ihr kalt und feindselig. Die Feuchtigkeit, mit der der Hamburger Dauerregen die Mauern tränkte, erfüllte den Raum mit einem muffigen Geruch, als hätten die Vorhänge und Teppiche zu lange im Keller gelegen. Sie trat ans Fenster. Der Regen verschleierte den Blick durch die Scheibe. Unter schmierigem Dunst verborgen, breitete sich Hamburg vor ihr aus. Eine kalte, finstere Stadt, eine Stadt von Geschäftsleuten und Händlern, getrieben von Geld- und Machtgier. Selbst die Kirchtürme wirkten wie schwarze Stacheln, die sich in den Himmel bohrten. Niemand hier würde Mitleid mit einer verarmten, behinderten jungen Frau haben. Im Gegenteil, skrupellose Männer würden die Gelegenheit ergreifen, ihre Lage auszunutzen, und sie noch elender machen.

»Hier, dein Tee.« Mathilda war lautlos eingetreten. Rasch stellte sie das Teetablett auf den niedrigen Tisch, trat zum Kamin und schürte das nur noch sanft glimmende Feuer. Mathilda fröstelte das ganze Jahr über, sie konnte sich einfach nicht an das feuchtkalte norddeutsche Klima gewöhnen, in dem das Thermometer selbst im Hochsommer nur selten auf mehr als 20 Grad stieg. Helena teilte dieses Leiden mit ihr, aber sie fröstelte, weil sie zu mager war – und außerdem unglücklich.

»Und jetzt komm, erzähl mir, was dich so erschreckt hat.« Mathilda kuschelte sich anmutig wie ein zusammengerolltes Tier in die Sofaecke, sodass sie beinahe in den zahlreichen Raffungen und Volants ihres dunkelroten Kleides verschwand. Bei ihrer Ankunft in Deutschland war sie noch ein dürres, großäugiges Kind gewesen, doch inzwischen war die Sundanesin zu einer jungen Frau von filigraner Schönheit herangewachsen. Nur ihre kupferne Hautfarbe verriet die Exotin. Solange Albert noch genügend Geld gehabt hatte, hatte er es den beiden Mädchen an nichts fehlen lassen, sah man von Liebe und Zuneigung ab, wofür er niemals Zeit gehabt hatte. Ebenso wie Helena hatte Mathilda alles gelernt, was eine junge Dame aus gutem Haus können musste: singen und tanzen, ein wenig musizieren, ein wenig malen, komplizierte Handarbeiten anfertigen. Sie sprach neben ihrer Muttersprache Sundanesisch perfekt Deutsch, wie sie auch Holländisch, Französisch und Englisch beherrschte, und sie kleidete sich wie eine Deutsche. Sie bewegte sich flink und lautlos und hatte die irritierende Eigenschaft, an Orten aufzutauchen, an denen man sie am allerwenigsten vermutete. Die Köchin und die Putzfrau nannten sie deshalb eine braune Schleichkatze und beharrten darauf, dass sie heimtückisch und verschlagen sei – was sie freilich nur hinter dem Rücken der Herrschaft zu flüstern wagten.

Helena hatte es dennoch gehört. Sie hörte vieles, was nicht für ihre Ohren bestimmt war. Seltsamerweise glaubten die meisten Leute, dass sie, da sie gewissermaßen stumm war, auch taub wäre, und sie redeten entweder unnötig laut mit ihr oder ignorierten ihre Gegenwart ganz einfach.

Der köstliche Duft von Tee und Kognak – Mathilda musste einen ordentlichen Schuss in die würzige Ostfriesenmischung getan haben – schwebte im Raum und ließ ihn, zusammen mit dem jetzt hell lodernden Feuer, gemütlicher erscheinen als zuvor.

Helena nahm einen Schluck aus ihrer Tasse. Sogleich fühlte sie sich ein wenig belebt. Dankbar lächelte sie Mathilda zu. Dann streifte sie die Spitzenmanschetten zurück, wobei sie ihre von hauchfeinen Narben überzogenen Unterarme entblößte, und begann mit raschen Gebärden zu signalisieren, was geschehen war.

Ihre erste Gouvernante war es gewesen, die darauf gedrängt hatte, dass sie die Gebärdensprache lernte. Albert hatte es strikt abgelehnt, eine »Affensprache« zu verwenden, wie er es nannte. Mathilda jedoch hatte sich mit Begeisterung diese schnelle, ausdrucksvolle Art der Kommunikation zu eigen gemacht, und wenn sie und ihre Halbschwester allein waren, unterhielten sie sich zumeist in der Gebärdensprache.

Was wir immer schon befürchtet haben, ist jetzt eingetreten. Er hat kein Geld mehr. Er sagt, es gäbe nur eine Möglichkeit, mich zu retten. Er will mich mit einem Mann in Java verheiraten.

Mathilda beobachtete sie aufmerksam, ohne sie zu unterbrechen, aber als ihre Heimat genannt wurde, leuchtete ihr Gesicht auf.

Helena reichte ihr die bräunliche Fotografie. *Mit diesem Burschen da. Er heißt Jonah Aldermann.*

Mathilda betrachtete das Bild lange, dann drehte sie es um und las den Stempel des Fotografen: »Familie Aldermann, Villa Rafflesia, Port Crescent, 1882.« Ihr Gesicht verzog sich vor Unbehagen. »Villa Rafflesia«, murmelte sie. »Von dem Haus habe ich gehört. Es ist mir in Erinnerung geblieben, weil ich mich immer fragte, wie jemand seinem Haus einen so unheilvollen

Namen geben kann. Rafflesien sind abscheuliche Blumen. Niemand mag sie. Sie haben riesige, wunderschöne Blüten, aber sie riechen nach verfaultem Fleisch. Deshalb nennt man sie auch Leichenlilien. Die Leute erzählen sich, dass das Unglück in dem Haus von dem verfluchten Namen käme. In Java ist man sehr abergläubisch.«

Welches Unglück?, fragte Helena wortlos.

»So genau weiß ich das nicht mehr, es ist lange her. Vielleicht war es überhaupt nur Gerede. Du weißt, wie das ist – wenn ein Haus einmal als Unglückshaus gilt, dann wird jeder Todesfall, jede schlechte Ehe, jede Erkrankung eines Kindes als Folge des Fluchs betrachtet.«

Helena runzelte die Stirn. *Es liegt ein Fluch darauf?*

Mathilda hob abrupt den Kopf. Ihre Augen funkelten, und ihre Stimme klang ein wenig scharf, als sie ausrief: »Ja! Warum denn nicht? Auf jedem holländischen, englischen oder deutschen Haus in Ostindien liegt ein Fluch, ausgesprochen von den Unglücklichen, die unterworfen, ausgeplündert und unter das Joch einer fremden Macht gezwungen wurden!« Sie unterbrach sich mit einem tiefen Seufzer. »Aber das habe ich dir schon so oft erzählt, Helena, und was solltest du Arme dagegen tun? Komm, erzähl weiter, deine Sorgen sind jetzt wichtiger als ein fernes Unrecht, dem weder du noch ich ein Ende bereiten können.«

Helena fuhr mit ihrem Bericht fort und sah, wie Mathilda die Augenbrauen hochzog, den Kopf schüttelte und auch sonst Zeichen von Besorgnis und Missbilligung erkennen ließ.

»Warum suchen sie denn dem jungen Mann keine Braut in Port Crescent, wenn er unbedingt heiraten will?«

Dr. Schwab sagt, dass die Deutschen dort ihn nicht mit einer Holländerin oder Engländerin verheiraten wollen und … Sie brach erschrocken ab. Um ein Haar hätte sie wiederholt, was Dr. Schwab noch gesagt hatte: ›Und eine Eingeborene kommt selbstverständlich nicht in Frage.‹ Errötend fuhr sie fort: *Und es gibt nicht so viele heiratsfähige deutsche Frauen in der kleinen Stadt.*

»Das Ganze gefällt mir überhaupt nicht. Du lässt dich doch nicht etwa darauf ein?«

Ich habe gar keine Wahl. Schwab hat mir damit gedroht, mich wieder in Professor Wiedemanns Sanatorium zu stecken, wenn ich mich weigere. Und was soll aus dir werden, wenn hier alles zusammenbricht? Du bist eine Farbige, du weißt, wie die Männer das ausnutzen würden. Wir wären ihnen beide schutzlos ausgeliefert.

Mathilda schwieg und schenkte ihr noch eine Tasse Tee ein. Helena merkte, dass sie sie so fürsorglich behandelte, als wäre sie krank, und genauso fühlte sie sich auch. Am liebsten wäre sie auf der Stelle ins Bett gegangen und hätte sich vor dem grausamen Tag unter der Decke verkrochen. Aber was hätte ihr das genutzt? Sie konnte sich vor ihrem Schicksal nicht verstecken – dem Schicksal, das in Gestalt eines jungen Plantagenbesitzers in Port Crescent auf sie wartete. Und das alles hatte der Polong ihr eingebrockt, der unerbittliche Quälgeist. ER würde dafür sorgen, dass sie dieser neuerlichen Strafe und Qual nicht entkam.

Der heiße Tee und der Alkohol hatten Farbe in ihre Wangen gebracht, aber es war keine natürliche Farbe. Ihre Hände und Füße waren eiskalt, und sie fröstelte am ganzen Körper. Immer wieder rieselten Schauer über ihren Rücken. Ihre schmalen, ungesund bleichen Hände ballten sich zu Fäusten; dann öffneten sie sich wieder, um tonlose Worte zu formen.

Ich habe keine Angst davor, in ein fremdes Land zu gehen. Aber der Gedanke daran, zu heiraten, ist mir nicht weniger schrecklich als die Vorstellung, wieder in eine Zwangsjacke gesteckt zu werden. Mich ekelt es jetzt schon vor dem Menschen. Wie soll das erst werden, wenn ich dort bin?

Mathilda stand vom Sofa auf und schloss sie in die Arme. »Was immer geschieht, Helena – wir werden zusammenbleiben, du und ich. Das Dorf meiner Eltern liegt nur wenige Meilen entfernt von Port Crescent in den Bergen. Selbst wenn dein

Mann nicht erlaubt, dass ich bei dir im Haus bleibe, können wir einander doch häufig sehen.«

Helena schmiegte sich in ihre Umarmung, gab jedoch keine Antwort. Der Gedanke, von Mathilda getrennt zu werden, war unerträglich. Aber sobald sie einmal verheiratet war, würde sie nichts mehr zu sagen haben. Dann würde ihr Mann entscheiden, wen sie sehen durfte und wen nicht.

4

Mathilda von Odenhof saß noch lange vor dem Kaminfeuer, nachdem sie Helena überredet hatte, ein wenig Laudanum zu nehmen und zu Bett zu gehen. Die Beine unter den langen, mit scharlachroten Seidenblüten übersäten Rock geschlagen, kauerte sie auf dem Diwan und starrte in die allmählich erlöschenden Flammen.

Auch in ihr kochte die Wut, aber sie verstand es, ihre Gefühle hinter der ewig lächelnden Maske ihres honigbraunen Gesichts zu verstecken. Von Kind auf hatte sie gelernt, dass es keinen Sinn hatte, sich gegen die Mächtigen aufzulehnen, solange man nicht sicher sein konnte, als Sieger daraus hervorzugehen. Was hatte es ihrem Volk genutzt, als sie sich im Jahre 1825 gegen die Holländer erhoben hatten, die den Reichtum des Landes verzehrten und die heimischen Bauern ausbeuteten? 200 000 Javaner waren in den Kämpfen gegen den übermächtigen Feind gefallen, der kühne Anführer Prinz Rangeran Diponegoro gefangen genommen und ins Exil verschleppt worden, und die Plünderung des Landes war unverändert weitergegangen. All die Helden ihres Volkes, von denen ihr Vater und ihre Mutter immer erzählt hatten, waren zu Märtyrern geworden. Nein, wenn sie die Hand erhob, wollte sie sicher sein, dass der Schlag traf.

Sie schreckte auf, als sie ein leises Klopfen an der Tür vernahm. Helena schlief, also konnte es nur Albert sein. Vielleicht hatte er inzwischen den Mut gefunden, ihr persönlich mitzuteilen, welches Schicksal er ihr zugedacht hatte.

»Kommen Sie herein!«, rief sie. Auch als seine Adoptivtochter hatte sie einen förmlichen Umgang mit ihm beibehalten – ein sehr höflicher Ausdruck des Protests und der Wut, die sie innerlich spürte. Er hatte sie aus ihrer Heimat verschleppt, ihrer Familie entrissen, und dann hatte er noch von ihr grenzenlose Dankbarkeit dafür erwartet, dass er sie adoptiert hatte – hineinadoptiert in ein Leben voller Betrug, Lüge, Narretei und Hirngespinsten.

Leise öffnete sich die Tür, und Professor von Odenhof trat ein. Das niederbrennende Feuer warf seinen Schatten riesenhaft an die Wand. »Ah, Mathilda!«, rief er aus, als hätte er nicht erwartet, sie hier zu finden. »Du frierst wohl wieder, nicht wahr?«, fragte er mit einem Blick auf das Feuer.

»Was macht das schon«, erwiderte sie. »Ich werde ja nicht mehr lange hier sein.«

Dass sie ihn so brüsk mit der Wahrheit konfrontierte, erschreckte ihn. Er rieb seine breiten, schön geformten und sauber manikürten Hände aneinander, murmelte: »Ei, ei, nun ja ...«, hüstelte und schnaufte und versuchte sich nach dem ersten Schreck wieder zu sammeln. »Nun ... ja. Helena hat es dir bereits gesagt, das dachte ich mir. Ihr wart ja immer ein Herz und eine Seele, vom ersten Tag an, als ich dich hierherbrachte.«

Bitterkeit stieg ihr wie Galle in die Kehle. Als er sie hierhergebracht hatte! Ihre Familie hatte sie verkauft an diesen Mann, der sie seiner Tochter als Spielzeug und Zeitvertreib geschenkt hatte, an den Mann, der vielleicht ihr Vater war. Ein treuloser Vater, denn bevor er sie von einem Tag auf den anderen in das kalte, nasse Europa verschleppt hatte, war er in keinster Weise an ihrem Wohlergehen interessiert gewesen. Er hatte sie für sein kleines Mädchen gekauft wie eine hübsche Puppe, ein Souvenir aus den fernen Ländern, die er bereist hatte. Seltsam, dass sie

Helena dennoch liebte. Vielleicht, weil sie rasch erkannt hatte, dass es der Tochter des Hauses auch nicht besser erging als ihr selbst. Dass Helena ebenfalls nur ein Stück Inventar war, dessen sich der Hausherr hin und wieder erinnerte, von dem er aber meistens kaum Notiz nahm.

Albert ließ sich in einem der tiefen Sessel am Kamin nieder und entzündete eine der feinen Zigarren, die sein Tabakhändler ihm direkt aus Kuba besorgte. »Es ist ... tja, mein liebes Mädchen, die Situation ist zurzeit eher schwierig. Finanziell gesehen. Eine ... eine gewisse Durststrecke liegt im Augenblick zwischen uns und der Anerkennung meiner Erfindungen. Aber du weißt, ich habe immer gut für dich gesorgt ...«

»Ja, Herr Vater, das haben Sie.« Das hatte er tatsächlich. Solange Albert Geld gehabt hatte, war es ihnen gut gegangen in ihrem goldenen Käfig. Gouvernanten hatten sie unterrichtet, Hauspersonal hatte sie rundum versorgt. Jetzt begann das Gold abzublättern, der Käfig erwies sich als rostig, und der Besitzer öffnete den beiden lästig gewordenen Vögeln das Türchen.

Er war sichtlich erleichtert über ihre Zustimmung. »Dann wirst du verstehen, dass es kein böser Wille ist, wenn ich jetzt ein anderes Arrangement für dich treffen muss. Du wirst deine Verwandtschaft doch sicher auch gern wiedersehen, nicht wahr? Und wie deine Familie sich erst freuen wird!«

Kein Wort davon, dass es ein Wiedersehen auf Dauer sein würde. Er hatte keinen einzigen Gedanken daran verschwendet, wie diese Familie sie aufnehmen würde – sie, die längst fremd Gewordene, die nicht mehr hineinpasste in das bescheidene Dorf in den Bergen, wo die Leute sich die Zähne mit Kokosfasern putzten, sich mit den Blättern des Kapokbaumes wuschen und mit Löffeln aus Bananenblättern aßen. Wie sollte sie sich in einer Welt zurechtfinden, in der man Trinkgefäße, Löffel und Tassen aus der Schale der Kokosnuss fertigte, den Reis in Trögen aus hohlen Bäumen drosch und mahlte, wo man Säcke, Hüte, Teppiche aus Bambus und Gras flocht? Sie, die an Silberlöffel und an Meißner Porzellan gewöhnt war, an türkische Teppiche und Hüte aus der Werkstatt von Pariser Putzmacherinnen?

Kühl und ruhig erwiderte sie: »Ja, ich denke, sie werden sich freuen. Und natürlich möchte ich sie gern wiedersehen.« Ihm ihre hilflose Wut und Verzweiflung zu zeigen – den Gefallen würde sie ihm nicht tun.

»Sehr gut, sehr gut!« Albert rieb sich zufrieden die Hände. »Was für ein kluges Mädchen! Das lobe ich mir. Es wäre schön, wenn du auch auf Helena in diesem Sinne einwirken könntest. Sie hat ein so heftiges Temperament und ist oft so uneinsichtig.«

Mathilda ließ ein schmales Lächeln sehen. Ja, mit Helena war es nicht immer leicht, ihre Wutanfälle waren berüchtigt. Früher hatte Albert sie einfach gewähren lassen und so getan, als merkte er nichts, aber als es irgendwann zu arg wurde und sie begann, Porzellan und Glas zu zerschmettern, hatte er sie zur Kur in Professor Wiedemanns Institut geschickt. Nach drei Wochen war sie zurückgekehrt, bleich, ausgezehrt und von unheimlichen Krampfanfällen geplagt, die sogar der unerschütterlichen Mathilda Angst gemacht hatten.

»Ich werde mein Bestes tun, Herr Vater.«

»Das ist gut! Sehr schön! Nun, dann gibt es ja nichts weiter zu besprechen. Gute Nacht, meine Liebe. Gute Nacht!« Er drückte sich an ihr vorbei, als könnte sie jeden Moment aufspringen und ihn beißen. Auf den Gedanken, ihr ein väterliches Gutenachtküsschen zu geben, kam er schon lange nicht mehr. Mathilda hatte bereits als Kind alle Zärtlichkeiten von ihm feindselig zurückgewiesen. Helena war die Einzige, die Mathilda berühren durfte.

»Gute Nacht, Herr Vater. Schlafen Sie wohl.«

Mathilda war klug, und so wusste sie im Grunde ganz genau, dass Albert nicht aus Hochmut, sondern aus Feigheit das Gespräch mit ihr so kurz gehalten hatte. Zwei wütende junge Frauen waren zu viel für ihn, und davon abgesehen war er auf ihre Einwilligung in keinster Weise angewiesen. Sie konnte von Glück reden, dass er ihr die Reise in die Heimat bezahlte, anstatt sie einfach ihrem Schicksal zu überlassen. Aber auch dieses Wissen und die Verachtung, die sie für den aufgeblasenen Narren empfand, vermochten es nicht, ihre Bitterkeit zu mindern.

Sobald er den Salon verlassen hatte, stand sie auf, zog ihren gestrickten Schal fester um die Schultern und trat an das hohe, dreiflügelige Balkonfenster. Sie öffnete den mittleren Flügel und sah hinaus. Kalte, nach Fisch und Kohlenrauch stinkende Luft wehte herein. Plötzlich empfand sie es als zutiefst befriedigend, dass sämtliche Seifenblasen zerplatzt waren. Mit Katastrophen ließ es sich besser leben als mit diesem immer neu gesponnenen Lügennetz. Und die Reise nach Java wäre zumindest eine Abwechslung, wenn nicht sogar das Tor zu einem neuen Leben. Immerhin fuhr sie in ihre Heimat, zu ihrem Volk, zu ihrer Familie.

Doch ihre schönen nougatbraunen Augen wurden schmal, als sie an Helenas arrangierte Ehe dachte. Zweifellos ging es bei der ganzen Sache um Geld. Bei allem, was Albert von Odenhof tat, ging es um Geld.

Die junge Frau seufzte.

Sie rückte den Kaminschirm vor das Feuer, damit während der Nacht keine glühenden Kohlen auf den Teppich fallen konnten, löschte das Licht und stieg die Treppe hinauf zu den Schlafzimmern. Oben ging sie kurz in ihr eigenes Zimmer, um sich auszukleiden und in ihr Nachthemd zu schlüpfen. Sie nahm die Bibel, die stets auf dem Kopfkissen lag, und öffnete sie an einer bestimmten Stelle.

Ein postkartengroßes Bildchen fiel heraus, das man auf den ersten Blick für ein Heiligenbild halten konnte. Es zeigte einen dunkelhäutigen Mann mit schönen, vornehmen Zügen, der eine hochgeschlossene weiße Robe und einen ebenfalls weißen Turban trug. In seiner Schärpe steckte ein malaysischer Dolch mit gewellter Klinge, ein Kris. Die edle Waffe trug den Namen

Kyai Omyang und war das Werk eines Empu – eines Waffenschmieds – aus der Zeit des vor zweihundert Jahren untergegangenen Reiches Majapahit. Solange ein Fürst der Sundanesen und Javaner sie besaß, sollte sie über die Kraft verfügen, die Insel vor Katastrophen zu schützen. Aber sie war ebenso in die Hände der Weißen gefallen wie der Held, dessen Hand sie geführt hatte.

Mathilda betrachtete das Bild eine gute Minute lang, dann presste sie es mit einem tiefen Seufzer an ihre Brust und flüsterte: »Ratu Adil! Du gerechter König! Diponegoro, du warst unsere Hoffnung …« Sie schluckte ihre Tränen herunter und verbarg das Bildchen wieder sorgfältig zwischen den Seiten der Bibel.

Barfuß und mit offenem Haar schlich sie zu Helenas Zimmer hinüber.

Es wäre nicht nötig gewesen, so leise zu sein. Niemand hatte sich je darum gekümmert, wo sie die Nacht verbrachte, und jetzt, da sie schon bald das Haus verlassen würde, wäre es gänzlich egal. Seit ihrer Kindheit hatten sie häufig im selben Bett geschlafen: zwei einsame kleine Mädchen, die sich in ihrer Verlassenheit aneinanderklammerten und eine bei der anderen Schutz und Trost suchten. Mathilda erinnerte sich, wie oft sie an Helenas Schulter vor Heimweh geweint hatte, wenn der Nebel die finstere Hafenstadt einhüllte und der Wind von der Nordsee hereinheulte. Und auch Helena fand stets Trost bei ihrer Freundin und Schwester Mathilda.

Lautlos glitt sie in Helenas Schlafzimmer und schloss geräuschlos die Tür hinter sich. Gewandt wie eine Katze bewegte sie sich durch die Dunkelheit, kroch ins Bett und schmiegte sich eng an die tief schlafende Gefährtin. Wärme. Nähe. Gemeinsamkeit. Die Liebe zu einer Freundin, die Liebe einer Schwester.

Mathilda schwor sich, Jonah Aldermann eher zu töten, als mit anzusehen, wie er Helena unglücklich machte.

5

Helena träumte. Sie irrte durch die Korridore von Professor Wiedemanns Sanatorium, einem Mondstrahl folgend, der über die Bodenfliesen glitt. Links und rechts im Dunkel gähnten offene Türen, hinter denen sich unheilvolle Zimmer verbargen. Zimmer mit gepolsterten Wänden. Zimmer mit Badewannen, die oben mit einem Eisengitter versehen waren. Geflieste Duschräume, in denen unter den Duschköpfen hohe Käfige auf hölzernen Bänken festgeschraubt waren – für die Patienten, die man darin stundenlang dem herabströmenden Wasser aussetzte und die von Glück sagen konnten, wenn es wenigstens warm war.

Aber nicht diese Zimmer waren es, die ihr Angst machten, sondern der Schatten, der sie verfolgte. Sie war überzeugt, dass es der Polong war, aber er hatte eine andere Gestalt angenommen, um sie zu täuschen. Erst erschien er ihr als Jonah Aldermann, dann gab er sich als Professor Wiedemann aus.

»Bleib stehen! Bleib bei mir! Wir sind verheiratet, du bleibst bei mir!«, rief er ihr wütend hinterher, und seine Stimme hallte in immer neuen Echos von den Mauern wider. Sie stürmte in blinder Panik davon, raffte das lange Nachthemd hoch, um nicht zu stolpern, und mit der freien Hand tastete sie sich, als das Mondlicht schwächer und schwächer wurde, durch das undurchdringliche Dunkel. Die Schritte, die sie verfolgten, dröhnten wie Trommelschläge in ihren Ohren. Sie spürte, wie ein Arm sich nach ihr ausstreckte, länger und länger wurde, bis er durch den gesamten Korridor reichte. Geduckt huschte sie durch die nächstbeste Tür.

Dort leuchtete der Mondstrahl wieder so hell wie am Anfang. Er warf Licht auf ein Sammelsurium von abstrusen Erfindungen. Auf dem Boden und auf breiten Regalen an den Wänden reihten sich die Erfindungen ihres Vaters aneinander, Prototypen von Maschinen, die niemals gebaut werden sollten: Propeller, Gehäuse, Skalen, Zeiger, Turbinen, Keilriemen, Kolben, gläserne Sichtscheiben, Abdeckhauben … Die Apparate, für die er zuletzt das Geld ausgegeben hatte, das seinen Töchtern zustand. Helena stürzte sich hasserfüllt auf das ganze nutzlose Zeug. Sie wusste, dass Albert nichts so sehr schmerzen würde wie die Zerstörung seiner Maschinen. Wenn er ihr das Schlimmste antat, dann wollte sie sich zumindest auf angemessene Weise rächen. Blindlings griff sie nach den Gegenständen, schleuderte sie einen nach dem anderen zu Boden und übertönte das Krachen und Klirren mit ihrem krächzenden Lachen. Mit nackten Füßen trat sie in die Scherben, Drahtspulen und Schrauben, spürte den Schmerz, kümmerte sich aber nicht darum. Sollten ihre Füße nur bluten, vielleicht würde sie das von dem viel tieferen, bitteren Schmerz ablenken, der in ihrer Seele brannte.

Der Schatten, der sie verfolgt hatte, kam um die Ecke gekrochen, lang und flach, ein hölzern steifes Ding, das wie an Drähten gezogen auf dem Boden entlangrutschte. Er sprach mit der Stimme der dicken, schnurrbärtigen Wärterin, der man die Bändigung der unruhigen Patientinnen anvertraut hatte. Schon hörte sie wieder deren lüsternes Grunzen: »Schön ist das, Mädchen … ooooh, ooooh, sehr, sehr schön …« Helena rang nach Luft. Wie eine Spieldose ihre Melodie herleiert, sobald sie einmal aufgezogen ist, spulte ihr Körper seine Erinnerungen ab, Schande für Schande, Schmerz für Schmerz, ohne eine einzige Demütigung auszulassen.

Sie brüllte ihre Wut hinaus und schleuderte dem Ungeheuer ein Maschinenmodell nach dem anderen entgegen. Ein fürchterliches Getöse und Geklirr entlud sich, als der massive Schatten die Geschosse auffing und zurückschleuderte. Sie wich zurück, presste sich an die Wand, und in dem Moment wuchsen den misshandelten Apparaten menschliche Arme und Hände. Helenas Gelenke wurden gepackt, ihr Körper zu Boden gezogen. Der Schatten nahm die Gestalt eines mit Skalen und Kurbeln ausgestatteten Kastens an und drückte bleischwer auf ihre Brust. Der Übelkeit erregende Geruch von Chloroform drang ihr in die Nase, eine ätzende Flüssigkeit brannte auf ihren Lippen. Sie kippte nach hinten und glaubte rückwärts und kopfüber in eine schwarze Gletscherspalte zu stürzen.

Langsam, ganz langsam stieg sie wieder nach oben. Ihr Kopf schmerzte, Tränen standen in ihren Augen. Am liebsten hätte sie mit Schwimmbewegungen ihren Aufstieg beschleunigt, musste aber feststellen, dass sie die Arme nicht bewegen konnte. Auch ihre Füße hingen bleischwer nach unten. Je mehr sie versuchte, sich zu bewegen, desto stärker hielt man sie fest …

Die Schwärze um sie herum wich dem trüben Licht eines regnerischen Morgens. Sie fand sich auf ihrem Bett liegend, das hin und her schwankte und sich gelegentlich hob wie ein Boot, unter dem eine Welle hinwegrollt. Sie war umgeben von Schatten und Stimmen.

»Sie ist wahnsinnig!«, hörte sie ihren Vater brüllen. »Meine besten Modelle … zahllose Stunden Arbeit … Erfindungsgeist … Meilensteine der Ingenieurskunst!« Und eine andere, verhasste Stimme: »Herr von Odenhof, da der Zustand Ihrer Tochter sich weiter verschlechtert, wäre es vielleicht das Beste, eine öffentliche Institution …« Dann Mathilda: »Herr Vater, sie war entsetzlich aufgebracht, und ich kann es ihr nicht verdenken – sie wird ans Ende der Welt geschickt, um einen Unbekannten zu heiraten, und obendrein scheint mir, dass etwas an dieser Vereinbarung faul –«

»Du mischst dich da nicht ein! Geh augenblicklich auf dein Zimmer oder wir müssen uns auch noch mit dir beschäftigen!«

Mathilda blieb standhaft. »Herr Vater, Sie haben kein Recht, uns so –«

Professor Wiedemanns Stimme: »Schwester, begleiten Sie die junge Dame bitte auf ihr Zimmer, sie ist beträchtlich echauffiert!«

Helena schrie gellend auf. Nein, um Gottes willen, nein! Das durfte nicht geschehen, dass dieses widerwärtige Ungeheuer nun auch noch über Mathilda herfiel! Sie zerrte mit aller Gewalt an den Gurten, mit denen man sie fixiert hatte, spürte den Schmerz in Hand- und Fußgelenken, fühlte die Hammerschläge mörderischer Kopfschmerzen und die Übelkeit, die das Chloroform in ihr hinterlassen hatte.

Dann schien es ihr, dass eine weitere Person in den Raum getreten war. »Albert«, sagte eine Stimme, »ich verstehe Ihre Empörung, aber bedenken Sie, was vereinbart wurde! Bedenken Sie, dass es keine andere Möglichkeit gibt, an das Erbe heranzukommen.«

Allmählich wich ihre Benommenheit. Sie lag im Bett, Hände und Füße an das Metallgestell gefesselt, und um sie herum standen, grotesk missgestaltet wie Figuren in einem Zerrspiegel, ihr Vater, Rechtsanwalt Schwab und Professor Wiedemann.

»Was ist geschehen?«, flüsterte sie heiser. Ihr Hals schmerzte von den giftigen Dämpfen.

»Was geschehen ist?«, brüllte Albert. »Du arme Irre, du hast die Hälfte meiner Modelle zerstört! Ich lasse dich für den Rest deines Lebens einsperren, du …«

Im Hintergrund tuschelten der Professor und der Rechtsanwalt miteinander. Sie schnappte ein paar Worte auf: »Übernahme der Kosten müsste garantiert werden …«

Durch die tobende Qual in ihrem Inneren schnitt ein dünner Lichtschein. Wiedemann würde sie nur in seinem Sanatorium aufnehmen, wenn ihr Vater dafür bezahlte, und das konnte er nicht. Wenigstens vor diesem Verräter war sie sicher, vor ihm und seinem lüsternen Troll … Aber gleich darauf fiel ihr ein, dass ihr Vater sie dann vermutlich in eine öffentliche Irrenanstalt stecken würde. Die Zustände dort mochte sie sich gar nicht erst vorstellen.

Sie atmete tief durch, verzweifelt bemüht, sich vollkommen ruhig zu verhalten. Hinter den Fratzen der Männer, die sich um sie scharten wie Geier um eine Sterbende, sah sie vage Mathildas orangebraunen Morgenrock und hörte die Stimme der Sundanesin: »Sie kann nichts dafür. Ich habe ihr Laudanum gegeben, damit sie besser schlafen kann, und sie hat es wohl nicht gut vertragen. Herr Vater, Sie wissen doch, dass sie manchmal schlafwandelt. Es ist schlimm, dass sie Ihre Geräte zerstört hat, aber …«

»Schlimm!? Schlimm nennst du das!«, brüllte Albert.

»… aber wenn Helena in Kürze eine reiche Frau sein wird, werden Sie doch schon bald über die Mittel verfügen, um neue zu bauen«, beendete Mathilda ihren Satz.

Helena, die jetzt vollkommen wach war, lauschte. Schlaue Mathilda, dachte sie. Die Aussicht auf Geld war das Einzige, was ihren Vater davon abhalten konnte, sie Professor Wiedemann oder den Ärzten einer öffentlichen Irrenanstalt auszuliefern. Und Mathilda verfolgte diese Strategie geschickt weiter: Sie erinnerte Albert dezent daran, wie nahe er der Erfüllung seiner Träume war, wenn er sie nach Java schickte. Nur noch bis September musste er warten, dann würde Helenas Gatte über ein gewaltiges Erbe verfügen, und zweifellos würde Helena sich nicht lange bitten lassen, die wertvolle wissenschaftliche Arbeit ihres Vaters damit zu unterstützen …

»Wird sie jetzt ruhig bleiben, Herr Professor?«, fragte Dr. Schwab an den Leiter der Heilanstalt gewandt. »Kann man sie losbinden?«

»Ich denke, ja, aber es sollte jemand bei ihr bleiben, damit sie nicht wieder das Bett verlässt. Und schließen Sie das Zimmer ab, bis sich eine deutliche Besserung ihres Zustandes gezeigt hat. Wenn Sie es wünschen, kann Schwester Frida …«

Ein eiskalter Schreck durchfuhr Helena, aber Albert – der wohl befürchtete, dass die Wärterin bezahlt werden wollte – lehnte hastig ab. »Nein, nein, das kann Mathilda übernehmen.«

Allmählich ging Helenas körperliche und seelische Erschöpfung in einen Zustand natürlicher Müdigkeit über, sodass sie schließlich in einen tiefen, traumlosen Schlaf fiel.

6

Nach dem heftigen nächtlichen Aufruhr sah Helena selbst ein, dass sie keine andere Wahl hatte, als der Reise nach Batavia möglichst rasch zuzustimmen. Als Dr. Schwab am nächsten Tag erschien, hatte sie ihren Widerstand aufgegeben. Sie war nicht willig, aber so zerschlagen, dass sie alles getan hätte, nur um Hamburg zu entkommen.

»Nun, Fräulein von Odenhof?«, fragte der Anwalt, nachdem er mit ihr und ihrem Vater einige nichtssagende Worte gewechselt hatte. »Haben Sie sich entschieden?«

Helena, die sehr blass war, nickte. »Ich bin einverstanden«, flüsterte sie. »Und Mathilda auch.«

Ein Seufzer tiefer Erleichterung entfuhr Albert, der Seufzer eines Mannes, der einem Todesurteil entgangen war. Dr. Schwab beeilte sich, aus seinen Papieren einen bereits vorgefertigten Vertrag herauszusuchen, und legte ihn vor der jungen Frau auf den Tisch. »Das ist Ihre schriftliche Zustimmung zu der Eheschließung. Wenn Sie bitte hier unterzeichnen. Vielen Dank.« Er bedachte sie mit einem frostigen Lächeln. »So. Das hätten wir dann. Sie haben eine kluge Entscheidung getroffen, Fräulein von Odenhof.«

Albert schloss seine Tochter in die Arme. »Das meine ich auch. Du wirst sehen, es wird dir in Port Crescent an nichts fehlen.« Kein Wort davon, dass sie dort auch glücklich werden würde. Das wagte er dann doch nicht.

Helena nickte stumm. Ein paar Atemzüge lang schmiegte sie sich in die bärenhafte Umarmung ihres Vaters, dann befreite sie sich brüsk aus seinen Armen, wünschte den beiden Männern einen angenehmen Tag und verließ den Salon.

Dr. Schwab wartete, bis Helena außer Hörweite war, dann schob er seine Papiere zusammen und sagte: »Nun, das wäre erledigt. Sie können aufatmen, alter Freund. Jetzt kommt es vor allem darauf an, dass wir hier retten, was noch zu retten ist. Und

Sie müssen sich dem Zugriff der Polizei entziehen, solange es eben geht. Wann hat der junge Aldermann Geburtstag?«

»Am fünften September.«

»Gut. Dann sollten die beiden in der ersten Augustwoche dort eintreffen, besser noch Ende Juli. Sagen Sie einmal – wer würde denn nach ihm erben?«

Albert sah ihn verdutzt an. »Nach ihm? Ich bitte Sie, er ist gerade einmal Anfang zwanzig und bei bester Gesundheit!«

»Es sind schon Jüngere gestorben. Also? Wer erbt? Gibt es dazu eine Verfügung im Testament?«

»Ja. Aber niemand weiß, worin sie besteht. Sie darf erst geöffnet werden, wenn Jonah tatsächlich gestorben ist.«

»Hmmm.« Schwab fuhr sich mit dem kleinen Finger über die hängende Unterlippe. »Schlauer Bursche, der Erblasser! Wenn nämlich der nächste Erbe Bescheid wüsste, dann könnte einem Burschen wie Jonah Aldermann in dieser Weltgegend leicht etwas zustoßen.«

Albert nickte geistesabwesend. In Gedanken sah er einen flachsblonden, elfjährigen Jungen vor sich, groß für sein Alter, aber sehr schmal, der lachend über die grauen Steinstufen des Herrenhauses sprang – hinauf, hinunter, immer dieselbe Schrittfolge, wie ein Automat. Dabei blickte er Bewunderung heischend zu einem zierlichen, ebenso blonden Mädchen hinüber, das in einem mit Schleifen und Volants überladenen pastellfarbenen Kleid auf der Mauer saß. Sie zählte mit, wie oft er es schaffte, ohne einen Fehltritt über die Stufen zu springen, und applaudierte begeistert, wenn er wieder, ohne zu stolpern, auf dem Boden landete.

Albert wusste nicht, warum es gerade dieses Bild war, das sich ihm so unauslöschlich eingeprägt hatte. Vielleicht lag es daran, dass die beiden ein so vollkommenes Bild kindlicher Idylle boten. Er erinnerte sich nur vage daran, wie das Mädchen hieß – Mary? Miriam? Myrtle? –, aber er wusste noch, dass sie Engländerin und die Tochter eines reichen Teehändlers in Port

Crescent war. Jetzt fiel ihm ihr Name wieder ein: Myrtle Linton. Sie und Jonah waren damals immer zusammen gewesen, sodass Leute, die sie nicht kannten, sie oft für Geschwister hielten, so blond und schmalschultrig, wie beide waren. Dennoch hatte Myrtle zuletzt Jonahs älteren Bruder Max geheiratet. Albert war überzeugt, dass das, wie er Maximilian Aldermann kannte, keine glückliche Entscheidung gewesen war, jedenfalls nicht für Myrtle, aber für ihn, Albert, bedeutete es jetzt die Rettung. Die Lintons waren ohnehin reich genug, sie brauchten das zusätzliche Geld nicht. Er aber brauchte es.

Er beruhigte sein Gewissen damit, dass er ja nicht vorhatte, es für eigensüchtige Vergnügungen zu verpulvern. Er würde es klug anlegen, sodass er an Helena alles wiedergutmachen konnte, was er sich ihr gegenüber hatte zuschulden kommen lassen. Wenn er erst Geld genug hatte, um einen Prototyp seiner neuartigen Schiffsschraube herzustellen, dann würde er auch einen Investor für das Projekt finden. Was Dr. Schwab auch sagen mochte – Albert von Odenhof war überzeugt, dass der Durchbruch in Reichweite lag. Irgendwann musste die wissenschaftliche Welt begreifen, was ihr entging, wenn sie sein Genie weiterhin verkannte, und dann würde er nicht nur reich, sondern auch weltberühmt sein.

Alles würde wieder gut werden.

7

In Hamburg kam der Sommer immer beträchtlich später als im Süden Deutschlands, und wenn er kam, war er bleich und missmutig, zerfressen von den salzigen Ausdünstungen des Meeres und zerfleddert von den Stürmen, die von der Nordsee her die Elbemündung heraufegten. Helena und Mathilda bemühten sich dennoch tapfer, ihren Spaziergang zwischen kümmerlich belaubten Bäumen und unter einer fahlen Sonne zu genießen.

Sie hatten die Hüte mit doppelten Schleifen unterm Kinn festgebunden, damit die immer wieder durch die Straßen am Hafen brausenden Windsbräute sie ihnen nicht wegrissen, und sich trotz des Sonnenscheins gehäkelte Umschlagtücher um die Schultern gewickelt. Das Hündchen der Köchin als Gesellschafter an der Leine, spazierten sie die Promenade entlang und warfen immer wieder neugierige Blicke auf das Gewirr von Masten und Schornsteinen, das das Hafenbecken bis zum fernen Horizont füllte.

Schließlich sprach Mathilda aus, was beide dachten. »Ich bin schon gespannt, wie das Schiff aussieht, mit dem wir fahren. Kohinoor heißt es, sagte der Rechtsanwalt. Das ist doch der Name eines berühmten Diamanten, nicht wahr? Der Name klingt schon so prächtig. Sicher wird es eines von den Neuen sein.«

Da sie in der Hafenstadt Hamburg aufgewachsen waren, hatten sie und Helena Wasserfahrzeuge zu Hunderten gesehen, aber in den letzten Jahren hatte sich das äußere Erscheinungsbild der Schiffe drastisch gewandelt. Das Segel als Antriebsmittel wurde allmählich durch den Dampfmotor abgelöst. Hölzerne Rümpfe wurden durch stählerne ersetzt, Kupfernägel durch Eisennieten. Vor allem die Ozeanriesen, die Unmengen an Passagieren und Kargo zwischen den Weltteilen hin und her transportierten, glichen eher schwimmenden Städten als den Schiffen früherer Zeiten.

»Ich hoffe«, bemerkte Helena zynisch, »es ist eines von denen, die im Sturm sinken, dann hätte ich wenigstens meine Ruhe.«

»Das meinst du doch nicht im Ernst. Du bist noch keine zwanzig Jahre alt, du hast das ganze Leben noch vor dir!«, protestierte Mathilda.

»Und was für ein Leben ist das? Kinder kriegen von einem flachsblonden Friesen, der in Java Kokosöl produziert?«

Mathilda seufzte. Es gab keinen Trost für die Freundin. Es hatte gar keinen Sinn, ihr vorzulügen, dass sie sich daran gewöhnen und ihr Eheleben vielleicht sogar ganz angenehm finden würde.

Sie fragte sich, was Jonah Aldermann eigentlich zu der ganzen Angelegenheit sagte. Freute er sich, dass er nun doch eine Frau bekam, noch dazu eine Deutsche? Oder ließ ihn das alles kalt? Viele Männer nahmen ihre Ehe nicht sonderlich wichtig. Sie lebten für ihre Plantage, für die Armee, für ihr Schiff oder ihre Pferde. Wenn sie das Bedürfnis nach weiblicher Gesellschaft hatten, gingen sie zu ihren einheimischen Mätressen, von denen sich trotz der nach außen zur Schau getragenen kalvinistischen Prüderie jeder weiße Mann zumindest eine oder zwei zugelegt hatte. Das galt als durchaus akzeptabel, solange man die farbige Geliebte nicht allzu unverhohlen in der Öffentlichkeit präsentierte. Für eine weiße Frau dagegen wäre es ein unverzeihlicher Fehltritt gewesen, sich mit einem Einheimischen oder auch nur einem Halbblut einzulassen; der Skandal hätte sie in der gesamten europäischen Gesellschaft Niederländisch-Ostindiens unmöglich gemacht.

Mathilda beeilte sich, Helena über diesen Sachverhalt zu informieren. »Vielleicht hat er eine Mätresse und kommt gar nicht so oft zu dir … nur wenn es um Kinder geht.«

»Mir ist schon einmal im Jahr zu viel.« Helena wandte ihr das bleiche, gequälte Gesicht zu. »Mathilda, ich kann es nicht ertragen! Ich … ich … Wenn er mich nur anrührt, schlage ich ihm mit dem nächstbesten Gegenstand den Schädel ein.«

»Das kann ich mir bei dir sehr lebhaft vorstellen.« Mathilda zweifelte nicht daran, dass die Drohung ernst gemeint war. Sie kannte den Abscheu ihrer Freundin gegen eine Heirat, und sie kannte Helenas unberechenbares Temperament. Ihre Frustration, ihr Zorn, ihre Erbitterung über die zahllosen kleinen Demütigungen eines Frauenlebens hatten sich immer wieder in gewalttätigen Ausbrüchen gegen sich selbst und andere Luft gemacht. Sie zerschnitt ihre schöne Haut mit dem Rasiermesser, bis ihr das Blut über die Arme rann. Sie säbelte ihr herrliches Haar ab, bis nur noch ein blond-braunes Stoppelfeld übrig blieb. Sie riss ihre Kleider in Streifen. Das hatte sie letztendlich auch in Professor Wiedemanns Anstalt gebracht, als sie es eines Tages so wüst getrieben hatte, dass Albert Angst bekommen hatte.

Mathilda zweifelte sehr daran, dass Jonah Aldermann an seiner importierten Braut viel Freude haben würde, aber letzten Endes würde Helena den Kürzeren ziehen. Stolz und unbeherrscht, hatte diese nie gelernt, dass man dort, wo man nicht beißen konnte, lecken musste. Sie rannte ständig mit dem Kopf gegen die Wand und wurde mit jedem neuen Schmerz zorniger. Sie hatte der Freundin unter Tränen von der Zwangsjacke, dem 24-stündigen Dauerduschen und den eiskalten Tauchbädern erzählt – und von etwas noch Schlimmerem. Seit ihrem Aufenthalt in der Anstalt war Helenas schwelender Widerwille gegen alles Geschlechtliche zu blankem Hass geworden. Was konnte einem Mädchen, das hilflos in einer Zwangsjacke steckte, nicht alles passieren? Und wie konnte sie erwarten, dass irgendjemand ihren Klagen und Bezichtigungen Glauben schenkte, wo sie doch als verwirrt fantasierende Irre in die Anstalt eingeliefert worden war?

»Aber du«, sagte Helena, »du wirst dort unten einen Mann finden, der dir gefällt. Du sagst doch immer, du magst die hellhäutigen Männer nicht, du willst einen wie den Prinzen Diponegoro.«

Mathilda seufzte. »Einen Mann wie ihn findet man in tausend Jahren nicht«, antwortete sie. Unwillkürlich legte sie die Handflächen aneinander und machte eine angedeutete Verbeugung, als stünde der Ratu Adil unmittelbar vor ihr. »Ach, ich wäre schon mit einem ganz gewöhnlichen Javaner zufrieden, aber ein Patriot müsste er sein, einer, der für unsere Freiheit kämpft! Du magst Jonah Aldermann nicht, weil er ein Mann ist, aber ich mag ihn und seinesgleichen nicht, weil sie unser Land überfallen und uns versklavt haben.«

»Das waren die Holländer«, verbesserte Helena. »Die Aldermanns sind Deutsche.«

»Na und?«, ereiferte sich Mathilda. »Dem gerissenen Wild ist es gleichgültig, ob die Löwen oder die Hyänen an seinen Eingeweiden zerren! Die Holländer haben das javanische Volk getötet, und die Deutschen, die Araber, die Chinesen plündern die Leichen. Warte nur!« Sie ballte die zierlichen, zimtbraunen Hände zu Fäusten und riss sie so abrupt hoch, dass das Hündchen den scharfen Ruck an der Leine mit kläffender Empörung beantwortete. »Eines Tages, Helena, wird Java frei sein, und eines Tages werden auch die Frauen frei sein. Dann muss keine Frau mehr heiraten, um ein Dach über dem Kopf und Essen auf dem Tisch zu haben.«

»Du musst ja auch nicht heiraten. Dich haben sie nicht verkauft.«

»Ich habe trotzdem keine andere Möglichkeit. Eine alleinstehende Frau ist auf Java ein gesellschaftliches Nichts. Niemand respektiert sie, niemand beachtet sie.«

Mathilda kannte die Sitten in ihrem Heimatland. Dort heiratete man nicht aus Liebe. Die Familie kaufte dem Sohn eine Frau, die für ihn kochte, putzte und ihm Kinder gebar. Reiche Leute kauften ihren Söhnen mehrere Frauen, für die Armen gab es nur eine, aber alle teilten dasselbe Schicksal. Sie standen in der allgemeinen Wertschätzung kaum höher als Haustiere. Und die Kolonialherren, die sich erhaben dünkten über die heidnischen Insulaner, waren um nichts besser. Auch die Ehen ihrer Söhne und Töchter wurden von der Familie arrangiert.

Helena war stehen geblieben und stocherte mit der Spitze ihres zusammengerollten Sonnenschirms in den grasbewachsenen Ritzen zwischen den Pflastersteinen. Mit gedämpfter Stimme sagte sie: »Weißt du, was ich denke? Das alles habe ich ihm zu verdanken … dem Polong. Er wird mir niemals verzeihen. Was mir das Leben auch bringt, er wird es gegen mich kehren. Du weißt, wie oft mir das schon widerfahren ist.«

Mathilda schwieg. Sie wusste nicht, was sie ihrer Schwester sagen sollte, um deren Schmerz nicht noch zu vergrößern. Sie selbst schwankte zwischen der oberflächlichen Aufgeklärtheit der Deutschen, die über alles Übersinnliche lachten und es doch nicht gewagt hätten, nachts ohne Laterne den Friedhof zu überqueren, und dem dumpfen Aberglauben der Javaner, die hinter jedem Baum böse Geister lauern sahen. Sie erinnerte sich noch gut, wie sie als kleines Mädchen überzeugt gewesen war, dass unmittelbar hinter den umgrenzenden Dornenhecken des Kampongs das Reich der bösen Geister begann: der Vampirdämonin Langsuir, der Würgerin Penanggalan und des grausamen Polong. Die Furcht hatte sie niemals verlassen. Es erging ihr wie dem Skeptiker, der gesagt hatte: »Ich glaube nicht an Gespenster, aber ich fürchte mich vor ihnen.«

Schließlich antwortete sie: »Vielleicht werden wir ihn los, sobald wir einmal auf See sind. Es heißt, dass sie« – vorsichtig vermied sie es, den gefährlichen Namen auszusprechen – »das Wasser nicht überqueren können.«

Helena misstraute dieser Hoffnung. »Das glaube ich nicht. Aber wir werden es sehen.«

»Willst du nicht vielleicht doch einmal einen eurer Priester fragen? Auf Java gehen wir zu einem weisen Mann oder auch zu einem islamischen Mullah, der etwas von solchen Dingen versteht.«

»Dann müsste ich ihm alles erzählen, und das kann ich nicht. Es war schwer genug für mich, es dir zu erzählen, und du stehst mir näher als irgendein anderer Mensch auf der Welt. Nein, vergiss es. Vielleicht hast du ja recht, und ich finde jenseits des Ozeans Frieden.«

Sie schloss die Augen. Wäre ich nicht so feige, dachte sie, so würde ich aus dem Fenster springen, aber ich bin jung, ich will leben. Ich brauche nur die winzige Hoffnung, dass ich eines Tages glücklich werden kann. Aber diese Hoffnung habe ich nicht.

Amsterdam, Holland

1

Zur selben Zeit, als Albert von Odenhof die Ehe seiner Tochter arrangierte, saß in Amsterdam ein Anwalt seinem Klienten gegenüber – besser gesagt, dem Mann, den er angeheuert hatte, um den Interessen seines Klienten zu dienen. Dieser Mann, Ruben Kosminsky mit Namen, war noch keine dreißig, trug etwas geckenhafte Kleidung, bot jedoch einen sehr gefälligen Anblick mit seiner schlanken, anmutigen Gestalt, den kühn geschnittenen, semitischen Zügen und dem weichen, kastanienbraunen Haar. Seine großen, ein wenig vorstehenden Augen hatten die geheimnisvolle Farbe von Aventurin, ein so tiefes Grün, dass es stellenweise in Schwarz überging.

In Amsterdam regnete es. Kalter Dunst stieg aus der Keizersgracht auf, auf die die hohen Fenster der Kanzlei hinausblickten. Mijnheer van Houten erlaubte seinen Gedanken einen Augenblick lang, von beruflichen Angelegenheiten abzuschweifen, und wünschte sich, er könnte mit diesem jungen Abenteurer da die Plätze tauschen und selbst nach Java fahren, wo immer die Sonne schien. Dann fiel ihm ein, dass die Insel in den Tropen lag und die Regenzeit dort ein halbes Jahr dauerte, und sein Fernweh erlosch. Mit einer brüsken Bewegung wandte er sich wieder der Aufgabe zu, die vor ihm lag.

»Sie werden verstehen, Mijnheer Kosminsky, dass ich den Namen meines Auftraggebers nicht preisgeben werde. Sie verhandeln ausschließlich mit mir, und wenn Ihre Bemühungen von Erfolg gekrönt sind, erhalten Sie von mir Ihren Lohn, alles andere braucht Sie nicht zu interessieren. Nun sehen Sie sich das hier an und prägen Sie es sich gut ein, denn die Lichtbilder kann ich Ihnen nicht mitgeben.«

Der junge Mann, der mit lang ausgestreckten Beinen in dem Sessel vor seinem Schreibtisch lümmelte, nahm mit einer lässigen Bewegung die Fotos entgegen und fächerte sie auf seinem Schoß auf. Ein leiser Pfiff der Bewunderung kam über seine Lippen. Mit einem Ruck setzte er sich auf, als verlangten die abgebildeten Gegenstände nach Haltung und Respekt. Seine Augen leuchteten, seine Nasenflügel blähten sich vor Erregung. Obwohl die Juwelen nur als blassbraune Objekte ohne Glanz und Farbe abgebildet waren, erkannte er sie sofort.

»Der Majapahit-Schmuck!«, stieß er hervor, vergeblich bemüht, geschäftsmäßig zu klingen und sich seine geradezu lüsterne Begeisterung angesichts der altertümlichen Goldschmiedearbeit nicht anmerken zu lassen. Es war lange her, seit er so wundervolle Kleinodien gesehen hatte. Die Goldschmiede und Juweliere des Reiches Majapahit – Friede ihrer Asche! – waren vollendete Künstler gewesen.

»Wie sind Sie zu den Bildern gekommen?«, rief er aus. »Der Schatz liegt seit Jahren in einem Tresorraum der königlich-niederländischen Bank in Batavia!«

Der Anwalt tat, als hätte er die Frage nicht gehört. »Sie kennen den Schmuck, Mijnheer Kosminsky?«

»Natürlich kenne ich ihn. Jeder, der sich mit Edelsteinen beschäftigt, kennt ihn. Ich meine, ich kenne Lichtbilder davon und weiß, worum es sich handelt, gesehen habe ich ihn genauso wenig wie ein anderer in den letzten fünf Jahren.« Widerwillig reichte er die Bilder zurück. »Ich nehme an, Sie haben mir diese Bilder nicht zum Vergnügen gezeigt.«

Mijnheer van Houten war kein Mann hastiger Antworten. Sorgfältig verstaute er die Bilder in einem Kuvert und dieses in einer der Schubladen seines Schreibtischs, ehe er antwortete: »Kennen Sie die Geschichte des Schmucks?«

»Nein, erzählen Sie sie mir.«

»Hören Sie aufmerksam zu, denn was ich Ihnen sage, ist wichtig.«

Ruben Kosminsky zündete sich eine Zigarette an, deren beißend-süßlicher Duft einen deutlichen Misston in die unbewegte, muffige Luft der Kanzlei brachte. Er hielt die elfenbeinerne Zigarettenspitze zwischen Daumen und Zeigefinger der Linken, denn an dieser Hand fehlten am Mittel- und Ringfinger die obersten Glieder, und vom kleinen Finger war nur noch ein Stumpf vorhanden. Ohne das missbilligende Hüsteln des Anwalts zu beachten, lehnte er sich zurück und lauschte. Seine scharfen Züge hatten einen gespannten Ausdruck angenommen. Die schwarzgrünen Augen glänzten. Er liebte es, über Edelsteine zu reden und von ihnen zu hören. Es erfüllte ihn mit einem Gefühl prickelnder Lust, wie es andere Männer erregte, über schöne Frauen zu reden.

Ruben Kosminsky verstand etwas von Juwelen. Er war der Sohn eines Edelsteinhändlers und bis vor zwei Jahren selbst einer der besten Edelsteinschleifer von Amsterdam gewesen, bis er einem Verbrechen zum Opfer fiel, bei dem seine Hand verstümmelt wurde. Seinen Beruf konnte er seitdem nicht mehr ausüben, und zum Händler fehlte ihm das Kapital, also nannte er sich nun »Agent« und fungierte als Laufbursche der mächtigen Juwelenhändler, als Strohmann und Vermittler bei heiklen Geschäften. Er war überaus erfolgreich in seinem neuen Gewerbe, für das er alle Voraussetzungen mitbrachte. Er war ein angenehmer Gesellschafter, intelligent und vielseitig belesen, glatt und gewandt, höflich und verschwiegen, ein Kenner von Edelsteinen und Frauen. Es wäre ihm schwergefallen, sich zwischen den beiden zu entscheiden, aber hätte man ihn gezwungen, so wäre seine Wahl letztendlich wohl auf die Edelsteine gefallen.

Mijnheer van Houten begann zu erzählen. »Die Geschichte nimmt ihren Anfang vor vier Generationen, als praktisch die gesamte Bevölkerung einer winzigen friesischen Insel geschlossen nach Java auswanderte, darunter Friedrich Aldermann mit seiner Frau und den damals noch sehr jungen Söhnen Friedhelm und Otto. Ottos Geschichte braucht uns hier nur insoweit zu kümmern, als er die Plantage, die sein Vater kaufte, nach dessen Tod weiter bewirtschaftete und seinem Sohn hinterließ. Dieser starb recht jung. Er hinterließ zwei Söhne, Maximilian und Jonathan, die heute erwachsene Männer sind. Trotzdem ist immer noch Ottos Witwe Annette die Herrin auf der Plantage. Aber uns interessiert sein Bruder Friedhelm, der Goldschmied wurde. Er machte in Port Crescent einen Laden auf, kaufte und verkaufte und betätigte sich auch in kleinem Rahmen als Sammler. Bei seinem Tod hinterließ er eine beträchtliche Menge an javanischen Preziosen – nichts Besonderes, wie man allseits meinte. Bei der gerichtlichen Schätzung des Erbes, das er seinem Großneffen Jonah zugedacht hatte, erlebten die Sachverständigen allerdings eine Sensation. Ein beträchtlicher Teil der Wertgegenstände stammte aus der Zeit des Großreiches Majapahit, das im 16. Jahrhundert unserer Zeitrechnung unterging. Friedhelm hatte den Geldwert bezahlt, wie seine Quittungen bewiesen, aber der Sammlerwert lag um das Zehn- bis Zwölffache darüber.«

»Erstaunlich!«, murmelte Ruben und zog die fein geschwungenen Augenbrauen hoch. »Ja, es gibt schon sehr glückliche Zufälle!«

Mijnheer van Houten quittierte die Zwischenbemerkung mit einem vorwurfsvollen Hüsteln und fuhr fort: »Nun, Friedhelm vermachte seine Sammlung testamentarisch seinem Großneffen Jonah Aldermann, dem Enkel seines Bruders, unter der Bedingung, dass dieser sich bis zu seinem einundzwanzigsten Geburtstag standesgemäß verheiratet. Eine Frau sollte seine herrlichen Schmuckstücke tragen. Nun haben wir erfahren, dass Jonah Aldermann tatsächlich in Kürze heiraten wird und ihm am fünften September, seinem einundzwanzigsten Geburtstag, die Juwelen ausgehändigt werden.«

Ruben lehnte sich zurück und leckte sich mit der Zungenspitze über die halb geöffneten Lippen, als hätte die Geschichte von den edlen Steinen dort einen besonderen Geschmack hinterlassen. »Und ich soll sie ihm im Auftrag Ihres Klienten abkaufen? Das wird nicht einfach werden. Die Konkurrenz ist groß. Solche Sammlungen wie die von Friedhelm Aldermann werden von der Gemeinschaft der Edelsteinhändler mit Argusaugen beobachtet.«

Er konnte sich die Szene lebhaft vorstellen. Sicher waren sie wie Geier, die ein Aas wittern, in Port Crescent eingefallen, als der Alte gestorben war. Und nachdem sie von seinem Testament erfahren hatten, hatten sie den Tag, an dem sein Enkel volljährig wurde, im Kalender rot angestrichen. Spätestens im August würde es in der Küstenstadt von ihnen wimmeln. Wahrscheinlich schon früher, denn wenn sein Auftraggeber wusste, dass Jonah kurz davorstand zu heiraten, wussten es sicher auch andere. Und wer zuerst kommt, mahlt zuerst.

Mijnheer van Houten unterbrach seine Erläuterungen mit einer ungeduldigen Handbewegung. »Das haben wir alles bedacht. Deshalb haben wir auch keinen der offiziellen Einkäufer eines Handelshauses beauftragt, sondern Sie.«

»Was ist der Erbe für ein Mann? Ein gerissener Händler wie sein Großonkel?«

»Nicht im Geringsten. Er hat keine Ahnung von Juwelen.«

Das hörte sich gut an. Leute, die wenig von Juwelen verstanden, waren im Allgemeinen gerne bereit zu verkaufen. Bargeld bedeutete ihnen entschieden mehr als ein Sack voll patinierter, fremdartig geformter Schmuckstücke.

»Dann werde ich mit ihm leicht handelseins werden. Gefährlicher ist die Frau. Frauen lieben Schmuck, je ausgefallener, desto besser.«

Mijnheer van Houten gestattete sich ein Lächeln, das in seinem Gesicht aussah wie ein Riss in vergilbtem Papier. Sein Blick glitt über das schöne Gesicht, die geheimnisvoll verhangenen

Augen, die katzenhafte Gestalt seines Gegenübers. »Genau deshalb ist unsere Wahl auf Sie gefallen, Mijnheer. Nutzen Sie die romantische Stimmung einer Seereise, um Jonah Aldermanns Braut kennen zu lernen. Sie wird nämlich auf demselben Schiff sein, mit dem Sie nach Batavia fahren. Sie heißt Helena von Odenhof und reist allein mit ihrer javanischen Zofe.« Sein Lächeln wurde noch breiter. »Man sagt, Ihnen könne keine Frau widerstehen. Nutzen Sie diese Gabe, damit werden Sie vor allen anderen Interessenten einen großen Vorsprung haben.«

Er suchte in den Papieren auf seinem Schreibtisch herum und reichte Ruben schließlich ein dickes Kuvert. »Darin befindet sich das erste Viertel Ihres Honorars. Das zweite Viertel können Sie sich bei der königlich-niederländischen Bank in Batavia abholen, inklusive der vereinbarten Spesen. Den Rest bekommen Sie nach Erledigung des Auftrags. Außerdem befindet sich Ihre Schiffskarte in dem Kuvert. Sie fahren mit der Kohinoor nach Batavia –«

Ruben Kosminsky hob mit einer ruckartigen Bewegung den Kopf. »Kohinoor? Was für ein passender Name für das Schiff, das mich zu diesen Schätzen fährt! Aber man sagt, der Diamant bringe Männern Unglück, Frauen dagegen Glück. Vielleicht sollte ich lieber das nächste Schiff nehmen.«

Mijnheer van Houten ignorierte den Einwand und fuhr unbeeindruckt fort: »… nach Batavia, und von dort mit dem Küstendampfer nach Port Crescent. Sie werden –«

Ruben hob Einhalt gebietend die verstümmelte Hand. »Einen Augenblick noch! Heißt das, ich soll die junge Dame verführen und so nachhaltig bezaubern, dass sie ihren Gatten beschwatzt, mir den Schmuck zu verkaufen? Oder meinten Sie eine nachdrücklichere Vorgangsweise – zum Beispiel, dass sie die Geschmeide stiehlt und mir aushändigt?«

»Machen Sie es, wie Sie wollen. Hauptsache, Sie bringen den Schmuck an sich. Lernen Sie die junge Braut kennen, gewinnen Sie ihr Herz, werden Sie ihr Geliebter, und sobald sie den

Schmuck haben, verschwinden Sie aus Java. Die Frau können Sie meinetwegen behalten, aber die Juwelen bekommt mein Klient. In erster Linie geht es ihm um den ›aufgehenden Mond‹, einen haselnussgroßen gelben Diamanten an einem Collier. Ich soll Ihnen sagen, den wolle er um jeden Preis.«

»Um jeden Preis!«, wiederholte der junge Mann nachdenklich. »Meint er damit nur, er würde jeden Preis dafür bezahlen, oder …?«

Mijnheer van Houten starrte an seinem Gegenüber vorbei in die linke obere Ecke zwischen Wand und Zimmerdecke, als sei er selbst gänzlich unbeteiligt an den bedeutungsvollen Worten, die er nun aussprach. »Wir stellen es Ihnen frei, welche Mittel Sie anwenden, um an den Schmuck zu kommen. Tun Sie, was Ihnen angemessen erscheint, Hauptsache, Sie haben Erfolg. Mein Klient wird Ihnen allerdings nicht helfen, falls Sie in Port Crescent in Schwierigkeiten geraten. Wenn Sie dort gehängt werden, ist das allein Ihr Problem.« Er stand auf, zum Zeichen, dass die Unterhaltung beendet war.

Als sie sich bereits voneinander verabschiedet hatten, fügte er ihrem Gespräch noch eine Fußnote hinzu. »Übrigens, Mijnheer Kosminsky – Sie kommen doch hoffentlich nicht auf den Gedanken, den Schmuck, wenn Sie ihn erst einmal haben, für sich zu behalten? Das wäre eine höchst unglückliche Idee. Ich muss Ihnen nicht extra mitteilen, dass sich mein Klient in diesem Fall zu drastischen Maßnahmen gezwungen sähe.«

2

Als Ruben Kosminsky durch das Tor des Gebäudes auf die Straße trat, wurde im Fenster einer an der Straßenecke wartenden herrschaftlichen Kutsche der Vorhang zurückgeschoben, und zwei Gesichter spähten heraus. Eines gehörte einem weißhaarigen Mann mit Doppelkinn und bläulichen Wülsten unter den

Augen, das andere einer Frau, die zwischen vierzig und fünfzig sein mochte und für ihr Alter erstaunlich attraktiv war. Das hoch aufgetürmte kastanienbraune Haar, das magnolienblasse Gesicht mit der schimmernden, makellosen Haut verrieten eine ständige Pflege, die an Schönheit zurückgab, was das hereinbrechende Alter genommen hatte. Der auffallendste Zug an ihrem Gesicht jedoch waren die türkisblauen Katzenaugen, so hell und klar, dass man sich einbilden konnte, sie in der Dämmerung im Inneren des Wagens leuchten zu sehen. Zwingende Augen waren es, erfüllt von einer inneren Kraft. Sie hatten vier Ehemänner in ihren Bann geschlagen, einer reicher als der andere, bis hin zum vorläufig letzten, einem Rotterdamer Schiffseigner namens Heinrich Koloman.

»Er hat den Auftrag angenommen«, bemerkte Magda Koloman mit einem Blick auf den dicken Briefumschlag, den Ruben eben in seiner Tasche verstaute. »Ich sagte dir doch, der junge Narr würde es tun, wenn man ihm nur reichlich Gulden unter die Nase hält.«

Heinrich Koloman, der das heftige Temperament seiner Gattin kannte, wagte nur vorsichtigen Widerspruch. »Ich bin mir dennoch nicht sicher, ob es der richtige Weg war. Er ist geradezu besessen von Schmuck, wie so viele dieser Edelsteinkrämer. Wenn er die Juwelen erst einmal in Händen hat, wird er alle Warnungen in den Wind schlagen und alles tun, um sie zu behalten.«

»Und ich, mein verehrter Herr Gemahl, werde alles tun, um sie ihm abzunehmen, bevor er noch auf dumme Gedanken kommt. Ich kann mit einem Revolver umgehen, und wenn ich schieße, dann treffe ich auch. Vergiss nicht, ich war nicht immer die zerbrechliche Teepuppe, die deine Freunde und Verwandten in mir sehen.«

»Wie könnte ich das vergessen«, murmelte Heinrich, dem der wahre Charakter seiner Frau ebenso viel Vergnügen wie Ärger bescherte. Sie war eine Teufelin. Aufregend, faszinierend, kaltblütig und berechnend, dabei charmant und in Gesellschaft überaus gefällig. Insgeheim hatte er so viel Angst vor ihr, dass er vorsorglich sein gesamtes Vermögen einer Stiftung hinterlassen und sie von dieser Verfügung in Kenntnis gesetzt hatte. Er fühlte sich sicherer, wenn ihr klar war, dass er ihr lebend mehr nutzte als tot.

Eilig wechselte er das Thema. »Du wirst also fahren?«

»Aber gewiss doch. Meinst du, ich lasse dem Burschen einen wochenlangen Vorsprung, damit er mit meinen Juwelen ins Pfefferland verschwindet? Ich werde ihm folgen wie sein eigener Schatten.«

»Mach nur keinen Skandal. Vergiss nicht, ich habe einen Ruf zu verlieren.«

Sie zuckte verächtlich die Achseln. »Wer kennt in Java schon dich und deinen Ruf? Nur keine Sorge, ich werde alles sehr diskret abwickeln und dich nicht in die Sache hineinziehen. Gib mir nur das Reisegeld, um alles Weitere kümmere ich mich.«

Er wagte dennoch einen weiteren schwachen Protest. »Warum müssen es denn gerade die Majapahit-Juwelen sein? Wir können bei einem holländischen Juwelier die schönsten Steine der Welt kaufen, wenn du sie haben willst.«

»Ich will aber diese. Sie haben eine ganz besondere Bedeutung für mich.«

»Und zwar?«

»Frag nicht. Ich werde es dir ja doch nicht sagen. Jedenfalls will ich diese und keine anderen, und wenn es die britischen Kronjuwelen selbst wären.« Sie legte die Hand an die Klinke der Wagentür. »Ich muss noch einmal mit Mijnheer van Houten sprechen. Fahr schon einmal vor, ich komme später nach.« Sie stieg aus, wobei sie ihr aus kostbarem Tuch genähtes und raffiniert geschnittenes Kleid hochraffte, rückte ihren Hut zurecht und trippelte hinüber zu dem schmalen Giebelhaus, in dem sich die Kanzlei befand.

Der Vorhang wurde wieder zugezogen, dem Kutscher ein

Befehl zugerufen, und die beiden prächtigen rotbraunen Pferde, die vor den Wagen gespannt waren, setzten sich mit klappernden Hufen in Bewegung.

Mijnheer van Houten erhob sich respektvoll, als seine Klientin – wie immer ohne Anmeldung – eintrat und sich in den Sessel fallen ließ, auf dem kurz zuvor Ruben Kosminsky gesessen hatte.

»Nun, mein Freund?«, fragte sie lächelnd ihren langjährigen Vertrauten, der als einer von ganz wenigen Menschen über ihre Vergangenheit Bescheid wusste. »Ist alles nach Wunsch verlaufen?«

»Gewissermaßen schon … aber vergiss nicht, dass ich dir abgeraten habe, Kosminsky zu beauftragen. Gut, er ist ein gewandter Bursche und versteht etwas von Edelsteinen, aber letzten Endes würde er, sogar wenn es um den Majapahit-Schmuck geht, davor zurückschrecken, jemanden zu töten.«

»Er soll ja auch gar nicht töten«, antwortete sie mit einem feinen Lächeln. »Er soll getötet werden.«

»Aber warum? Das verstehe ich nicht.«

»Es ist ganz einfach, lieber alter Freund. Wenn alles so läuft, wie ich es mir vorstelle, dann wird es ihm gelingen, den Schmuck an sich zu bringen, aber man wird wissen, wer der Dieb ist. Man wird ihn verfolgen. Dann wird man ihn erschossen im Dschungel auffinden, und der Schmuck ist verschwunden. Man wird annehmen, er hätte Zeit genug gehabt, ihn zu verstecken, ja man wird sogar in seiner Tasche eine hastig hingekritzelte Karte finden, auf der ein Versteck eingezeichnet ist – allerdings eines, das nie jemand ausfindig machen wird. Alle werden im Dschungel von Java nach dem Schatz suchen – und nicht bei mir.«

Sie lachte, als sie das bange Gesicht sah, das der Anwalt bei diesen Worten machte. Ängstlich wandte er ein: »Aber Magda, du bist ungeheuer reich. Du kannst dir den Schmuck kaufen.

Warum willst du ihn auf eine so schreckliche Weise in deinen Besitz bringen?«

»Weil Jonah ihn mir niemals verkaufen wird. Er hasst mich. Er hat jedes Wort geglaubt, das sie über mich gesagt haben, und wenn sich einmal ein Gedanke in seinem bisschen Hirn festgesetzt hat, dann bleibt er dort sitzen. Deshalb soll Kosminsky das übernehmen. Wenn der mir den Schmuck auf legale Weise besorgen kann, umso besser, wenn nicht … dann eben anders.«

Ihr Lächeln nahm einen verächtlichen Zug an, als sie sich die mit zittriger Stimme vorgebrachten Einwände ihres alten Komplizen anhörte. Van Houten hatte im Grunde nichts zu befürchten, dennoch hatte er Angst. Ein Anwalt eben, der immer an tausend Wenn und Aber dachte und sich rundherum absichern wollte. Feiglinge allesamt, die Männer. Was getan werden sollte, musste man selbst tun.

Freilich, um das Herz eines jungen Mädchens zu gewinnen, dazu brauchte es einen Mann, also hatte sie Ruben Kosminsky anheuern müssen. Aber sie schwor sich, dass sie ihn bei erster Gelegenheit beseitigen würde, sobald er seine Schuldigkeit getan hatte.

So oder so, dachte sie, ist er ein toter Mann.

3

Der Regen hatte aufgehört, und hinter den Wolken schaute von Zeit zu Zeit eine silberne Sonnenscheibe hervor, die die Stadt in ein kränkliches Licht tauchte. Ruben Kosminsky schlenderte mit langen Schritten die Keizersgracht entlang. Er achtete nicht darauf, dass unter den vorübereilenden Frauen bemerkenswert viele waren, die ihm interessierte Blicke zuwarfen oder sogar stehen blieben, um ihm nachzusehen. Für ihn war das nichts Besonderes. Dass er eine geradezu betörende Wirkung auf das schöne Geschlecht ausübte, war sein tägliches Brot – buchstäblich. Er genoss diesen Vorzug nicht nur, er lebte auch recht gut davon, denn Frauen gaben, wenn sie etwas kauften, viel darauf, dass ihnen der Verkäufer sympathisch war. Meist fiel bei seinen Geschäften eine sehr angenehme, diskrete Provision für ihn ab.

Er war überzeugt, dass Mijnheer van Houtens Klient ebenfalls eine Frau war. In allem, was der Anwalt ihm erzählt hatte, hatte ein ausgesprochen weiblicher Ton mitgeschwungen. Er hätte nicht sagen können, wieso er das wusste, er hatte es einfach im Gefühl, als hätte er die Aura dieser Unbekannten aufgefangen, die zweifellos vor ihm in der Kanzlei des Anwalts gesessen hatte. Er versuchte sie sich vorzustellen. Wie ein Medium die Gegenwart unsichtbarer Präsenzen erkennt, so erfühlte er die Schwingungen einer Frau. Eine verblühende Schönheit, nicht mehr ganz jung, aber immer noch um einiges attraktiver als der Durchschnitt, im Geld schwimmend – und skrupellos. Ihre Worte waren nicht misszuverstehen gewesen: Wenn er die Juwelen nur durch Raub und Mord an sich bringen konnte, hatte sie nichts dagegen, solange er selbst das volle Risiko trug.

Sehr schmeichelhaft, wenn man als potenzieller Meuchelmörder eingeschätzt wird, dachte er. Wie war sie wohl auf den Gedanken gekommen, er könnte auf diesen Vorschlag eingehen? Er war Händler, kein Wegelagerer. Allerdings war er seiner selbst nicht ganz sicher, wenn es um eine so herrliche Beute wie den Majapahit-Schmuck ging, vor allem um den märchenhaften ›aufgehenden Mond‹. Wenn er die Kleinodien in Händen hatte und jemand versuchte, sie ihm wieder wegzunehmen … Vielleicht zeigte sich dann eine unerwartete Seite seines normalerweise so sanften und gutmütigen Wesens.

»Ruben! Wie geht es dir? Gut genug, dass du einem alten Freund einen Schnaps spendieren kannst?« Eine Hand klatschte von hinten auf seine Schulter, und im nächsten Augenblick hatte ein bärtiger Seemann, der nicht mehr ganz sicher auf den Beinen war, sich bei ihm untergehakt und ließ sich von ihm stützen. Der Gestank nach Hering, Tabak und Bier, der von ihm ausging, verriet dem Agenten, mit wem er es zu tun hatte, noch bevor er ihm ins Gesicht sah. Ein geschwätziger alter Narr, der gelegentlich ein paar schöne Stücke von seinen Reisen in alle Welt mitgebracht hatte. Einen Moment lang ärgerte er sich, dass er so überfallen und obendrein noch angeschnorrt wurde, aber dann kam ihm der Gedanke, dass der Bärtige ihm einige wichtige Auskünfte geben konnte.

Wenig später saßen sie in einem Lokal am Hafen, und Ruben war fleißig dabei, sein Gegenüber auszufragen – wobei er sich freilich nicht anmerken ließ, warum und wonach er fragte. Verschwiegenheit war ihm zur zweiten Natur geworden, sei es in beruflichen oder erotischen Angelegenheiten. Wenn sich erst einmal in den Kreisen der Edelsteinhändler herumsprach, dass er nach Java gereist war, würden alle daraus den richtigen Schluss ziehen. Er ließ sich niemals in die Karten schauen, wenn er es vermeiden konnte. Er spendierte dem Seemann ein Bier mit Schnaps nach dem anderen, füllte seine Pfeife mit Tabak und brachte ihn dazu, von seinen Reisen zu erzählen. Irgendwann musste der Bursche ja einmal auf Java zu sprechen kommen.

Und irgendwann tat er es auch. Er hatte keine besonders hohe Meinung von Rubens Reiseziel. »Verdammte Kaffern-Insel. Alles verseucht. Brauchst nur einen Schluck Wasser trinken, und schon hast du Malaria, Ruhr, Typhus, Bandwürmer, was noch alles. Heißer Schlamm, wo du hintrittst. Waren einmal in der Nähe einer Tempelanlage, da blubberten überall heiße Schwefelquellen und kleine Schlammvulkane aus dem Boden, das stank wie faule Eier. Verrottetes Volk dort … Gesindel aus aller Welt … braune Kaffern, fette Araber und ein paar schlitzäugige Zitronengesichter, die dich vorne angrinsen und dir hinten das Messer reinrammen. Und die Europäer dort sind auch nur Gesocks. Die werden schon wissen, warum sie sich im Dschungel verstecken.«

Wenn ich das früher gewusst hätte, dachte Ruben, hätte ich höhere Spesengelder verlangt.

Der Seemann fuhr mit schwerer Zunge fort: »Vulkane. Überall Vulkane. Die ganze Insel raucht. Alles aus der Lava entstanden, verstehst du? Die Vulkane brechen aus, und dann fließt die glühende Lava hinunter zum Meer; dort im Wasser erstarrt sie, und die Insel ist wieder ein Stückchen größer geworden. Die kleinen Inseln in der Sundastraße … alles Lava von Vulkanausbrüchen. Hab einmal einen miterlebt. Kelud hieß der Berg. Einer von der ganz gefährlichen Sorte. Spuckte Steine und Schlick und flüssiges Gestein bis in den Himmel. Am hellen Tag war es finster wie in der Nacht. Alles voller Asche, sah aus, als hätte es geschneit. Und weißt du, was einen wahnsinnig macht? Dieses ewige Gerumpel und Gegrolle, und der Schwefelgeruch in der Luft. Mal mehr, mal weniger, aber da ist es immer. Gerumpel und Gestank. Eines Tages wird die ganze verdammte Insel in die Luft fliegen wie ein brennendes Pulverschiff.«

Als Ruben merkte, dass aus seinem Bekannten nichts weiter herauszuholen war, ließ er ihn bei einer Kanne Bier und einer Schnapsflasche zurück und machte sich auf, um die nötigen Vorbereitungen für die Reise zu treffen.

Er war unverheiratet und wohnte noch bei seinen Eltern, die ein hübsches Haus in der Innenstadt von Amsterdam besaßen. Er lächelte bei dem Gedanken daran, dass seine Mutter ihm nie gestatten würde auszuziehen, ehe sie ihn nicht sicher im Hafen der Ehe wusste. Für Rachel Kosminsky war ein Mann ohne Ehefrau ein Schiff ohne Anker, das von jedem Sturm des Lebens umhergeworfen wurde und zu kentern drohte. Es war ihr auch gar nicht recht gewesen, dass er eine so weite Reise machen wollte, wo er – wie der biblische König Salomon – den Ränken heidnischer Weiber zum Opfer fallen mochte. Ihre Klagen und Ermahnungen nahmen kein Ende.

Diesmal allerdings gab er ihr keine Gelegenheit dazu, sondern begab sich direkt zu seinem Vater. Dieser hatte seinen Beruf aufgeben müssen, als seine Augen schwach und trüb wurden, aber er nahm immer noch lebhaften Anteil an allen Vorgängen in der ränkereichen, aufregenden und oft zwielichtigen Welt des internationalen Juwelenhandels. Ruben brauchte seinen Rat, obwohl er nicht vorhatte, ihm in allen Einzelheiten von seinem Auftrag zu berichten. Da war einiges, was seinen Vater (und schon gar seine Mutter) bewogen hätte, ihm von der Reise dringend abzuraten, und ein wohl erzogener jüdischer Junge widersetzte sich den Wünschen seiner Eltern nicht. Also war Schweigen Gold. Es genügte, wenn der alte Herr wusste, dass er nach Java beordert worden war, um den Majapahit-Schmuck zu kaufen.

Ruben hatte Mijnheer van Houten belogen, als er behauptet hatte, nichts von der Herkunft des Schatzes zu wissen. Leute, die teure Juwelen kauften, wollten immer Geschichten dazu hören, am besten romantische und blutige, und er kannte alle diese Geschichten auswendig. Dennoch wollte er noch einmal mit seinem Vater darüber sprechen, dessen Erinnerung weiter zurückreichte als seine eigene. Denn die Geschichte, die sich um den Majapahit-Schatz rankte, warf kein gutes Licht auf seinen letzten Besitzer.

Er klopfte höflich an die Tür und trat dann ins Arbeitszimmer seines Vaters, einen niedrig gewölbten Raum, dessen Fenster auf die prächtigen Patrizierhäuser der Altstadt hinausgingen. Ein Großteil des Raumes war mit bis zur Decke reichenden Vitrinen und Ladenschränken aus poliertem Walnussholz umgeben, was ihm Ähnlichkeit mit einer Apotheke verlieh. Die Glasschränke enthielten Kopien berühmter Schmuckstücke, die Laden mit den porzellanen Zierknäufen die dazugehörigen Berichte, Zeichnungen und Lichtbilder.

Samuel Kosminsky blickte hinter seinem Schreibtisch auf. »Nun, Junge? Hat dir der Anwalt endlich Näheres über deinen geheimnisvollen Auftrag in Java gesagt?«

»Das hat er. Und ich brauche deinen Rat dazu.«

Kosminsky senior deutete auf die beiden mit geblümtem Rips bezogenen Sessel, die links und rechts vom offenen Kamin standen. »Setz dich. Und erzähl.«

Ruben schilderte ihm das Gespräch mit dem Anwalt und äußerte auch gleich seine Meinung zur Herkunft des Majapahit-Schatzes. Keine Sekunde glaubte er, dass der deutsche Goldschmied nicht gewusst hatte, welche Schätze er besaß. Dass er in aller Unschuld ein paar hübsche Stücke für seine bescheidene private Sammlung gekauft hatte und erst nach seinem Tod entdeckt worden war, welchen Wert sie tatsächlich hatten.

Samuel lachte. »Keine Rede davon! Unter den Edelsteinhändlern ist man allseits der Meinung, dass Friedhelm den Schatz auf irgendeine höchst dubiose Weise – vielleicht sogar durch Mord und Totschlag – in seinen Besitz gebracht hat und die Käufe nur vortäuschte, um die Herkunft zu verschleiern. Ich und viele andere Händler nehmen an, dass er die Quittungen auf die Namen bereits verstorbener oder auch fiktiver Personen ausgestellt hat. Merkwürdigerweise waren nämlich all jene Personen, die ihm angeblich die einzelnen Stücke verkauft hatten, entweder bereits verstorben oder nicht mehr aufzufinden.« Er legte den Zeigefinger an sein rechtes Unterlid und zog es herunter, Spott über den so leicht zu durchschauenden Schwindel ausdrückend. »Der Grund dafür liegt auf der Hand: Wäre mit einem Schlag eine große Menge Preziosen aus dem Besitz javanischer Herrscher aufgetaucht, so hätten die holländischen Behörden schon aus eigenem Interesse der Herkunft des Schatzes nachgespürt und dabei wohl Dinge herausgefunden, die Friedhelm und seine Familie nicht ans Licht gezerrt sehen wollten.«

Er stand auf, zog eine der Laden auf und holte einen Packen Papiere heraus, die er auf dem Tisch ausbreitete. Zahlreiche Fotos zeigten die einzelnen Teile des Schatzes. Es waren Armreife, Fingerringe, Halsketten, Gürtel, Stirnbänder und Haarschmuck, die alle deutlich den Stempel einer seit drei Jahrhunderten untergegangenen Kultur trugen. Die Form der Fassungen, der Schliff der Juwelen, die gesamte Gestalt des Zierrats war eigentümlich und fremdartig, aber von hinreißender Schönheit.

Inzwischen, so erzählte Samuel weiter, war der Majapahit-

Schatz Anlass für böses Blut zwischen den Holländern und den javanischen Adeligen geworden. Die Einheimischen fühlten sich geprellt und beraubt. Für sie hatte der Schatz die unterschiedlichsten Bedeutungen. Die leidenschaftlichen Patrioten unter ihnen schätzten ihn als Memento der heldenhaften Vergangenheit ihres Landes. Die Untergrundkämpfer – von denen es auch nach der Niederschlagung der javanischen Rebellion noch genug gab – erhoben Anspruch darauf, weil er zur Kriegskasse des Prinzen Diponegoro gehört hätte. Und die einheimischen Geistlichen mit ihrem Anhang zürnten den Kolonisten, weil sie zwei gewissermaßen heilige Dinge geraubt und entweiht hatten.

»Das hier.« Samuel fischte ein Lichtbild aus dem Packen und legte es vor Ruben auf den Tisch. Zwei Gegenstände von edler Form und zauberhafter Ausführung waren darauf zu sehen: ein wellenförmig geschliffener malaysischer Dolch und ein Schwert. »Der Kris wird Kyai Omyang genannt und ist das Werk eines Waffenschmieds aus der Zeit des Reiches Majapahit. Das Schwert stammt aus dem Königreich Demak. Beide Waffen haben in den Augen der Abergläubischen die Macht, Katastrophen von Java und seinen Bewohnern abzuwenden, solange sie sich im Besitz rechtmäßiger Herrscher befinden. Und da sie nun durch die Hände von Ungläubigen entweiht wurden, weiß man nicht, was noch alles passieren könnte.« Er lächelte spöttisch. »Allerdings hat Java die Jahre, seitdem der Schmuck in europäische Hände gelangte, ohne sonderliches Unheil überstanden, viel kann also nicht dran sein.«

Ruben zuckte die Achseln. Er war zwar abergläubisch, aber er fürchtete nur die Teufel seiner eigenen Religion. »Was würde das British Museum für die beiden Stücke bezahlen?«

Samuel machte eine Geste, die Himmel und Erde umfasste. »Unbegrenzt. Und wenn unser Rijksmuseum erst fertiggestellt ist, wird es das British Museum noch überbieten. Ich nehme an, unsere Leute werden den Schatz schon deshalb haben wollen, weil er angeblich aus dem persönlichen Besitz des Prinzen Diponegoro stammt – als eine Art Skalp, der ihren Sieg über den Rebellen dokumentiert. Du kannst dir natürlich vorstellen, wie das die Javaner erzürnen würde.«

Ruben fühlte sich unbestimmt an die Geschichte von den Römern erinnert, die die heiligen Geräte des Tempels in Jerusalem entweiht und als Beute durch die Straßen Roms geschleppt hatten. Er schüttelte diese Erinnerung jedoch entschlossen ab und konzentrierte sich wieder auf seine Arbeit.

Eine ganze Weile noch saß er in intensivem Gespräch mit seinem Vater beisammen und hörte sich dessen Ratschläge an. Samuel äußerte Zweifel, ob es klug sei, den Schmuck, sobald er ihn einmal in Händen hatte, der geheimnisvollen Auftraggeberin auszuhändigen. »Du weißt nicht, mit wem du es zu tun hast und ob diese Person überhaupt bezahlen kann, was der Schmuck wert ist, das würde nämlich ein Loch selbst in Rothschilds Säckel reißen. An deiner Stelle würde ich den Schatz sofort an einen der internationalen Edelsteinhändler verkaufen. Wenn du willst, lasse ich bei Liebkind & Schneyder ein paar Andeutungen fallen, dass sie ein unglaubliches Geschäft machen könnten, wenn sie schnell zugreifen. Und natürlich eine gehörige Provision zahlen.«

Ruben nickte nachdenklich. So, wie sein Vater es schilderte, war das Geschäft entschieden weniger riskant. Das internationale Handelshaus hatte die nötigen Rücklagen, um den Schmuck jederzeit kaufen zu können, und die beiden Kompagnons, Mitglieder derselben Synagoge wie die Kosminskys, würden ihn nicht betrügen. Das einzige Problem blieb die scharfe Warnung, die Mijnheer van Houten für genau diesen Fall ausgesprochen hatte.

Wieder kehrten seine Gedanken zu der Frage zurück, wer seine Auftraggeberin sein mochte. Letztendlich würde es nicht schwierig sein, das herauszufinden – es gab nicht viele Leute, die sich Preziosen in dieser Wertklasse leisten konnten –, aber noch tappte er im Dunkeln. Das beklemmende Gefühl nagte an ihm, dass die unbekannte Dame zu allem bereit war, um an den Majapahit-Schmuck zu kommen. Sie musste verrückt nach dem Geschmeide sein, sonst hätte sie ihm nicht so unzweideutig mitteilen lassen, dass er sich jedes Mittels bedienen durfte, um ihn an sich zu bringen. Aber verrückt nach Schmuck waren viele – er selbst eingeschlossen.

Nun, er würde es schon noch herausfinden. Auf einer Schiffsreise hatte man viel Zeit zum Nachdenken.

Hamburg, Norddeutschland

1

Dr. Pieter Schwab verlor keine Zeit. Es kam jetzt darauf an, die beiden Frauen so schnell wie möglich auf das nächste Schiff nach Batavia zu verfrachten, bevor sie es sich noch einmal anders überlegen konnten. Eigentlich wäre es ja Alberts Aufgabe gewesen, die Reisevorbereitungen zu treffen, aber der Feigling drückte sich vor jedem Zusammensein mit seiner Tochter. Überhaupt war er viel zu durcheinander, um die Situation im Griff zu haben; das schlechte Gewissen lastete schwer auf ihm, und er hatte Albträume. Also war es Dr. Schwab, der Telegramme nach Port Crescent aufgab, die Fahrpläne der Ostindienfahrer studierte, die Schiffskarten beschaffte – einfache Fahrt, ohne Rückfahrt – und die nötigen Schriftstücke per Eilpost an die Aldermanns schickte. Energisch packte er die Aufgabe an, den Haushalt aufzulösen und alles Verwertbare zu Geld zu machen, das geschickt beiseitegeschafft wurde, bevor die Gläubiger die Hand darauf legen konnten. Die Dienstboten wurden entlassen, Möbel, Teppiche und alle Wertgegenstände bei Nacht und Nebel abtransportiert, um keine Aufmerksamkeit zu erregen. Er machte sich nicht die Mühe, den Mietvertrag zu kündigen. Der Hausbesitzer würde es schon merken, wenn niemand mehr da war, der die Miete bezahlte. Unter dem Vorwand, sich vor einer drohenden Verhaftung in Sicherheit bringen zu müssen, war Albert von Odenhof bereits frühzeitig nach Hannover abgereist. So war es Dr. Schwab, der an einem kalten, stürmischen Morgen mit seiner Kutsche vor dem Haus am Rathausmarkt vorfuhr, um Helena und Mathilda zum Schiff zu bringen.

Hamburg, so schien es, wollte den beiden Frauen den Abschied leicht machen, indem es sich von seiner ungemütlichsten Seite zeigte. Ein dünner, prickelnder Nieselregen fiel aus dem schieferfarbenen Himmel und wurde von eisigen Windstößen hin und her geweht, die wie Nadelstiche ihren Weg selbst durch die warmen Reisemäntel fanden. Nebelfetzen hingen in den Straßen.

Vor dem Haus sprangen Schwabs Kutscher und sein Diener ab und luden das Gepäck der Damen auf, die in flatternden Reisemänteln im Regen standen und ihre Hüte festhielten. Viel war es nicht. Beide hatten nur das Notwendigste mitgenommen. Dann kletterten zwei bis zum Hals in bodenlange Capes vermummte Gestalten in die Kutsche, der Kutscher knallte mit seiner Peitsche, und das Gespann setzte sich in Richtung Hafen in Bewegung.

Der Regen wurde stärker. Nebelbänke zogen von der Elbemündung herein. Als die Reisenden den Hafen erreichten, verschwammen die Segel und Schornsteine der zahllosen Schiffe hinter einer Wand aus Regen, Schmauch und Dampf. Der Kutscher hatte einige Mühe, die Kohinoor zu finden, obwohl sie eines der größten Schiffe war, die dort vor Anker lagen. Dann endlich entdeckte er den richtigen Pier, peitschte die schnaubenden Pferde den Kai entlang und hielt die Kutsche im Schatten des mehrere Stockwerke hohen Rumpfes an.

»Das ist unser Schiff?«, fragte Helena atemlos. Als Dr. Schwab nickte, flüsterte sie: »Mein Gott, ist das riesig.«

Das Schiff ragte hoch über dem Pier auf, ein Koloss aus schwarzem Stahl, dessen Flanken in regelmäßigen Abständen von runden Bullaugen durchbrochen wurden. Die weiß gestrichenen Deckaufbauten lagen inmitten einem für Landratten undurchschaubaren Gewirr von Takelage, zwischen den Masten, an denen die noch eingerollten Segel hingen, und den Kränen für die

Rettungsboote. Aus zwei mächtigen, schwarz-weiß geringelten Schornsteinen quoll bereits dicker Rauch. Noch war keines der zahlreichen Segel gehisst. Die Kohinoor würde mit der Kraft ihrer Dampfmaschine die Elbemündung verlassen und erst auf hoher See Segel setzen, denn Wind war immer noch das billigste Antriebsmittel. Nur bei längeren Flauten würde die Mannschaft auf die Kohle fressenden Dampfmaschinen zurückgreifen.

Lärmende Geschäftigkeit umgab das Schiff, das sich zur Abfahrt bereit machte. Droschken bahnten sich geschickt ihren Weg durch die Menge und entließen ihre Fahrgäste, während schwere, hoch beladene Rollwagen über das Kopfsteinpflaster auf die Laderampe zurumpelten, wo ihre Waren an Bord des Schiffes gehievt wurden. Koffer und Seekisten wurden von schwitzenden Trägern das Fallreep hinaufgeschleppt. Das Stimmengewirr der erregten Menge aus Schaulustigen, Passagieren und deren Begleitern übertönte den Lärm der Schiffsmaschinen und der kreischenden Möwen am Himmel.

Matrosen und Offiziere, Gepäckträger, Passagiere und Stewards wimmelten auf dem Deck durcheinander. Zwischen den Weißen waren zahlreiche dunkelhäutige Menschen zu sehen, die jedoch keineswegs alle zur Schiffsbesatzung gehörten, sondern zum Teil auch Passagiere waren, denn das Schiff würde in Djibouti an der afrikanischen Küste, in Colombo auf Ceylon, im indischen Hafen Bombay und in Padang auf Sumatra anlegen. Nachdem sie ihr Ziel, Batavia, erreicht hätte, würde die Kohinoor ihre Fahrt nach Neuguinea, Celebes und Borneo fortsetzen, das unter britischer Oberhoheit stehende Singapur anlaufen, die Straße von Malakka durchfahren und dann wieder Kurs auf Europa nehmen.

Immer dichtere Rauchwolken stiegen aus den beiden Schornsteinen und breiteten sich über dem Deck aus. Ein lang gezogenes Tuten ertönte. Nun würde es nicht mehr lange dauern, bis die Matrosen das Fallreep einholten und die Leinen losmachten.

Dr. Schwab war zufrieden. Er hatte ihre Ankunft im Hafen so

sorgfältig kalkuliert, dass die Frauen praktisch in letzter Minute an Bord gehen würden. Damit wollte er verhindern, dass Helena plötzlich in Panik verfiel und sich weigerte, die Reise anzutreten. Bis zu diesem Tag war alles für sie ein wenig unwirklich geblieben, selbst die Auflösung des Haushalts. Jetzt würde sie wohl begreifen, dass sie Hamburg unwiderruflich Adieu sagte, dass sie vermutlich niemals wieder hierher zurückkehren würde, und dieser Augenblick der Erkenntnis war gefährlich. Der Anwalt war erleichtert, als ein zweites Tuten anzeigte, dass jeder, der nicht augenblicklich an Bord ging, die Abfahrt verpassen würde.

Hastig gab Dr. Schwab den beiden Frauen die Hand, während die Gepäckträger bereits ihre Koffer das Fallreep hinaufschleppten. »Meine Damen, ich wünsche Ihnen eine gute Reise und viel Glück an Ihrem Bestimmungsort, und jetzt beeilen Sie sich, sonst lässt man Sie hier zurück!«

Die Zeit wurde tatsächlich knapp. Der Zahlmeister prüfte die Fahrkarten, dann halfen zwei Matrosen den Damen das Fallreep hinauf. Von den unteren Decks und vom Pier erklangen heisere Rufe, als die dicken Trossen gelöst wurden, mit denen die Kohinoor an Land festgemacht war. Dann ertönte das dritte und letzte Tuten, das Fallreep wurde eingeholt, und zwischen Schiffsrumpf und Pier tat sich ein Spalt auf, der sich stetig verbreiterte.

Dr. Schwab atmete tief durch. Sein Auftrag war erledigt. Er konnte das vereinbarte Telegramm an Albert von Odenhof schicken, dass Helena abgereist war … und nichts auf der Welt mehr verhindern konnte, dass sie die Ehe mit Jonah Aldermann schloss.

»Armes Kind«, murmelte er vor sich hin, während er eilig in seiner Kutsche vor dem beißenden Wind Zuflucht suchte. »Was für ein Schicksal … Vom eigenen Vater in die Falle gelockt, einen Schwachsinnigen zu heiraten!«

2

Helena stand an der Reling und starrte in den Streifen grauen, strudelnden Wassers zwischen Schiffsrumpf und Pier hinunter, der immer breiter wurde. Sie hörte weder die Rufe der Passagiere, die sich an der Reling drängten und ihren Verwandten und Freunden ein letztes Lebewohl zuwinkten, noch die scharfen Befehle der Offiziere. Sie kümmerte sich nicht um den beißenden Qualm, der jetzt, wo das Schiff langsam Fahrt aufnahm, übers Deck wehte, noch um das deutlich spürbare Stampfen der Maschine unter ihren Füßen.

Sie war benommen wie von einer starken Droge. Erinnerungsfetzen tauchten in ihren Gedanken auf. Der düstere Salon, leer geräumt bis auf die Portieren an den Fenstern, die vortäuschen sollten, dass die von Odenhofs nach wie vor hier wohnten. Das Gezeter der Köchin und der Putzfrau, die Hals über Kopf auf die Straße gesetzt wurden. Nächtliches Gerumpel und Gepolter, wenn all das, was sich zu Geld machen ließ, aus dem Haus geschafft wurde. Immer wieder war sie aufgeschreckt, überzeugt, dass es diesmal die Polizei war, die an die Tür pochte.

Am schlimmsten war jedoch die Art gewesen, wie ihr Vater ihr aus dem Weg gegangen war. Sie hätte ihn gern so vieles gefragt. Schließlich kannte er die Aldermanns, war mehrmals auf seinen Ostindienreisen bei der entfernten Verwandtschaft zu Besuch gewesen und hatte auch Jonah kennen gelernt. War es zu viel verlangt, dass er ihr so viel wie möglich über den Mann erzählte, den sie bald heiraten würde? Aber ihr Vater hatte gereizt und abweisend reagiert. Er hätte Jonah nur als elfjährigen Jungen gekannt, ihn damals aber sehr liebenswürdig gefunden, war seine knappe Antwort.

Wenigstens war ihr das Land nicht ganz fremd. Zwar war sie nie dort gewesen, aber Mathilda hatte ihr so viel von ihrer Heimat erzählt, dass sie oft das Gefühl hatte, es aus eigener Anschauung zu kennen. Zweifellos war es in Java schöner als im kalten, nebeligen Norddeutschland, aber was nützte ihr ein Paradies, wenn dort ein verhasster Ehemann auf sie wartete?

Die letzten Wochen waren wie ein Albtraum an ihr vorübergezogen. Sie hatte sich an Mathilda geklammert, um nicht gänzlich unterzugehen im Chaos der Haushaltsauflösung und sonstigen Vorbereitungen. Ihr Vater war nur daran interessiert gewesen, seine Erfindungen zu retten. Er hatte behauptet, er könne seine Töchter nicht zum Schiff begleiten, weil er sonst der Polizei in die Hände fallen würde, aber sie wusste, dass er nach Hannover gefahren war, um eine neue Lagerhalle zu mieten und seine Schätze dort unterzubringen. So war es immer gewesen. Er behauptete zwar, dass er sie liebte, aber in erster Linie liebte er all das wirrköpfige Zeug, das er baute. Sie war sicher, dass er bereits Pläne schmiedete, wie er an Jonahs Erbschaft herankommen konnte. Er hatte nie irgendwelche Skrupel gehabt, wenn es darum ging, Geld für seine Erfindungen aufzutreiben.

Ruckartig tauchte sie wieder aus ihren Gedanken auf, als Mathilda plötzlich neben ihr stand und ihr die Hand auf den Arm legte. »Helena, es regnet. Du wirst nass.«.

Verwirrt schlug Helena die Kapuze zurück und blickte um sich. Tatsächlich, es regnete stark. Die übrigen Passagiere waren längst vom Deck verschwunden. Ihr Reisemantel begann sich bereits mit Wasser vollzusaugen.

»Komm«, mahnte Mathilda, »lass uns erst einmal in unsere Kabine gehen und uns umziehen, bevor du in den feuchten Kleidern noch eine Erkältung bekommst.«

Jetzt erst merkte Helena, dass sie fröstelte. Ihre Freundin hatte Recht: Sie würde sich den Tod holen, wenn sie nicht bald in trockene Kleider kam. Also verließ sie das Deck und folgte Mathilda die steile Treppe mit dem glänzenden Handlauf aus Messing hinunter in den Bauch der Kohinoor. Durch das Schlingern des Schiffes kamen sie nur langsam voran. Vorsichtig an den Handlauf geklammert, stiegen sie die mit rotem Rips belegte Treppe hinunter zu den Kabinen der ersten Klasse.

Allein hätte Helena den Weg vermutlich niemals gefunden, denn am Fuß der Treppe begann ein Labyrinth aus zahlreichen völlig identisch aussehenden Korridoren, alle mit brombeerfarbenem Teppichboden und Reihen messinggefasster Gasglühlampen, die ein weiches Licht verströmten. Mathilda fand sich jedoch erstaunlich leicht darin zurecht. Sie bog erst links ab und dann rechts, folgte dem Korridor einige Meter, und schon standen sie vor der glänzend polierten Mahagonitür der Kabine 43.

Helena trat als Erste ein. Ihr vorläufiges Heim bestand aus zwei Räumen, die durch eine schmale Tür verbunden waren: einem größeren mit einen prächtigen Doppelbett und einem kleineren mit einem schmalen, schmucklosen Einzelbett. In letzterem hatte der Steward Mathildas Koffer abgestellt. Sie verstand, dass die meisten Passagiere der Meinung sein würden, Mathilda sei ihre Zofe.

Wir müssen ihnen sofort klarmachen, dass du meine Schwester bist, signalisierte sie. *Sonst behandeln sie dich wie eine Dienerin.*

Mathilda zuckte die Achseln. »Das wird nicht viel ändern, Helena«, meinte sie sarkastisch. »In dieser Welt kommen nun einmal zuerst die weißen Männer, dann die weißen Frauen, dann die farbigen Männer und irgendwo ganz am Ende der Reihe die farbigen Frauen.«

Aber du bist eine vornehme Dame.

»Das war ich nicht einmal für Alberts Köchin und Putzfrau, und in einem Land, das unter Kolonialherrschaft steht, werde ich es noch viel weniger sein. Aber das soll uns jetzt nicht den Appetit verderben. Es ist das erste Mal, dass wir auf einem so prächtigen Schiff unterwegs sind, also lass uns die Reise, so gut es geht, genießen.«

Sie verstauten ihr Gepäck und zogen sich rasch um, denn die Zeit bis zum Mittagessen wurde bereits knapp. Tatsächlich ertönte der erste Gong, kaum dass sie in frische Kleider geschlüpft waren und ihre von den feuchten Kapuzen ruinierten Frisuren wieder in Ordnung gebracht hatten. Letzteres betraf eigentlich nur Mathilda. Helena wickelte lediglich einen Turban um das struppige Stoppelhaar. Nicht, dass es ihr leidtat, es abgeschnitten zu haben, aber sie wollte nicht schon am ersten Tag der Reise von allen Leuten angestarrt werden.

Gemeinsam gingen sie über den schmalen, mit Teppich ausgelegten Flur zum Speisesaal erster Klasse. Sie wollten gerade eintreten, als sie vom Oberkellner aufgehalten wurden. Er verbeugte sich kurz vor Helena und sagte dann mit gedämpfter Stimme zu Mathilda: »Zum Speisesaal für das Personal dort entlang und die Treppe hinunter.«

Wie immer, wenn Helena unbedingt sprechen wollte und nicht konnte, versteifte sich ihr Körper vor Zorn, ihre Zähne knirschten, und sie wurde so bleich, dass der Kellner sie besorgt anblickte. Mathilda erklärte hastig: »Ich bin Mathilda von Odenhof, die Schwester der jungen Dame.«

Der Hüter des Speisesaals musterte sie misstrauisch. »Darf ich bitte die Fahrkarten der Damen sehen?« Als sie ihm ausgehändigt wurden, studierte er sie so argwöhnisch, dass Helena einem Wutausbruch gefährlich nahe kam. Endlich gab er sie zurück und nickte mit einem Ausdruck, der besagte: Was heutzutage alles in einen Speisesaal darf! Um seine Missbilligung zu unterstreichen, wandte er sich allein an die weiße Frau, als er sagte: »Bitte treten Sie ein. Der Piccolo wird Sie an Ihren Tisch führen.«

Helena schnappte nach Luft, als sie den luxuriösen Saal betraten. Auch wenn sie erster Klasse reisten – auf solchen Prunk war sie nicht gefasst gewesen. Die Ausstattung war exquisit, vom persisch gemusterten Teppichboden bis zu den Kristalllüstern an der mit Tropenholz getäfelten Decke. Pastellfarbene Spitzenvorhänge verdeckten die Bullaugen. Kerzen in silbernen Leuchtern verströmten ihr sanftes Licht über die Tische, die in endlosen Reihen nebeneinanderstanden, alle mit edlem Damast bedeckt und mit Blumenarrangements geschmückt. In der doppelten Beleuchtung funkelten die Kristallgläser wie Diamanten.

Helena war froh, dass sie eines ihrer besten Kleider trug, ein Kostüm aus schwerem Stoff, das in Pfirsich- und Bernsteintönen gehalten war. Ein breitrandiger Hut aus feinem Strohgeflecht mit aprikosenfarbigen Straußenfedern gehörte dazu. Mathilda hatte ein zitronengelbes Kleid gewählt, das von der schmalen Taille in einem Dutzend Volants zu Boden fiel und einen aufregenden Kontrast zu ihrer zimtfarbenen Haut bildete. Daheim in Hamburg hätten sie sich in dieser Aufmachung vornehm genug gefunden, aber die Damen und Herren, die bereits an den Tischen Platz genommen hatten, waren so elegant – und teilweise so extravagant – gekleidet, dass die beiden Reisenden dagegen wie graue Mäuse erschienen. Allerdings waren unter diesen Paradiesvögeln viele Passagiere der Luxusklasse, die sich in den Deckaufbauten befand. Dort logierten die wirklich reichen Leute, die selbst auf die Erste-Klasse-Passagiere herabblickten.

Ein Piccolo eilte herbei und führte sie an einen Tisch, der nur für eine Person gedeckt war. Helena bedeutete ihm zornig: Zwei! Der Junge zögerte und blickte unsicher zu den höherrangigen Kellnern hinüber. Mathilda berührte seine Schulter. »Das ist schon in Ordnung«, sagte sie. »Die Dame ist leidend; sie braucht meine ständige Anwesenheit.«

Die wütende Helena sah in diesem Augenblick so bedrohlich aus, dass der Junge überzeugt war, die Art ihres Leidens zu kennen. Rasch zog er sich zurück und murmelte: »Gewiss … gewiss! Ich werde mich sofort darum kümmern.«

In der Rolle der Pflegerin für eine kranke Dame war Mathilda offensichtlich akzeptabel, denn im Handumdrehen erschien ein Kellner, deckte für eine zweite Person und legte ihnen die Menükarten vor. Helena setzte ihr Pincenez auf, das sie stets an einem Kettchen um den Hals trug, und studierte die kleine, zierlich verschnörkelte Schrift auf der Karte. Sie fragte sich, ob das Angebot drei verschiedene Menüs darstellte oder ob man ihnen das alles bei einer einzigen Mahlzeit servieren würde: kalte Vorspeise, Suppe, warme Vorspeise, Fischgericht, Fleischgericht, Würzbissen, warme Nachspeise, kalte Nachspeise, Mokka …

Mathilda staunte ebenfalls über die Speisekarte. »Wo bewahren sie das alles nur auf?«, fragte sie. »Und wer bereitet es zu? Sie müssen Kühlräume haben, so groß wie der Hamburger Fischmarkt, und hundert Köche.«

Bald schien es, als seien die Gäste im Speisesaal voll und ganz mit den Leckerbissen beschäftigt, die ihnen aufgetischt wurden, aber in Wirklichkeit huschten verstohlene Blicke nach allen Seiten. Wie es auf Seereisen üblich ist, beobachtete man sich gegenseitig, suchte die Menschen abzuschätzen, mit denen man eine ganze Weile zusammengesperrt sein würde, sei es auch in einem goldenen Käfig. Helena bemerkte mit Unbehagen, dass vor allem einige junge Männer sie und Mathilda aufmerksam musterten und sichtlich Interesse zeigten. Hoffentlich würde sich bald herumsprechen, dass sie nach Java reiste, um dort zu heiraten. Das würde die unternehmungslustigen Burschen vielleicht abschrecken.

3

In Hamburg war noch eine weitere Dame an Bord gegangen, deren Reiseziel – obwohl sie eine Karte nach Borneo gelöst hatte – Port Crescent hieß. Mevrouw Koloman wurde von ihrer treuen Zofe Zita und zwei Dienern begleitet. Als das Schiff ablegte, stand sie im Nieselregen an Deck und beobachtete die Passagiere, die ihren Verwandten an Land zuwinkten, bevor sie darangingen, sich für die lange Reise einzurichten. Sie beobachtete auch die beiden jungen Frauen, von denen die eine gedankenverloren an der Reling lehnte, bis die andere zu ihr ging und sie unter Deck brachte.

»Sind sie das, Mevrouw?«, flüsterte Zita. Die grobschlächtige Person mit den harten Augen und der drolligen Entennase hielt sich stets an der Seite ihrer Herrin, immer bereit, sie zu bedienen oder ihr auf andere Weise beizuspringen.

»Gewiss doch. Was meinst du wohl, wie viele junge Frauen es an Bord gibt, die sich mit Gebärden verständigen? Die Größere ist Fräulein von Odenhof, die Braut.«

Zita musterte Helena abschätzig. »Die geborene alte Jungfer«, bemerkte sie. »Jetzt schon mürrisch und verdorrt. Geschieht Herrn Jonah ganz recht, dass er so eine ins Bett bekommt.«

Magda Koloman schmunzelte über die derbe Bemerkung. Sie schätzte Zita gerade deswegen, weil sie nicht wie die anderen Zofen reicher Damen war, die wie Stiftsfräulein herumtrippelten, sondern ein rechtes Waschweib, das seine Meinung sagte und keine Scheu kannte, sich die Hände schmutzig zu machen.

»Ganz meine Meinung«, stimmte sie zu. »Außerdem ist es egal, sie ist ohnehin nur ein Mittel zum Zweck. Sobald sie ihre Aufgabe erfüllt hat, wird man sie auf die eine oder andere Weise loswerden. Aber die andere …«

Sie konnte ihren Blick nicht von Mathilda losreißen. Schön war sie geworden, zart und schön und sehr kultiviert. Das musste man Albert lassen: Er hatte sein Versprechen gehalten, das Kind wie seine eigene Tochter erziehen zu lassen. Seit er allerdings bankrottgegangen war, konnte er die Vereinbarung nicht mehr einhalten, die er eingegangen und für die er bezahlt worden war – das Mädchen von Java fernzuhalten.

Das hieß, dass man sie auf andere Weise loswerden musste.

Schade um sie, aber sie durfte auf keinen Fall in Port Crescent auftauchen. Ein so liebreizendes Mädchen würde in dem muffigen Nest nicht unbemerkt bleiben, und wenn erst einmal das öffentliche Interesse geweckt war, würde es nicht lange dauern, bis man sich erinnerte und Ereignisse ausgrub, über die nur sehr langsam Gras gewachsen war.

Wahrscheinlich wäre es klüger gewesen, Albert reinen Wein einzuschenken, dann wäre er nicht auf den Gedanken gekommen, sie einfach wieder dort hinzuschicken, wo er sie hergeholt hatte. Aber Albert ein Geheimnis anzuvertrauen war noch viel riskanter, als Mathilda zurückkehren zu lassen. Der Mann war schwach, feige und obendrein auch noch geschwätzig. Nein, sie musste die Dinge so nehmen, wie sie waren, und das Beste daraus machen.

Magda Koloman schritt gemächlich das Deck entlang, auf den Bug des Schiffes zu. Ihre Zofe folgte ihr und hielt dabei den Regenschirm über ihren Hut aus Fischbein und schwarzem Filz, der im Stil eines Trauerbuketts mit bleichen Seidenrosen, Jettperlen und silbernen Bändern aufgeputzt war. Ein dünner Schleier flatterte an der vorderen Krempe, gerade dicht genug, um den Glanz der leuchtend türkisblauen Augen zu dämpfen.

Sie hätte weitaus bequemer in Amsterdam zusteigen können, wollte Ruben Kosminsky aber so wenig wie möglich über den Weg laufen. Er sollte keinesfalls merken, dass sie Interesse an seinem Tun und Lassen hatte. Sie fürchtete, der schlaue Händler würde sie als die Gattin des schwerreichen Mijnheer Koloman erkennen und sofort schlussfolgern, dass nur sie ihn auf die Spur des Majapahit-Schatzes gesetzt haben konnte. Deswegen hatte sie auch auf eine Kabine in der Luxusklasse verzichtet und reiste, bescheiden für ihre Verhältnisse, erster Klasse, mit einem Billett, das auf ihren Mädchennamen Obermayer ausgestellt war. Sie trug schwarze Kleidung und einen Schleier und ließ die Leute in dem Glauben, kürzlich verwitwet zu sein, was gleichzeitig einen guten Grund dafür lieferte, dass sie sich niemandem anschloss.

Kaum war sie an Bord, da wünschte sie schon ungeduldig das Ende der Reise herbei. Wie viele endlose Stunden lagen noch vor ihr, ehe sie hoffen durfte, das Geschmeide in Händen zu halten, nach dem sie sich ein Leben lang gesehnt hatte? Seit der furchtbaren Nacht, in der die alte Hexe ihr das Collier mit dem gelben Diamanten aus der Hand gerissen und ihr damit ins Gesicht geschlagen hatte, war keine Sekunde die Sehnsucht in ihr erloschen, es wiederzuerlangen. War es nicht eigentlich ihr Eigentum? Hätte ihr Geliebter ihr nicht eines Tages das Collier geschenkt, wenn sie ihn nur inständig darum gebeten hätte? Gewiss hätte er das getan. Sie war die Einzige, die solche Geschmeide in dem ihnen angemessenen Stil tragen konnte. Das Krüppelmädchen, das Jonah heiraten sollte – prächtig passten die beiden Missgeburten zusammen! –, was fing die mit den Juwelen an? An Jonah selbst wollte sie gar nicht denken. Dem war es gleich, ob er die britischen Kronjuwelen oder ein Stück geschliffenes Glas in Händen hielt; Hauptsache, es glitzerte und er konnte die Sonnenstrahlen damit reflektieren – eine Beschäftigung, die ihn schon als Kind in helles Entzücken versetzt hatte.

Dennoch würde er den Schmuck nicht hergeben – jedenfalls nicht ihr, und wenn sie ihm ein Königreich dafür bot. Sollte er jemals in seinem Entschluss schwanken, so war da Myrtle, die dafür sorgen würde, dass ihm sein Erbe nicht entging. Verdammte Schlange. Warum hatte sie ihn eigentlich nicht geheiratet? Magdas Informanten hatten ihr berichtet, dass sie Max zum Mann genommen, es offenbar aber bald wieder bereut hatte, weil sie schon kurz danach wieder ständig mit Jonah zusammen war; beratend, helfend, verteidigend, unterstützend. Sie war der Verstand, den er nicht hatte, die Raffinesse, an der es ihm fehlte. Er gehorchte ihr aufs Wort, und das war das Vernünftigste, was er je getan hatte, denn Myrtle verteidigte seine Interessen wie ihre eigenen.

Magda Koloman klopfte ungeduldig mit den manikürten Fingernägeln auf die Reling. Sie sehnte sich mit einem fast körperlichen Schmerz nach dem Schmuck. Sie wusste, dass Ruben Kosminsky genauso empfand und alles in seiner Macht Stehende tun würde, um ihn in die Hände zu bekommen … und dann wäre sie am Zug.

Ein dünnes, grausames Lächeln kräuselte ihre Lippen.

Port Crescent, Java

1

Annette Aldermann, von ihrer Umgebung respektvoll Frau Annette genannt, erwachte im Morgengrauen des 20. Mai 1883. Im Alter von zweiundsechzig Jahren brauchte sie nicht mehr viel Schlaf, und so war sie immer die Erste, die auf den Beinen war, früher noch als die Dienerschaft. Sie liebte es, die kühlen Morgenstunden in aller Ruhe für die wichtigsten Arbeiten zu nutzen, ehe die dumpfe Hitze des Tages in die Meerenge zwischen den Küsten von Sumatra und Java kroch.

Sie schob das Moskitonetz beiseite, schwang die Beine aus dem Bett und angelte nach ihrem seidenen Morgenrock, der in Reichweite am Bettpfosten hing. Sie war hochgewachsen wie die meisten Aldermanns, hager und sehnig, mit einem langen, knochigen, vom zehrenden Klima der Tropen gelb verwitterten Gesicht, in dem wiederholte Anfälle von Malaria und die dagegen eingesetzten Hausmittel Chinin und Genever tiefe Spuren hinterlassen hatten. Ihre Augen waren klein, veilchenblau und hart. Es wäre ihr wie eine unverzeihliche Sünde erschienen, sich zu schminken, aber ihre hochgeschwungenen Augenbrauen waren säuberlich gezupft, vor allem über der Nase, wo sie dazu neigten zusammenzuwachsen, und auch sonst pflegte sie sich sorgfältig. Die gelben, blutlosen Nägel an ihren Händen waren oval geschnitten und gefeilt, hatten aber dennoch etwas von Hühnerkrallen an sich. Ihr farbloses Haar war so dünn und flaumig, dass handtellergroße Flecken der rosa Kopfhaut durchschimmerten, die Folge einer schweren Typhuserkrankung, die sie in ihrer Jugend durchgemacht hatte. Deshalb trug sie tagsüber eine Perücke, die auf einem Ständer neben dem Himmelbett aus geflochtenem Rattan darauf wartete, dass die Hausherrin Toilette machte. Aber noch war es nicht so weit. Mehr oder minder kahlköpfig, ohne Korsett, nur in ihr Nachthemd und den langen Morgenrock gekleidet, trat Frau Annette in das elegant eingerichtete Zimmer, das ihr als Salon und Arbeitszimmer zugleich diente.

Sie genehmigte sich wie jeden Morgen ein Glas Genever, in das sie ein Löffelchen Chinin zur Vorbeugung gegen Fieber einrührte. Seit die Gräfin von Chinchon, Frau des Vizekönigs der spanischen Kolonien, durch das Pulver des Chinarindenbaumes von der Malaria geheilt worden war, galt das widerlich bitter schmeckende Mehl als Universalheilmittel gegen alles, was einen in den Tropen befallen konnte. Bei den häufig verdorbenen Lebensmitteln und dem allgegenwärtig schleichenden Fieber war es am klügsten, sich rundum abzusichern, und in Port Crescent war man der Meinung, was so abgrundtief scheußlich schmeckte wie Genever mit Chinin, müsse einfach segensreich sein.

Mit dem Glas in der Hand trat Annette auf die weiß gestrichene Veranda hinaus, die das gesamte Haus umgab.

Sie atmete tief durch. Um diese Zeit, wo die Morgendämmerung eben erst anbrach, war die Luft noch angenehm frisch. Die schlossartige Villa Rafflesia lag auf halber Höhe der Berge, deren üppige grüne Hänge steil zur Küste abfielen. Nebel hing über dem Regenwald, der die Berge hinter dem Haus bedeckte, und schwebte über der Meerenge. Gegenüber Port Crescent erhob sich die sattgrüne Landmasse von Sumatra mit seinen zerklüfteten Bergketten und der flachen, von zahlreichen Flüssen durchzogenen Küste. Noch war alles still, nicht einmal die Pferde in den Ställen rührten sich. Nur im Hafen unten zeigten sich, halb vom Morgennebel verhüllt, erste Anzeichen von Leben und Geschäftigkeit. Der Schornstein des plumpen Postdampfers Persephone, der über Nacht vor Anker gelegen hatte, begann Rauchwolken auszustoßen.

Ein schwacher Geruch von Schwefel mischte sich in die Morgenluft. Er stammte jedoch nicht aus dem Kessel des Postdampfers, sondern zog von den Bergen hinter dem Gutshaus herüber. Frau Annette registrierte ihn kaum. Das Knurren und Poltern von Vulkanen war ein alltägliches Geräusch in diesem aus Lava entstandenen Land. Eine der Zeitungen in Port Crescent, der ›Java Bode‹, hatte erst kürzlich mit säuerlichem Humor bemerkt: »Was es an musikalischer Unterhaltung gibt, kann wegen des ewigen Klapperns der Türen und Fenster, das die unruhige Erde verursacht, kaum genossen werden.«

Sie verließ die Veranda, zog die innere Tür mit dem Fliegengitter hinter sich zu und setzte sich erwartungsvoll an ihren Schreibtisch. Am Vorabend hatte der Postdampfer den dicken Brief aus Hamburg gebracht, auf den sie sehnlichst gewartet hatte. Sie wusste bereits, was darin stand, ein Telegramm hatte sie schon im Voraus informiert, aber es würde dennoch eine Freude sein, das alles schwarz auf weiß zu lesen. Die wichtigsten Vorbereitungen für die Hochzeit waren bereits getroffen. Eine Galgenfrist von einer Woche würde sie Helena von Odenhof gewähren, um sich an die neue Umgebung zu gewöhnen, aber nicht mehr. Die Braut sollte Ende Juli eintreffen, und Anfang September wurde Jonah einundzwanzig Jahre alt und konnte sein Erbe antreten.

Sein Erbe. Ihre dünnen, runzligen Lippen pressten sich bei dem Gedanken fest aufeinander. Friedhelm – dieser Lump, dieser Verbrecher! Er hatte von Anfang an gewusst, was die Klunker wert waren. Hatte sie und Otto damit hereingelegt, dass er ihnen das gemünzte und ungemünzte Gold überließ, das leicht zu Bargeld zu machen war, während er selbst sich »nur die altmodischen Schmuckstücke für seine Sammlung« ausbedungen hatte. Wäre sie eine der Frauen gewesen, die Juwelen liebten, so hätte er sie nicht so leicht betrügen können, aber Frau Annette war eine strenge Kalvinistin und lehnte allen eitlen Putz kategorisch ab; sie hätte keinen Pfifferling für die antiquierten Kleinodien gegeben. Dummköpfe, die sie waren, hatten sie und Otto noch gescherzt über die Narretei eines Sammlers, der einen Kasten voll gutem Geld fahren ließ, um seine Leidenschaft zu befriedigen!

Woher hätten sie auch wissen sollen, dass das seltsam aussehende, altersschwarze Zeug ein Vermögen wert war? Erst als das Erbe geschätzt worden war, hatten sie es erfahren. Und jetzt wurde Jonah, der einen Diamanten nicht von einem Ziegelstein unterscheiden konnte, Besitzer einer der begehrtesten Schmucksammlungen der Welt.

Aber diesen Betrug würde sie nicht auf sich beruhen lassen. Was Jonah besaß, konnte man ihm wieder wegnehmen. Und seine Frau? Um die brauchte sie sich nicht zu kümmern. Von Rechts wegen hatte eine Frau kein Anrecht auf das Vermögen ihres Gatten, ja, ihr eigenes ging mit der Hochzeit vollkommen in seinen Besitz über. Freilich, hätte Jonah diese Bestie Myrtle Linton geheiratet, dann hätten Recht und Gesetz nichts zu sagen gehabt; der dumme Tölpel war Wachs in den Händen seiner Freundin, die all sein Tun und Lassen kontrollierte. Von Kind auf hatte er sich in allen Dingen von ihr lenken und leiten lassen. Niemals hatte er ihre Entscheidungen in Frage gestellt. Als seine Frau wäre Myrtle die eigentliche Besitzerin des Schatzes geworden. Da war die junge Deutsche schon leichter zu handhaben. Ein stummes Mädchen, weltfremd und unerfahren, noch dazu in einem fremden Land, in dem sie keinen Menschen kannte, während Frau Annette hier seit Jahrzehnten zur guten Gesellschaft gehörte, ungeliebt zwar, aber geachtet und gefürchtet. Mit Helena würde sie im Handumdrehen fertig werden.

Sie hielt ihr altmodisches Lorgnon vor die Augen und las die Schriftstücke sorgfältig Zeile für Zeile durch. Alles war so arrangiert worden, wie sie es gewünscht hatte. Das Wichtigste war Helenas schriftliche Zustimmung zu der Ehe. Falls sie sich drücken wollte, konnte Frau Annette sie wegen Bruchs des Eheversprechens verklagen. Und wenn sie geltend zu machen versuchte, dass man sie über einen wichtigen Umstand getäuscht hatte, was ihren zukünftigen Gatten betraf – nun, wie wollte sie beweisen, dass man sie nicht darüber informiert hatte? Kein Richter in Port Crescent würde ihr glauben. War es denn so unwahrscheinlich, dass sie es gewusst und trotzdem in die Ehe eingewilligt hatte? Warum sollte ein Mädchen nicht einen unbedeutenden Defekt übersehen, wenn es dafür Geld und eine gute soziale Position bekam? Vor allem ein Mädchen, das sonst kaum hoffen durfte, einen Mann zu finden!

Sie hob den Kopf, als es an der Tür klopfte. Leise, fast verstohlen.

Ein Lächeln trat auf ihre Lippen. Maximilian. Jeden Morgen kam ihr ältester Enkel sie besuchen, um mit ihr über die wichtigsten Neuigkeiten und die anstehende Arbeit zu sprechen, und erwies ihr den Respekt, der ihr gebührte, denn obwohl Max den größten Teil der Arbeit tat, war Frau Annette die unbestrittene Herrin auf Gut Rafflesia. Ihm allein zeigte sie sich ohne Korsett und Perücke, ohne die vielfach gerafften, gefalteten und gesmokten Kleider und Unterröcke, die zierlichen Stiefel, die extravaganten Hüte. »Komm herein!«, rief sie.

Max öffnete die Tür einen Spalt weit und schob sich herein, als wäre er ein Einbrecher und nicht der Hausherr. Sein katzenhaftes Eintreten war ein Zeichen der Vertraulichkeit dieser Stunde, in der sie ganz allein miteinander waren. Er pflegte ebenso früh aufzustehen wie seine Großmutter und ließ es sich nicht nehmen, ihr persönlich den Kaffee zu servieren. Jeden Morgen verbrachten sie eine Stunde miteinander, zwei Menschen, einander so ähnlich, dass sie nicht viele Worte brauchten. Wie Frau Annette in ihrer Jugend war Max auf eine düstere Weise attraktiv, blauäugig, schwarzhaarig, mit einem braun gebrannten Gesicht, in dem sich männliche Schönheit mit harter Entschlossenheit paarte. Die meisten Frauen in Port Crescent waren verrückt nach ihm, obwohl sie wussten, dass er zu Grobheit, ja zu Grausamkeit neigte.

Der Herrin von Gut Rafflesia ging der flüchtige Gedanke durch den Kopf, was für ein Glück sie hatte, dass Max nicht nur ein schöner Mann war – das allein hätte wohl kaum ausgereicht, Myrtle zu gewinnen, denn schön war Jonah auch –, sondern auch ein Mann, der jedes Frauenherz brechen konnte, wenn er sich nur richtig ins Zeug legte. Auf dieser Tatsache hatte sie ihren Plan aufgebaut, und Max, der seinen Bruder mit Freuden des Einzigen beraubte, das dieser wirklich haben wollte, war bereitwillig darauf eingegangen. Er hatte Myrtle bezaubert, verführt und geheiratet und damit verhindert, dass das Miststück ihnen den Schatz stahl. Zu spät war ihnen aufgegangen, dass es gar nicht so leicht sein würde, eine andere Frau für Jonah zu finden, sobald Myrtle Linton aus dem Spiel war. Selbst verarmte Familien und die Eltern hässlicher Töchter hatten höflich abgelehnt.

»Guten Morgen, Großmama. Wie geht es dir?« Maximilians Stimme war tief und wohlklingend, wenn er gut gelaunt war. Er stellte das Tablett mit dem silbernen Kaffeeservice auf den Schreibtisch, dann beugte er sich vor und küsste ihre kalte, runzlige Hand mit weitaus mehr Zärtlichkeit, als er seiner Gattin zukommen ließ.

»Es geht mir gut, danke.« Frau Annette sog tief den köstlichen Duft des frisch gebrühten schwarzen Kaffees ein. Gleich darauf mischte sich ein weiterer Duft hinein, der ebenso zum Zeremoniell ihrer gemeinsamen Morgenstunde gehörte – das feine Aroma von Nelkentabak. Max nippte an seiner Kaffeetasse, blies den Rauch der Zigarette mit zurückgelegtem Kopf senkrecht in die Luft und warf dann einen Blick auf die Papiere, die den Schreibtisch übersäten.

»Die Post aus Hamburg?«, fragte er, während er der Großmutter sein vergoldetes Zigarettenetui hinhielt.

»Ja«, antwortete sie und bediente sich. Niemals hätte sie vor anderen Leuten geraucht, aber das Zusammensein mit Maximilian war etwas anderes. Sie atmete tief den süßlichen Rauch der Kretek-Zigarette ein und stieß ihn durch die Nase wieder aus, sodass ihr Gesicht einen Augenblick lang in einer wirbelnden grauen Wolke verschwand.

»Und? Läuft alles nach Wunsch?«

»Ja. Sie kommt mit der Kohinoor, die am 29. Juli in Batavia anlegt, und wird dann mit dem Küstendampfer bis Port Crescent fahren. Ich möchte natürlich, dass die Hochzeit möglichst rasch über die Bühne geht, bevor sie etwas herausfindet. Wenn sie intelligent ist, wird sie nicht sehr lange brauchen, um Jonah richtig einzuschätzen, und ich möchte nicht, dass sie hier irgendwelche Szenen macht.«

»Das wird sie dir gegenüber kaum wagen«, bemerkte Max mit einem Lächeln und einer knappen Verbeugung, die Respekt vor der Strenge seiner Großmutter ausdrückte.

»Es wäre mir trotzdem lieber, wenn es ohne Skandal abginge. Es ist nicht nur sie allein, es ist auch Jonah, der Schwierigkeiten machen könnte.«

Max zuckte gleichgültig die Achseln. »Möglich, dass sie ihn über Myrtles Verlust hinwegtröstet. Vielleicht gefällt sie ihm ja. Auf dem Foto hat sie hübsch ausgesehen.«

»Du weißt genau, wie starrsinnig er ist. In dem Punkt seid ihr euch überaus ähnlich. Er will Myrtle, und wenn er sie nicht kriegt, will er auch keine andere. Du hast nicht damit gerechnet, dass er so hartnäckig sein würde, nicht wahr?«

Der junge Mann zeigte sich ungerührt. »Er soll toben, so viel er will. Was kann er schon machen? Wir sind rechtsgültig verheiratet.«

Frau Annette warf ihm einen Blick zu, in dem plötzliche Bosheit funkelte. »Wenn sie Witwe wäre, könnte er sie heiraten. Vergiss nicht, dass er es schon einmal versucht hat.«

»Es ist ihm misslungen.« Max schien sich keine ernsthaften Sorgen zu machen, obwohl es ihm seinerzeit erst im letzten

Augenblick gelungen war, seinem wütenden Bruder ein zweischneidiges Jagdmesser abzunehmen, bevor dieser es ihm in den Bauch rammen konnte. Gelassen fuhr er fort: »Außerdem würde er, wenn er mich umbringt, nicht heiraten, sondern gehängt werden.«

In der Stille, die dieser Bemerkung folgte, wurde ein Geräusch hörbar, das der Wind aus dem Urwald herantrug und das sich schwach, aber deutlich wahrnehmbar von dem immerwährenden Lärm des Regenwalds abhob. Es klang wie das Kläffen von Hunden.

Max lächelte dünn. »Hörst du? Gregsons Bluthunde sind unterwegs. Warte noch bis Mittag, dann werden sie den Kerl haben, der sich aus der Zwangsarbeit abgesetzt hat, und ihn aufknüpfen. Ich werde nachmittags hinreiten und mir die Hinrichtung ansehen.« Er drückte seine Zigarette aus und fuhr in verändertem Ton fort: »Droh Jonah doch damit, ihm Morgenstern wegzunehmen, wenn er die Hamburgerin nicht heiraten will.«

»Gewiss doch! Damit er mich an Ort und Stelle erschlägt!« Frau Annette brach in ein heiseres Lachen aus. »Du solltest nie vergessen, mein Lieber, dass dein Bruder zwar schwach im Kopf, aber ansonsten sehr stark ist. Er wird schon wollen, auch ohne dass ich ihm sein Pferd wegnehme. – Da ist noch etwas, Max.«

»Und das wäre, Großmama?«

»Albert ist auf den glanzvollen Gedanken gekommen, zusammen mit seiner Tochter auch Mathilda nach Port Crescent zu schicken.«

Max erstarrte. »Doch nicht im Ernst! Wie konnte dieser Schwachkopf nur! Das Geld hat er gerne genommen, aber wenn es darum geht, etwas dafür zu tun …«

Die alte Frau zuckte die Achseln. »Er weiß ja nicht wirklich Bescheid. Meinst du, wir hätten ihm die ganze Geschichte auf die Nase gebunden? Vermutlich hat er sich sein Teil gedacht, aber gesagt hat ihm niemand etwas, und ein Verdacht ist kein Beweis. Was sollte er auch wissen? Er war damals ja nicht hier.

Jetzt sagt er sich wahrscheinlich: Das Geld ist längst verbraucht, für das Mädchen kann ich nicht länger aufkommen, sollen sich eben diese Bauern in den Bergen zukünftig wieder um ihre Tochter kümmern!«

Max fuhr sich mit allen zehn Fingern durch das dicke schwarzbraune Haar. »Konntest du ihn von dieser Idee nicht abbringen?«

»Wie denn? Indem ich ihm die Wahrheit darüber sage, was Mathildas Ankunft hier auslösen könnte?«

»Nein, natürlich nicht.« Max versuchte offenbar, sich Entsprechendes vorzustellen, denn seine Mundwinkel sanken nach unten, und er leckte sich unbehaglich mit der Zunge über die trockenen Lippen. Dann straffte er die Schultern. »Wir müssen eben versuchen, sie so rasch wie möglich wieder wegzuschaffen. Uns wird schon etwas einfallen. Wir haben sie schließlich nicht eingeladen.«

»Gut. Denk dir etwas aus.« Frau Annette schob die Papiere beiseite und ließ sich schwer in ihren Stuhl zurückfallen. »Was steht in der Zeitung? Lies es mir vor, Max – du weißt, meine Augen!«

Tatsächlich waren Frau Annettes veilchenblaue Augen immer noch bemerkenswert scharf, aber sie genoss es, sich von ihrem Enkel aus dem – zu diesem Zeitpunkt zwei Tage alten – ›Algemeen Dagblad‹ aus Batavia vorlesen zu lassen. Sie mochte den Klang seiner dunklen, männlichen Stimme und die trauliche Atmosphäre, die beim Vorlesen entstand.

Sie lachte vergnügt, als er ihr vorlas, dass im Botanischen und Zoologischen Garten von Batavia eine Soiree dansante stattgefunden hatte, für die ursprünglich ein ungewöhnlicher Ehrengast vorgesehen war – ein bengalischer Königstiger, den ein deutscher Philanthrop namens Schröder Anfang des Monats dem Zoo geschenkt hatte. Doch der Zoodirektor hatte bekanntgegeben, er verfüge nicht über den nötigen Platz und die Mittel, um dieses riesige wilde Tier unterzubringen, und ließ den Tiger auf dem nächsten Dampfer nach Melbourne einschiffen – sehr zur Enttäuschung der Festgäste, die gehofft hatten, die Raubkatze würde ihren Abend beleben.

»Sie hätten Jonah einladen sollen«, bemerkte die Gutsherrin. »Die Bestie wäre ihm um die Beine gestrichen und hätte geschnurrt wie ein Kätzchen. Ich frage mich oft, ob das mit seiner Narretei zusammenhängt, dass er allen Tieren gebieten kann wie einst Adam im Garten Eden.«

»Er ist selbst mehr Tier als Mensch«, kommentierte Max. »Die Eingeborenen setzen solche Kinder am Strand aus, wo sie bei der nächsten Flut das Meer holt. Das hättet ihr auch tun sollen.«

»Da hast du wohl recht. Aber lies weiter vor, mein Lieber, was gibt es noch zu berichten?«

Max fuhr fort mit der Bekanntmachung, dass der berühmte Zirkus Wilson demnächst wieder in Batavia gastieren würde, mit seinem sensationellen Kraftmenschen John Holtum, der auf der ganzen Welt als »Kanonenkugelkönig« bekannt war. Laut las er vor:

> »Der achtunddreißigjährige Däne hat die Fähigkeit entwickelt, eine Kanonenkugel aufzufangen, die von der gegenüberliegenden Seite der Manege auf ihn abgefeuert wird. Als er dies zum ersten Mal versuchte, riss ihm die Kugel, die fünfzig Pfund wog und mit einer Geschwindigkeit von mehr als hundert Meilen pro Stunde aufprallte, einen Finger ab. Durch diesen Rückschlag ließ er sich indes nicht entmutigen. Er war auch nicht zu beirren, als ein Rivale in einem italienischen Zirkus versuchte, mit seiner muskelbepackten Brust eine Granate abzublocken, und dabei von ihr zweigeteilt wurde.«

Frau Annette trank den letzten Schluck Kaffee aus der zierlichen Tasse. »Und ich dachte immer«, erklärte sie, »Jonah sei der größte Trottel, der je gelebt hat, aber auf die Idee, eine Kanonenkugel mit den Händen zu fangen, würde nicht einmal er kommen.«

»Wir könnten ihn auf die Idee bringen«, schlug Max vor. »Ich fände es hübsch, wenn er zweigeteilt würde.«

Sie blickten einander tief in die Augen und lachten.

Dann bedeutete Frau Annette ihrem Enkel, dass ihr Interesse an der Zeitung sich erschöpft habe und sie wieder zu den wirklich wichtigen Dingen zurückkehren wolle, nämlich jenen, in deren Mittelpunkt sie selber stand. Eine halbe Stunde verging im Gespräch über verschiedene Haushaltsangelegenheiten, danach verabschiedete sich Maximilian, und Frau Annette klingelte nach ihrer Zofe, die sie ankleiden sollte.

2

Der Wind, der vom Meer zum Land wehte, wurde zusehends wärmer. Er schmeckte nach Salz, roch nach Kokosöl und feuchtem Laubwerk. Eine behagliche Ruhe lag über der Kopra-Plantage, untermalt von den niemals endenden Geräuschen des Dschungels und dem melancholischen Gesang der Arbeiter, die die Ölpressen bedienten.

Maximilian Aldermann verließ das Zimmer seiner Großmutter tief in Gedanken. Die Hände auf dem Rücken verschränkt, den Kopf gesenkt, schritt er auf sein eigenes Haus zu. Jeder der beiden Brüder besaß ein solches Haus, einen hübschen currygelben Bungalow mit einer hölzernen Veranda rundum. Die Residenz im Herrenhaus war der eigentlichen Herrin vorbehalten, und das würde nun einmal bis zu ihrem Tod Frau Annette sein. Sosehr Max seine Großmutter liebte, war er mit dieser Regelung doch äußerst unzufrieden. Er fand, dass er sich durch seine Arbeit und seinen Einsatz für die Plantage das Recht erworben hatte, als Gutsherr in der Villa zu wohnen und nicht als ewiger Kronprinz in einem Nebengebäude. Und noch mehr ärgerte ihn, dass sein unnützer Bruder in einem zwillingsgleichen Haus wohnte – für nichts und wieder nichts, als dass er von derselben Frau zur Welt gebracht worden war wie der fleißige und tüchtige Erstgeborene.

»Wenn man vom Teufel spricht«, murmelte er, denn in ebendiesem Augenblick erschien Jonah Aldermann zwischen den Palmen; er führte seinen Hengst Morgenstern am Zügel.

Ein Strohhut beschattete seine scharfen nordischen Züge mit der großen, knochigen Nase und dem schmallippigen Mund. Blasshäutig, blauäugig und flachsblond, Zug für Zug der Nachkomme eines friesischen Urgroßvaters, hatte er in der Tropensonne einen unerbittlichen Feind. Er trug einen kakifarbenen Reitanzug, das hier bevorzugte Kleidungsstück, mit dem die Kolonialherren Eleganz und Selbstbewusstsein demonstrierten. In seinem Stiefelschaft steckte eine Reitgerte, die er aber niemals benutzte, um Morgenstern anzutreiben. Nicht nur dass er es nicht übers Herz gebracht hätte, das Pferd – oder irgendein anderes Tier – zu schlagen, es war auch gar nicht nötig. Der Hengst wusste genau, was sein Reiter von ihm wollte, auch ohne dass dieser ihm Befehle erteilte.

Maximilian trat ihm in den Weg. »Guten Morgen, Jonah. Ich war gerade bei Großmama. Sie hat Post aus Hamburg bekommen. Es wird ernst mit deiner Hochzeit. Deine Braut kommt Ende Juli.«

Jonahs Antwort war knapp, aber bestimmt. »Ich mag nicht.« Seine Stimme klang weich, ohne deshalb an Männlichkeit zu verlieren.

»Wenn du trotzt, nimmt Großmama dir dein Pferd weg«, drohte Max.

Er sah sofort, dass das keine kluge Bemerkung gewesen war. Großmama hatte recht gehabt: Jonah war nur im Kopf schwach. Sein Körper und auch sein Temperament waren das eines erwachsenen Mannes. Das vergaß man nur allzu leicht. Seine leeren blauen Augen zogen sich zu schmalen Schlitzen zusammen. Er schob das Kinn vor und erklärte, noch entschiedener als zuvor: »Das soll sie nur versuchen. Dann bringen wir beide sie um.«

Als hätte der Hengst verstanden, schlug er mit dem Schweif, warf den Kopf zurück und wieherte.

Max wechselte eilig das Thema. »Deine Braut ist sehr hübsch. Viele Männer würden sie gerne heiraten.«

Oder nicht heiraten, fügte er in Gedanken hinzu, aber wenigstens mit ihr schlafen. Wäre da nicht das verfluchte Testament gewesen, so hätte er sich zum zweiten Mal das Vergnügen erlaubt, Jonah eine Frau wegzuschnappen. Nur hätte er sich damit tief ins eigene Fleisch geschnitten. Wenn er die Heirat des Bruders vereitelte, blieben die Juwelen im Safe der königlich-niederländischen Bank liegen, vielleicht bis zum Sankt Nimmerleinstag. Niemand wusste, was Friedhelm für den Fall verfügt hatte, dass Jonah Junggeselle blieb. Es war schieres Glück, dass Alberts Tochter zur Verfügung stand. Wo hätten sie sonst eine schöne, kluge und standesgemäße Dame hernehmen sollen, die bereit war, einen Dorftrottel zu heiraten?

Nein, die Eheschließung musste stattfinden, daran durfte er nicht rütteln. Aber sobald Jonah offizieller Besitzer der Schmucksammlung wäre, würde er, Max, ihm die Frau mitsamt dem Schmuck abnehmen.

»Warte nur ab«, sagte er, »bis du Helena siehst, dann wirst du sie gerne heiraten.«

Jonah, der sehr sparsam mit Worten umzugehen pflegte, verzichtete auf eine Antwort. Er machte einen Schritt vorwärts und bedeutete seinem Bruder, er solle ihm aus dem Weg gehen.

Max gehorchte. Mit Jonah allein hätte er es aufnehmen können, aber der hätte den Hengst auf ihn hetzen können wie einen Hund. Es war eine von Jonah Aldermanns vielen seltsamen Eigenschaften, dass Tiere ihn verstanden, als könnten sie seine Gedanken lesen, und ihm auf ihre eigene Weise antworteten. Scharfe Hunde, die sonst Freund und Feind anfielen, umschmeichelten ihn schweifwedelnd, selbst die beißwütigen Doggen, wie sie von den meisten Plantagenbesitzern auf den malaysischen Inseln gehalten wurden, um mit ihnen entlaufene

Zwangsarbeiter einzufangen. Noch nie hatte einer der boshaften grauen Affen ihn mit faulen Früchten beworfen oder ihm auf den Strohhut gepieselt, wie sie das mit Vorliebe bei jedem anderen taten.

»Reitest du aus?«, fragte Max.

Jonah brummte zustimmend.

»Mit Myrtle?«

»Mhmm.«

Verdammter Halbaffe, dachte Max. Gewissen hast du wohl überhaupt keines? Dass Myrtle ihn mit seinem Bruder betrog, war ein offenes Geheimnis, und normalerweise hätte Max diesen Umstand genutzt, um seine Frau auf der Stelle loszuwerden. Jetzt allerdings musste er warten, bis Jonah verheiratet war. Erst dann konnte er an ihm und Myrtle Rache nehmen. Umso besser! Je länger er Zeit zum Nachdenken hatte, desto grausamer wurden seine Ideen, wie seine Rache aussehen sollte.

Vom Hauptweg der Plantage her rief eine helle, fast kindliche Stimme: »Jonah? Jonah? Wo bleibst du denn? Bluebell ist schon ganz ungeduldig.« Gleich darauf trabte die Apfelschimmelstute herbei, sie tänzelte vor Vorfreude auf den frühmorgendlichen Ausritt. Im Sattel saß Myrtle, geborene Linton, die schöne, treulose und ihrem Gatten inzwischen herzlich verhasste Frau Aldermann.

Myrtle, die ein graues Reitkleid und einen breitkrempigen, veilchenfarbigen Strohhut trug, wirkte trotz ihrer neunzehn Jahre immer noch wie ein Kind, so zart und zerbrechlich, wie sie da im Sattel auf dem stattlichen Pferd saß. Ihre Schultern waren schmal, ihre Hände und Füße zartgliedrig, ihr Gesicht unter den blassgoldenen Locken so fein geschnitten wie eine Elfenbeinkamee. Die wenigsten Menschen bemerkten die Härte in diesen filigranen Zügen.

»Oh, Max – guten Morgen«, bemerkte sie so beiläufig, als sei er eine bedeutungslose Zufallsbekanntschaft, und wandte sich dann energisch an Jonah. »Worauf wartest du denn?«

»Ich komme schon.« Er schwang sich in den Sattel mit der Eleganz eines Mannes, der bereits reiten konnte, als er gerade erst laufen lernte. Nachdem Myrtle ihrem Gatten einen flüchtigen Gruß zugeworfen hatte, ritten sie Seite an Seite auf das Tor zu. Jonah verzichtete gänzlich auf solche seiner Meinung nach überflüssigen Höflichkeiten.

Max starrte den beiden nach. Ironie des Schicksals!, dachte er. Er hätte mehr als einen guten Grund gehabt, um sofort die Scheidung von der ungeliebten Gattin zu erreichen, aber er musste um jeden Preis eine Trennung vermeiden, denn in dem Fall würde Jonah Myrtle vom Fleck weg heiraten. Damit wäre sie die eigentliche Besitzerin des Schmuckes und würde ihn wie ein feuerspeiender Drache bewachen.

Jetzt verwünschte er sich dafür, dass er so bereitwillig auf den listigen Plan seiner Großmutter eingegangen war. Die boshafte Freude daran, Jonahs Wut und Verzweiflung zu beobachten, hatte schnell an Geschmack verloren. Zuletzt war er dagestanden mit einer Frau, die keine Kinder gebären konnte, deren Leidenschaft für ihn innerhalb weniger Wochen erloschen war und die sein schwachsinniger Bruder, anstatt die Treulose zu Tode zu prügeln, mit offenen Armen wieder aufgenommen hatte.

Er ging um das Herrenhaus herum und betrat den Bungalow aus ockergelbem Gipsmörtel, mit einem roten Ziegeldach, wie die meisten Häuser der Kolonisten eines hatten. Mit einem kurzen Schlag gegen den an der Eingangstür hängenden Gong rief er seinen Diener herbei und ordnete an, ihm das Frühstück auf der offenen Veranda zu servieren.

Dem Befehl wurde prompt Folge geleistet. Kaum hatte er sich an den Tisch gesetzt, auf dem Keramikschalen mit frischen Früchten – Bananen, Kokosnüsse, Mangos und Pampelmusen – standen, erschienen auch schon zwei junge farbige Küchenmädchen mit einem Servierwagen. Rasch füllte sich der Tisch mit Tellern, Schalen und Schüsseln voll köstlicher Speisen. Die Europäer in Port Crescent aßen morgens und abends reichlich und ließen dafür das Mittagessen aus, das einem in der dumpfen Schwüle des Mittags nur schwer im Magen gelegen hätte. Eine Platte mit Ayam Goreng – gebratenem Huhn – wurde aufgetischt, Reis und Gemüse, und als Nachtisch Sojabohnenkuchen und in Eierteig frittierte Bananenschnitze. Max verzichtete auf den landesüblichen Palmwein zugunsten des feinen holländischen Genevers, den der Küstendampfer Persephone einmal monatlich lieferte. Der starke Wacholderbranntwein schärfte seine geistigen Fähigkeiten auf außergewöhnliche Weise, und genau das brauchte er jetzt. Wenn Fräulein von Odenhof in Port Crescent eintraf, mussten seine Pläne bis ins Letzte durchdacht sein.

Sein Kammerdiener Pathi eilte lautlos auf bloßen Füßen herbei und überreichte ihm mit einer unterwürfigen Verneigung einen Brief ohne Absender. Aber Max wusste, von wem er kam.

Dass seine Frau ihn zurückwies, bedeutete beileibe nicht, dass Max einsam gewesen wäre. In Port Crescent, wo kein Schritt unbeobachtet blieb, war die Affäre zwischen Herrn Aldermann und einer Dame der guten Gesellschaft – der letzten in einer langen Reihe von Eroberungen – längst kein Geheimnis mehr. Man wusste alles, aber man schwieg. Viel spannender, als sich moralisch zu entrüsten, war es, darauf zu wetten, wie lange die Liebschaft dauern und wann die derzeit neueste Geliebte zugunsten einer anderen, noch neueren, fallen gelassen wurde. Die Anzahl der Frauen, die wegen Max Aldermann weinten oder fluchten, war beträchtlich.

Er hatte Frauen, so viel er nur wollte, und er hatte auch einige Kinder, allerdings keinen einzigen legitimen Nachkommen.

Er hatte gehofft, Myrtle würde ihm einen Sohn schenken, der die Linie der Aldermanns weiterführte. Aber die Familie Linton hatte ihn betrogen, hatte ihm nichts davon gesagt, dass die junge Frau nach einer schweren Erkrankung keine Kinder bekommen konnte. Erst nach der Heirat hatte er durch einen befreundeten

Arzt erfahren, welche Diagnose dessen Kollege in Batavia gestellt hatte und welche Operation vorgenommen worden war.

Das wäre ein weiterer Scheidungsgrund gewesen, aber er konnte genauso wenig Gebrauch davon machen wie von ihrer Untreue.

Er las das Briefchen, lächelte und zerknüllte es. Satt und zufrieden stand er vom Tisch auf und rief dem Diener zu, er solle sein Pferd satteln. Er hatte jetzt richtig Appetit darauf, sich die Hinrichtung des entflohenen Sträflings anzusehen. Es war nicht nur das Hängen allein – dem immer ein gnadenloses Auspeitschen voranging –, es waren vor allem die Gesichter der anderen Sträflinge, die dabei zusehen mussten und wussten, dass es ihnen genauso ergehen würde, wenn sie einen Fluchtversuch wagten. Das Ereignis war genau das Richtige, um ihn für das Treffen am Nachmittag mit der Dame der Gesellschaft in Stimmung zu bringen.

3

Myrtle Aldermann klopfte ihrer Stute Bluebell auf die Flanke. »Braves Mädchen, gutes Mädchen. Gleich darfst du ordentlich laufen, das wird dir Freude machen.« Die beiden Pferde begrüßten einander schnuppernd, und die beiden jungen Menschen lächelten einander an. Sie hatten einen Grad von Vertrautheit erreicht, der Worte überflüssig machte. Schon als Kinder waren sie oft stundenlang schweigend nebeneinandergesessen, beide träumerisch auf denselben Fleck starrend, ohne sich auch nur einen Augenblick zu langweilen, und wenn sie sich dann trennten, waren beide der Überzeugung, dass sie dem anderen die größten Geheimnisse ihres Herzens anvertraut hatten.

Sobald sie das sorgsam gepflegte Gelände der Plantage verließen, drängte sich der feuchtheiße Dschungel mit seinen bizarren Geräuschen zu beiden Seiten dicht an den Pfad heran.

Was nicht mindestens einmal in der Woche mit der Machete abgehauen wurde, überwucherte die Wege mit beängstigender Geschwindigkeit. Man konnte förmlich dabei zusehen, wie sich die Ranken über den Pfad schlängelten. Ein Tukan flog auf. Der bunte, grotesk aussehende Vogel, den die Leute von Port Crescent den »Pfefferfresser« nannten, kreischte empört und floh dann vor den Störenfrieden ins dampfende Dickicht.

Schweigend ritten sie Seite an Seite die ungepflasterte Straße entlang, die hinunter zum Meer führte. Während der Trockenzeit vollzogen sie mehrmals in der Woche dasselbe Ritual. Sie ritten hinunter zum Hafen, frühstückten ausgiebig auf der Terrasse des eleganten ›Hotel Schuit‹, das den Sund überblickte, und kehrten über den Hügelkamm wieder zur Villa Rafflesia zurück. Anfangs hatte Max seiner Frau diese Zweisamkeit übel genommen, aber seit er das Interesse an ihr verloren hatte, ließ er sie gewähren.

Ich hätte es wissen müssen, dachte Myrtle Aldermann. Was war ich doch für eine Närrin! Er wollte mich einzig und allein, um Jonah eins auszuwischen. Ich hätte ihn durchschauen müssen, so überzeugend er auch heuchelte, schließlich kenne ich ihn seit meiner Kindheit!

Jetzt hasste er sie und wäre sie gerne wieder losgeworden, hätte er nur gewusst, wie, ohne dass sie auf der Stelle Jonahs Frau wurde. In letzter Zeit hatte er oft davon geredet, dass sie gemeinsam eine Reise nach Deutschland machen sollten. Sie argwöhnte, dass er sie dort zurücklassen wollte wie ein aussortiertes Kleidungsstück. Was konnte ihr in der Fremde nicht alles widerfahren! Falls sie irgendwo in den Bergen abstürzte oder bei einer Kahnfahrt ertrank – wer auf Java würde jemals die näheren Umstände ihres Todes erfahren?

Aber auch Myrtle schmiedete Pläne. Was hätte Max wohl gesagt, wenn er davon gewusst hätte?

Bei diesem Gedanken drückte Myrtle unwillkürlich die Knie in die Flanken der Stute, und Bluebell begann schneller zu laufen. Jonah ließ ein lang gezogenes »Hooa!« hören, fasste die Stute am Zügel und brachte sie dazu, wieder in ihren gemächlichen Schritt zurückzufallen.

»Warum hast du es eilig?«, fragte er. Er sprach sehr bedächtig, wie jemand, der sich in einer fremden Sprache ausdrückt und jedes Wort sorgfältig prüft, ehe er sich dafür entscheidet, es auszusprechen.

»Ich habe es nicht eilig. Ich war nur in Gedanken. Ich denke an meinen Plan«, verriet sie ihm.

»Oh.« Sein Gesicht erhellte sich vor Freude. »Hast du schon einen guten Plan?«

»Noch nicht. Es ist sehr schwierig, weißt du. Niemand darf erfahren, dass wir es getan haben, sonst werden wir dafür bestraft.«

»Dir wird schon etwas einfallen«, erklärte er zuversichtlich. Seit ihrer Kindheit hatte er Dinge, über die man nachdenken musste, an Myrtle delegiert. Sein Vertrauen in ihre Klugheit war grenzenlos.

Ja, dachte Myrtle. Mir wird etwas einfallen. Aber es muss schon etwas sehr Kluges sein, denn naturgemäß werden sie uns als Erste verdächtigen – die ungeliebte Ehefrau und den eifersüchtigen Schwager, ihren treuen Gefährten aus Kindertagen.

Sie blickte auf Jonah, dessen harmlos-heiterer Gesichtsausdruck nicht das Geringste von den Mordgedanken verriet, denen er nachhing. Sie wünschte, sie könnte mit ihm über die Probleme reden, die ihr durch den Kopf gingen, aber das war zu gefährlich. In einem Punkt unterschied er sich drastisch von den hinterhältigen Aldermanns: Er war grundehrlich. Nie wäre er auf den Gedanken gekommen, zu lügen. Und da er sich nicht sehr viel auf einmal merken konnte, war es nicht möglich, ihm zu sagen: »Über das darfst du reden, aber über jenes musst du schweigen.«

Sie ritten gemächlich an einer Anzahl Kampongs vorbei, niedrigen Hütten aus Bambus, die auf hölzernen Pfosten hüfthoch über dem Erdboden standen und mit Palmblättern gedeckt waren. Die Kampongs drängten sich zu kleinen Dörfern zusammen, die im Schatten der Banyan-Bäume verborgen lagen. Dort wohnten die armen Leute unter den Einheimischen, die Landarbeiter und Fischer. Die Wohlhabenden hatten sich Häuser aus Stein nach dem Vorbild der Europäer erbauen lassen.

Ein paarmal hörten sie ein fernes, aber nichtsdestotrotz durchdringendes Gebrüll, das von einem Tiger stammte. Myrtle lief ein kalter Schauer über den Rücken. Die Sundanesen fürchteten den Tiger nicht nur als Raubtier, sondern auch als den gespenstischen Sima Gadhungan – als Wiedergänger eines Ermordeten, der in Gestalt eines Tigers seine Mörder heimsucht.

Jonah, der wie alle Einwohner von Port Crescent wusste, dass die gelb gestreiften Raubkatzen auch am helllichten Tag vor dem Angriff auf Menschen nicht zurückschreckten, zog unwillkürlich am Riemen seines Karabiners, um sich zu vergewissern, dass die Waffe fest auf seinem Rücken hing. Kein Mann in der Umgebung ging unbewaffnet, und auch die Damen trugen, sobald sie sich von Haus und Heim fortwagten, zumindest einen großkalibrigen Revolver bei sich, wenn nicht ein Gewehr. Nicht nur die Tiere bedeuteten eine Gefahr. Der Dschungel bot auch entflohenen Verbrechern, desertierten Soldaten und von den Plantagen entlaufenen Kulis Deckung und Zuflucht. Es sah ein wenig sonderbar aus, dass Myrtle Aldermann über dem zierlich geknöpften und plissierten Jäckchen den Schultergurt eines Revolvers trug, aber niemand in Port Crescent hätte sich darüber gewundert.

Vielleicht war es das Gebrüll des gestreiften Menschenfressers, das Jonah zu seiner nächsten Bemerkung veranlasste. »Die Frau aus Hamburg kommt bald. Ich will sie nicht heiraten. Ich will dich heiraten. Wir könnten sie auch töten, genau wie Max. Meinst du nicht?« Er sah seine Freundin hoffnungsvoll an.

Myrtle dachte: Einen Menschen zu töten bedeutete für Jonah nicht mehr, als einem Huhn den Kopf abzuhacken. Er würde es jederzeit tun und danach mit Appetit essen und friedlich schlafen. Jedenfalls so lange, bis er verhaftet würde, und dazu durfte es nicht kommen.

Sie erwiderte in dem strengen, gouvernantenhaften Ton, der ihm signalisierte, dass er ihre Äußerung gut im Gedächtnis behalten musste – diesem Gedächtnis, in das so wenig auf einmal hineinpasste: »Nein, das werden wir nicht tun. Jedenfalls nicht gleich. Du musst sie heiraten, damit du die Sammlung deines Großonkels erben kannst, hast du das wieder vergessen? Wir müssen warten, bis du die Edelsteine hast. Dann töten wir sie, und du bist Witwer und heiratest mich.«

Jonah nickte ergeben, wenn er auch nicht wirklich glücklich darüber war. »Ich mag sie nicht«, vertraute er seiner Gefährtin an. »Ich würde sie lieber gleich töten.«

»Es ist ja nicht für lange, Jonah. Nur bis September. Sobald das Erbe dir gehört, kannst du sie wieder loswerden. Das ist nicht schwierig. Viele Menschen, die zum ersten Mal in die Tropen reisen, sterben nach ein paar Wochen. Sie bekommen Fieber, oder sie werden von einem Skorpion gestochen, oder sie essen etwas Verdorbenes … Niemand würde es wundern, wenn sie bald stirbt. Und niemand würde es interessieren. Du musst es nur ein paar Wochen mit ihr aushalten, Jonah. Nicht länger.«

Das heiterte ihn ein wenig auf. »Gut«, stimmte er zu. »Wenn du es sagst. Aber nicht länger. Ich mag sie nicht.«

Als sie weiterritten, hörten sie das ferne Kläffen der Bluthunde, die auf der Spur des entflohenen Sträflings waren. Es gab immer wieder einige unter den Kerlen, die dumm genug waren, die Flucht zu wagen, aber kaum jemals einen, der durchkam. Entweder wurden sie von den Suchtrupps gefasst, ausgepeitscht und aufgeknüpft, oder sie verendeten jämmerlich in der Wildnis.

Jonah hielt plötzlich sein Pferd an. »Horch!«, flüsterte er.

Sie lauschte. Nur ein Ohr, das an den ständigen Lärm des Dschungels gewöhnt war, konnte einen fremden Laut darin ausmachen: das Stöhnen einen Menschen.

Jonah hatte bereits die Stelle gefunden, von der das Geräusch kam. Mit der Reitgerte teilte er den graugrünen Vorhang aus Moosen und Farnen. »Da ist er«, sagte er.

Myrtle trieb ihre Stute ein paar Schritte näher heran. Ja, da war der Sträfling, leicht zu erkennen an seinem mit gelben Pfeilen bedruckten Kittel. Er lag auf der Seite, nur halb bei Bewusstsein, die eine Hand um ein grotesk verdrehtes, sichtlich gebrochenes Bein gekrampft. Blut rann über sein vom Lavastaub geschwärztes Gesicht.

Noch zehn Minuten, dann würde der Suchtrupp ihn gefunden haben und den Schwerverletzten gnadenlos zurück ins Lager schleppen, um ihn der vorgeschriebenen Strafe zuzuführen.

Myrtle verabscheute die Sträflinge – allesamt Schwerverbrecher, die eigentlich die Todesstrafe verdient hätten und zur Zwangsarbeit begnadigt worden waren –, aber noch mehr verabscheute sie den Gedanken, einen Mann in diesem elenden Zustand auszupeitschen und ihn dann zu hängen. Sie wandte sich an ihren Gefährten. »Erschieß ihn«, befahl sie.

Jonah stellte keine Fragen und zögerte keinen Augenblick. Mit gemessenen Bewegungen stieg er vom Pferd, schwang das Gewehr von der Schulter und setzte die Mündung dem Mann in den Nacken. Ein Schuss ertönte. Der entflohene Sträfling zappelte ein paar Sekunden lang wie ein Fisch auf dem Trockenen, dann fiel er schlaff in sich zusammen. Die Schmeißfliegen, die sich bereits auf seinen Wunden gesammelt hatten, waren bei dem Lärm kurz aufgeflogen und ließen sich jetzt geschäftig summend auf dem Leichnam nieder.

Jonah rückte das Gewehr zurecht und stieg wieder auf sein Pferd. Ohne einen Blick zurückzuwerfen, ritt er den Weg entlang weiter; Myrtle folgte ihm.

Die Sonne stand bereits über den Bergen und tauchte die obersten Wipfel des Regenwaldes in ein helles Grün, als die beiden den Stadtrand erreichten. Port Crescent war ein ruhiges kleines Hafenstädtchen mit schmucken Häusern, einem Stadtzentrum mit zwei eleganten Geschäftsstraßen, zwei Kirchen und mehreren Hotels. Es lag in einer schmalen, halbmondförmig gekrümmten Bucht des vulkanischen Küstengebirges, das steil ins Meer abfiel und einen geschützten natürlichen Hafen bildete. Dort war auf dem Wasser eine schwimmende Stadt entstanden, bestehend aus Sampans, kleinen Booten mit keilförmigem Rumpf, flachem Boden und von runden Dächern beschatteten Schutzräumen auf dem Deck. Auf diesen Wohnbooten lebten die Malayen wie in Häusern. Inzwischen hatte der Tag mit der ganzen Geschäftigkeit einer Hafenstadt begonnen. Lärm in einem Dutzend Sprachen übertönte das Klappern der Pferdehufe. Die Leute überschrien einander auf Englisch, Französisch, Deutsch, Chinesisch und in den einheimischen Sprachen Baha jawa, Baha sunda und Malayam. Rhesusaffen sprangen kreischend von einem Vordach zum anderen. Zahlreiche Gerüche mischten sich mit den Geräuschen zu einem berauschenden Chaos. Ein Fremder hätte wohl Kopfweh davon bekommen, aber Myrtle und Jonah waren von Kind auf daran gewöhnt und immun gegen den Ansturm auf ihre Sinne.

Sie hielten an und beobachteten mit dem gemächlichen Interesse von Leuten, die schon Hunderte Male Zeuge desselben Schauspiels geworden waren, wie der Postdampfer Tulipan, eine schmuddelige Brigg mit zusätzlichem Dampfantrieb, einlief und im Hafen vor Anker ging. Unter wichtigtuerischem Getute und Getöse kündete das rostfleckige Schiff seine Ankunft an, damit jeder in Port Crescent, der Gäste oder Waren erwartete, herbeieilen und sie in Empfang nehmen konnte. Eine Mannschaft von Matrosen aus aller Herren Länder löschte die Ladung, die aus fest in Jute verpackten Kisten und prallen Säcken bestand und auf Ochsenkarren verladen wurde. Die Tulipan brachte alles, was es in Port Crescent nicht zu kaufen gab: europäische Ölgemälde, Meißner Porzellan, französisches Parfüm, internationale Zeitungen (eine Woche alt), türkische Teppiche und überhaupt alles, was irgendjemand aus der Stadt draußen in der weiten Welt bestellt hatte. An der Lotsenstation wehte ein Flaggensignal, das der Schiffsbesatzung bedeutete: »Hier nach Post fragen«. Auf der Terrasse unmittelbar am Meer lümmelten ein paar einheimische Lotsen herum und warteten Betel kauend auf das nächste Schiff. Die Sundastraße mit ihrer geringen Tiefe, die an manchen Stellen nur zwanzig Meter betrug, und den zahlreichen Inseln war äußerst gefährlich für die großen Fahrzeuge, sodass diese sich nur mit einem erfahrenen Lotsen an Bord in die tückischen Gewässer wagten.

»Ich habe Hunger«, bemerkte Jonah. »Ich möchte jetzt essen.« Wenn er mit Myrtle zusammen war, beschränkte er sich stets darauf, ihr seine Wünsche mitzuteilen, und überließ es ihr, dafür zu sorgen, dass er bekam, was er wollte. Sie war so viel klüger und geschickter als er, warum sollte er also seinen schwerfälligen Verstand anstrengen und mit größter Mühe zu Stande bringen, was ihr im Handumdrehen gelang?

Die beiden Pferde trabten durch die Hauptgeschäftsstraße, hinter deren hohen, Kirchenfenstern ähnlichen Schaufenstern sich das Feinste an Waren türmte, das die örtlichen Kaufleute anzubieten hatten. Dann folgte die Villenstraße, in der die einheimischen Verwaltungsbeamten und Kaufleute wohnten. Diese reichen Sundanesen führten im Unterschied zu den niederen Ständen ein äußerst luxuriöses Leben. Sie hatten mehr als alle anderen dazu beigetragen, Port Crescent zu einer Perle unter den Küstenstädten zu machen. Noch ein Stück weiter wohnten die Reichsten unter den Kolonialherren im Luxus der herrschaftlichen Villen, die durch Flächen tiefgrünen Urwalds, den man nicht gerodet hatte, voneinander getrennt wurden. Unter ihnen stach die Villa des stellvertretenden Statthalters, Herrn Thomas Buijs, deutlich hervor. Sie protzte mit einer bronzenen Kanone inmitten eines herrlichen Rasens und einem eigenen Anlegesteg für die makellos gepflegte Barkasse der höchsten Autorität des Städtchens.

Wie immer suchten sie Herrn Johan Schuits Hotel auf einer

Anhöhe unmittelbar über dem Hafen auf, das zugleich als lokaler Stützpunkt der Versicherungsagentur Lloyds diente. An der Vorderseite befand sich eine breite Veranda, von der sich ein atemberaubender Ausblick bot auf die Sundastraße mit ihren zahllosen Inseln und eine endlose Prozession von Schiffen, die mit den unterschiedlichsten Zielen zwischen dem Indischen Ozean und dem Südchinesischen Meer hin und her pendelten.

Myrtle und Jonah warfen dem Hausknecht des Hotels die Zügel ihrer Pferde zu und stiegen die Treppe zur Veranda hinauf, wo im Schatten eines weit ausladenden Sonnendaches zwei Dutzend Rattanstühle um ovale Tische gruppiert auf Gäste warteten.

Im Hintergrund, an der geflochtenen Wand zum Speisesaal, war das Büfett aufgebaut, an dem ein malaysischer Koch die Gäste bediente. Er begrüßte die beiden mit größter Höflichkeit. Vor Jonah empfanden die Einheimischen eine abergläubische Scheu. Dem Namen nach Muslime, hatten sie viele Vorstellungen der alten javanischen Religion bewahrt und waren überzeugt, dass er von einem Geist besessen war, der seinen Verstand verdunkelte und ihm wunderliche Gedanken eingab, aber auch außergewöhnliche Fähigkeiten verlieh. Myrtle dagegen wurde allgemein bewundert und begehrt.

Sie ließen sich von den erlesenen Speisen geben und nahmen auf der Veranda Platz. Myrtle pflegte zu essen wie ein Spatz. Sie nahm ein paar Löffel von der Suppe, knabberte an einem Fleischspießchen und einem Bissen Ayam Goreng herum und war satt. Jonah dagegen aß mit dem gewaltigen Appetit eines gesunden 20-Jährigen. Als er keinen Bissen mehr hinunterbrachte und die Mahlzeit mit Kaffee, Genever und Chinin abgeschlossen hatte, lehnte er sich mit einem verhaltenen Rülpsen zurück, fingerte sein Zigarettenetui aus der Tasche und zündete sich eine der sogenannten »indischen« Zigaretten an, die er mit Vorliebe rauchte – Zigaretten, deren Tabak mit Opium, Bilsenkraut-, Stechapfel- und Hanfblättern gemischt war. In Port

Crescent wurden sie als Arznei bei Asthma, Lungenleiden und Schlafstörungen verschrieben, aber viele rauchten sie auch einfach um der angenehmen Entspannung willen.

Er fühlte sich wohl. Er freute sich auf den Heimweg, den sie für gewöhnlich im abgelegenen Häuschen einer Witwe unterbrachen, wo ein kühles, von grünem Zwielicht erfülltes Zimmer mit einem aus Bananenblättern geflochtenen Bett auf sie wartete. Er war sehr froh, dass er Myrtle hatte. War immer schon froh gewesen. Eine kurze Dunkelheit hatte den ewigen Sonnenschein ihrer Zweisamkeit unterbrochen, aber jetzt würde bald alles wieder in Ordnung sein. Sie würde ihm sagen, wann und wie er Max töten sollte, er würde es tun, und sie würden heiraten und glücklich sein.

Myrtle betrachtete ihn voll inniger Zuneigung. Immer wieder fragte sie sich, wie es möglich war, dass sie auf ihn verzichtet und stattdessen Max geheiratet hatte. War der Mann ein Zauberer, der sie mit einem Bann belegt hatte? Die Einheimischen glaubten an solche Dinge, an männliche und weibliche Dämonen, die den Lebenden ihren Willen aufzwingen konnten. Nein, Max hatte nur ihre Dummheit ausgenutzt. Hatte ihr weisgemacht, dass er sie leidenschaftlich liebte, während Jonah nur ihr brüderlicher Freund sei, und sie würde ihn ja als Schwager behalten …

Sie ließen sich Zeit mit dem Aufbruch. Beide hatten von Kind auf gelernt, dass Hast und Eile in den Tropen gleichbedeutend mit einem frühen Tod waren, vor allem für Europäer und Asiaten, die sich auch nach Generationen nicht wirklich an die Hitze und die hohe Luftfeuchtigkeit gewöhnten. Man faulenzte nicht, aber man erledigte alle anfallenden Arbeiten in gemessenem Tempo und mit gehörigen Pausen dazwischen. Sogar die von Natur aus fleißigen Chinesen hatten inzwischen begriffen, dass sie das Tempo drosseln mussten, wenn sie nicht vor der Zeit dahingerafft werden wollten.

Erst als sie Gefahr liefen, den Heimweg unter den Strahlen

der Mittagssonne antreten zu müssen, drängte Myrtle zum Aufbruch.

Sie setzte den Fuß in den Steigbügel, schwang ihre zierliche Gestalt auf den Rücken des Apfelschimmels, ohne sich um ihre voluminösen Röcke aus raschelndem Crêpe de Chine zu kümmern, und ließ den langen, milchig weißen Schleier an ihrem Hut herunter, um sich gleichermaßen vor der Sonne und den Myriaden lästiger Insekten zu schützen, die von Staubkorngröße bis zu faustdicken Brummern über der Straße tanzten. Die Pferde schritten nur langsam den steilen Hang hinauf, und keiner der beiden trieb sie an. Niemand, der auch nur einen Funken Verstand hatte, hetzte sein Pferd, und sowohl Bluebell wie auch Morgenstern wurden mit größter Rücksicht behandelt. Sie waren vermutlich die glücklichsten Pferde von Java.

Früher hatte sich Myrtle manchmal gefragt, wie es möglich war, dass Jonah alle Tiere so sehr liebte und Menschen gegenüber so feindselig war – bis sie darauf gekommen war, dass er sich unter den Tieren zu Hause fühlte, unter den Menschen aber als Fremder. Kein Tier machte sich über ihn lustig. Kein Tier sah ihn argwöhnisch von der Seite an. Er war einer von ihnen, während die Menschen ihm gleichgültig, lästig und verhasst waren. Dass er sie, Myrtle, akzeptierte und sogar liebte, hing wohl damit zusammen, dass sie einander schon gekannt und geliebt hatten, als sie noch Kinder waren.

Jonah schwieg, und Myrtle genoss dieses Schweigen, das voller Zuneigung und Zärtlichkeit war.

4

Die beiden Reiter hatten ihr Liebesnest beinahe erreicht, als Jonah plötzlich seinen Hengst zügelte und sich im Sattel aufrichtete. Den Hals weit vorgestreckt, witterte er nach allen Seiten in den Wind. Dann gab er Morgenstern unvermittelt mit der flachen Hand einen so scharfen Klaps auf die Kruppe, dass der Hengst, der dergleichen Handgreiflichkeiten nicht gewohnt war, wieherte und sich aufbäumte. Statt ihn wie gewöhnlich mit sanfter Stimme zu beruhigen, reagierte Jonah diesmal damit, dass er ihm die Knie in die Flanken stieß und mit den Zügeln auf den Hals klatschte. Erschrocken und verwirrt jagte Morgenstern den steilen Bergpfad hinauf, sodass dem Reiter die tief herabhängenden Orchideenranken ins Gesicht schlugen und ihm den Strohhut vom Kopf fegten.

Myrtle, die sein sonderbares Gehabe mit Verblüffung verfolgt hatte, schrie ihm hinterher, und als er darauf nur mit einer Geste reagierte, die ihr befahl, ihm zu folgen, trieb sie die Stute ebenfalls an. Hintereinander stürmten die beiden Pferde dahin, speichelnd und die Augen rollend – weniger vor Anstrengung als vor Entsetzen über das Verhalten ihrer Reiter, das den beiden verwöhnten Tieren unerträglich roh erschien. Vor allem aber machte es ihnen Angst. Morgenstern, der mit seinem Reiter so sehr eins war, spürte Furcht, ja Panik in dessen Herzen, und das überzeugte ihn davon, dass ihnen der Tod auf den Fersen war. Er fegte dahin, als hetzte sie ein hungriger Tiger.

Bluebell folgte ihrem Gefährten. Wäre Myrtle nicht eine so geübte Reiterin gewesen, so hätte die nervöse Stute sie wahrscheinlich abgeworfen. Ihr wallendes Reitkleid blieb in den Ranken hängen, ein langer Streifen vom Saum riss ab. Hut und Schleier wurden von einem Ast aufgespießt und blieben dort wie eine riesige, groteske Blüte hängen.

Plötzlich öffnete sich der dichte Dschungel, und vor ihnen lag der felsige Kamm, hinter dem es steil bergab in den dahinterliegenden Talkessel ging. Jonah, der mit einem Schlag wieder er selbst war, zügelte den Hengst, und als das zitternde Tier zum Stehen kam, kraulte er ihm in gewohnter Weise die Ohren und tätschelte ihm den Hals.

Myrtle lenkte die schwer atmende Stute an seine Seite. »Jonah, um Himmels willen, was ist los? Du hast mich zu Tode erschreckt.«

Er wandte sich wortlos im Sattel um und wies mit ausgestrecktem Arm nach Süden, wo der indische Ozean in den engen Flaschenhals der Sundastraße strömte.

Myrtle folgte seinem Arm, konnte aber nichts Außergewöhnliches erkennen. Die Meerenge mit ihren zahlreichen Schiffen, die von dieser Höhe betrachtet wie Spielzeug wirkten, sah nicht anders aus als sonst.

»Ich sehe nichts«, sagte sie. »Was beunruhigt dich?«

»Der Berg bricht aus«, antwortete er. »Spürst du es nicht? Die Erde zittert und das Meer auch.«

Myrtle sah sich um, aber nicht einmal die Rispen der hohen Gräser, die fein wie Flaumfedern auf mannshohen Stängeln saßen, bewegten sich. Es war völlig windstill, und keine Spur von einem Zittern des Erdbodens war zu bemerken.

»Welcher Berg?«, fragte sie ratlos.

»Der Krakatau«, sagte Jonah.

Myrtle starrte ihn kopfschüttelnd an. »Der Krakatau? Träumst du? Das kann nicht sein. Der ist seit zwei Jahrhunderten erloschen, die ganze Insel ist von Wald und Wiesen bewachsen.«

Jonah schwieg. Er machte sich nie die Mühe, andere Leute von seinen Ansichten zu überzeugen.

Plötzlich rief er: »Da! Da!«

Über den vorspringenden Klippen, die die Insel Krakatau vor ihren Blicken verbargen, erhob sich wie eine Geistererscheinung eine riesige weiße Säule. Lautlos schoss sie in den blauen Mittagshimmel empor, so hoch, dass die beiden jungen Leute den Kopf in den Nacken legen mussten, um das obere Ende der brodelnden Wolke zu sehen. Dann brach ein Lärm los wie ein Kanonenfeuer, dem ein grauenhaftes Bersten und Krachen folgte.

Jonah stand in den Steigbügeln, den Blick fest in die Richtung gewandt, aus der das Getöse kam. Der untere Teil der Dampfsäule färbte sich rot, während der pilzförmige Schirm erst grau und dann schwarz wurde. Blitze zuckten in dessen Inneren. Wie ein Kraken seine Fangarme nach allen Seiten schleudert, schlängelten sich aschgraue Tentakel aus der Wolke hervor, wurden breiter und flacher und sanken schließlich zu Boden.

Jonah sagte mit schwerer Stimme: »Ich möchte von jetzt ab nicht mehr zum Frühstück in die Stadt hinunterreiten. Ich will nicht in der Nähe des Meeres sein.«

»Wie du willst.« Myrtle hatte gelernt, ihm nicht zu widersprechen, wenn er diesen Ton anschlug. Er war starrsinnig. Sein träger Verstand, in dem nur wenige Gedanken zugleich existieren konnten, klammerte sich umso entschlossener an diese wenigen. Es kam nicht oft vor, dass er über die Freundin bestimmte, aber wenn er es tat, dann hatte er einen guten Grund dafür.

»Meinst du«, fragte sie, »es könnte noch schlimmer werden?«

Er nickte langsam.

5

Als der so lange in Schlaf versunkene, tot geglaubte Berg anfing, Schmauch und Feuer zu spucken, saß Frau Annette gerade auf ihrer Veranda, erledigte ihre Schreibarbeiten und sah zwischendurch verträumt den Schiffen nach, die mit gebauschten Segeln Richtung Europa fuhren. Es waren immer viele Schiffe auf See. Und die Aussicht von der Villa Rafflesia auf ihrer vorspringenden Schulter des Berges war herrlich.

Jäh wurde sie aus ihren Träumen gerissen. Ein lautes Klirren ertönte, und als sie herumfuhr, um ein tollpatschiges Dienstmädchen zu schelten, erkannte sie überrascht, dass sich niemand im Wohnzimmer befand. Durch die offenen Verandatüren konnte sie den gesamten Raum übersehen, und er war unzweifelhaft leer. Dennoch war ein Delfter Teller von seinem Wandbord gefallen und zerbrochen. Sie stand auf, um sich das merkwürdige Phänomen näher anzusehen. Gleich darauf hörte sie Fenster und Türen klappern. Irgendwo von Süden her ertönte ein leises Grollen, wie von ferner Artillerie. Dann wurde aus dem Grollen ein Rumpeln, ein Schatten zog vor die Sonne, und die Luft erbebte in einer eigentümlichen Weise, als Dutzende Druckwellen nacheinander den Berghang trafen.

Auf der Plantage brach ein wildes Durcheinander aus. Überall aus den Palmenhainen schallte das ängstliche Geschnatter der Einheimischen. Wie Küken bei Gefahr ihre Glucke suchen, so strömten die Plantagenarbeiter zu Frau Annette und bestürmten sie mit Jammern und Klagen. Wieder dröhnte ein Hammerschlag, wieder setzte ein heftiges Rütteln ein. In den Regentonnen an den Hausecken waren die Vibrationen deutlich zu sehen, da die Wasseroberfläche Wellen schlug und einmal sogar überzuschwappen drohte.

Auch unter den Europäern brach jetzt eine gewisse Unruhe aus. Sie waren durch die ungewöhnlichen Laute aufgeschreckt worden und zunächst nur verwirrt gewesen, doch als das Rumpeln nicht aufhören wollte, wurde ihnen bang ums Herz.

Vom Leuchtturm am Fourth Point hallte das melancholische Brüllen des neuen Nebelhorns herüber, das erst kürzlich die traditionelle Nebelglocke abgelöst hatte. Da es nicht neblig war und kein Wölkchen am Himmel stand, musste das Horn vor einer anderen Gefahr warnen.

»Das kommt aus der Richtung von Pulau Krakatau!«, rief jemand.

»Unsinn!«, widersprach Frau Annette scharf. »Der Krakatau ist längst erloschen, an dem kann man nicht einmal mehr einen

Lampendocht anzünden. Es muss auf offener See gewesen sein, vielleicht ein Zusammenstoß zweier Schiffe.«

Im nächsten Augenblick kreischte eine Frau gellend auf, Köpfe fuhren herum, und andere stimmten in das Schreckensgeschrei mit ein. Die frommen Muslime unter ihnen warfen sich zu Boden und beteten, andere murmelten Beschwörungen und umklammerten ihre Amulette, wieder andere rangen die Hände und schrien. Die Christen hatten die Hände gefaltet und beteten leise. Die weniger Frommen bemühten sich, unerschrocken dreinzusehen, was ihnen aber nicht besonders gut gelang.

Über den Gipfeln der Berge, die den Blick nach Südosten versperrten, fuhr mit einem Schlag eine ungeheure Wolkenwand hoch, die erst weiß war, sich dann rasch grau und schließlich blauschwarz färbte. Rote Blitze sprühten aus ihr heraus. Dann verstummte der gewaltige Lärm, doch immer noch waren das Vibrieren und Grollen und gelegentliche leise, bedrohlich klingende Schläge zu hören. Rasch breitete sich von der Wolkenwand her ein schmutziges Zwielicht aus, Rußschleier sanken herab, so fein, dass sie nur auf dem hellen Holzboden der Veranda sichtbar wurden, wo sie wie frisch gefallener Schnee liegen blieben.

Inzwischen hatte der Leuchtturm von Anjer die Botschaft seines Pendants an der Südspitze aufgefangen, und der Klang eines weiteren Nebelhorns mischte sich mit dem ersten. Unten am Hafen rannten Männer in ein Nebengebäude der Lotsenstation, aus dem ein Schlot mit zwei Schalltrichtern aufragte. Gleich darauf stieg Dampf aus dem Schlot, als der Kessel in aller Eile angeheizt wurde, und dasselbe lang gezogene BÖÖÖHN wie andernorts stieg in den Himmel, dessen Blau im Südosten bereits völlig hinter einer graubraunen Wolkenmauer verschwunden war.

»Orang Alijeh!«, klagten die Einheimischen. »Orang Alijeh!«

Für die Einwohner Javas und Sumatras und insbesondere für das Küstenvolk der Sundanesen bedeuteten Vulkanausbrüche, dass dieser allseits gefürchtete Berggott aus irgendeinem Grund zornig war und seinen Unwillen bekundete, indem er rastlos wurde und Feuer und Rauch ausstieß.

Auf der Veranda richtete sich Frau Annette drohend zu ihrer vollen Größe auf. Ihre Augen blitzten. Scharf und trocken wie Peitschenhiebe drangen die Worte aus ihrem Mund. »Dummköpfe!«, rief sie ihnen zu. »Zum Kuckuck mit Orang Alijeh! Was heult und jault ihr da wie getretene Hunde? Geht wieder an eure Arbeit, auf der Stelle! Aufseher, kümmert euch darum, dass hier wieder Ordnung einkehrt! Und ihr« – das galt den versammelten Europäern – »zeigt gefälligst, dass ihr mehr Mumm habt als diese Hasenfüße. Zurück an die Arbeit, jeder Einzelne!«

Eingeschüchtert wichen die Menschen zurück, beeindruckt nicht nur von der Autorität der Gutsherrin, sondern auch von ihrer Furchtlosigkeit. Die alte Frau kehrte hocherhobenen Hauptes ins Haus zurück und warf mit verächtlicher Geste die Verandatür hinter sich ins Schloss. Sie wusste, dass in dem Vulkanschlot kein wütender Götze hockte, der zum Zeichen seines Zorns Feuer spuckte, und sie dachte nicht daran, sich aufzuregen wegen eines Vulkanausbruchs auf einer menschenleeren, verwilderten Insel. Sollte der Krakatau ruhig rumoren, Unheil anrichten konnte er nicht. Albernes Volk!, dachte sie, als die immer noch erregten Stimmen der Arbeiter hinter ihr verklangen. Sie fürchtete nichts … bis auf eines.

Nie, so dachte sie, würde sie verstehen, wie es dazu gekommen war, dass sie solche panische Angst vor dem Sima Gadhungan hatte. Sie war keine primitive Wilde, die sich von ihren Priestern einreden ließ, ein Ermordeter könnte als Sima Gadhungan im mächtigen Körper einer Raubkatze wiederkehren. Tiger waren Tiere. Punktum. Dennoch bildete sie sich immer wieder ein, im Schatten unter dem knorrigen Banyan-Baum am meerseitigen Ende der Plantage die riesige, knochige, aber dennoch geschmeidige Gestalt der gelben Raubkatze herumschleichen zu sehen, so deutlich, dass sie bereits zweimal ein Gewehr darauf abgefeuert hatte. Beide Male war die Kugel ins Leere gegangen und schließlich in einem Baumstamm stecken geblieben. Manchmal wachte sie in der Nacht auf, weil sie ein Knurren hörte oder ein heißer, fauliger Atem ihr übers Gesicht strich, so nahe, dass sie entsetzt mit beiden Händen die riesigen, dolchartigen Fangzähne wegzudrängen versuchte. Immer hatte sie ins Leere gegriffen. Nie war da etwas konkret Fassbares gewesen, immer nur der Traum, und dennoch fühlte sie sich auf Schritt und Tritt von den kalten gelben Augen des Menschenfressers beobachtet.

Ihre Hand zitterte ein wenig, als sie sich ein Glas Genever einschenkte.

Pulau Krakatau, Java

1

Am Morgen des 19. Mai lief das holländische Postschiff Zeeland in Richtung Süden aus dem Hafen von Tjeringin aus und nahm Kurs durch die Sundastraße hinaus aufs offene Meer. Es war ein heißer, wolkenloser Sommervormittag. An die Reling gelehnt stand ein vornehm wirkender, bärtiger Mann im Tropenanzug, aber mit dem weißen Kragen eines katholischen Priesters. Er beobachtete das Manöver, mit dem das Schiff unter der kundigen Führung von Kapitän MacKenzie aus dem ruhigen Wasser des Hafenbeckens hinausschwenkte in den Sund, dessen Wasser durch die vielen Untiefen und unterirdischen Inseln ständig in Bewegung war. Wenn auch weniger schlimm als die Straße von Malakka, so war die Sundastraße bei den Schiffsführern gefürchtet, nicht nur wegen der heimtückischen unterirdischen Riffe und der sich ständig ändernden Fahrrinne, sondern auch wegen der zahllosen – freilich zum Teil nur sehr kleinen – Vulkane, die Gas und pulverisiertes Gestein in die warme Luft pusteten. Bis man die äußersten Inseln hinter sich hatte und die hohe See erreichte, hatte man die Lungen voll Ruß, und alles schmeckte noch Tage später nach Schwefel.

Dennoch war der Anblick der javanischen Küste ein lieblicher. Die Zeeland glitt an Reisterrassen vorbei, die sich wie riesige Treppen über die Hänge zogen. Wasserbüffel stampften, von einheimischen Bauern angetrieben, schwerfällig über das Land. Es folgten Kaffee- und Teeplantagen, gesäumt von Kretekbäumen und Palmen. Von dort drang rhythmischer, melancholischer Gesang herüber, die Lieder der Sträflinge, die als Zwangsarbeiter die Plantagen bewirtschafteten.

In einem ruhigen Moment überließ Kapitän MacKenzie dem Steuermann die Führung des Schiffes und gesellte sich zu dem Priester. »Nun, Pater Julian«, begrüßte er ihn, »wohin geht diesmal die Reise? Wieder rund um die Welt?«

»Nein, nein«, widersprach der Geistliche, der mit vollem Namen Julian Tenison-Woods hieß, die vertrauliche Anrede jedoch angesichts der Unaussprechlichkeit seines Namens für einheimische Kehlen akzeptiert hatte. »Nur nach Telukbetung, um ein paar private Besuche zu machen, dann fahre ich schon wieder zurück nach Java – nach Port Crescent, genauer gesagt.«

»Wieder um Muscheln zu sammeln?«

Kapitän MacKenzie hatte sich schon oft gefragt, was einen Priester dazu veranlassen mochte, sich ausgerechnet für Muscheln zu interessieren, an denen doch das einzig Interessante war, dass man sie essen konnte und die Kinder an den hübschen Schalen Freude hatten. Er verstand, dass der schlanke, drahtige Geistliche mit der hohen Stirn und den edlen Zügen eine Art Naturforscher war, was sich aber seiner Meinung nach für einen Priester ebenso wenig schickte. Jedenfalls grub er in der Erde herum, klaubte Muscheln auf, studierte Fische und trieb noch allerhand andere unnütze Dinge. Aber er war freundlich und unterhaltsam, was Kapitän MacKenzie in den ereignislosen Tagen einer ruhigen Fahrt sehr schätzte, und er hatte mächtig viel von der Welt gesehen. Geboren in London, war er sein ganzes bisheriges Leben lang unterwegs gewesen, erst in Australien, dann in Asien, auf den Philippinen, in China und Japan und in letzter Zeit – nachdem er sich erst kürzlich hatte pensionieren lassen – in Malaya, Singapur und Niederländisch-Ostindien. Die Zeeland hatte ihn schon mehrfach zwischen den beiden Küsten hin- und herbefördert.

MacKenzie wechselte zu einem Thema, das ihn weitaus mehr interessierte. Schließlich gehörte es zu den Pflichten eines Fährschiffkapitäns, Neuigkeiten zu sammeln und weiterzutragen. »Wen besuchen Sie denn in Telukbetung? Etwa Ihren Freund, Sir Frederick Weld?«

Pater Julian Tenison-Woods gab gehorsam Auskunft. Als viel gereister Mann wusste er, dass es nicht nur unhöflich, sondern geradezu verdächtig war, aus den eigenen Absichten ein Geheimnis zu machen, vor allem in der doch sehr angespannten Situation zwischen Einheimischen und Kolonisten auf den Sundainseln. »Ja, wieder einmal. Ich möchte wegen des Klosters der St.-Josephs-Schwestern mit ihm reden, ob man es nicht vergrößern und einige weitere Nonnen hier unterbringen könnte. Sie haben mehr Arbeit, als sie bewältigen können. Es gibt ja doch sehr viele Katholiken hier.«

»Sind aber alles nur Schlitzaugen«, gab der Kapitän zu bedenken. Dann, als er merkte, dass er den Priester mit der Bemerkung verärgert hatte, fuhr er rasch fort: »Eine Menge los heute in der Sundastraße.«

Pater Julian nickte. Außer einigen großen Schiffen wie dem deutschen Kriegsschiff Elisabeth, der amerikanischen Brigg A.R.Thomas und der Archer, einem australischen Passagierdampfer der Queensland Royal Mail Line, waren ihnen unterwegs noch ein gutes Dutzend weitere, zumeist europäische Fahrzeuge begegnet. Die beiden Schuten Samarang und Bintaing, die im Auftrag der Regierung Hafenbecken ausbaggerten, glitten auf derselben Route wie die Zeeland gemächlich in der Sonne dahin, wie Sardinen im Heckwasser eines fetten Kabeljaus.

Sie unterhielten sich noch eine Weile, dann verabschiedete sich der Kapitän, und Pater Julian kehrte in seine Kabine zurück, die Schutz vor der stetig greller werdenden Sonne bot.

Er ärgerte sich immer noch über MacKenzies Bemerkung, die Chinesen – von denen viele katholisch waren – seien »nur Schlitzaugen«. Aber das war charakteristisch für die Einstellung der Kolonialherren. Noch der letzte Schuhputzer unter ihnen bildete sich ein, etwas Besseres zu sein als Einheimische und

Asiaten. Kein Wunder, dass die Spannungen immer gefährlicher wurden. Jeder, der diesen Dingen nur ein wenig Aufmerksamkeit schenkte, spürte, wie es in der gesamten Region brodelte. Unter der äußerlich zufriedenen, ja idyllischen Fassade der ostindischen Gesellschaft braute sich Unheil zusammen. Sporadisch kam es zu Aufständen, Erhebungen und Protesten, jeder für sich nicht weiter ernst zu nehmen, aber Warnzeichen für die Zukunft. Die Einheimischen, allen voran die Sundanesen, waren von Natur aus ein lammfrommes Volk, ehrerbietig gegenüber der Obrigkeit, leicht lenkbar und friedlich, aber unendlich war ihre Geduld auch nicht, und wenn ihnen einmal so richtig der Kragen platzte, würde Blut fließen – sehr viel Blut.

2

Als die Zeeland am nächsten Tag gegen zehn Uhr dreißig das südliche Ende der Sundastraße erreichte, vermerkte Pater Julian, der regelmäßig Tagebuch über seine Reisen führte:

»20. Mai 1883. Wir werden in Kürze die Insel Krakatau passieren. Sie liegt bei 105° 27' östlicher Länge und 6° 7' südlicher Breite und ist ein kaum bewohntes, dicht von üppigen Regenwäldern überzogenes Eiland, von dem die drei Vulkangipfel des Berges Krakatau aufragen. Sie werden Perboewatan, Danan und Rakata genannt. Letzterer liegt am südlichen Ende und bildet den höchsten Punkt und das am weitesten sichtbare Kennzeichen der rautenförmigen Insel, die auf ihrer Nord-Süd-Achse gute sechs Meilen und an ihrer breitesten Stelle im Süden etwas unter zwei Meilen misst. Der Krakatau ist heute längst friedlich und höchstwahrscheinlich völlig erloschen, im Gegensatz zu der Umgebung von Bergen wie Bromo, Merapi oder Merbapu, wo heftigere seismische Aktivität alltäglich ist.
Zu der Hauptinsel Krakatau gehören zwei um vieles kleinere, vorgelagerte Inseln, Verlaten Island und Lang Island. Wir haben –«

Er ließ vor Schreck beinahe den Federhalter fallen, als Kapitän MacKenzie plötzlich die Tür seiner Kabine aufriss und brüllte: »Pater Julian, das müssen Sie gesehen haben!« Seine derbe Pranke packte den Priester am Arm, zerrte ihn aus dem Stuhl und hinaus aufs Deck, wo die Mannschaft mit weit aufgerissenen Augen dastand und aufs Meer hinausstarrte.

Das Erste, was Pater Julian wahrnahm, war ein Übelkeit erregender Schwefelgeruch. Dann sah er, was Kapitän MacKenzie, seine Offiziere und Matrosen so aufgeregt hatte. Als er nach Steuerbord auf den 800 Meter hohen Südgipfel des Krakataus blickte, sah er etwas, das er nie für möglich gehalten hätte.

Dort, etwa 17 Seemeilen entfernt, fuhr in geisterhafter Lautlosigkeit eine intensiv leuchtende, breit gebauschte Dampfsäule wie aus einer Kanone geschossen aus dem Krater hervor und erreichte in kurzer Zeit eine kolossale Höhe – Pater Julian schätzte sie auf rund 11 000 Meter. Oben fing sie an, sich wie ein Schirm zu spreizen, wahrscheinlich weil sie die Höhe der Gegenpassatwinde erreicht hatte. Kein Grollen, keine Detonation war zu hören, als die geisterhafte weiße Säule erschien. Dann wandelte sich diese, die eben noch Dampf gewesen war, zusehends in schwarzen Qualm. Sie türmte sich immer mächtiger über dem Gipfel auf und nahm die Form eines Blumenkohls an, der unablässig neue Sprossen trieb. Im Inneren der Wolke zuckten Blitze.

Die Leuchtturmwärter reagierten augenblicklich auf das Phänomen. Das tiefe, die Luft erschütternde Tuten des Nebelhorns von Fourth Point am südlichen Ende der Sundastraße ertönte als Erstes, mischte sich dann mit dem Heulen des Warntons von Anjer. Als hätte der Lärm ihn geweckt, erhob der bislang stumme Vulkan seine Stimme. Der lautlosen Wolkensäule folgte unter heftigem Prasseln eine Garbe glühender Funken, und dann brach unter ohrenbetäubendem Poltern und Rumpeln ein Feuerwerk los, das vor dem dunklen Hintergrund der Rauchschwaden blitzte und sprühte. Der längst erloschen geglaubte Feuerberg schleuderte glühende Lava und glutflüssiges Gestein aus seinem Inneren. Mit jedem Augenblick wurde die Luft trüber und dicker. Das eben noch blaugrüne Meer färbte sich plötzlich weiß. Es wurde so dunkel, dass Kapitän MacKenzie das Tempo auf fünf Knoten drosseln musste. In aller Eile ließ er ein Band farbiger Signalflaggen hissen mit der Warnung an alle sich nähernden Schiffe, der Insel fernzubleiben.

Atemlos vor Staunen und Schrecken, starrte Pater Julian in ein Bild aus Dunkelheit, Flammen, fliegenden Feuerschweifen, Flößen schwimmenden Bimssteins und Ascheregen. Die Geräusche, die von Krakatau ausgingen, waren verstörend. Eine leichte Brise aus Südsüdost blies Wolken von Schwefelstaub über das Wasser, die immer dichter wurden, bis das ganze Schiff von einer grauen Staubschicht bedeckt war.

»Da, sehen Sie sich das an!« Kapitän MacKenzie zerrte den Priester zum Kompasshäuschen. Die Nadel surrte wie verrückt im Gehäuse herum. Als sie wieder zur Ruhe kam, wies sie eine Abweichung um zwölf Grad von normal auf. Pater Julian vermutete, dass die Magnete so ziellos ausschlugen, weil das aus der unheimlichen Wolke herabfallende pulverisierte Gestein reich an Eisen war.

Binnen kurzer Zeit ähnelte das Fahrzeug einem Geisterschiff. An Bord war alles – die Schiffswand, die Decks, die Masten – gleichmäßig mit einem gräulichen, zäh haftenden Staub bedeckt. Er legte sich so dick und schwer auf die Segel, dass sie erschlafften. Selbst die Schritte der Besatzung klangen gedämpft.

Aus dem Meer rings um Pulau Krakatau schossen turmhohe Wasserhosen in die Höhe. Eine gewaltige Welle rollte von der Insel her unter der Zeeland hinweg und brachte den eisernen Rumpf zum Schaukeln. Sie wurde hin und her geschleudert, tänzelte erst auf dem Kamm einer bleichen Wassermasse und wurde dann wie von einer unsichtbaren Hand gedreht und in ein tiefes Wellental gestürzt. Die Schute Samarang wurde von der Dünung so hochgehoben, dass ihre Schraube aus dem Wasser ragte. Das Ruder des kleineren Schwesterschiffes Bintaing wirbelte herum und schlug mit einem mächtigen Knall gegen den Rumpf, als das Schiff von der Welle erfasst wurde. Doch blieb diese Welle die einzige. Das Meer beruhigte sich rasch wieder und verlor bald auch seine abstoßende Farbe.

Pater Julian rang nach Atem. Der graubraune Nebel kratzte im Hals und schien die Lungen zu verkleben. Kapitän und Mannschaft ging es nicht besser. Selbst in den Kabinen waren die Möbel mit Staub gepudert, und die Luft schmeckte nach Schwefel.

Die Zeeland war nicht das einzige Schiff, das den Vulkanausbruch beobachtet hatte. Von Deck zu Deck blitzten die Signallampen durch den Aschenebel. Alle gaben ihre Beobachtungen weiter, die britische Bark Actaea, das Dampffährschiff Sunda, die holländische Bark Haag und das deutsche Kriegsschiff Elisabeth, das von Singapur nach Süden steuerte und sich der Explosion am nächsten befunden hatte. Dessen Kapitän Hollmann meldete, sein eben frisch geputztes Schiff sähe aus wie eine schwimmende Zementfabrik. Kapitän Ross von der Actaea berichtete, dass er in der Nähe von Javas Fourth Point unterwegs gewesen war und versucht hatte, Prinsen Island in Sicht zu bekommen, jedoch feststellen musste, dass das Eiland von Rauchschwaden verhüllt war. Dann steuerte er auf die Insel Krakatau zu, fand dort aber dasselbe vor. Der Kapitän des Postbootes Conrad meldete, dass die Nordseite des Vulkans vollständig in Schmauch gehüllt sei, von Zeit zu Zeit stiegen mit lautem Knall Flammen auf. An verschiedenen Stellen sei Feuer ausgebrochen, der Berg überall mit glühender Lava bedeckt.

Kapitän und Priester waren gerade dabei, jeder für sich einen Bericht zu verfassen, als lautes Geschrei sie aufschreckte. Sie eilten zu einer Gruppe Matrosen, die gestikulierend an der Reling standen, während andere eine Strickleiter hinunterließen. Als Julian Tenison sich über die Reling beugte, sah er unten am Schiffsrumpf eine mit dickem, grauem Staub bedeckte Proa – ein Auslegerkanu mit Segeln – auf den Wellen schwanken. Acht erschrocken dreinschauende und von dem herabfallenden Staub bis zur Unkenntlichkeit verschmutzte Fischer kletterten einer nach dem anderen die Strickleiter empor und sprangen an Deck. Sie plapperten aufgeregt in einer Mischung aus Sundanesisch und Pidgin-Holländisch.

MacKenzie ließ den verstörten und erschöpften Männern Wasser und Gin vorsetzen. Sobald sie sich erholt hatten, berichteten sie, was ihnen widerfahren war.

Sie stammten von der Insel Sebesi, erklärten sie, und hätten sich am Morgen allesamt auf der Insel Krakatau befunden, um im reichen, fast unberührten Regenwald Holz für den Schiffbau zu sammeln. Sie hatten Bäume gefällt und Klafter geschichtet und seelenruhig miteinander geplaudert, als sie plötzlich ein Krachen hörten, das sie jedoch zunächst nicht weiter beunruhigte, da sie es für einen Kanonenschuss von einem Kriegsschiff hielten. Dergleichen kam nicht selten vor, wenn die Holländer ihre Manöver draußen in der Sundastraße abhielten. Also fällten sie ruhig weiter Bäume, bis ein zweiter, diesmal ohrenbetäubender Knall ertönte, der sie in Angst und Schrecken versetzte.

»Wir dachten, ein Pulverschiff sei in die Luft geflogen, so schrecklich war der Lärm«, berichtete der Sprecher der Gruppe. Binnen weniger Minuten verfinsterte sich der Himmel, schmutzig graue Wolken türmten sich auf, und der Wind blies mit Funken durchsetzte Rußteilchen vor sich her, die auf der bloßen Haut der Fischer wie glühende Nadeln brannten.

Jetzt befiel sie panische Angst. Sie dachten nur noch daran, ihr Boot zu erreichen. In wilder Hast rannten sie den Pfad entlang. Mit Entsetzen sahen sie, dass die am Morgen noch kühlen Tümpel links und rechts des Weges sich in brodelnde Schlammkuhlen verwandelt hatten, aus denen siedender Dampf aufstieg. Immer wieder mussten sie beiseitespringen, um Fontänen von Dampf und schmutzigem Wasser auszuweichen, die sie zu verbrühen drohten; immer wieder schrien sie auf, wenn sie mit bloßen Füße in schmerzhaft heiße Pfützen gerieten. Schon hatten sie den Regenwald hinter sich gelassen und den flachen, kiesbedeckten Strand erreicht, da sahen sie, dass sich ein breiter Spalt auftat, aus dem Fontänen flüssiger Lava und rot glühendes Gestein in die Luft flogen. Vom Rakatan-Schlot her gingen dicke Tropfen flüssiger Lava nieder, und innerhalb weniger Minuten standen die feuchten Wälder an den Flanken des Berges in Flammen. Die Männer schwankten, als Rauch und giftige Gase in ihre Lungen drangen. Mit letzter Kraft schwammen sie zu der Stelle hinaus, an der ihr Boot ankerte, und setzten die Segel.

MacKenzie hatte die Proa ins Schlepptau nehmen lassen und versprach den Fischern, sie an Land zu bringen, sobald sie weniger gefährliche Gewässer erreicht hätten.

Inzwischen waren von allen Seiten weitere Hinweise eingegangen. Die nach Norden segelnde Conrad, die in ein Inferno aus erstickenden Gasen und Staub geraten war, in dem Temperaturen zwischen 40 und 50 Grad herrschten, hatte damit zu kämpfen gehabt, einen beinahe undurchdringlichen Teppich schwimmenden Bimssteins zu passieren, der wie graues Packeis auf dem Meer trieb. Der Schiffsarzt der nach Süden segelnden Sunda sah leuchtend rote Feuerschweife wie Kometen aus der Rauchsäule über dem Perboewatan hervorbrechen. Er beobachtete, wie aus einem neu entstandenen Krater an der Westseite der Insel ein dunkelroter Feuerstrom herausspritzte. An zahlreichen Stellen brach die Erde auf wie ein reifer Abszess und entleerte kochendes Magma. Giftige Gase quollen hervor und vernichteten alles Lebendige, sogar die Vögel, die in der Luft über dem Eiland flogen. Das Meer rundum schäumte und brodelte wie Waschlauge in einem Bottich.

Kapitän MacKenzie starrte kopfschüttelnd in die Richtung, aus der unablässig ein bösartiges Knattern und Prasseln herübertönte. »Da brat mir einer einen Storch!«, brummte er. »Ich hätte geschworen, die dämliche Insel ist so harmlos wie eine tote Kuh. Und jetzt haust dort der Teufel.«

Auf hoher See

1

Nach einigen Tagen auf dem Meer hatte Helena herausgefunden, dass nichts auf Erden – eine Gefängnisstrafe vielleicht ausgenommen – so langweilig ist wie eine Seereise. Anfangs war natürlich alles neu und interessant gewesen, denn keine von ihnen war jemals auf einem so imposanten Schiff gereist, aber dann hatten sie alles gesehen, was es für die Passagiere zu sehen gab. Längst hatten sie die Kohinoor bis in die letzten Winkel erkundet. Sie hatten einen Blick in die eichengetäfelte Bibliothek mit den unzähligen Büchern geworfen, hatten sich heimlich die bequemen, betont männlich ausgestatteten Rauchsalons angeschaut, zu denen Frauen der Zutritt verwehrt war, und die Salons der Damen, in denen lachsfarben gepolsterte Sofas und Ottomanen zum Verweilen einluden. Die anfängliche Aufregung verwandelte sich angesichts des täglichen Einerleis in lähmende Langeweile.

Solange die Kohinoor noch die Elbe hinauffuhr, war es nicht so schlimm gewesen, aber als sich hinter Cuxhaven die Flussmündung in die Nordsee öffnete, verschwand die Küste, und das Schiff schien wie ein Geisterschiff durch eine Zwischenwelt ohne Farben und Formen zu treiben, eine majestätische, einsame Insel im uferlosen Meer. Es gab nichts zu sehen außer dem kalten, bleifarbenen Wasser, das an den Schiffsrumpf klatschte, und den Schleiern des immer wieder einsetzenden Regens. Es gab nichts zu tun außer zu essen und Spaziergänge an Deck zu machen, wenn es einmal ein paar Stunden zu regnen aufhörte.

Zwar unternahmen die männlichen Mitreisenden immer wieder Annäherungsversuche, aber jede dieser Zudringlichkeiten wurde frostig abgewehrt, sodass die beiden jungen Frauen für sich blieben.

Erst nachdem das Schiff Amsterdam passiert hatte und in London weitere Passagiere an Bord kamen, machten sie eine interessante Bekanntschaft.

Helena und Mathilda hatten die späten Vormittagsstunden im Salon verbracht. Sie saßen etwas abseits in zwei Lehnsesseln, an einem Platz, von dem man all die anderen Personen im Salon gut im Blick hatte. Über die Bullaugen strömte Wasser, es regnete seit Tagen. Wasser oben, Wasser unten, und dazwischen diese von aller Welt abgeschnittene eiserne Insel, die langsam, aber unbeirrbar durch die hohen Wellen stampfte. Einem so massigen Schiff wie der Kohinoor machte auch starker Seegang nichts aus. Nur hin und wieder stolperte sie gewissermaßen, schlingerte kurz und setzte dann auf ihre träge, eigensinnige Art ihren Weg fort.

Helena hatte den Eindruck, dass inzwischen alles um sie herum feucht war und nach Salzwasser schmeckte, sogar die luxuriösen Speisen, die ihnen täglich serviert wurden. Das Licht der Gaslampen wirkte grünlich und trübe, als schimmerte es durch Wasser. Draußen herrschte ein unangenehmes, schmutziges Zwielicht, das wie die Fetzen verrotteter Segel um das Schiff hing, und es war ziemlich kühl im Salon, zu kühl jedenfalls für die beiden ständig fröstelnden jungen Frauen.

Sie raffte ihr Kleid um sich zusammen – ein bescheidenes Reisekleid aus grauem Schantung, bedruckt mit altrosa und schwarzen Blumen – und kuschelte sich tiefer in den wollig warmen Schal, den sie um die Schultern geschlungen hatte. Mathilda, die noch schlimmer fror, hatte ebenfalls einen Schal eng um den Oberkörper gewickelt. Beide wussten nichts Rechtes mit sich anzufangen, und Helena erwog bereits, kurzerhand auf das Mittagessen zu verzichten und sich in ihre Kabine zurückzuziehen, um ein wenig zu schlafen oder zu lesen, als sich die Situation mit einem Mal änderte.

Eine große Anzahl von Passagieren hatte sich vor dem schlechten Wetter in den Salon geflüchtet, um die Zeit bis zum Mittagessen totzuschlagen. Zumeist waren es Paare und einige Familien, darunter ein älteres Ehepaar mit Sohn – einem wahren Samson, hochgewachsen, mit breiten Schultern, lockigem blondem Haar und einem gewaltigen, steif gewachsten Schnauzer. Der Vater war dagegen kurzbeinig und stämmig; sein bis zur Brust reichender, blond gelockter Bart erinnerte an die Darstellung eines Apostels. Beide, Vater und Sohn, trugen am Aufschlag ihrer hochgeschlossenen, schwarzen Anzüge ein kleines goldenes Kreuz, das sie als Geistliche auswies. Sie saßen eine Weile ins Gespräch vertieft da, dann erhoben sie sich, offensichtlich um sich in den Rauchsalon zu begeben.

Die beiden Freundinnen unterhielten sich wie üblich in Gebärdensprache, als ganz überraschend die Mutter des jungen Geistlichen auf sie zutrat. Ähnlich wie ihr Mann war sie klein und gedrungen und besaß eine gewisse Ähnlichkeit mit einer wohlgenährten, freundlich schnurrenden Katze. Wie eine typische Engländerin auf Reisen war sie in ein knöchellanges, rot und grün gemustertes Tweedkostüm gekleidet, das an Reitkleidung erinnerte und wenn auch nicht elegant, so doch praktisch und vernünftig aussah.

Sie lächelte und fragte zu ihrer beider Überraschung ebenfalls in Gebärdensprache: *Sie entschuldigen hoffentlich, dass ich Sie so überfalle … Mein Name ist Clara Somerset. Ich bin mit meinem Mann, Reverend Walter Somerset, und unserem Sohn Harvey unterwegs nach Batavia. Stört es Sie, wenn ich mich kurz zu Ihnen setze?*

Mathilda erwiderte ihr freundliches Lächeln. Auf Englisch antwortete sie: »Sie können ruhig normal mit uns reden, wir sind beide nicht taub. Aber meine Schwester hier hat Probleme mit dem Sprechen.«

»Ach.« Mrs Somerset zeigte die ungenierte Neugier einer Pfarrersfrau, der man ständig die intimsten Probleme anvertraut. »Sind Sie von Geburt an stumm, meine Liebe?«

Helena schüttelte den Kopf. Sie fand die Frage aufdringlich, wusste aber, dass es ihr nicht erspart bleiben würde, sie zu beantworten, daher setzte sie zu einer Erklärung an: Bis zu ihrem siebten Lebensjahr hatte sie sprechen können wie andere Menschen auch. Aber nachdem sie Zeugin eines Brandes geworden war, der sie entsetzlich erschreckte, konnte sie nur mehr schwach flüstern, und selbst dieses Flüstern musste sie sich unter Schmerzen abringen. Wenn sie zu sprechen versuchte, fühlte sich ihr Hals so rau und wund an, dass die Worte darin brannten wie glühende Kohlestückchen.

Die Engländerin lauschte angespannt. »Ach«, rief sie aus. »Davon habe ich schon gehört, dass so etwas passieren kann – wie bei Soldaten im Krieg. Granatschock nennt man das. Aber sagen Sie …«

Mathilda lenkte die neugierige Dame mit einer Frage ab: »Wie kommt es, dass Sie so fließend gebärden?«

»Ich war eine Zeit lang Lehrerin an einer kirchlichen Anstalt für taubstumme Kinder. Jetzt will man diesen Kindern ja unbedingt beibringen, sich in Lauten zu verständigen, aber Sie können mir glauben, das wird sich nie durchsetzen. Es ist einfach unnatürlich.«

»Und was führt Sie nach Batavia?«

»Unser Pfarrhaus steht dort. Wir waren in England auf Heimaturlaub, um Harvey abzuholen, der eben erst zum Pastor ordiniert worden ist. Er wird uns eine Weile zur Hand gehen – um sich mit seinem Beruf vertraut zu machen, sozusagen.«

Sie plauderte drauflos, sichtlich erfreut, Gesellschaft gefunden zu haben. So neugierig, wie sie anderen gegenüber war, so bereitwillig zeigte sie sich auch, Fremden von sich zu erzählen. Ihr Mann, berichtete sie, war seit mehreren Jahren Pfarrer der anglikanischen Kirche auf Java. Das war eine sehr kleine Gemeinschaft, wie sie zugeben musste, denn die Holländer waren alle Methodisten oder Baptisten, die Chinesen, unter denen es viele Christen gab, waren vorwiegend Katholiken, und die Javaner waren Muslime, wobei sie freilich ihre ganz eigene Form des Islam praktizierten, die man schon fast eine Mischreligion nennen konnte. Viele anglikanische Gläubige lebten verstreut in den Städtchen und Dörfern entlang der Sundastraße und im Landesinneren, sodass Pfarrer Somerset häufig zu Pferd unterwegs war, um Hochzeiten oder Taufen zu zelebrieren und seinen Schäfchen mit geistlichem Zuspruch beizustehen. Solche Reisen in dem feuchtheißen Klima waren anstrengend, und die Somersets waren froh, dass in Zukunft der robuste Harvey dem Vater diese Aufgabe abnehmen würde.

Die Pfarrersfrau warf einen Blick auf ihre Uhr und erhob sich. »Es ist gleich Zeit zum Mittagessen. Wollen Sie sich an unseren Tisch setzen?«

Die beiden Freundinnen sahen einander an. Mrs Somerset war eine recht geschwätzige und auch ein bisschen aufdringliche Person, aber die Gesellschaft der Pfarrersfamilie würde ihnen für den Rest der Reise die unerwünschten Verehrer vom Hals halten, die sich sonst bei jeder Gelegenheit an sie heranpirschten. Also sagten sie zu.

Mrs Somerset erwies sich als sehr energisch, wenn es darum ging, ihre Wünsche durchzusetzen. Auf ihre Befehle hin machten die Kellner sich eilig daran, zwei Tische zusammenzuschieben, damit die kleine Gesellschaft bequem Platz fand, und deckten sie mit einem für lange Tische vorgesehenen Tuch und zwei zusätzlichen Gedecken neu ein.

Dann erschienen die beiden geistlichen Herren.

Helena hatte ein wenig Angst gehabt, seekrank zu werden, aber das Schaukeln des Bodens unter ihren Füßen hatte glücklicherweise keinen Einfluss auf ihren Appetit. Da sie in Gesellschaft nur selten das Wort ergriff, hörte sie schweigend zu, wie die Übrigen über Suppe und Vorspeisen angeregt miteinander plauderten. Natürlich wollten die Somersets wissen – das heißt, Mrs Somerset wollte es wissen; ihr Mann zeigte sich eher zurückhaltend, und Harvey löffelte in würdevollem Schweigen seine Suppe –, wohin sie fuhren und was sie dort vorhatten. Helena sah es kommen, dass sie nicht lange im Stande sein würden, vor dieser Frau ein Geheimnis zu bewahren; fast wünschte sie, sie hätten sich nicht auf eine nähere Bekanntschaft mit ihr eingelassen. Andererseits war Mrs Somerset ganz offensichtlich eine gutmütige und mütterliche Person, die im Austausch für interessante Neuigkeiten gerne bereit war, zwei allein reisende Damen unter ihre Fittiche zu nehmen und sie vor allem Bösen, das sie bedrohen mochte, zu beschützen. Und war es letzten Endes nicht egal? Was hatte sie denn zu verbergen? Sobald sie erst einmal auf Java angelangt wären, würde es ohnehin keine drei Tage dauern, bis die gesamte europäische Gesellschaft an der Sundastraße Bescheid wusste.

Ich fahre nach Port Crescent, um zu heiraten, und meine Schwester begleitet mich, sagte sie in Gebärdensprache. Mathilda übersetzte, damit auch die Herren verstanden, worum es ging.

»Ach!« Mrs Somerset war sichtlich entzückt. »Und wer ist der glückliche junge Mann?«

Der Sohn deutscher Plantagenbesitzer. Er heißt Jonah Aldermann.

Einen Augenblick lang starrte die Pfarrersfrau sie mit hängendem Unterkiefer an. Dann platzte sie heraus: »Doch nicht im Ernst? Jonah Aldermann? Der Verrückte? *Den* wollen Sie heiraten?«

Eisige Stille fiel über den Tisch. Pfarrer Somerset warf seiner Frau einen zutiefst vorwurfsvollen Blick zu. Harvey machte zum ersten Mal den Mund auf und bemerkte mit einer Bassstimme, die zu seiner körperlichen Größe passte: »Na, wenn das jetzt kein Tritt ins Fettnäpfchen war, Mutter.«

Der Pfarrer war sichtlich betroffen über den Fauxpas seiner Frau. Er tadelte sie milde: »Es stimmt nicht, dass Jonah verrückt ist. Er fällt nur auf, weil er so oft Dinge tut, die eher zu einem Kind als zu einem Mann passen würden.«

Helena saß wie versteinert da. Ihr Blick richtete sich auf Mathilda.

Die Freundin starrte sie mit einem Ausdruck entsetzten Staunens an. Dann fragte sie: »Wie meinen Sie das, Herr Pfarrer?«

An Stelle des Geistlichen antwortete seine Frau. Sie hatte den Schrecken, der ihrer peinlichen Bemerkung folgte, rasch überwunden und schien das Gespräch plötzlich sehr aufregend zu finden. »Wussten Sie das denn nicht? Man muss es Ihnen doch gesagt haben! Es war eine so tragische Geschichte. An der gesamten Küste wurde darüber geredet. Die Aldermanns hatten bereits einen Sohn, Maximilian, einen wirklich gut aussehenden und intelligenten Burschen, und natürlich dachten sie, Jonah würde auch so ein Prachtkerl sein. Warum denn auch nicht? Aber es gab Schwierigkeiten bei der Geburt. Das arme Würmchen lag verkehrt herum im Mutterschoß, mit den Beinen nach unten statt mit dem Kopf. Die Hebamme hatte die größte Mühe, ihn überhaupt lebendig zur Welt zu bringen. Er wäre beinahe erstickt, und davon hat er einen Schaden zurückbehalten.«

»Er ist also …«, sagte Mathilda, vollendete den Satz aber nicht.

Der Pfarrer fiel hastig ein: »Er ist ein wenig tollpatschig, das ist alles. Nicht geistesgestört oder gefährlich, nur eben arm im Geiste. Und es ist auch nicht so schlimm, wie meine Frau vorgibt. Viele Leute merken es nicht einmal, bevor sie ihn nicht länger kennen.«

Mrs Somerset wollte nicht zulassen, dass er ihrer Geschichte damit die Würze nahm, und sie widersprach mit Nachdruck. »Wally, ganz so einfach ist es nicht. Er ist verrückt, auch wenn du es nicht zugeben willst. Natürlich nicht gefährlich oder irrsinnig, aber die Einfälle, die er manchmal hat … Auch wenn es nur Kinderstreiche sind, so sind sie doch sehr unpassend für einen erwachsenen Mann. Es wundert mich gar nicht, dass die

Familie es unmöglich gefunden hat, ihn zu verheiraten, trotz des beträchtlichen Vermögens, das er einmal erben wird.« Sie schüttelte bedeutungsvoll den Kopf, dann wandte sie sich an Helena. »Wie ist es denn dazu gekommen, dass Sie gerade ihn heiraten wollen?«

Die drei Engländer schreckten zusammen, als Helena ihre Stimme benutzte – sie glich einem rostigen Wispern, bei dem es einem kalt über den Rücken lief, wie Kreide, die auf einer Schiefertafel kratzte. »Ich kenne ihn nicht und liebe ihn nicht. Ich werde gegen meinen Willen mit ihm verheiratet, weil er der einzige Mann ist, dem man eine mittellose behinderte Frau aufhalsen kann. Aber vielleicht passen wir ja ganz gut zusammen – zwei unerwünschte Krüppel, die besser nicht auf der Welt wären.«

»Oh, Helena!«, rief Mathilda aus, so gekränkt, dass ihr die Tränen in die Augen schossen. »Wie kannst du nur so von dir reden!«

Mrs Somerset, vollkommen schockiert über Helenas Worte, saß eine Weile stocksteif da, als spürte sie den Lauf einer Pistole im Rücken. Dann gab sie sich einen Ruck. Ihre Stimme bebte in einer kuriosen Mischung aus Bestürzung, Mitgefühl und der Freude an einem saftigen Bissen Klatsch und Tratsch, als sie ausrief: »Aber meine Liebe! Wie konnte Ihre Frau Mama das zulassen!«

Harvey fiel gereizt ein: »Mutter, ich glaube, Fräulein von Odenhof wäre dir dankbar, wenn du das Thema wechseln würdest.«

Clara Somerset dachte nicht daran. »Harvey, du verstehst das nicht!«, wies sie ihn zurecht. »Das ist Frauensache. Ich frage doch nicht aus Neugier. Siehst du denn nicht, dass der jungen Dame ein Unrecht geschehen ist?« Sie wandte sich an Helena. »So ist es doch, nicht wahr? Man hat Sie vorher nicht darüber informiert, wie es um Jonah steht.«

Helena schüttelte nur stumm den Kopf. Jetzt erst spürte sie

den Schock, den die taktlose Bemerkung der Dame ihr versetzt hatte. Blitzartig ging ihr auf, dass ihr Vater und Dr. Schwab die ganze Zeit über Bescheid gewusst und sie mit Absicht hinters Licht geführt hatten. Die Wut über diesen Verrat wallte so heftig in ihr auf, dass sie erstarrte wie in einem Krampfanfall. Ihr Gesicht wurde aschfahl. »Nein, das hat man nicht getan«, flüsterte sie mit steifen Lippen. »Und ich hatte gedacht, es könnte nicht mehr schlimmer kommen!« Ihr Gesicht nahm einen spöttischen, ja grausamen Ausdruck an, und sie begann in einer Weise zu lachen, dass Mrs Somerset in besorgtem Ton murmelte: »Aber meine Liebe!«, und Mathilda, die diese Art von Gelächter kannte, sich hastig erhob.

»Liebes, du fühlst dich nicht wohl. Komm, wir gehen in unsere Kabine.«

Helena zeigte sich – was nicht immer der Fall gewesen war – einsichtig. Sie nickte den Somersets zu und folgte ihrer Freundin wortlos über den schummrigen, schwankenden Korridor zu den Kabinen.

Niemand wäre auf diesem Weg etwas Besonderes an ihr aufgefallen, außer vielleicht ihrer bleiernen Blässe und ihren ein wenig ruckartigen Bewegungen. Aber kaum hatte Mathilda die Kabinentür hinter ihnen geschlossen, überließ Helena sich hemmungslos dem in ihr aufsteigenden Wutanfall. Sie ließ sich aufs Bett fallen, und wie von einem bösen Geist geschüttelt, warf sie sich darauf hin und her, sprachlos, mit verkrampften Kiefern und hölzerner Zunge, das Gesicht bläulich-grau, dünnen Schaum auf den Lippen. Ohne den Schmerz zu beachten, zerkratzte sie sich Hals und Arme und versuchte sich die kurzen, unregelmäßigen Haarbüschel auszureißen. Im Zwielicht bot sie mit ihren käuzchenhaft aufgerissenen Augen und den verzerrten Zügen den unheimlichen Anblick einer Wahnsinnigen, und dass dabei kein Laut über ihre Lippen kam, ließ alles nur noch gespenstischer erscheinen.

Mathilda saß ihr gegenüber in einem Schaukelstuhl. Sie kannte sie lange genug, um zu wissen, dass es keinen Zweck hatte, diese Anfälle unterbrechen zu wollen. Nicht einmal Professor Wiedemanns eiskalte Bäder hatten Erfolg gehabt. Sie musste nur verhindern, dass Helena ihre besinnungslose Wut nach außen kehrte und die Einrichtung der Kabine zertrümmerte, denn dann hätten sie die zerstörten Möbel ersetzen müssen, und dafür hatten sie kein Geld. Dr. Schwab hatte ihnen gerade so viel mitgegeben, dass sie damit bis Port Crescent gelangen würden. Für gewöhnlich ließ Helena ihre Wut ohnehin am eigenen Körper aus, und irgendwann war sie von den Krämpfen und ihrem Toben so erschöpft, dass sie einschlief.

Mathilda schreckte zusammen, als sachte an die Kabinentür gepocht wurde. Auf keinen Fall durfte jemand hereinkommen und Helena in diesem Zustand sehen. Wenn sie sich einfach nicht rührte? Aber dann würde Mrs Somerset – und Mathilda war überzeugt, dass es niemand anders war – vielleicht denken, sie müsste Hilfe herbeiholen. Am Ende würde sie noch die Tür aufbrechen lassen aus Sorge, die jungen Damen könnten erkrankt sein, und es würde einen gewaltigen Skandal geben. Da war es doch besser, sie öffnete und wimmelte die Frau so rasch wie möglich ab.

Sie schloss die Tür zwischen den beiden Räumen, um ihre Freundin abzuschirmen, und öffnete die schmale Tür, die auf den Korridor führte. Draußen stand Mrs Somerset und neben ihr ein schmächtiger, schwarz gekleideter Herr, der eine Arzttasche trug. Etwas atemlos stammelte die Pfarrersfrau: »Ich hoffe, es ist Ihnen nicht unangenehm, aber Ihre Freundin sah wirklich sehr schlecht aus, und so habe ich Dr. Lafarge gefragt, ob er sie vielleicht untersuchen könnte …«

Mathilda hielt energisch die Tür fest. Sie traute es Mrs Somerset durchaus zu, dass sie sich – selbstverständlich unter Entschuldigungen – gegen ihren Willen Eintritt verschaffen würde. »Es geht ihr schon wieder ganz gut. Sie schläft. Wir wollen sie nicht wecken.«

»Ach so … nun ja …« Mrs Somerset war offensichtlich enttäuscht.

»Es ist aber sehr freundlich von Ihnen, dass Sie nachgefragt haben.« Mathilda lächelte liebenswürdig, während sie in Gedanken die neugierige Dame verfluchte. »Vielen Dank auch, Herr …«

»Lafarge. Paul Lafarge.« Er machte eine knappe Verbeugung. Mathilda, die ihn bislang nur als Störenfried betrachtet und kaum eines Blickes gewürdigt hatte, sah ihn nun zum ersten Mal richtig an. Unwillkürlich tat sie einen tiefen Atemzug. Denn was sie sah, gefiel ihr. Auf den ersten Blick konnte man den Arzt – einen Mann in den frühen Dreißigern – für einen Europäer halten, aber etwas in seinen Gesichtszügen, in der Anmut seiner Bewegungen, im Ton seiner blass olivfarbenen Haut kennzeichnete ihn als Mischling zwischen Insulanern und Europäern. In seiner Haltung lag etwas von einer zusammengepressten Sprungfeder, als müsse er ununterbrochen ein gewaltiges Maß an Energie unterdrücken. Sein glatt rasiertes Gesicht unter dem schwarzen Haar war weder schön noch hässlich, aber es wirkte intelligent und gewitzt, und er hatte Augen wie Kohlestückchen, in denen eine versteckte Glut glomm. Sie riefen denselben Eindruck mühsam gebändigter Energie hervor wie sein gesamter Körper.

Mathilda merkte plötzlich, dass sie ihn schon um einiges länger anstarrte, als es sich für eine wohlerzogene junge Dame schickte, und um die peinliche Situation zu überspielen, fragte sie rasch: »Sie sind der Schiffsarzt hier, Herr Doktor?«

»Nein, nein. Ich bin ein Reisender wie Sie auch. Ich bin im Auftrag des Royal College of Surgeons unterwegs an die javanische Küste, um dort für die Gesundheitsbehörden einigen Fällen von Kinderlähmung nachzugehen.«

»Wollen wir nicht doch …«, begann Mrs Somerset, worauf Mathilda nichts anderes übrigblieb, als ihr mit einem hastigen »Nein, alles in Ordnung … vielen Dank auch« die Tür vor der

Nase zu schließen. Schade. Sie hätte gerne noch etwas mit dem Doktor geplaudert. Aber sie hatten ja noch eine lange Reise vor sich, da würde sich sicher bald eine Gelegenheit ergeben.

2

Nach einigen Stunden Schlaf hatte Helena sich so weit erholt, dass sie beide zum Abendessen im Speisesaal gehen konnten. Mathilda drängte darauf, um jedes Geschwätz zu vermeiden. »Wenn sie uns fragen, sagen wir einfach, du wärst seekrank gewesen und deshalb vom Tisch aufgestanden. Das passiert ständig bei einer Schiffsreise, und niemand kümmert sich darum.«

Sie gaben sich beide besondere Mühe mit ihrer Toilette, um frisch und elegant auszusehen. Helena trug ein kobaltblaues Kleid mit enger Jacke und einem gestuften, an den Rändern mit Samt besetzten Rock, dessen oberste Schicht hinten zu einer Turnüre gerafft war; Mathilda ein graues Kleid vom selben Schnitt, an Halsausschnitt und Manschetten mit feiner Spitze verziert. Helena spürte, wie die Männerblicke, die ihr folgten, ihr förmlich die Kleider auszogen und ihren Körper darunter abtasteten, und wieder spürte sie Wut in sich aufwallen, aber diesmal beherrschte sie sich.

Sie waren spät dran. Eben wurden die Aperitifs gereicht, und die Kellner nahmen die Bestellungen für die Suppe auf. Die Somersets saßen bereits an ihrem Tisch. Helena, die sich vor der Begegnung mit Mrs Somerset gefürchtet hatte, bemerkte mit einem Gefühl der Erleichterung, dass deren Neugier und Interesse ein neues Objekt gefunden hatten. In ihrer Gesellschaft befand sich ein eleganter junger Mann, der nicht recht zu den beiden steifleinernen geistlichen Herren passte, sich aber aufs Vertrauteste mit ihnen unterhielt. Sie verständigten sich auf Englisch, das er offenbar perfekt beherrschte, wenngleich er mit einem holländischen Akzent sprach. Er stand höflich auf, als die beiden jungen Damen sich an den Tisch setzten, verneigte sich kurz, wandte sich aber sofort wieder dem Gespräch mit dem Pfarrer zu, der dem Fremden eben in allen Einzelheiten das komplizierte Verwaltungssystem in Niederländisch-Ostindien erläuterte.

»Die Beziehungen zwischen den Kolonisatoren und den Kolonisierten in Ostindien sind enorm gespannt«, erklärte er gerade, »denn die Holländer üben ihre imperiale Macht rücksichtslos aus, trotz des nach außen hin dualen Verwaltungssystems, bei dem jedem Ausländer ein einheimischer Beamter in fast derselben Funktion zur Seite steht. Dem holländischen Statthalter entspricht der einheimische Landverweser, dem europäischen Kontrolleur der eingeborene Wedono. Dieses System funktioniert im Allgemeinen ganz gut, solange beide Seiten anerkennen, wo die wahre Macht liegt.«

Der junge Mann lächelte. »›Sprecht mit sanfter Stimme und tragt immer einen Knüppel bei euch!‹«

Helena wunderte sich einen Augenblick darüber, dass er so offensichtlich Gefallen an der politischen Fachsimpelei fand, aber sie war froh, dass er damit beschäftigt war und sich ihnen nicht aufdrängte.

Mrs Somerset stellte ihn als Mijnheer Ruben Kosminsky vor, der in Amsterdam an Bord gekommen war und nach Batavia reiste, um ... ja, warum eigentlich?

»Sie haben uns noch gar nicht verraten, was Sie nach Java führt, Mijnheer«, fragte sie mit vor Neugier funkelnden Augen.

»Geschäfte«, antwortete er kurz angebunden. »Ziemlich langweilige Geschäfte.«

Mrs Somerset ließ sich davon nicht abschrecken. »Oh, Sie sind Kaufmann? Welche Branche? Zucker? Kautschuk? Tee?«

»Weder noch. Ich bin Makler und suche für einen Klienten, der sich auf Java niederlassen will, ein Grundstück mit einem Haus. Er will am Meer wohnen, also werde ich erst einmal die Westküste entlang der Sundastraße abklappern, und wenn ich dort nichts finde, mich nach Osten durchschlagen.« Er lächelte, wobei er makellose Zähne zeigte. Überhaupt sah er sehr gepflegt aus, vielleicht etwas zu gepflegt für einen Mann, aber seine Redeweise war höflich und gefällig. »Man sagte mir, ich sollte am besten eine Machete mitnehmen.«

»Oh nein, das brauchen Sie nicht!«, protestierte Mrs Somerset. »Wo denken Sie hin! An der Westküste herrscht europäische Zivilisation. Im Landesinneren, ja, da kann es Ihnen passieren …« Sie verlor sich in einer etwas verworrenen Rede über wilde und zivilisierte Landesteile, der Ruben Kosminsky mit derselben artigen Aufmerksamkeit lauschte wie vorher den Erläuterungen des Pfarrers.

Natürlich war allen Anwesenden seine verstümmelte linke Hand aufgefallen, und es dauerte nicht lange, bis Mrs Somerset mit der ihr eigenen Unbekümmertheit fragte: »Was ist Ihnen denn widerfahren, Mijnheer? Hatten Sie einen Unfall?«

»Nein. Ich wurde überfallen, und einer der Strolche zerquetschte mir die Hand mit seinem eisenbeschlagenen Stiefel. Die Fingerspitzen wurden brandig und mussten amputiert werden, ehe das Übel auf die ganze Hand übergreifen konnte.«

Harvey bemerkte verärgert: »Mutter, ich wünschte, du würdest die Leute nicht so taktlos ausfragen!«

»Was heißt hier taktlos?«, verteidigte sich Mrs Somerset. »Das ist doch wohl kein Geheimnis. Jeder kann sehen, wie böse zugerichtet die Hand des armen Herrn ist. Sagen Sie, hat man Sie ausgeraubt?«

»Das auch, aber in erster Linie hat den Kerlen meine Nase nicht gefallen.« Dabei drehte er den Kopf so zur Seite, dass sich sein semitisches Profil wie ein Schattenriss vom Lampenlicht abhob. »Nicht dass mir ihre Nasen gefallen hätten, aber sie waren zu dritt und bewaffnet, und ich war allein und unbewaffnet, also habe ich den Kürzeren gezogen.«

Helena starrte ihn an. Ihre Lippen bebten. Geschlagen, dachte sie. Hilflos. Von drei Bewaffneten angegriffen und zu Boden geworfen, so grausam getreten, dass er einen Teil seiner Finger verlor.

Sie musste sich mit ganzer Kraft zusammenreißen, um nicht neuerlich aufzuspringen und in Panik zu flüchten.

Mrs Somerset, die jetzt doch ein wenig Gewissensbisse wegen ihrer Neugier bekam, murmelte: »Was für eine schlimme Geschichte … Hoffentlich sind Sie mir nicht böse, weil ich danach gefragt habe?«

»Aber nein, keineswegs.« Und als wollte er die Aufrichtigkeit seiner Worte beweisen, wandte er sein Interesse nun völlig der Familie Somerset zu.

An den beiden jungen Frauen zeigte er sich so deutlich desinteressiert, dass Helena einen Augenblick lang der hässliche Gedanke durch den Kopf schoss, er hätte es vielleicht auf Harvey abgesehen – denn auf irgendetwas hatte er es abgesehen, daran bestand für sie kein Zweifel.

Das langjährige Zusammenleben mit ihrem Vater hatte sie gelehrt, einen Schwindler auf Anhieb zu erkennen. Der schmucke junge Holländer war nie und nimmer ein Makler. Vielleicht reiste er auch gar nicht nach Batavia, sondern hielt sich nur an Bord der Kohinoor auf, um hier einem zwielichtigen Gewerbe nachzugehen. Auch Diebe und Heiratsschwindler liebten die Ozeandampfer. Die Langeweile der Reise und die Unmöglichkeit, der Aufmerksamkeit eines interessierten Herrn zu entfliehen, schufen hier beste Bedingungen. Allerdings erschien er ihr für einen Heiratsschwindler etwas zu jung. Ein professioneller Spieler vielleicht? Oder ein lasterhafter junger Mann, der sich reichen älteren Damen für Geld als Spielgefährte anbot? Aber dazu hätte er sich, sofern er sein Handwerk verstand, zweifellos nicht Mrs Somerset ausgesucht, die in ihrem rot-grün karierten Wollkostüm wie die protestantische Tugend in Person auf ihrem Stuhl thronte und stolz auf Ehemann und Sohn blickte.

Nun, sie würde es mit der Zeit schon herausfinden. Und so

wichtig war es auch wieder nicht. Wenn er mit ihr anbändeln wollte, vergeudete er seine Zeit. Sie hatte weder Geld, das er ihr herauslocken könnte, noch Interesse an Liebeleien.

3

Ruben Kosminsky stand an der Reling und starrte hinaus auf einen prächtigen Sonnenuntergang. Er fühlte sich wohl. Schon als sie an der Küste Portugals entlanggesegelt waren, hatte der kalte Nieselregen aufgehört, und nachdem die Kohinoor die Straße von Gibraltar passiert hatte und ins Mittelmeer eingefahren war, wurde es wundervoll warm und sonnig. Nur die Etikette bewog ihn, den wollenen Gehrock weiter zu tragen. Schließlich konnte er sich vor den Damen nicht in Hemdsärmeln blicken lassen.

Er war recht zufrieden damit, wie er vorankam. Zwar hatte er das Gefühl, dass das mürrische Fräulein von Odenhof ihm nicht traute, und ihre Gefährtin war eine von diesen ewig lächelnden Insulanerinnen, deren Verschlagenheit er von Amsterdam her kannte. Sie würde ihn niemals erkennen lassen, ob sie ihm misstraute, aber wahrscheinlich tat sie es, denn die beiden Frauen hielten zusammen wie Pech und Schwefel, und was die eine tat, tat die andere auch. Jonah Aldermann würde seine liebe Not haben, sie voneinander zu trennen. Aber vielleicht tat er das ja auch gar nicht, sondern nahm sie gleich beide.

Ruben hätte das selbst gern getan, aber er war ein wirklicher Frauenkenner, und so wusste er, wann er sich zurückhalten musste. Es hatte keinen Sinn, ein Stachelschwein zu streicheln, man holte sich nur blutige Hände dabei. Und was für ein Stachelschwein diese von Odenhof war! Die Sundanesin sah nicht ganz so kratzbürstig aus, aber sie hatte nur Augen für den halbblütigen Doktor, der ihr unverhohlen den Hof machte.

Doch im Grunde kam Ruben diese Zweisamkeit sehr entgegen, denn so konnte er sich umso unauffälliger Helena annähern. Mrs Somerset hatte ihn in ihrer Unschuld sogar gebeten, sich »um das arme Fräulein zu kümmern, damit sie sich nicht wie das fünfte Rad am Wagen vorkommt«. Es gelang ihm mühelos, sich der Dreiergruppe anzuschließen. Das Liebespaar freute sich, dass es jetzt kein schlechtes Gewissen mehr haben musste, wenn es Helena allein ließ, und Helena selbst schien der Ansicht zu sein, dass ein Teufel, den man kannte, immer noch besser war als ein unbekannter Engel. Ruben hatte rasch gemerkt, dass sie sich vor den Männern fürchtete, die ihre Nähe suchten. Irgendwann einmal musste sie etwas erlebt haben, das sie mit Furcht und Abscheu dem anderen Geschlecht gegenüber erfüllte. Vollkommen mühelos schlüpfte er in die Rolle des unaufdringlichen, korrekten Kavaliers, der sorgsam darauf achtete, dass seine Dame nicht belästigt wurde.

Die Unterhaltung mit ihr war notgedrungen sehr karg, da er die Gebärdensprache nicht verstand und sie nur im Notfall ihre Stimme gebrauchte. Wenn sie ihm unbedingt etwas mitteilen wollte, verwendete sie dazu einen Schreibblock, an dem an einer Kette ein Bleistift hing, aber das war eher selten der Fall. So kam es, dass sie oft schweigend an Deck promenierten, nebeneinander in den Liegestühlen lagen oder gemeinsam die Varieté-Vorführungen besuchten, mit denen das Management die Passagiere von der Eintönigkeit der Seereise abzulenken suchte.

Ruben gratulierte sich selbst, wie perfekt er seine Rolle spielte. Nie ließ er sich irgendein erotisches Interesse anmerken. Tatsächlich war er kein Don Juan, den es zwanghaft trieb, jede Frau in Reichweite zu besitzen. Er war der geborene Lady's Man, einfühlsam und kundig, was ihre Wünsche anging, und stets bereit, sie zu erfüllen. Wollte eine Frau ihn haben – und das war bei den meisten der Fall –, so ging er bereitwillig darauf ein und entfaltete seine viel gerühmten Künste als Liebhaber. Wollte sie ihn nicht haben, so zog er sich elegant zurück, ohne einen bitteren Nachgeschmack zu hinterlassen. Er hatte die Erfahrung gemacht, dass viele es sich dann ein zweites Mal überlegten.

Über seine nächsten Schritte brauchte er sich keine Gedanken zu machen. Sie waren einfach und klar. Sobald er die lästigen Pfarrersleute in Batavia abgeschüttelt hatte, würde er die Reise mit dem Küstendampfer gemeinsam mit den beiden Damen zurücklegen. Es war nur eine kurze Reise, aber eine weitere Gelegenheit, einander näherzukommen. Und dann würde er einfach in Port Crescent bleiben, in Helenas Nähe, und ihr zu verstehen geben, dass sie in ihm einen vertrauenswürdigen Freund hatte. Einen, der es viel besser mit ihr meinte als ihr Gatte. Einen, dem sie ohne Gewissensbisse eine Sammlung altmodischer, eher wertloser Schmuckstücke aushändigen durfte.

Die Arme, dachte er. Wie hinterhältig man sie hereingelegt hatte! Arrangierte Ehen waren natürlich nicht ungewöhnlich, aber man durfte doch zumindest erwarten, dass der Bräutigam bei klarem Verstand war! Er hatte den vertraulichen Bemerkungen der Pfarrersfrau nicht entnehmen können, ob Jonah Aldermann nun schwachsinnig oder verrückt oder vielleicht sogar beides war, auf jeden Fall war er geistig nicht gesund. Ein hartes Schicksal für eine Frau, an einen solchen Menschen gekettet zu sein. Aber was hätte sie sonst tun sollen?

Er zuckte die Achseln. Er konnte ihr nicht helfen, und außerdem hatte er genug eigene Sorgen. Während der langen Tage, die sie nun schon auf See waren, hatte er viel Zeit zum Nachdenken gehabt, und dabei war ihm einiges durch den Kopf gegangen, das ihm überhaupt nicht gefiel.

Er holte eine Zigarette aus dem Etui, steckte sie in die beinerne Spitze, zündete sie an und blies den Rauch in die klare Luft des frühen Abends.

Wenn er es sehr, sehr klug anstellte, dann würde es ihm gelingen, mit Helenas Hilfe an den Majapahit-Schmuck heranzukommen und damit zu fliehen, ehe seine unbekannte Auftraggeberin ihn zu fassen bekam. Der Einsatz wäre sein Leben, das Risiko hoch – und der Lohn, hätte er Erfolg, unaussprechlich beglückend. Er wäre gerne bereit, die nächsten Jahre versteckt im Dschungel zuzubringen, wenn er nur die zauberhaften Steine zur Gesellschaft hatte, vor allem den wundervollen ›aufgehenden Mond‹.

Aber wie das Gespräch mit Mijnheer van Houten gezeigt hatte, schätzte die Dame ihn ganz richtig ein. Sie würde es also nicht bei Warnungen bewenden lassen, sondern handfestere Maßnahmen ergreifen, damit er nicht mit der kostbaren Beute die Flucht ergriff. Und das war der Punkt, an dem er angefangen hatte, sich Sorgen zu machen.

Kein Zweifel, dass sie ihn beobachten ließ – ihn vielleicht sogar selbst beobachtete. Sie brauchte ihn, um auf dem Umweg über Helena an die Geschmeide zu kommen, aber wenn sie ihn erst nicht mehr brauchte …

Seine schönen, aventuringrünen Augen verengten sich wie die eines Reptils.

Wenn er den Typ Frau, zu dem sie vermutlich gehörte, richtig einschätzte, dann würde sie ihm den Schmuck im erstbesten Augenblick aus der Hand reißen. Solche Menschen lechzten nach dem Anblick von Juwelen wie ein Opiumraucher nach der nächsten Pfeife. Sie betrachtete das Geschmeide schon jetzt als ihr Eigentum, sie würde erzürnt sein über jede Minute, in der ein Fremder es in Händen hielt, so erzürnt, als sei sie es, die bestohlen wurde. Sie würde sich also auf keinen Fall weit von ihm entfernen.

War sie an Bord? Beobachtete sie ihn in ebendiesem Augenblick? Hatte sie deshalb den Rechtsanwalt als Vermittler vorgeschoben, weil sie nicht wollte, dass er sie wiedererkannte?

Er zog den Zigarettenstummel aus der Spitze, warf ihn ins Meer und sah dem glühenden Funken nach. Die Sonne war verschwunden, nur ein türkisgrüner Streifen am westlichen Horizont zeigte, wo sie untergegangen war. Nach und nach kamen die Sterne heraus. Ein Matrose ging über das Deck und zündete die Laternen an, die einen warmen Schein in die hereinbrechende Nacht warfen. Hinter sich hörte Ruben Schritte an Deck und flüsternde Stimmen. Zeit für die Liebespärchen, die in der Dämmerung anfingen, wie die Nachtfalter herumzuflattern. Wahrscheinlich spazierte auch die schöne Mathilda mit ihrem Doktor im schwachen Licht der Lampen auf dem Oberdeck hin und her, hielt seine Hand und wisperte zärtlich mit ihm.

Üblicherweise hätte Ruben bei diesem Gedanken einen Stich des Selbstmitleids gespürt, weil er allein schlafen gehen musste, aber im Augenblick galt seine Sorge einzig der Frage, wie er die Majapahit-Geschmeide in die Hände bekommen und das ganze Abenteuer überleben konnte.

In Gedanken ging er noch einmal das Gespräch mit dem Anwalt durch, das er fast wortwörtlich im Gedächtnis behalten hatte. Auch wenn der Advokat ein Meister der Verstellung war, irgendwann entschlüpfte fast jedem Lügner ein verdächtiges Wort. Oder er bemühte sich so sehr, keinen Verdacht zu erregen, dass er Dinge verschwieg, die er normalerweise ruhig hätte aussprechen können. Und da war eine kleine Inkongruenz, an sich völlig unbedeutend, die Ruben mit seinem scharfen Blick fürs Detail und seiner Fähigkeit, jeden noch so kleinen Misston in der Rede eines Verhandlungspartners zu erkennen, aufgefallen war. Warum hatte Mijnheer van Houten gerade dieses Detail ausgelassen, gerade diese völlig unwichtige Einzelheit nicht erwähnt? War das der Schlüssel zur Identität der geheimnisvollen Auftraggeberin?

Er hörte Schritte das Deck entlangkommen und merkte auf, als er Dr. Lafarges Stimme erkannte. Der Arzt war offensichtlich dabei, der Sundanesin die Geheimnisse seines Berufes zu enthüllen. Ruben hörte ihn sagen: »Ich konnte bei meinem Besuch in London das Royal College of Surgeons überzeugen, dass die Kinderlähmung auf Java ein Problem ist und ein Problem bleiben wird. Bislang wurde die Ostküste weitgehend verschont, die betroffenen Provinzen liegen in West- und Zentral-Java, in Banten, Lampung und Batavia. Am schlimmsten ist es in Giri Jaya, im Sukabumi-Distrikt in West-Java. Aber Krankheiten wandern, auch die Kinderlähmung, obwohl die Ärzte noch darüber streiten, ob sie ansteckend ist oder nicht. Ich denke, sie ist es.«

»Wie kommen Sie zu dieser Ansicht?«, fragte Mathilda.

»Nun, sehen Sie, die typische Entwicklung der Krankheitsfälle in einem Bezirk ...«

Ihre Stimmen verklangen hinter den Deckaufbauten. Ruben verdrehte angewidert die Augen. Was für ein Dummkopf, dieser Dr. Lafarge – ging mit einer der schönsten Frauen auf dem ganzen Schiff in einer lauen Sternennacht spazieren und schwatzte über Kinderlähmung! Andererseits hatte die Methode zumindest bei Fräulein Mathilda offensichtlich Erfolg, denn als die beiden erneut in seiner Nähe vorbeispazierten, fing er folgende Worte auf: »Ich bin sehr angenehm überrascht, Herr Doktor, dass Sie sich mit einer Frau auf gleichem Niveau unterhalten können und nicht meinen, eine Art Kleinkindersprache mit mir sprechen zu müssen, wie es andere Männer gerne tun.«

»Wie könnte ich das? Ich sehe in Ihnen eine Dame von hoher Bildung, die allen wissenschaftlichen Fragen ein intelligentes Interesse entgegenbringt ...«

Ruben grinste. Er hatte schon oft die Erfahrung gemacht, dass Leute, die aufmerksam zuhörten, von ihren Gesprächspartnern grundsätzlich für sehr intelligent gehalten wurden. Es war ihm wiederholt gelungen, profunde Kenntnisse auf Gebieten vorzutäuschen, von denen er überhaupt nichts verstand, indem er einfach hingerissen lauschte. Andererseits musste er zugeben, dass die Schöne mit dem zimtfarbenen Teint tatsächlich gebildeter war als viele Männer, die er kannte. Sie würde sich gut machen als Frau Dr. Lafarge.

Er richtete sich auf, strich den Gehrock glatt und kämmte mit den Fingern das vom Seewind zerwühlte Haar. Aufrecht und elegant schritt er die Treppe hinunter, um Helena ebenfalls zu einem Spaziergang an Deck einzuladen.

Als er zuvor noch einen kurzen Abstecher zu seiner Kabine machte, aus der er eine Schachtel Pfefferminzpastillen holen wollte, entdeckte er einen Zettel, der in der Türritze steckte. Neugierig zog er ihn heraus und entfaltete ihn.

Die Schrift war klein und präzise. »Mijnheer: Verschwenden Sie Ihre Zeit nicht mit eigensüchtigen Plänen, die Sie doch nie verwirklichen werden – Ihr Auftraggeber behält Sie im Auge.«

4

Helena hatte das Gefühl, sich bereits seit Monaten an Bord des Schiffes zu befinden, als sie endlich Afrika erreichten. Der Suezkanal kürzte die Reise, die vor seiner Fertigstellung im Jahr 1869 um den ganzen schwarzen Kontinent herumgeführt hätte, beträchtlich ab, aber das änderte nichts daran, dass sie die Tage in einer Mischung aus Trübsinn und Langeweile in ihrem Liegestuhl auf Deck zubrachte. Das einzig Erfreuliche war, dass es zusehends wärmer wurde und sie zumindest tagsüber nicht mehr fror. Das Wüstenklima Ägyptens brachte zwar kalte Nächte mit sich, in denen die Temperatur teilweise unter Null fiel, aber die Tage waren erst warm und dann, als sie Djibouti erreichten, hochsommerlich heiß. Auf den schroffen Kontrast zwischen glühenden Tagen und eisigen Nächten in den Wüstengegenden folgte eine drückende Schwüle, die in der Nacht nicht nennenswert nachließ. Tropische Regengüsse wechselten mit wolkenlosen, sonnigen Tagen. Den beiden Damen in ihren eng anliegenden, hochgeschlossenen Kleidern troff der Schweiß über Bauch und Rücken, ihre Haare waren beständig feucht und hingen schlaff herab. Oft mussten sie mehrmals am Tag die Wäsche wechseln, was sie in eine unangenehme Lage brachte, da sie jeweils nur zwei Koffer voll Kleidung mitgenommen hatten. Sie mussten die Stücke nachts im Waschbecken waschen, auswringen und über Stuhllehnen hängen – in der Hoffnung, dass es heiß und trocken blieb, weil ihre Zwirnstrümpfe und flanellenen Unterkleider sonst wohl angefangen hätten zu schimmeln.

Dr. Lafarge, der sich jetzt ständig in Mathildas Nähe aufhielt, meinte, sie hätten noch Glück mit dem Wetter gehabt, da sie während der Trockenzeit reisten. In den Tropen gäbe es nur zwei Jahreszeiten, eine trockene und eine nasse, die von Oktober bis März andauerte und im Januar und Februar ihren Höhepunkt erreichte. Dann goss es wie aus Kübeln. Bei einer Luftfeuchtigkeit zwischen 70 und 95 Prozent wurde nichts mehr richtig trocken, die unbefestigten Landstraßen verwandelten sich in Schlammkuhlen, und auf den Kleidern bildeten sich Stockflecken.

Der einzige Trost war, dass es den übrigen Reisenden auch nicht besser ging. Die Klügsten – und diejenigen, die auf keinen Fall in diesem aufgelösten Zustand gesehen werden wollten – zogen sich in ihre Kabinen zurück und schickten den Steward alle naselang nach Eiswasser und gekühltem Champagner. Helena und Mathilda allerdings bekamen in dem engen Mahagonigehäuse, in dem sie seit drei Wochen eingesperrt waren, bereits Platzangst. Es erschien ihnen wie eine düstere, mit feuchtem Holz getäfelte Gruft, und sie wollten lieber an Deck schwitzen und einen Sonnenbrand riskieren, als in der dumpfen Hitze des Schiffsbauchs zu brüten.

Helena musste zugeben, dass der Schwindler, wie sie ihn bei sich nannte, Licht in diese grauen Tage brachte. Er war immer um sie, ohne dass sie ihn so richtig bemerkte, und immer bemüht, ihr das Leben angenehm zu machen. Mathilda lobte ihn sehr – aber das tat sie wohl nur, weil sie ein schlechtes Gewissen hatte und Wert darauf legte, dass die Freundin sich auch in ihrer Abwesenheit wohlfühlte. Helena war fest entschlossen gewesen, ihn nicht zu mögen, aber sie musste zugeben, dass sie nichts an ihm auszusetzen fand, was sein Verhalten ihr gegenüber betraf. Und es war angenehm, einen Mann an der Seite zu haben, der andere Männer auf Distanz hielt.

Die Kohinoor ankerte einen Tag und eine Nacht lang im Hafen von Djibouti, um Kohle für die Maschinen zu bunkern, Vorräte an Bord zu nehmen und die Ratten auszuräuchern, aber den Passagieren wurde verboten, an Land zu gehen. Kapitän Meisel legte ihnen die Gründe für dieses Verbot dar: Die Gefahr, in der afrikanischen Hafenstadt spurlos zu verschwinden, sei zu groß. Reisende müssten schon sehr gewieft sein, um nicht sofort in einen Hinterhalt gelockt, ausgeraubt und womöglich ermordet zu werden. Vor allem die Nachfrage nach europäischen Frauen sei groß, erklärte der würdige, weißbärtige Schiffsoffizier mit verlegenem Hüsteln, aber er wolle nicht ins Detail gehen, welches Schicksal die Unglücklichen erwarte.

Kurze Zeit nach dieser Ankündigung suchte Ruben die beiden jungen Damen an Deck auf. Er grüßte sie höflich. Der Kapitän, so neckte er sie, habe ihm aufgetragen, auf die beiden Schönsten an Bord ein ganz besonderes Auge zu haben.

»Also bleiben Sie stets in meiner Nähe, machen Sie keinen Schritt allein.«

Mathilda lachte und wandte sich an Helena. »Sollen wir das riskieren? Ich glaube, er ist gefährlich. Er hat den gewissen samtigen Ton in der Stimme, an dem man die Kreide fressenden Wölfe erkennt.«

Helena zuckte die Achseln, konnte sich aber ein dünnes Lächeln nicht verkneifen. Die possierliche Art, die Ruben manchmal an den Tag legte, amüsierte sie.

5

In den darauf folgenden Tagen ließen sie die Sinai-Halbinsel zur Linken und Afrika zur Rechten hinter sich und segelten bei gutem Wind hinaus in die endlose, dunkelblaue Weite des Indischen Ozeans.

Mathilda und Dr. Lafarge standen an der Reling, als Mathilda fragte: »Freuen Sie sich darauf, nach Java zurückzukehren?«

»Ja und nein«, antwortete der junge Arzt. »Ich freue mich, wieder in meine Heimat zu kommen, aber es bricht mir das Herz, mein Vaterland so geknechtet und zerrissen zu sehen. Sie, die Sie in Deutschland aufgewachsen sind, können das vielleicht nicht verstehen ...«

Die junge Frau legte ihm in einer raschen Bewegung die Hand auf den Arm, und er verstummte. »Ich will Ihnen etwas zeigen«, flüsterte sie. Ihr schmale braune Hand glitt unter den hohen Kragen ihres Kleides und holte ein flaches Täschchen hervor, das an einem Band um ihren Hals hing. Sie öffnete es und zog das Bildnis des Prinzen Diponegoro heraus. »Dies«, sagte sie, »trage ich auf dem Herzen.«

Tief bewegt nahm er ihr das Bild aus der Hand, küsste es und reichte es ihr wieder zurück. »Sie begeben sich in Gefahr«, warnte er sie. »Wenn man es bei Ihnen findet, kann es Ihnen übel ergehen.«

»Ich weiß, aber das ändert nichts an meiner Liebe und Verehrung für den Ratu Adil.«

»Ich weiß, wie Sie fühlen.« Eine Weile stand er reglos da, die Arme auf die Reling gestützt, und starrte ins Leere. Dann sagte er: »Es nützt nichts, wenn wir um den Prinzen trauern und uns vergangene Zeiten herbeiwünschen, wir müssen hier und heute etwas tun.«

»Gibt es viele, die so denken?«

»Ja. Der Zorn brodelt in den Menschen wie Magma in einem Vulkan. Viele sind bereit, zu kämpfen, um das Joch der Fremden abzuschütteln. Nun, ich bin Arzt und kein Krieger, der Kampf mit der Waffe ist nicht meine Sache, aber ich kann mich auf meine Weise dafür einsetzen, dass Java eines Tages wieder uns gehört.«

»Was tun Sie?«

Er schüttelte den Kopf und legte den Finger auf die Lippen.

»Lass deine Linke nicht wissen, was die Rechte tut – so steht es in der Bibel. Nicht, weil ich Ihnen persönlich misstraue, sondern weil es ein Grundprinzip von uns allen ist.«

»Ich verstehe. Gäbe es … gäbe es auch für mich etwas zu tun?«

»Vielleicht. Das kann ich nicht entscheiden. Mathilda, ich selbst vertraue Ihnen, aber ich weiß, dass andere das nicht tun werden. Sie sind im Ausland aufgewachsen, Sie sind eng mit einer Deutschen befreundet …«

»Ist es meine Schuld, dass ich verkauft und verschleppt wurde?«, rief sie zornig. »Macht mich das unwürdig, meinem Land zu dienen?«

Erschrocken über ihren heftigen Ausbruch, bemühte er sich, sie zu beschwichtigen. »Ganz gewiss nicht, Fräulein Mathilda. Aber verstehen Sie auch die Freiheitskämpfer. Was meinen Sie, wie sehr man mir misstraute, der ich englisches Blut in den Adern habe – als zählte allein meine Geburt und nicht das, was ich im Herzen empfinde! Ich bin mehr Javaner als viele von diesen Verrätern und Sklaven, die sich als Zuträger bei den Weißen einschmeicheln, und doch musste ich mich lange und hart prüfen lassen, ehe man mich in den Bund der Patrioten aufnahm.«

»Ich bin zu jeder Prüfung bereit.«

Er umfasste ihre Rechte mit beiden Händen, zog sie an seine Lippen und küsste sie sanft. »Wären Sie bereit, Ihr Leben mit dem meinen unauflöslich zu verbinden?«

»Ja«, antwortete sie ohne Zögern.

»Ich danke Ihnen. Bitte sprechen Sie mit niemand darüber, ehe wir in Java angelangt sind und einige offene Fragen geklärt haben … Sie verstehen, dass sich meine Mitkämpfer dafür interessieren werden, wer die Frau an meiner Seite ist, denn es geht nicht an, dass von zwei Partnern der eine eingeweiht ist und der andere nicht.«

»Das verstehe ich voll und ganz.« Sie lächelte ihn zärtlich an. »Lassen Sie uns also unser Geheimnis bewahren.«

6

Ruben gefiel die Fahrt durch das öde Blau. Je weniger Abwechslung es an Bord gab, desto leichter würde es ihm fallen, Helenas Vertrauen zu gewinnen.

Zwei Tage nachdem die letzte Landspitze hinter ihnen im Dunst verschwunden war, spazierten sie im Schatten der Aufbauten über das Deck. Hier draußen auf der endlosen Wasserfläche war die Sonne scharf und bösartig, das glitzernde Wasser warf ihre Strahlen vielfach zurück, und ehe man sich versah, schälte sich einem die Haut vom Gesicht. Dennoch suchten beide die frische Luft. Dem Inneren des Ozeanriesen merkte man nämlich bereits die lange Reise an. Die Kabinen müffelten trotz aller Bemühungen des Personals. Zu viele Menschen auf zu wenig Raum. Ruben mochte gar nicht daran denken, wie es erst in den Quartieren der zweiten und dritten Klasse aussah und roch.

Schließlich ließen sie sich im Schatten eines Sonnensegels auf einer der Seekisten nieder. Ruben beauftragte einen vorbeieilenden Steward, ihnen Wein zu bringen, und als dieser mit einem Tablett zurückkehrte, schenkte Ruben höflich Helenas Glas voll, ehe er sein eigenes füllte. Da er es mittlerweile gewohnt war, die meiste Zeit in tiefem Schweigen mit ihr zu verbringen, blickte er überrascht auf, als sie eifrig in ihr Büchlein schrieb und ihm dann die aufgeschlagene Seite reichte. Dort stand in ihrer schrägen, langgestreckten Handschrift: *Sie sind kein Makler. Was sind Sie wirklich? Ein Spieler? Ein Dieb? Oder ...?*

Ruben saß unbeweglich da, den Blick auf das Blatt Papier gerichtet. Er spürte, wie ihm das Blut in den Ohren rauschte. Jähe Angst überwältigte ihn, so grausam wie damals, als die drei Kerle auf ihn, der hilflos am Boden lag, mit ihren schweren Seemannsstiefeln eingetreten hatten. Er war froh, dass Helena unter der breiten Krempe des Strohhuts sein Gesicht nicht sehen konnte, das käsebleich geworden war. Eine Welle von Übelkeit erfasste ihn. Ertappt. Entlarvt. Verloren. Er spürte intuitiv, dass es keinen Sinn hatte, sich zu verteidigen; sie würde ihm nicht glauben. Er fühlte sich wie ein Mann, der, von Feinden umzingelt, am Rand einer Klippe steht und keine andere Chance mehr sieht, als sich auf Gedeih und Verderb in die Tiefe zu stürzen. Und genau das tat er nun, im blinden Vertrauen auf seine Intuition, die ihn schon mehr als einmal gerettet hatte.

»Sie haben recht«, antwortete er, wobei er den Kopf hob und ihr geradewegs in die Augen blickte. »Ich bin kein Makler. Ich bin an Bord gekommen mit dem Auftrag, Sie zu verführen und mir hörig zu machen.«

Er hatte Entrüstung erwartet, aber die junge Frau starrte ihn nur völlig verdutzt an. Dann entriss sie ihm den Schreibblock und kritzelte ihre Fragen hin:

Aber warum denn? Von wem beauftragt? Ich habe doch gar kein Geld.

Er begriff, dass sie überhaupt nichts von dem Schatz wusste. »Darf ich es Ihnen erklären?«, fragte er.

Sie nickte heftig.

»Ich weiß, dass Sie kein Geld haben. Zurzeit hat Jonah Aldermann vermutlich auch keines. Aber an dem Tag, an dem er volljährig wird, erbt er ein gewaltiges Vermögen, das ausschließlich aus kostbaren Steinen und Schmuckstücken besteht. Sein Großonkel hat es einst angehäuft, indem er Schätze plünderte, die von Rechts wegen den Einheimischen gehörten. Und er hat im Testament die Bedingung gestellt, dass Jonah verheiratet sein müsse, um zu erben. Nun, Sie wissen, dass es nicht ganz einfach gewesen wäre, eine Braut für ihn zu finden …«

In allen Einzelheiten berichtete er Helena, die atemlos lauschte, welche Intrige gesponnen worden war, um den Schatz aus der Sicherheit des Banktresors erst in Jonahs Hände zu befördern und ihn dann dem einfältigen jungen Mann zu entreißen.

»Ich weiß selbst nicht, wer mich beauftragt hat«, fuhr er fort. »Der Anwalt, der mich bezahlt, sprach von einem Mann, aber ich bin überzeugt, dass es sich um eine Frau handelt. Ich bin auch sicher, dass sie nicht weit entfernt ist. Sie kann es nicht erwarten, die Juwelen an sich zu reißen – und sie hat Angst, ich könnte damit verschwinden, sobald ich sie in Händen habe.«

Helena blickte ihn forschend an. Dann griff sie wieder zum Büchlein und schrieb: *Und würden Sie das tun?*

»Ja.«

Das würde Ihnen nicht gut bekommen.

»Ich weiß. Es wird mir überhaupt nicht gut bekommen, diesen Auftrag angenommen zu haben. Sehen Sie, die Dame braucht mich, um Sie gefügig zu machen, aber wenn sie mich erst einmal nicht mehr braucht … meinen Sie, sie würde einen Zeugen ihres hässlichen Plans überleben lassen?«

Helena schüttelte sachte den Kopf. *Das heißt, wenn Sie Ihren Auftrag erfüllen, werden Sie umgebracht, und wenn Sie ihn nicht erfüllen, wahrscheinlich auch.*

»Sie haben es auf den Punkt gebracht.« Ruben seufzte, nahm den Strohhut ab, damit sie sein Gesicht deutlich sehen konnte, und setzte darauf, dass seine schönen grünen Augen unter den langen Wimpern ihre Wirkung tun würden. Er hatte wiederholt die Erfahrung gemacht, dass Frauen nicht widerstehen konnten, wenn ein Mann ihnen zu Füßen fiel und sich reuig an die Brust schlug. »Und ich könnte Ihnen keinen Vorwurf machen, wenn Sie denken, es würde mir recht geschehen, weil ich so skrupellos und geldgierig bin.«

Erleichtert stellte er fest, dass es auch diesmal gewirkt hatte.

Sie schenkte ihm ein trauriges Lächeln, als sie schrieb: *Ich bin die Tochter eines skrupellosen und geldgierigen Vaters, und trotz allem, was er mir angetan hat, würde ich ihm niemals den Tod wünschen. Und Sie haben mir noch nicht einmal etwas getan.*

Seine Stimme brach, als er fragte: »Was werden Sie jetzt tun? Ich verstehe natürlich, dass Sie mich nicht mehr um sich haben wollen, aber darf ich Sie wenigstens bitten, niemand davon zu erzählen? Nicht einmal Fräulein Mathilda? Würden Sie mir diese letzte Bitte gewähren? Wenn es sich herumspricht und SIE erfährt, dass ich gescheitert bin, erlebe ich vielleicht nicht einmal mehr das Ende der Reise.«

Ihre Antwort überraschte ihn völlig. *Nein, bleiben Sie nur. Vielleicht können wir uns gegenseitig helfen. Denn was mir bevorsteht, ist kaum weniger schlimm als das, was Sie zu befürchten haben. Wollen wir den Eindruck erwecken, dass Sie im Begriff sind, Erfolg zu haben?*

Ruben Kosminsky starrte sie mit offenem Mund an. Plötzlich hatte er das Gefühl, dass es in puncto Frauen doch noch einiges zu lernen gab. Solange er sich korrekt verhalten hatte, hatte sie ihn erst behandelt wie einen Aussätzigen und dann wie einen widerwillig geduldeten Sklaven, und jetzt, wo sie ihn entlarvt hatte, bat sie ihn, bei ihr zu bleiben!

»Warum tun Sie das?«, flüsterte er.

Helena griff nach ihrem Büchlein. *Sie wurden angegriffen, misshandelt und fürs Leben gezeichnet. Mir erging es genauso. Das sollte uns verbinden.*

Es drängte ihn sehr zu fragen, was ihr widerfahren war, aber er wusste, dass er nichts Dümmeres hätte tun können. Also griff er schweigend nach ihrer Hand, zog sie an seine Lippen und hauchte einen demütigen Kuss darauf.

7

Helena hatte nicht viele Gedanken an Harvey Somerset verschwendet, aber als die Kohinoor sich Indien näherte, wurde sie nachdrücklich an seine Existenz erinnert. An einem kühlen Morgen, gleich nach dem Frühstück, bat er sie zu ihrer Überraschung, mit ihm einen Spaziergang an Deck zu unternehmen, da er etwas Wichtiges mit ihr zu besprechen habe.

Ein starker Wind fegte über das Deck, als sie hinaustraten, und Helena musste ihren Strohhut mit einer doppelten Schleife unterm Kinn festbinden, damit er nicht in den Indischen Ozean geweht wurde.

Harvey schritt würdevoll neben ihr her, bereits jetzt, wo er eben erst ordiniert worden war, jeder Zoll ein Pfarrer. Nach einigem Räuspern und Hüsteln ergriff er das Wort. »Verzeihen Sie, wenn ich so offen mit Ihnen rede, Fräulein von Odenhof, aber es geht hier um Dinge, die ich nicht in höflichen Umschreibungen ausdrücken kann. Nachdem meine Mutter Sie in ihrer leider ungemein taktlosen Weise ausgefragt hat, konnte es mir nicht entgehen, dass Ihre Situation eine äußerst unglückliche ist.«

Helena nickte.

»Ich weiß«, fuhr der junge Geistliche fort, »dass es Ihnen aufs Äußerste widerstrebt, den für Sie bestimmten Mann zum Gatten zu nehmen, und seit mir die näheren Umstände durch die Indiskretion meiner Mutter bekannt wurden, kann ich Ihre Haltung voll und ganz verstehen. Ich habe meine Eltern gefragt, ob es nicht eine Möglichkeit gäbe, Ihnen zu helfen, da es mir als Ehrenmann und Christ widerstrebt, mit anzusehen, wie Sie einem offensichtlichen Komplott zum Opfer fallen.«

Sie merkte interessiert auf, wurde aber gleich wieder enttäuscht, als sie seine hilflose Gebärde sah. »Meine Eltern sehen leider keine Möglichkeit dazu. Sie wissen ja, verehrtes Fräulein, dass Sie nach geistlichem und weltlichem Recht der Autorität Ihres Vaters unterstehen, bis dieser Sie der Autorität Ihres Gatten übergibt …«

Helena blieb abrupt stehen, wühlte in ihrem Pompadour und brachte das Schreibbüchlein zum Vorschein. Ihre Hand zitterte heftig, als sie schrieb: *Ein närrischer Vater, der meine Mitgift verschleudert hat, übergibt mich einem geistesgestörten Gatten! Bin ich denn ein Stück Dreck, dass man so mit mir umgeht?*

»Ich weiß, ich weiß.« Harvey streckte die Hand aus, bemerkte, dass sie zurückwich, und ließ seine Hand wieder sinken. »Es ist gewiss eine schlimme Ungerechtigkeit. Aber weder Sie noch ich können das Gesetz ändern, und meine Eltern würden sich eines Gesetzesbruchs schuldig machen, wollten sie Ihnen Zuflucht gewähren. Das ist für ein Pfarrerehepaar eine Unmöglichkeit.«

Ich habe kein Verbrechen begangen außer dem einen, eine Frau zu sein. Dafür wird mir eine lebenslange Buße auferlegt.

Unbehagen zeichnete sich auf Harveys Gesicht ab. Aber er nahm tapfer einen weiteren Anlauf. »Wie auch immer, meine Eltern können und dürfen Ihnen nicht helfen. Aber ich könnte es.«

Sie blickte ihn fragend an.

Er räusperte sich verlegen, ehe er fortfuhr: »Ich will Sie nicht über meine Gefühle für Sie täuschen, aber ich möchte Ihnen ein vernünftiges Arrangement vorschlagen. Sie brauchen jemand, der Sie vor einer Ehe mit Jonah Aldermann rettet. Für mich wiederum wäre es günstig, eine Gattin zu haben. Sie wissen vielleicht, wie schwierig das Leben für einen alleinstehenden Geistlichen zuweilen sein kann.«

Als er bemerkte, wie sich Helenas Gesicht zu einer Grimasse von Schreck und Widerwillen verzerrte, setzte er eilig hinzu: »Ich versichere Ihnen, dass ich Sie stets mit allem gebührenden Respekt behandeln würde.«

Sie wusste, dass er es gut meinte, und schämte sich, dass sie ihm ihre Abneigung so deutlich gezeigt hatte. Rasch schrieb sie ein paar Zeilen und hielt sie ihm hin: *Ich danke Ihnen für Ihr freundliches Bemühen, mir zu helfen, aber ich möchte überhaupt keine Ehe eingehen, weder mit einem schlechten noch mit einem guten Mann. Seien Sie jedoch versichert, dass ich Ihnen sehr dankbar bin. Sie sind der erste Mensch hier, der ernsthaft etwas unternommen hat, um mich zu retten.*

Über das Gesicht des Engländers zog ein Schatten. Obwohl er offenkundig keine Liebe für sie empfand, war er doch ein wenig pikiert darüber, abgewiesen zu werden. Seine Stimme klang merklich kühler, als er antwortete: »Natürlich respektiere ich Ihre Entscheidung. Darf ich Ihnen nun den Rat eines Freundes geben? Ich habe gesehen, dass Mijnheer Kosminsky sich eifrig um Ihre Gesellschaft bemüht. Meine Mutter findet das sehr liebenswürdig von ihm, aber ich fürchte, dass seine Absichten nicht ganz uneigennützig sind. Ich bitte Sie, achten Sie auf das Kostbarste, das ein Mädchen besitzt!«

Am liebsten hätte Helena ihm ins Gesicht gespuckt. Sie wollte schreien: »Dieses Kostbarste hat man mir mit Gewalt genommen, und es waren Männer, ein hoch angesehener Irrenarzt an ihrer Spitze, die mich dieser Weibsperson ausgeliefert haben und ihr Vergnügen am Zuschauen hatten! Und hätten sie nicht Angst gehabt, ich könnte schwanger werden, so hätten sie es selbst auch getan!«

Aber sie zwang sich, zu schweigen, biss die Zähne aufeinander, bis ihre Kiefer schmerzten. Nur ihre funkelnden Augen verrieten den Aufruhr, der in ihr tobte.

Harvey spürte ihren Zorn, und vielleicht ahnte er, was ihn hervorgerufen hatte, denn er flüsterte hastig: »Bitte betrachten Sie diese Warnung nicht als einen Ausdruck des Zweifels an Ihrer persönlichen Sittsamkeit. Gerade deshalb, weil Sie keusch und unerfahren sind, sehe ich es als meine Pflicht, Sie zu warnen. Mijnheer Kosminsky ist trotz seiner Behinderung ein sehr attraktiver Mann, er hat eine einnehmende Art, und ... verdammt noch mal, ich sehe doch, wie die Frauen ihm nachstarren, als wollten sie ihm auf der Stelle die Hosen ausziehen!«

Der Satz brach unkontrolliert aus ihm heraus – das wütende Gebell eines dominanten Männchens, das ein anderes, erfolgreicheres in seinem Revier umherstreifen sieht. Schon im nächsten Augenblick erschrak er aufs Heftigste, errötete bis über beide Ohren und stammelte verlegene Entschuldigungen. Helena bedeutete ihm, dass sie keinen Anstoß nahm. Sie zeigte sich lächelnd bereit, über seine Entgleisung hinwegzusehen, und schrieb: *Ich danke Ihnen, dass Sie sich um mich sorgen. Doch Sie haben nichts zu befürchten, was Mijnheer Kosminsky angeht. Er kümmert sich allein Ihrer Mutter zu Gefallen um mich und denkt im Übrigen nur an seine Geschäfte.*

Harvey hakte sofort nach. »Gewiss, und ich vermute, dass diese Geschäfte zu Ihrem – oder irgendjemandes – Schaden sein könnten. Es ist nicht nur seine allzu gefällige, allzu einschmeichelnde Art, die ihn mir suspekt macht. Es ist auch der Umstand, dass er mit einer Dame an Bord in geheimem Einvernehmen steht.«

Als sie ihn mit hochgezogenen Brauen ansah, fuhr er, heftig mit dem Kopf nickend, fort: »Da ist eine Dame, eine Witwe – oder jedenfalls nach Art einer Witwe gekleidet –, die ihn sehr genau im Auge behält, und zwar offensichtlich nicht aus dem eben genannten Interesse. Ich meine, das spürt man einfach.«

Helena lächelte und schrieb: *Vielleicht erinnert er sie an ihren verlorenen Sohn, der seiner Schulden und Skandale wegen nach Amerika fliehen musste.*

Er schüttelte humorlos den Kopf. »Nein, das gewiss nicht. Ein behütetes Mädchen wie Sie weiß das vermutlich nicht, aber Trickbetrüger arbeiten häufig auf diese Weise, dass zwei Komplizen einander nach außen hin völlig unbekannt zu sein scheinen. Und diese beiden kennen einander. Ihn habe ich noch nicht dabei erwischt, wie er ihr ein Zeichen machte, dazu ist er zu schlau, aber die Witwe beobachtet ihn sehr genau. Offenbar wartet sie darauf, dass er ihr das Stichwort für ihren Auftritt gibt.« Er hüstelte, diesmal nicht aus Verlegenheit, sondern um würdevoll eine bedeutsame Ankündigung zu machen. »Ich werde das Pärchen im Auge behalten, und sobald ich einen handfesten Beweis habe, werde ich diesen Mijnheer dem Kapitän übergeben.«

Helena nutzte das nächste Mittagessen, um die geheimnisvolle Dame näher in Augenschein zu nehmen. Scheinbar zufällig ging sie an deren Tisch vorbei und warf einen raschen Blick auf das Gesicht, über dem der Witwenschleier jetzt, zum Essen, zurückgeschlagen und mit einer Hutnadel festgesteckt war. Es war ein vornehmes, wohlgeformtes Gesicht, immer noch sehr attraktiv für das Alter der Dame, das sie auf Mitte vierzig schätzte, und doch spürte die junge Frau eine heftige Abneigung. Diese harmonischen Züge und die eindrucksvollen türkisblauen Augen verströmten Kälte; aus ihnen sprach eine Gnadenlosigkeit, die sich in einem Nicken des Kopfes, einer kleinen Handbewegung ausdrücken mochte, wie die Härte einer Königin, die mit einer bloßen Geste Scharen von Gefangenen dem Tod überantworten kann. Wenn das tatsächlich die Frau war – und davon ging sie aus –, die Ruben beauftragt hatte, dann fürchtete er sich zu Recht. Sie musste ihn so rasch wie möglich warnen.

Am Abend wollte der Edelsteinhändler sie zu einer Varieté-Vorführung im Speisesaal begleiten, aber sie lehnte ab. Sie wolle lieber an Deck spazieren gehen. Dort angekommen, steuerte sie ihn zum einsamen Heck des Schiffes und bedeutete ihm, auf einer Seekiste Platz zu nehmen, über der im warmen Nachtwind eine Lampe schaukelte. Sie reichte ihm ihren Notizblock mit folgender Nachricht: *Die Frau, die Sie beobachtet, reist erster Klasse und trägt Witwenkleidung. Sie können sicher leicht ihren Namen herausfinden.*

»Sie heißt Obermayer«, sagte er mit gedämpfter Stimme. »Jedenfalls ist sie unter diesem Namen in der Passagierliste eingetragen.«

Helena zog die Brauen hoch. Er lächelte über ihre Verblüffung. »Ich habe mich selbstverständlich über alle Damen informiert, die in Frage kommen. Sie reist nach Borneo, um ihre dort lebende Tochter zu besuchen.«

Das passt nicht.

»Es muss ja nicht alles stimmen, was in einer Passagierliste steht. Sie hat als Heimatland Belgien angegeben, aber der Zahlmeister hält sie für eine Deutsche. Und ich suche eine Deutsche.«

Helena blickte ihn überrascht an.

Ruben lachte leise, sehr zufrieden mit ihrer Reaktion. »Da staunen Sie, wie ich ein Kaninchen nach dem anderen aus dem

Hut zaubere, nicht wahr? Aber als ich erst einmal auf der richtigen Spur war, ging es ganz leicht. Sehen Sie, als Mijnheer van Houten mir die Geschichte des Majapahit-Schmucks erzählte, da fiel mir eine kleine Besonderheit in seinem Bericht auf. Er nannte alle Familienmitglieder der Aldermanns, die auch nur am Rande mit der Sache zu tun hatten, beim Namen: den Urgroßvater Friedrich, seinen Sohn Friedhelm und den anderen Sohn Otto mit dessen Frau Annette sowie die Enkel Maximilian und Jonah. Die Generation dazwischen jedoch ließ er aus. Ich erfuhr gerade mal, dass der Vater der beiden Burschen jung starb, aber sein Name wurde nicht erwähnt, und schon gar nicht der seiner Frau. Je länger ich darüber nachdachte, desto mehr wunderte mich das. Friedhelm wollte, dass eine Frau den herrlichen Schmuck trägt, er wollte es so sehr, dass er das in einer entscheidenden testamentarischen Verfügung festlegte, aber diese Frau sollte weder seine Schwägerin Annette noch die namenlose Gattin seines ebenso namenlosen Neffen sein. Nehmen wir an, Frau Annette sei ihm zu alt für einen so extravaganten Putz erschienen. Aber was ist mit der anderen Frau? Warum hat er nicht ihr den Schmuck hinterlassen, sondern Jonahs Braut, also einer vollkommen Fremden?«

Helena schrieb: *Sie sind klug.*

»Davon lebe ich. Wer nicht von seiner Hände Arbeit leben kann, muss von seinem Verstand leben. Ich dachte mir, dass es zu einem sehr bitteren Zerwürfnis innerhalb der Familie gekommen sein muss, das vielleicht mit dem frühen Tod des Sohnes zu tun hat, und dass eine Frau, die sich Hoffnungen auf den Schmuck machte, ihn nicht bekam. Sie sehen also, wie ich zu der Vermutung gelangte, diese Frau Unbekannt Aldermann sei die Dame, die mich beauftragt hat. Inzwischen ist aus diesem Verdacht eine Gewissheit geworden.«

Sie blickte ihn fragend an.

»Ich kenne ihr Gesicht«, sagte er. »Ich habe sie bereits mehrere Male bei Auktionen gesehen. Allerdings war sie da unter dem

Namen Magda Koloman bekannt, Gattin eines enorm reichen alten Burschen, der in Rotterdam eine Schiffswerft besitzt. Kein Zweifel, dass sie die Frau ist, die mir den Auftrag erteilt hat.«

Was werden Sie jetzt tun?

»Den Eindruck erwecken, dass ich diesen Auftrag tatsächlich ausführe. Darf ich Ihre Hand nehmen? Je vertrauter wir miteinander erscheinen, desto eher wird sie vermuten, dass ich ihr den Schmuck beschaffen kann, und solange sie das vermutet, bin ich meines Lebens sicher.«

Helena streckte zögernd die Hand aus und ließ zu, dass er sie nahm. Seine Rechte umschloss ihre Finger. Sie fühlte sich angenehm an, warm, seidig und trocken. Von einem jähen Entschluss getrieben, griff sie nach seiner verstümmelten Linken. Er sah erstaunt auf, als sie die Stümpfe der Finger liebkoste.

»Warum tun Sie das?«, fragte er leise.

Sie flüsterte heiser: »Es ist der Teil von Ihnen, der mir am ähnlichsten ist.«

8

Nachdem sie nun Bescheid wussten, übernahm Helena es, Näheres über »Frau Obermayer« in Erfahrung zu bringen. Bei einer Reisegefährtin wie Mrs Somerset war das nicht weiter schwierig. Mathilda wurde beauftragt, der redseligen Dame immer wieder einen Stups in die richtige Richtung zu geben, und bald war Mrs Somerset bei den weiter zurückliegenden Familienereignissen der Aldermanns angelangt. Während sie mit den beiden jungen Damen übers Deck promenierte, vertraute sie ihnen an: »Ich habe die Affäre nicht persönlich miterlebt, Wally und ich lebten damals noch nicht auf Java, aber die früheren Pfarrersleute haben uns alles darüber erzählt. Die Sache hat ja nicht nur in Port Crescent für Aufregung gesorgt, sondern bis hinauf nach Batavia, denn die Obermayers sind eine reiche und sehr angesehene Kaufmannsfamilie in der Hauptstadt. Wissen

Sie, man sagt, dass Jonah nicht richtig im Kopf ist, das sei die Strafe des Himmels gewesen für den bösen Fehltritt der Frau – obwohl ich als Christin finde, so sollten wir nicht von Gott denken, denn auch den Gerechten widerfährt viel Unglück. Außerdem war Jonah ja bereits auf der Welt, als es geschah, und Gott würde doch nicht jemand für eine Sünde strafen, bevor er sie überhaupt begangen hat, nicht wahr? Aber es bleibt eine traurige Tatsache, dass die Vorwürfe tatsächlich zutrafen und es einen schauderhaften Skandal gab. Der junge Herr erschoss sich in seinem Arbeitszimmer, und die junge Frau Magda wurde bei Nacht und Nebel aus dem Haus gejagt. Sie bekam das Kind – einen Jungen, wenn ich mich recht erinnere – dann in einem Hospital in Batavia und gab es gleich nach der Geburt zu Zieheltern. Wer der Vater war, das hat sie nie verraten, denn die Aldermanns hätten ihn wohl gelyncht. Bei den Männern mag es ja noch angehen, wenn sie sich mit den einheimischen Frauen einlassen – obwohl es natürlich auch Ehebruch ist – und halbblütige Kinder in die Welt setzen, aber eine Frau, die eine heimliche Liebschaft mit einem Eingeborenen hat, das geht in den Kolonien einfach nicht. Da würde man auch heutzutage noch den Mann mit dem Tod bestrafen und die Frau völlig aus der Gesellschaft ausschließen.«

Sie seufzte bedauernd, aber es war nicht zu übersehen, dass sie ein lebhaftes Vergnügen dabei empfand, den viele Jahre alten Skandal wieder aufzuwärmen. In allen Einzelheiten erzählte sie, wie die Heirat des Plantagenerben – der mit Vornamen Thies geheißen hatte – mit der deutschen Kaufmannstochter aus Batavia das Thema Nummer eins während einer ganzen Saison an der Westküste gewesen war.

»Eine schöne Frau, das war sie, Magda Obermayer, wie sie mit Mädchennamen hieß, aber keine angenehme. Sie hatte eine harte Hand mit den Dienstboten und Arbeitern, da wurde schnell einer wegen eines geringen Vergehens ausgepeitscht. Und ihren Mann hatte sie bald so unterm Pantoffel, dass er überhaupt nichts mehr im Hause zu melden hatte, vor Verdruss zu trinken begann und seine Arbeit vernachlässigte. Herr Otto und seine Frau waren sehr unglücklich darüber, und der alte Friedhelm hasste die Schwiegertochter seines Bruders wie die Pest. An der gesamten Küste wurde davon geredet, wie Thies Aldermann immer mehr Genever trank und Opium rauchte und völlig verfiel, bis die Geschichte mit dem farbigen Kind ihm den Gnadenstoß versetzte. Als er das erfuhr, da war es endgültig aus mit ihm, und er schoss sich eine Kugel in den Kopf.«

Ruben Kosminsky näherte sich den promenierenden Damen. Während er höflich den Hut zog, fragte er: »Was für grässliche Geschichten erzählen Sie da, liebe Mrs Somerset? Sind die aus der Bibel?«

»Nein, so ein Unsinn!«, entrüstete sich die Pfarrersfrau. »Da merkt man gleich, dass Sie kein Christ sind! Wo wird denn in der Bibel jemand erschossen? Nein, es geht um die Familie Aldermann. Wir reden gerade über einen schrecklichen Skandal, der allerdings schon neunzehn Jahre zurückliegt.«

»Nun, dann müsste ja längst Gras darüber gewachsen sein«, bemerkte er leichthin.

»Ist es aber nicht. Magda Aldermann war nicht die Frau, die sich nach einer solchen Demütigung in einem Winkel verkrochen hätte. Kaum war sie das Kind losgeworden, da reiste sie nach Europa und heiratete dort von Neuem. Das weiß man, weil sie den Aldermanns einen niederträchtigen Brief schrieb, dass sie ihnen alles heimzahlen würde, was sie ihr angetan hatten, und wenn es sie ein ganzes Leben kostete, die Mittel dafür aufzubringen. Mag ja sein, dass das nur erbostes Geschwätz war, aber die ganze Affäre hinterließ einen sehr, sehr bitteren Nachgeschmack.« Sie fuhr sich befriedigt mit der Zungenspitze über die Lippen. »Was dann aus ihr wurde, weiß niemand, hier hat sie jedenfalls keiner mehr gesehen. Frau Annette hat die beiden Jungen aufgezogen und war mehr eine Mutter als eine Großmutter für sie, vor allem für Max – Jonah mochte sie nie besonders.« Dann wandte sie sich, jäh das Thema wechselnd, an Ruben. »Und Ihre lieben Eltern? Sind die noch am Leben?«

Der junge Mann nickte. »Ja, beide.«

»Sie besuchen sie doch hoffentlich regelmäßig?«

»Ich wohne noch zu Hause.«

»Ach! Eigene Familie haben Sie noch keine? Ich meine, ein hübscher junger Mann wie Sie, da gibt es doch sicher Interessentinnen?«

Ruben lachte. »Danach müssten Sie meine Mutter fragen. Sie konsultiert den Heiratsvermittler beinahe täglich, ob er schon jemand gefunden hat, und treibt den armen Mann zur Verzweiflung, weil ihr keine gut genug ist. Dabei hat er ihr schon gesagt, einen Krüppel wie mich müsse es billiger geben.«

»Ach was!«, erklärte Mrs Somerset. »Das mit Ihrer Hand, das vererbt sich doch nicht. Sie können ganz gesunde Kinder haben. Nun, und unter all den jungen Damen, gibt es da eine, die Ihnen gefallen würde?«

Er zuckte die Achseln. »Ich kümmere mich nicht besonders darum. Meine Mutter wird schon die Richtige finden. Wissen Sie, sie kennt mich besser, als ich mich selbst kenne, und weiß, wer zu mir passt und mich glücklich macht.« Und Ruben fuhr fort, der freundlichen, aber allzu neugierigen Pfarrersfrau detaillierten Einblick in seine Familienverhältnisse zu geben, womit das Thema »Magda Aldermann« fürs Erste vom Tisch war.

9

In Bombay gab es wieder einen kurzen Aufenthalt mit demselben Ausgehverbot wie in Djibouti. Weiter ging es entlang der indischen Küste nach Ceylon, wo sie im Hafen von Colombo anlegten, und dann tauchte eines Morgens aus dem Dunst die äußerste Spitze der Insel Sumatra auf.

Es war Vormittag, und Helena schirmte ihre Augen mit den

Händen ab, um in der grellen Tropensonne überhaupt etwas sehen zu können. Ganz allmählich, als steige sie in majestätischer Ruhe aus den Tiefen des Ozeans auf, schob sich vor ihr die Landmasse des Malaysischen Archipels zwischen Himmel und Meer. Je mehr sie sich Sumatra näherten, desto deutlicher war das satte Avocadogrün der Insel erkennbar.

Die beiden Paare standen unter einem der Sonnensegel an Deck und beobachteten die Küste. Die Kohinoor änderte ihren Kurs von Südost auf Südsüdost, denn um Padang anzulaufen, musste sie zwischen dem Festland von Sumatra und einer Inselkette hindurchfahren, die sich wie ein Schutzwall vor der Westküste der Insel entlangzog. Gefährliche Untiefen zwangen Kapitän Meisel dazu, die Fahrt zu verlangsamen. Nach dem unbelebten, uferlosen Blau des Ozeans war es für die Passagiere eine Freude, dass sie nun immer häufiger anderen Wasserfahrzeugen begegneten, die Malayen, Europäern oder Chinesen gehörten. Helena fühlte sich bei ihrem Anblick wie der Erzvater Noah, als die Taube mit dem Ölzweig im Schnabel zurückkehrte und ihm verkündete, dass es wieder festen Boden auf Erden gab. Die schmale Wasserstraße wimmelte von Dhaus, Dschunken, Prahms, Proas und Pirogen. Dr. Lafarge und die Somersets beeilten sich, den beiden Hamburger Damen den Unterschied zwischen den verschiedenen exotischen Schiffstypen zu erklären.

Einmal näherte sich ein gepanzertes Schiff mit rot-weiß-blauer Flagge, das Dr. Lafarge als ein holländisches Kanonenboot identifizierte. Als es mit der Kohinoor auf einer Höhe war und die Passagiere auf Deck an seiner Seite den Namen »Meisje Mariaan« entziffern konnten, übermittelte der Signalgast – ein Matrose, der für die Übermittlung von Nachrichten zuständig ist – mit seinen bunten Flaggen Grüße an die Kohinoor, fügte aber auch eine Warnung hinzu.

Der Arzt, der die Signale zu lesen verstand, runzelte die Stirn. »Das wird Kapitän Meisel aber gar nicht gefallen«, murmelte er.

»Wovon reden Sie, Doktor?«, wollte Ruben wissen, dem das Geflatter der Wimpel an Bord der Meisje Mariaan nicht das Geringste sagte, obwohl er in einer Hafenstadt aufgewachsen war.

Lafarge wies nach vorne. »In der Sundastraße kommt es seit Mai zu heftiger seismischer Aktivität, meldet die Mariaan. Der Vulkan Krakatau, den man allseits für erloschen gehalten hat, ist plötzlich aktiv geworden, und seit Wochen gibt er keine Ruhe mehr. Der Kapitän soll sich so weit wie möglich von der Insel fernhalten.«

»Der Krakatau? Das überrascht mich sehr.« Mathilda zog erstaunt die feinen Brauen hoch. »Ich erinnere mich, dass die gesamte Insel von dichtem Regenwald überzogen war und Menschen dort wohnten, nicht viele, aber immerhin ein paar Hirten und Kleinbauern.« Dann zuckte sie die Achseln. »Aber so ist das hier, man weiß nie, was unter der Erde und unter dem Wasser vor sich geht.«

Sie gingen in Padang vor Anker, luden Kargo aus und ein und fuhren dann auf die Meerenge zu, die den Indischen Ozean mit der Javasee und dem südchinesischen Meer verband. Am nächsten Tag tauchte rechter Hand eine zweite dunkelgrüne, wild zerklüftete Landmasse auf: Java. Die Küsten rückten näher und näher zusammen, bis sie Anjer erreichten, einen wichtigen Hafen für alle Schiffe, die ins südchinesische Meer unterwegs waren. Nicht nur war Anjer selbst ein reges kleines Küstenstädtchen, sondern es war vor allem der erste Ort, an dem die nach Norden fahrenden Schiffe für die Passage nach Batavia Lotsen an Bord nahmen und die nach Süden fahrenden Schiffe die Lotsen wieder absetzten. Zwischen Anjer und Batavia würde die riesige Kohinoor wegen der gefährlichen Untiefen nirgends mehr anlegen. Die Passagiere, die zu den Küstenstädten an der Sundastraße wollten, mussten von Batavia aus entweder die Eisenbahn oder den Postdampfer nehmen, der nach Padang zurückfuhr und in jedem Hafen Station machte.

Der Lotse, ein einheimischer Seemann, kam an Bord und übernahm das Steuer. Kapitän Meisel ließ die Segel reffen und fuhr mit Dampfkraft langsam in die schwierige Fahrrinne ein.

»Schöner Flaschenhals, wie?«, bemerkte Dr. Lafarge. »Rund 200 km lang und an der schmalsten Stelle nur 27 km breit. Und nach unten gibt es auch nicht viel Platz – 50 bis 65 Meter Wasser unter dem Kiel, an manchen Stellen nur 20 Meter. Ich warte bei jeder Reise darauf, dass wir auf eine Sandbank auflaufen und ans Ufer schwimmen müssen.«

Pfarrer Somerset stimmte ihm zu, bemerkte aber: »Die Sundastraße ist immer noch weniger schlimm als die Straße von Malakka, die ist an ihrer engsten Stelle nur 3 km breit – da muss man den Rumpf der Schiffe einfetten, damit sie durchrutschen.« Er lachte laut über seinen harmlosen Scherz.

Mijnheer Kosminsky warf etwas beunruhigt ein: »Die Kohinoor ist ja gewiss ein großes Schiff, aber 27 km Breite und 65 Meter Tiefe sollten doch wohl ausreichen, um unbeschadet durchzukommen.«

»Gewiss, gewiss«, beeilte sich der Arzt zu versichern. »Das Problem sind die Inseln – und weniger die über dem Wasserspiegel als die darunter. Die Landschaft hier ist im ständigen Wandel, weil alles aus Lava besteht. Der Boden der Fahrrinne wird von Bergen und Tälern aus mürbem, brüchigem Gestein gebildet, die einmal anschwellen, dann wieder in sich zusammensinken. Es gibt unterhalb des Wasserspiegels Vulkane, die immer wieder ausbrechen. Mit jedem Ausbruch erhöhen sich die Riffe unter dem Wasser.«

Kosminsky blickte ihn zweifelnd an. »Wenn diese Vulkane unter Wasser liegen, wieso erlöschen sie dann nicht?«

»Sie machen sich keine Vorstellung von den Temperaturen, die im Inneren eines Vulkans herrschen. Ausströmendes Magma ist so heiß, dass das Wasser, mit dem es in Berührung kommt, verdampft. Sehen Sie, da vorne sind schon die ersten Inseln.«

Dr. Lafarge deutete in Richtung Bug. Undeutlich waren im

Dunst einige der zahlreichen winzigen Inseln zu erkennen, die über die Fahrrinne verstreut lagen. Der Arzt nannte seinen Reisegefährtinnen ihre Namen: Sebesi, Sebuku, Panitan, Sangiang – holländisch »Dwars-in-den-Weg«, englisch »Thwart-the-Way«, da die Insel die Fahrrinne gefährlich verengte – und schließlich Krakatau.

»Es gibt eine hübsche Geschichte darüber, wie die Insel zu ihrem Namen kam«, sagte er. »Angeblich fragte ein holländischer Kapitän einen einheimischen Lotsen nach dem Namen der Insel, und der Mann antwortete ›keine Ahnung‹ – ›kaga tau‹ in der Landessprache.«

»Tatsächlich?«

Dr. Lafarge schüttelte lächelnd den Kopf. »Nein, das ist nur eine Anekdote. Die älteste Erwähnung der Vulkaninsel in der westlichen Welt findet man auf einer Landkarte von Lucas Janszoon Waghenaer aus dem späten 16. Jahrhundert. Er nannte die Insel Pulo Carcata. Jetzt jedenfalls nennen sie die Kapitäne die Insel des Teufels.«

Als die Kohinoor sich allmählich der Inselgruppe näherte, fiel Helena auf, dass die Luft immer trüber wurde, wie an einem nebligen Herbsttag, und ein schwacher Brandgeruch darin schwebte. Sie blickte Ruben an, der neben ihr an der Reling lehnte, und sah, wie angespannt sein Gesicht war. Offenbar gefiel ihm dieser Teil der Reise überhaupt nicht.

Schon von weitem hörten sie ein dumpfes Donnern wie eine Folge von Kanonenschüssen, durchmischt mit einem immer wieder stockenden und neu losbrechenden Prasseln. Die Luft vibrierte förmlich. Helena hielt den Atem an, als sie diese unheimlichen Geräusche hörte, die in den Ohren schmerzten. Der Ozeanriese pflügte mit gedrosselten Maschinen langsam durch einen geisterhaften Nebel, der alles rundum verzerrte. Helena schien es, dass sie immer weiter in eine Traumwelt vordrangen, in der Steine auf dem Wasser schwammen und feurig schimmernder Nebel das Schiff umhüllte. Ihre Brust hob und senkte sich mit einem Gefühl der Erregung, wie sie es bisher nur von ihren Wutanfällen gekannt hatte. Das Grollen und Murren hinter dem Staubschleier schien all dem Ausdruck zu geben, was sie herausschreien wollte. Sie spürte die bebende Wut der Kräfte, die im Schlot des Vulkans an ihren Ketten zerrten, und einen Augenblick lang überkam sie der wilde, närrische Wunsch, es möge mehr und Schlimmeres zu sehen sein als nur Feuerschein und Dunst. Sie wünschte, der Vulkan möge vor ihren Augen in eine Feuerflut ausbrechen.

Allmählich färbte der Nebel sich tiefrot, und wirbelnde dunkle Schleier tanzten darin, aber erst als sie Krakatau bereits sehr nahe gekommen waren, konnten sie Einzelheiten erkennen.

Der Anblick des Vulkanberges mit seinen drei Schloten, von denen der höchste, Rakata, eine Feuersäule in die Luft spie, war furchterregend. Sie war kahl und öd, keine Spur von den tropischen Wäldern, an die Mathilda sich aus ihrer Kindheit erinnerte. Nur auf dem hohen Gipfel war noch etwas Grün zu sehen. Der sanfte nördliche Hang des Perboewatan dagegen war gänzlich von einer dunkelgrauen Ascheschicht bedeckt. Hier und da ragten ein paar kahle Baumstümpfe auf, klägliche Überreste des undurchdringlichen Urwaldes, der noch vor zwei Monaten die Insel überzogen hatte. Qualm stieg von ihr auf wie aus Öfen; aus zahlreichen Erdspalten – Dr. Lafarge nannte sie Fumarolen – strömten schweflige Gase, durch die alles Laub rundum vergilbt war.

Helena starrte atemlos zu dieser düsteren und öden Landschaft hinüber, die sich als Bild der totalen Zerstörung darbot, gespenstisch beleuchtet vom Feuerschein, der über dem Krater schwebte, und gekrönt von einer Rauchsäule, deren oberster Teil ein breites, dunkles Dach über dem Krater bildete. Nie hatte Helena etwas so Ungeheuerliches und zugleich Wunderschönes gesehen. Sie atmete tief ein, ohne sich um den Aschestaub in der Luft und deren beißenden Schwefelgeschmack zu kümmern.

Ruben, der sich über die Reling gebeugt hatte, deutete auf das Wasser. »Doktor? Was ist das – diese grauen Brocken, die auf dem Wasser schwimmen?«

»Bimsstein.« Lafarge hielt einen vorübereilenden Steward an und bat ihn, er möge einen Matrosen beauftragen, etwas davon aus dem Wasser zu holen. Bald erschien ein Schiffsjunge mit einem Blecheimer, dessen Inhalt aus leichten, einem versteinerten Schwamm ähnelnden Brocken bestand. Dr. Lafarge nahm ein Stück heraus und reichte es herum. Es fühlte sich rau an und hinterließ eine weißliche Schicht auf den Händen.

»Bims ist nichts anderes als Lava, aber Lava, die durch Wasserdampf aufgeschäumt wurde, viele Luftblasen enthält und daher sehr leicht ist«, erklärte der Arzt. »Man findet solche Brocken nach jedem Vulkanausbruch im Wasser. Manchmal sieht es aus, als wäre das Wasser voller Eisschollen.«

Helena fühlte ihr Herz vor Erregung laut klopfen. Achtzehn Jahre lang war ihr Leben mehr oder weniger ereignislos verlaufen, und nun erlebte sie Dinge, die sie niemals für möglich gehalten hätte. Alles um sie herum bebte, die Luft, das Meer, die unheimlich wabernde Wolke über dem Berg. Die biblische Geschichte von den Israeliten, die Gott durch die Wüste geleitet hatte, kam ihr in den Sinn: Bei Tag wies ihnen eine Wolkensäule den Weg, bei Nacht eine Feuersäule.

Ich bin wahrscheinlich die Einzige weit und breit, die diesen Feuer speienden Berg als gutes Omen sieht, dachte sie.

10

Magda Koloman hatte den größten Teil der langen Reise in einem Zustand gereizter Ungeduld verbracht. Sie hatte das unangenehme Gefühl, dass Ruben sie erkannt hatte und jetzt genau wusste, wer ihn auf die Suche nach dem Schatz geschickt hatte. Genau das hatte sie um jeden Preis vermeiden wollen.

Wenn er anderen Leuten von ihr erzählte, dann bedeutete das nach seinem Tod einen gefährlichen Querverweis auf seine letzte Geschäftspartnerin.

Ihre Zofe Zita, die wortlos neben ihr im Deckstuhl gesessen hatte, blickte auf und ließ ihre Strickerei sinken. Als könnte sie Gedanken lesen, fragte sie: »Wie kommt der Jingel voran?«

»Offensichtlich recht gut. Jedenfalls habe ich die beiden schon ein paarmal Hand in Hand die Köpfe zusammenstecken sehen.«

»Wird er es schaffen?«

»Wenn alles stimmt, was man mir von seiner Wirkung auf Frauen erzählt hat, wird er sie wohl dazu bringen, dass sie den Schmuck für ihn stiehlt. – Zita.« Sie beugte sich zu ihrer langjährigen Gefährtin hinüber und legte die Hand auf deren Arm. »Wir bleiben in Batavia und warten, bis Jonah Geburtstag hat. Danach wird er sofort kommen, um sein Erbe einzufordern – dass er darauf nicht verzichtet, dafür wird schon seine Familie sorgen –, und dann müsste Kosminsky in Aktion treten und den Schatz an sich bringen. Von da an dürfen wir ihn keine Sekunde mehr aus den Augen lassen.«

Zita nickte. »Gewiss, Mevrouw. Das machen wir so.«

Magda erhob sich, trat an die Reling und blickte aufs Meer hinaus. Der Feuer speiende Berg interessierte sie nicht. Ihre Gedanken waren in Batavia, bei dem Tresorgewölbe der königlich-niederländischen Bank, in dem das Objekt all ihrer Sehnsucht und Begierde wartete.

Batavia, Java

1

Es dämmerte bereits, als sie Batavia erreichten. Das sonore Brüllen der Schiffssirene begleitete das Einlaufen der Kohinoor in den Hafen. Nach der Frische des offenen Meeres schlug den Reisenden dort eine Wolke aus Hitze und Gestank entgegen, die einem schier den Atem raubte. Sofort umschwärmten kleine Boote und Flöße mit Händlern und Bettlern das große Schiff wie eine Schar Piranhas ihr Opfer. Die Malayen reckten ihre Arme empor und riefen und fuchtelten mit den Händen, um ihre Waren anzupreisen oder ein Almosen zu ergattern, und kaum war das Fallreep ausgefahren, konnten sie von den Matrosen nur noch mit brutaler Gewalt daran gehindert werden, alle zugleich hinaufzustürmen und über die Fahrgäste herzufallen.

Helena stand mit ihren beiden Koffern in der langen Schlange der Passagiere, die sich das Fallreep hinunterzog. Es wimmelte nur so von Menschen: Matrosen in weißen Hemden und blauen Jacken, die von den Befehlen der Offiziere herumgescheucht hin und her rannten; europäische Beamte in weißen Anzügen und Tropenhelmen, die geschäftig herumeilten; Vogelhändler, die Schiffspassagieren vor der langen Überfahrt nach Europa hübsche Anjer-Schwalben verhökerten, sowie die Bumbootschiffer, die Früchte, Korallen und Kuriositäten an vorbeifahrende Schiffe verkauften. Helena fühlte sich wie betäubt von der dumpfen, gewitterschwangeren Schwüle, dem Lärm und dem geradezu lebensgefährlichen Durcheinander. In Djibouti und Padang hatte sie das geschäftige Treiben nur vom Deck der Kohinoor aus gesehen; jetzt befand sie sich mitten im Gedränge, von dem ein ohrenbetäubender Lärm ausging. Verwirrt vom hektischen Spiel von Licht und Schatten der zahllosen Öllampen auf den Dhaus und unter den Segeltuchdächern der Marktstände, umklammerte sie die Griffe ihrer Koffer und war überzeugt, dass man sie in den nächsten Minuten entweder ermorden oder zu Tode trampeln würde.

Mrs Somerset war ihr während der Reise mehr als nur einmal auf die Nerven gegangen, aber jetzt blieb sie ängstlich in der Nähe der tüchtigen Dame, die sich hier völlig zu Hause fühlte. Befehle wurden erteilt, Bettler verscheucht, Gepäckträger herbeigepfiffen und das landesübliche, preisgünstige Verkehrsmittel für Personen und Gepäck organisiert, nämlich ein windschiefes, offenes Gefährt, das von zwei Wasserbüffeln gezogen wurde. Helena atmete auf, als sie dem gefährlichen Gedränge entkommen waren. Keine Viertelstunde nachdem sie von Bord gegangen waren, saßen die Somersets, Mijnheer Kosminsky, Dr. Lafarge sowie die beiden Schwestern auf den Holzbänken des offenen Karrens und waren – was Helena als schieres Wunder erschien – nicht einmal bestohlen worden.

Dunkelhäutige Kinder mit Laternen in der Hand rannten dem Karren nach und versuchten den Fremden halbierte Kokosnüsse, Früchte, Fleischspießchen und gebackene Krabben aufzudrängen. Helena, die sich plötzlich hungrig fühlte, wollte schon zugreifen, aber Pfarrer Somerset hielt sie zurück.

»Wenn Sie wüssten, liebes Fräulein von Odenhof«, warnte er sie, »mit welchem Spülwasser diese Speisen zubereitet wurden, würde Ihnen der Appetit vergehen. Warten Sie, bis wir unsere Herberge erreicht haben, dort können wir sicher sein, dass das Wasser gründlich abgekocht wird.«

»Merken Sie sich, junge Dame: Lassen Sie sich nicht einfallen, in einem billigen Restaurant zu essen oder von einem Straßenhändler Speisen zu kaufen«, pflichtete seine Frau ihm bei. »Mit großer Wahrscheinlichkeit bekommen Sie Typhus davon, und außerdem kann es Ihnen passieren, dass Ihr Rindfleisch dem Hundefänger abgekauft wurde.«

Ruben fragte mit zitternder Stimme: »Hier isst man Hunde?«

»Oh ja. Billig, und angeblich sehr schmackhaft. Wir haben es noch nie probiert, obwohl wir schon mehrmals einen gewissen Verdacht hatten, wenn arme Leute uns plötzlich ein teures Rindsragout vorsetzten, nicht wahr, Wally? Aber wie sagte der Apostel Paulus: ›Was man euch vorsetzt, das esst, und fragt nicht, woher es stammt.‹« Sie lachte herzlich, während der entsetzte Holländer ein Würgen unterdrückte.

Helena stellte rasch fest, dass Batavia, so viel sie in der rasch hereinbrechenden Nacht davon sehen konnte, eine äußerst reizlose Stadt war. Anders gesagt, es war die schlimmste Kloake, die man sich vorstellen konnte. Niemand hier schien sich für die Beseitigung der Abfälle zuständig zu fühlen außer den Ratten, die in der Überfülle groß und fett wurden. Dazu kam der Gestank der Drainage-Kanäle, von denen Batavia, da es auf Sumpfland erbaut war, durchzogen wurde – Kanäle, deren »Wasser« einer ölig schillernden, nach faulendem Fleisch und Gemüse stinkenden, grünlichen Brühe glich. Die Bewohner schienen all ihre Abfälle in diese Kanäle zu werfen, wo sie sich mit dem träge fließenden Wasser zu einer undefinierbaren, halbflüssigen Masse vermischten.

Kaum hatten sie den hell erleuchteten Hafen hinter sich gelassen, als die Straßen sich zu schmutzigen Gassen verengten. Feiste Ratten huschten über die Straße und verschwanden in der Dunkelheit. Schattenhafte Gestalten kauerten im Schutz der Nacht vor ihren Häusern und tuschelten miteinander. Vielleicht waren es nur harmlose Familien, die hier den arbeitsreichen Tag bei einer Schale Palmwein und einem Schwätzchen ausklingen ließen, aber Helena hatte Angst. Sie war ungemein froh, dass die Familie Somerset, Mijnheer Kosminsky und Dr. Lafarge – der Mathildas wegen seine Pläne geändert hatte und in Port Crescent mit seinen Untersuchungen anfangen wollte, statt sich von Batavia aus systematisch nach Süden vorzuarbeiten – gemeinsam mit ihnen die Nacht in einem Losmen, einer einfachen einheimischen Herberge, verbringen würde. Die Somersets wohnten am Stadtrand und wollten lieber den nächsten Tag abwarten, als in der Dunkelheit den langen Weg im Büffelkarren zurückzulegen.

Helena war so müde, dass sie kaum noch die Augen offen halten konnte, als sie das Haus erreichten, einen niedrigen, luftigen Bau aus Holz und geflochtenen Palmenblättern. Sie wurden von einem zierlichen Mädchen hineingebeten. Helena nahm nur unbestimmt dunkle Gänge und Treppen wahr, das flackernde Licht einer Öllampe, die das Mädchen vor ihr hertrug, den knarrenden Boden. Schließlich gelangten sie in ein Zimmer mit zwei Betten, die mit buntem Batikstoff bedeckt waren. Das Mädchen verschwand einen Augenblick und kam dann mit zwei wassergefüllten Holzeimern zurück, die sie in einen Nebenraum stellte.

Helena sah mit einiger Überraschung, dass es sich um ein Badezimmer handelte. So viel Sauberkeit hatte sie nach dem Ekel erregenden Dreck auf den Straßen nicht erwartet. Zwar machte die gesamte Einrichtung – gefliester Boden, ein Waschbecken, ein Spiegel und in einem Winkel ein Loch im Boden, dessen Zweck ihr erst später aufging – einen reichlich wackligen und behelfsmäßigen Eindruck, aber was machte das schon?

Sie schlüpfte, so schnell sie konnte, aus dem durchgeschwitzten und nach Fisch und Fäulnis stinkenden Reisekleid, schälte sich aus der Unterwäsche und eilte ins Badezimmer. Mit der hölzernen Schöpfkelle, die am Eimer hing, goss sie sich das kühle Nass mehrmals über den Körper und fühlte sich wunderbar erfrischt. Schon war sie bereit, ihre zukünftige Heimat mit freundlicheren Blicken zu betrachten, als ihr die singenden Schwärme von Moskitos auffielen, die sich rund um die Lampe zu einem blutgierigen Geschwader versammelten. Sie mischte eine ungewöhnlich hohe Dosis Laudanum in ein Glas Wasser, trank es in einem Zug aus und fiel ins Bett.

2

Als sie am Morgen erwachte – es war der letzte Montag des Juli 1883 –, wusste sie erst gar nicht, wo sie sich befand. Irgendetwas fehlte, und nur allmählich kam sie darauf, dass sie das Rollen und Schwanken des Schiffes vermisste. Sie setzte sich auf und sah sich blinzelnd um. Sonnenlicht, so klar und golden wie flüssiger Honig, stahl sich durch die geflochtenen Oberlichten und malte Tupfen auf den Holzboden. Eine leichte Brise wehte vom Meer zum Land und vertrieb die maischigen Gerüche, die sie am vergangenen Abend mit solchem Widerwillen erfüllt hatten.

Mathildas Bett war leer. Sie war jedoch nur ins Badezimmer gegangen und kam in Unterwäsche und Morgenrock zurück, das noch feuchte schwarze Haar hochsteckt. »Beeil dich«, rief sie Helena zu. »Du verpasst sonst noch das Frühstück.«

Wenig später betraten sie den Bungalow auf der anderen Seite des Hofes, in dem das Frühstück serviert wurde. Helena fand sich von fremdartigen Aromen umgeben, darunter erhitztes Palmöl und eine Unzahl süßer und scharfer Gewürze. Mit einigem Misstrauen betrachtete sie die Speisen auf dem langen Holztisch. Was mochte man ihr hier vorsetzen? Die Fleischspießchen mit Erdnusssoße waren leicht zu identifizieren, ebenso der currygewürzte Reis mit Gemüse, aber mitten auf dem Tisch dampfte eine Terrine mit einer seltsam riechenden, pechschwarzen Suppe, von der sie lieber nicht kosten wollte.

Mathilda hatte ihren Blick bemerkt und lachte. »Lass dich nicht von der Farbe abschrecken! Das ist Rawon, ein malaysisches Nationalgericht – Fleischsuppe mit einem besonderen Gewürz, Keluak, das man nur hier kennt. Und an das hier« – sie wies auf eine appetitlich angerichtete Platte mit Reis, Fisch, Gemüse und Chilis – »musst du dich gewöhnen, das gibt es nämlich von heute an morgens, mittags und abends.«

Helenas Hände fragten: *Und was ist mit Kaffee?*

»Du bekommst auf Java den besten Kaffee der Welt, angebaut, geröstet und zubereitet vor deiner Haustür. Wir haben – nun, da ist er ja!«

Ein etwa vierzehnjähriges Mädchen erschien mit einer gewaltigen, bauchigen Kaffeekanne, die es mitten auf den Tisch stellte. Es sah hinreißend hübsch aus in seinem bunten Sarong und den kurzen Hosen, die zierliche Beine sehen ließen. Aber als es lächelte, zuckte Helena erschrocken zurück: Die Zähne waren nicht nur so grässlich spitz wie die eines Hechtes, sondern auch von blutroter Farbe! Sie musste an sich halten, um ihren Abscheu zu verbergen, bis das Mädchen den Raum wieder verlassen hatte. Dann jedoch wandte sie sich entsetzt an Mathilda. *Um Himmels willen – was ist mir ihr? Ist sie krank?*

»Nein. So sehen sehr viele Leute hier aus. Mit dem Eintritt ins Erwachsenenalter werden den Kindern die Zähne spitz abgefeilt, denn von da an ist ihnen das Betelkauen gestattet, das die Zähne rot färbt. Es macht heiter und zufrieden, deshalb ist es bei den einfachen Leuten hier sehr beliebt, genauso wie das Tabakschnupfen, das Palmweintrinken und das Opiumrauchen. Aber früher oder später bekommen Betelkauer Geschwüre im Mund, oft sogar ein Loch in der Wange. Gewöhn es dir also gar nicht erst an.«

Sie setzte sich an den Tisch und begann, für sie beide jeweils eine große Portion auf die Teller zu schaufeln. »Wenn die Männer erst zum Essen kommen«, erklärte sie, »bleibt für uns nichts mehr übrig.«

Die vier Männer, begleitet von Mrs Somerset, erschienen wenig später zum Frühstück und griffen tatsächlich mit dem Appetit hungriger Löwen zu. Dr. Lafarge übernahm die Aufgabe, den Landunkundigen, Helena, Ruben und Harvey, die javanischen Tischsitten zu erläutern. Man benutzte weder Messer noch Gabel. Fleisch und Gemüse waren klein geschnetzelt, und man aß mit den Fingern der rechten Hand, da die linke als unrein galt.

Ruben lächelte schief. »Da kann ich ja von Glück reden, dass es bei mir die Linke und nicht die Rechte erwischt hat, sonst wüsste ich nicht, wie ich mich hier ernähren sollte.«

Helena hatte Schwierigkeiten, sich an die neuen Tischsitten zu gewöhnen. Alles in ihr sträubte sich dagegen, mit den Fingern ins Essen zu greifen, was in Europa als eine der schlimmsten aller Unsitten galt. Es gelang ihr auch nicht, so gesittet zu essen wie die anderen – ständig zerkrümelte der gekochte Reis in ihren Fingern oder Soße tropfte auf ihr Kleid. Es war nur ein schwacher Trost, dass Harvey sich auch nicht viel geschickter anstellte und sich immer wieder Reiskörner und Gemüseschnitze von der Hose putzen musste. Sie schämte sich jedoch, einen Löffel zu verlangen. Wenn sie schon hier war, dann wollte sie sich auch so benehmen, wie es in ihrer zukünftigen Heimat üblich war.

Ihre zukünftige Heimat! In ihrem Hals bildete sich ein dicker Kloß. Plötzlich hatte sie das Gefühl, an dem klebrigen Reis zu ersticken. Wie lange würde es noch dauern, bis sie Port Crescent erreichten? Einen Tag? Zwei Tage? Und dann? Die Aldermanns würden auf eine rasche Eheschließung drängen, um den listig eingefädelten Betrug zum Abschluss zu bringen. Jonah, der sonst nie eine Frau bekommen hätte, konnte es wahrscheinlich nicht erwarten, seine heiß ersehnte Braut zu begrüßen. Ihr wurde übel bei dem Gedanken, dass ein vor Vorfreude berstender Mann sie erwartete.

3

Nach dem Frühstück blieb nicht mehr viel Zeit bis zur Abfahrt der Brigg Persephone, die die Reisenden nach Port Crescent bringen sollte. Auf zwei Büffelkarren fuhren sie in Richtung Hafen. Unterwegs stellte Helena fest, dass sie in der Nacht den schlimmsten Teil der Stadt gesehen hatten und Batavia weitaus schöner und moderner war, als sie gedacht hatte. Sogar eine Dampf-Tramway gab es. Beeindruckt blickte sie auf das von

Palmen und zottigen Banyan-Bäumen beschattete Gebäude des Concordia Military Club, einen imposanten Marmorbau an der Südseite des Waterlooplatzes, direkt gegenüber dem Palast des Generalgouverneurs. Hier in Batavia war die weite Welt zu Hause, das spürte man. Sie entschuldigte sich in Gedanken bei der Stadt, die sie als trostlose Kloake bezeichnet hatte. Hier ging es so lebhaft zu wie in Hamburg, nur war das Wetter weitaus schöner und die Menschen in ihren bunten Sarongs weitaus hübscher und freundlicher. Hier hätte sie sich leicht eingewöhnen können, das spürte sie. Wäre da nur kein Jonah Aldermann gewesen, sie hätte sich ohne Protest in ihr Schicksal gefügt und wäre auf Java geblieben.

Überall an den Hauswänden hingen grelle Plakate, die den »vom Publikum bereits sehnlichst erwarteten« Great World Circus von John und Anna Wilson ankündigten, der eben von Singapur kommend eingetroffen war. »Nur ein Gulden Eintritt! – Echte Gasbeleuchtung! – Atemberaubende neue Attraktionen! – Erstmals in Asien: der furchtlose Kanonenkugel-Holtum aus Dänemark mit seinem unglaublichen, todesverachtenden Akt.«

Das Plakat zeigte einen riesigen Hünen, von dessen bloßer Brust eine Kanonenkugel abprallte. Helena starrte beeindruckt die farbenfrohen Plakate an. Wie es aussah, wurde jede nur denkbare Attraktion aufgeboten: Seiltänzer, Feuerschlucker, Zauberkünstler mit Tauben, ein Amerikaner, der einen Salto über acht Pferde schlug, insgesamt einhundert Nummern. Helena spürte ihr Herz klopfen. Plötzlich war ihr, als blickte sie durch einen Riss in der Ummantelung ihrer Welt in eine andere hinein, die bunt, wild, fröhlich und gefährlich war. Am liebsten wäre sie in eines dieser Plakate gesprungen und für immer darin verschwunden, zwischen den Elefanten, den mit Straußenfedern gekrönten Pferden und Anastasia, der einzigen Klavier spielenden Katze der Welt.

Als sie die Stadtmitte erreichten, wo sich die Wege der Somersets und der übrigen Reisenden trennen würden, hielten die Büffelkarren. Alle stiegen aus, um noch ein paar Minuten miteinander zu plaudern, bevor man sich verabschiedete. An einer Hauswand hing eines der Zirkusplakate, und Harvey blieb davor stehen, um es sich näher anzusehen. Laut las er vor: »Gern fordert John Holtum Männer aus dem Publikum auf, sich mit ihm zu messen. Hunderteinundsechzig Freiwillige in Europa und Amerika haben bereits versucht, eine Kanonenkugel aufzufangen, sind aber gescheitert! Ebenso wenig ist es bislang jemand gelungen, Holtum mit einem Seil aus dem Gleichgewicht zu bringen.«

Ruben Kosminsky lachte. »Vielleicht versuchen Sie es einmal, Herr Pfarrer, die richtige Statur dazu hätten Sie ja. Sie könnten selbst als Kraftmensch auftreten.«

»Tja, ein Schwächling bin ich nicht«, stimmte der junge Geistliche ihm selbstgefällig zu. »Das wird mir auch zugutekommen, wenn ich die Rundritte für meinen Vater übernehme. Er sagte mir schon, dass man da nicht selten umgestürzte Bäume vom Weg räumen oder einen Tiger von sich fernhalten müsse.«

»Das wäre kein Leben für mich«, bemerkte der Edelsteinhändler. »Nun, das Schicksal hat mir die Entscheidung abgenommen, ob ich mich im Kampf mit der Wildnis bewähren möchte.« Er warf einen Blick auf seine verstümmelte Hand, und Helena, die ihn unverwandt anblickte, sah die Wut in seinen Augen, ihrer eigenen Wut so ähnlich. Sie spürte die Scham, die er angesichts eines Mannes wie Harvey Somerset empfand. Der wohlmeinende alte Pfarrer, Walter Somerset, hatte alles nur noch schlimmer gemacht, indem er den um so vieles schwächeren und verkrüppelten Geschlechtsgenossen während der gesamten Reise mit Rücksicht und Fürsorglichkeit behandelt hatte, als wäre er eine Frau. Es war ein Glück, dachte Helena, dass der unschuldige Geistliche nie erfahren würde, wie tief er Ruben damit gekränkt hatte. Niemand würde es erfahren, nur ihr hatte Ruben es anvertraut, überzeugt, dass sie ihn verstehen und nicht bemitleiden würde.

Schließlich verabschiedeten sich die Somersets unter vielen Beteuerungen, wie viel Freude ihnen die nette Gesellschaft während der Reise gemacht habe. Helena spürte ihr schlechtes Gewissen, spürte, dass sie ihr gerne geholfen hätten und nicht den Mut dafür fanden, weil sie sich vor einem Skandal fürchteten, und dass sie sich für ihre Feigheit schämten. Sie winkten noch eine Weile, nachdem ihr Büffelkarren sich in Fahrt gesetzt hatte.

Ruben erklärte, dass er sich für eine Viertelstunde entschuldigen müsse; er habe geschäftlich in der königlich-niederländischen Bank zu tun. Also stiegen die beiden Frauen und Dr. Lafarge wieder auf den Karren und beobachteten das bunte Treiben.

Plötzlich machte sich eine ferne Unruhe bemerkbar: ein Schmettern von Fanfaren, das dumpfe Geräusch einer Pauke, weithin hallende Rufe. Dann kam inmitten rennender und jubelnder Menschen die Quelle des Lärms in Sicht, und Helena sprang vor Erregung auf. Die Hände auf die Seitenleiter des Wagens gestützt, starrte sie entzückt die bizarre Prozession an, die sich die Straße entlang auf den Königsplatz zubewegte. Zwerge in perlbestickten, orientalischen Kostümen rannten dem Zug voraus, warfen Bonbons in die Menge und verteilten Flugblätter. Ihnen folgten zwei Mädchen, die kerzengerade auf dem sattellosen Rücken ihrer Pferde standen. Im Schritttempo rollte ein flacher, niedriger Wagen vorbei, auf dem eine dunkelhäutige Messerwerferin ihre Kunst an einer schnell rotierenden Zielscheibe zeigte. Ein dummer August, chinesische Jongleure, eine indisch gekleidete junge Frau, die einen Elefanten führte … Von den vielen Eindrücken wurde Helena ganz schwindlig.

Eines blieb Helena besonders im Gedächtnis: die Sideshow. Das war ein grell bemalter und vergoldeter Wagen, auf dem die »Wunder der Natur« sich auf Podesten und Kissen präsentierten. Jeder einzelne Anblick brannte sich in ihre Seele ein.

Das Mädchen ohne Arme, das sich mit den gelenkigen Zehen Blumen ins Haar steckte. Die Dame ohne Unterleib. Ein wandelndes Skelett. Eine kolossal dicke Dame in einem lächerlich knappen Ballettkostüm. Ein winziges Männlein, nicht größer als ein zweijähriges Kind, aber angetan mit Frack und Zylinder. Ein Mensch, der auf der einen Seite seines Körpers ein Mann war, auf der anderen eine Frau. Und dann das seltsamste aller Wunder. »Serpentina! Sehen Sie hier die unglaubliche Serpentina, die menschliche Schlange!«, schrie der Ausrufer, wobei er von einer samtbezogenen Liege eine schöne junge Frau hob, die dort wie schlafend gelegen hatte. Ein Raunen ging durchs Publikum, als der Ausrufer mit den Worten: »Dieses erstaunliche Wunder der Natur hat mit Ausnahme des Schädels keinen einzigen Knochen im Leib!« die Frau in die Höhe hob und sie tatsächlich schlaff wie eine Riesenschlange in seinen Armen hing. Er ließ sie auf den Boden gleiten. Sie fiel in sich zusammen und blieb liegen, unfähig, sich aus eigener Kraft zu erheben.

Helena brannten die Augen. Nie zuvor hatte sie solche Menschen gesehen, die sich derart von anderen unterschieden, als gehörten sie einer fremden Spezies an. Wie konnten sie damit leben, dass sie so fremd auf der Welt waren? Was empfand der winzige Mann im Frack, die knochenlose Frau? Haderten die Zwerge mit ihrem Schicksal, oder genossen sie die Aufmerksamkeit? Stellte das Mädchen ohne Arme gerne seine erstaunliche Geschicklichkeit zur Schau?

Der Zug war schon längst in einer Querstraße verschwunden, als sie ihm immer noch hinterherblickte. Erst als Ruben aus der Bank zurückkam und der Karren sich wieder in Bewegung setzte, kehrte sie allmählich in die Realität zurück.

4

Magda Koloman warf im Vorbeifahren einen sehnsüchtigen Blick auf das teuerste Hotel von Batavia, das ›Hotel des Indes‹, dessen ockerfarbene Fassade sich von den grünen Palmen und purpurnen Blumen ringsum abhob. Wie gerne hätte sie sich dort eingemietet, wo man sie angemessen behandelt hätte, so wie es ihrem Stand und Reichtum entsprach. Aber im ›Hotel des Indes‹ gab es zu viele Leute, die sich an den Namen Obermayer erinnert hätten, der als Mädchenname in ihrem Pass stand. Hotelangestellte hatten ein beängstigend gutes Gedächtnis. Nein, sie musste inkognito bleiben, auch wenn sie dadurch Abstriche machen musste, was den Komfort betraf.

Sie hatte Zita vorgeschickt, um ein bescheidenes Zimmer in einer einheimischen Herberge zu mieten, und die Zeit genutzt, um ihr äußeres Erscheinungsbild so herzurichten, dass niemand darin Anzeichen von Reichtum erkennen würde. Magda Koloman würde in dem Losmen als unauffällige holländische Witwe auftreten, die ein paar Wochen in Batavia verbrachte, ehe sie zu ihrer Tochter auf Borneo weiterreiste.

Die Inhaberin der Herberge, eine ältliche Sundanesin, begrüßte sie freundlich und führte sie auf ihr Zimmer in dem mit Bambus gedeckten Bungalow. Es war hell und sauber, die Fenster mit einem Geflecht aus Holzlatten verkleidet, auf dem Bett eine Batikdecke in gedämpften Farben.

Magda ließ sich Kaffee und Genever bringen und setzte sich dann mit ihrer Zofe zusammen.

»Du musst nach Port Crescent fahren, meine Gute«, sagte sie. »Ich kann mich dort nicht blicken lassen, ich würde zu sehr auffallen. Es würde sich sofort herumsprechen, dass ich wieder da bin. Aber dich kennen sie nicht. Fahr hin und halt mich auf dem Laufenden. Quartier dich im ›Hotel Schuit‹ ein, das ist der Dreh- und Angelpunkt allen Klatschs und Tratschs der Stadt, und hab ein Auge auf unseren jungen Schatzgräber.

Ich passe inzwischen auf die königlich-niederländische Bank auf – allerdings wird dort vor dem fünften September nicht viel passieren.« Sie öffnete ihren Pompadour und legte eine Anzahl Banknoten auf den Tisch. »Pass nur auf, dass du Kosminsky nicht allzu oft über den Weg läufst, er ist ein schlauer Bursche, und es ist durchaus möglich, dass er dich als meine Zofe wiedererkennt.«

Zita faltete die Banknoten mit steifen Fingern und zupfte ihr schwarzes, mit einer geschmacklosen Türkis-Brosche geschmücktes Kleid zurecht. »Ich passe schon auf, seien Sie unbesorgt.« Sie griff nach ihrem Pappkoffer und wandte sich zur Tür.

Magda Koloman lächelte ihr zum Abschied zu. Auf Zita, das wusste sie, konnte sie sich voll und ganz verlassen.

Port Crescent, Java

1

Nie im Leben hatte Helena eine so liebliche Landschaft gesehen wie die Küste von Java. Die Strände waren breit und weiß, und die Palmen, die sie säumten, bogen sich anmutig im Passatwind. Entlang des Ufers zog sich der schneeweiße Saum der Brandung, davor ein breiter Streifen in leuchtendem Türkis, der das seichte Wasser markierte. Danach ging das Türkis in das tiefe Dunkelblau des Indischen Ozeans über. Sie fuhren vorbei an Kokosfarmen, an riesigen Tee- und Bananenplantagen sowie terrassenförmig angelegten Reisfeldern. Helena starrte mit klopfendem Herzen auf die grünen Hänge und bunten Häuser, die immer näher heranglitten. Schließlich lief die Persephone, röhrend und schnaubend wie ein Seeungeheuer, im Hafen von Port Crescent ein und legte an.

Die Hände um die Reling geklammert, blickte die junge Frau auf die gepflasterte Uferpromenade unter schattigen Tamarinden, den lebhaften Verkehr von Kutschen und Reitern, Büffelkarren und Leiterwagen. Überall rannten Kinder umher. Von den Prahms der Malayen im Hafen stieg der Duft ihrer scharfen Gerichte auf, überlagert vom Qualm des Postdampfers und dem allgegenwärtigen Schwefelgeruch. Auf dem Kai stapelten sich Kisten, Fässer und Säcke mit der Ladung, die die Persephone auf ihrer Weiterfahrt mitnehmen sollte: Tabak, Kaffee, Tee, Pfeffer, Reis, Zucker, Kopra, Edelhölzer und Kautschuk. Hühner, Schweine und Ziegen liefen den Leuten vor die Füße und wurden mit Schreien und Stockschlägen davongejagt. Auf einem riesigen, von der scharfen Sonne bereits ausgebleichten Plakat an der Mauer des Lotsenhauses war zu lesen:

»Abenteuerfahrt zum Feuerberg! Beobachten Sie vom Deck des Ausflugschiffes Loudon aus das beeindruckende Schauspiel des Feuer speienden Krakatau! Nur 25 Gulden pro Person, Kinder die Hälfte!«

Helena kam jedoch nicht dazu, sich länger Gedanken darüber zu machen, welcher Narr wohl 25 Gulden zahlen würde, um Ruß zu schlucken und Schwefel einzuatmen. Als die Matrosen die schweren Trossen an den Pollern befestigt hatten und die lärmenden Maschinen der Persephone verstummten, fiel ihr etwas abseits von den übrigen Menschen am Kai eine kleine Gesellschaft auf.

Die drei saßen hoch zu Ross, zwei Männer in kakifarbenen Tropenanzügen und eine zarte Frau im perlgrauen Reitkleid, das Gesicht hinter einem lang herabfallenden Schleier verborgen. Helena war sofort klar, um wen es sich handelte. Hatte sie eben noch die Reise genossen, so überkam sie bei diesem Anblick Verzweiflung. Ihre Knie wurden weich. Sie musste sich an der Reling festhalten, um nicht zu schwanken.

Augenblicklich war Mathilda an ihrer Seite. »Nur Mut, Liebes, nur Mut«, flüsterte sie ihr zu. »Ich bin bei dir.«

Dennoch war Helena, als würde sie zum Schafott geführt. Das Bild des freundlichen Küstenstädtchens verschwamm vor ihren Augen. Sie hatte Mühe zu atmen. Ruben und Mathilda flankierten sie zu beiden Seiten, als sie die Persephone verließ; das erleichterte ihr den schweren Weg ein wenig, aber alles in ihr schreckte vor dem Augenblick zurück, in dem ihr zukünftiger Gatte sie ansprechen und berühren würde. Ekel und Wut kämpften gegen ihr krampfhaftes Bemühen, vernünftig zu sein und sich zu beherrschen. Sie durfte hier nicht gleich am ersten Tag einen ihrer gefürchteten Wutanfälle bekommen. Starr und steif vor Schreck näherte sie sich der Gruppe.

Jetzt schwang einer der Männer, der Dunkelhaarige, sich vom

Pferd und trat ihr entgegen. »Fräulein von Odenhof?«, fragte er mit samtig-rauer Stimme. Ein Mann von dunkler Schönheit, der Kraft und Dominanz ausströmte. Obwohl er nicht sonderlich groß war, schien es Helena, dass er alle anderen weit überragte.

»Das bin ich.« Sie griff nach Mathildas Hand. »Und das ist meine Halbschwester Mathilda.«

»Und Ihre Begleiter? Wer sind die?«

Es klang nicht eben freundlich, aber weder Dr. Lafarge noch Ruben Kosminsky ließen sich davon einschüchtern. Sie stellten sich als Reisegefährten der beiden Damen vor, die in Port Crescent zu bleiben gedachten, um medizinische Statistiken zu erstellen, respektive für einen reichen Holländer ein Haus zu suchen.

Der dunkelhaarige Mann reichte Helena die Hand. »Ich bin Maximilian Aldermann, Ihr zukünftiger Schwager. Jonah?« Er blickte zu dem Reiter auf, der unbeweglich im Sattel sitzen geblieben war. »Es wäre wirklich nett, wenn du deiner Braut guten Tag sagen würdest.«

Helena starrte den hageren, flachsblonden Mann an wie eine Maus die Schlange, bis er sich wortlos und widerwillig aus dem Sattel gleiten ließ und vor sie hintrat. Der breitkrempige, aus Bambusfasern geflochtene Hut beschattete sein Gesicht. Er stellte sich, die Hände in den Hosentaschen, halb abgewandt hin und murmelte verdrießlich: »Guten Tag.«

»Man nimmt den Hut ab, wenn man mit einer Dame redet«, ermahnte ihn Max.

Jonah riss sich mit einer wilden Bewegung den Hut vom Kopf. Langes, verschwitztes Haar kam darunter zum Vorschein. Sein schmales Gesicht war hochrot, vielleicht von der Hitze, vielleicht vor Aufregung, und seine graublauen Augen funkelten. Er bewegte sich fast unmerklich hin und her, von einer lauernden Wut erfüllt, die ihn einem angriffslustigen Raubtier ähneln ließ. Seine Hände öffneten und schlossen sich, als er seinen Abscheu zu bezwingen versuchte. Er starrte Helena an, die Zähne zusammengebissen, die Muskeln am Unterkiefer knotig vor Anspannung, und ein solcher Hass ging von ihm aus, dass die junge Frau alarmiert einen Schritt zurücktrat. Im Bruchteil von Sekunden wich ihre Vorstellung von einem Mann, der begierig ihre Ankunft erwartete, der Erkenntnis: Der Bursche hier würde sie am liebsten ins Meer werfen.

Fassungslos begriff sie, dass es ihm nicht anders ging als ihr. Er musste mühsam an sich halten, um ihr nicht ins Gesicht zu schreien, dass er diese Ehe nicht wollte.

Urplötzlich wich die lähmende Furcht, und ein Gefühl hysterischer Erleichterung durchströmte sie. Sie empfand warme, herzliche Zuneigung für Jonah Aldermann. Er wollte sie nicht. Das war wundervoll! Wenn sie beide nicht wollten, konnten sie sich vielleicht denjenigen widersetzen, die sie gegen ihren Willen zusammenzubringen versuchten.

Keiner der beiden Männer schenkte Mathilda auch nur die geringste Aufmerksamkeit. Es war ganz offenkundig, dass die farbige Frau für sie nicht existierte. Helena schoss der Gedanke durch den Kopf, was sie tun sollte, wenn Mathilda nicht mitkommen durfte in die Villa Rafflesia.

Erst jetzt stieg die Dame vom Pferd. Sie schlug den Schleier zurück, ging auf Helena zu und reichte ihr die Hand. »Ich bin Max' Frau, Myrtle Aldermann. Willkommen in Port Crescent. Reiten Sie?«

Helena schüttelte den Kopf. Fasziniert starrte sie die Frau an, die sich als die Gattin dieses atemberaubend gut aussehenden Mannes vorgestellt hatte. Filigran, ein hellhäutiges Porzellanpüppchen, dessen feine Haut offenbar nie in Berührung mit der sengenden Sonne gekommen war. Fahlblonde Ringellöckchen stahlen sich unter dem Hut hervor, der mit einem blauen Band unter ihrem Kinn festgebunden war. Sie lächelte, ein süßes, kindliches Lächeln. Alles an Myrtle Aldermann war zart und zerbrechlich, nur ihre Augen waren hart.

»Das habe ich mir gedacht. Wir wachsen hier auf dem Pferderücken auf, aber in Hamburg ist das natürlich anders. Kommen Sie, ich habe eine Kutsche bestellt. Fräulein Mathilda, Sie werden sicher auch lieber den Wagen nehmen?«

Mathilda, die offenbar keine besondere Sympathie für die junge Frau empfand, antwortete säuerlich: »Ich bin ebenfalls auf dem Pferderücken aufgewachsen, aber ich möchte mit Helena fahren.«

Myrtle winkte einem offenen, zweispännigen Wagen, der von einem Javaner kutschiert wurde. Die beiden dunkelhäutigen Burschen, die ihn begleiteten, schnappten sich sofort das Gepäck und verschwanden damit.

»Sie bringen es später zum Gutshaus«, erklärte Myrtle. »Die Wege hier sind steil, da darf man den Pferden nicht zu der Last der Menschen auch noch die des Gepäcks zumuten. Übrigens werden Sie an einigen Stellen aussteigen und zu Fuß gehen müssen.«

Die beiden Herren verabschiedeten sich. Dr. Lafarge hielt Mathildas Hand etwas länger als üblich fest und sprach die Hoffnung aus, dass er sie bald wiedersehen würde, worauf sie errötend lächelte. Ruben Kosminsky dankte mit einer weltmännischen Verbeugung für die Bekanntschaft. Beide wollten Quartier im ›Hotel Schuit‹ beziehen.

2

Anfangs war die Straße, die sie entlangfuhren, noch eben und gut befahrbar, gepflegte Baumreihen spendeten Schatten, und quer verlaufende Rinnen leiteten das bei Regen von den Berghängen strömende Wasser ab. An Bäumen und Pfosten klebten bunte Reklamen für Negro Head Gin, Moirs Currysuppe, Epps Kakao und Roses Limonenlikör. Doch je weiter die Straße sich in die Berge hinaufwand, desto abenteuerlicher wurde die

Fahrt. Helena kam aus dem Staunen nicht mehr heraus. Über ihnen türmten sich rechter Hand die Klippen, überwuchert von einer wilden Vegetation, deren grüner Filz von oben herab in den Pfad hing. Linker Hand fiel der Hang in felsigen Stufen zu dem Städtchen hinunter ab. Affen schwangen sich schnatternd durch das wirre Luftwurzelgeflecht der Banyan-Bäume und kreischten misstönend in den Baumkronen. Am Boden, im smaragdgrünen Moos und unter den graugrünen Spinnennetzen, huschten kleine Tiere herum, ohne dass man sie zu Gesicht bekam. Ein Stachelschwein lief über den Weg und stellte, als es das Hufgeklapper der Pferde hörte, drohend sein Stachelkleid auf. Insekten hingen surrend an den Blüten der Orchideen, die an ihren dünnen Luftwurzeln über dem Pfad schwebten.

Helena spürte die Feindseligkeit dieser urtümlichen Landschaft. Alles pulsierte von einem Leben, das sich seit Jahrtausenden auf seine Weise erhielt und den Menschen, der seine Pfade und Lichtungen in den Urwald hackte, am liebsten bei lebendigem Leib verschlungen hätte. In der Stille hörte sie deutlich das ferne Murren des Vulkans, und wenn sich in dem bedrückenden Blätterdach über ihr einmal eine Öffnung auftat, sah sie die schwarzbraunen Wolken, die aus dem Krater quollen.

Plötzlich drangen Worte an ihre Ohren, die nicht für sie gedacht waren. Max Aldermann fragte seine Frau: »Warum hast du die braune Katze mitgenommen? Du weißt genau, dass Frau Annette ärgerlich sein wird.«

»Ach ja?«, antwortete Myrtle. »Was glaubst du wohl, was passiert wäre, wenn ich die beiden gleich am Kai getrennt hätte? Es hätte eine furchtbare Szene gegeben, und wahrscheinlich wäre die Deutsche gar nicht mitgekommen. Sollten wir sie vielleicht an Armen und Beinen zum Haus schleppen?«

Helena warf Mathilda einen raschen Blick zu, ob sie das kurze Gespräch ebenfalls mitgehört hatte. Das Gesicht der Sundanesin war undurchdringlich.

Als Helena aus dem schwankenden Gefährt in die Tiefe

blickte, war sie nahe daran, auszusteigen und den Weg zu Fuß zurückzulegen.

Myrtle, die neben der offenen Kutsche herritt, beruhigte sie. »Hier ist noch nie jemand etwas passiert – das heißt, noch niemand, der nüchtern und mit dem Weg vertraut war. Ein betrunkener Lagerverwalter der Plantage ist einmal hier hinuntergestürzt.« Sie wies mit der Hand in eine trichterförmige Schlucht, in der ein halbes Dutzend Wasserfälle zu Tale rauschten. »Er hat den Sturz sogar überlebt, aber dann hat ihn ein Tiger gefressen.«

Als sie die Hand ausstreckte, schob sich ihr Ärmel ein Stück weit nach oben, und Helena sah, dass sie vom Gelenk an einen Verband trug. Sie deutete mit einer fragenden Geste darauf.

»Ach, das?« Myrtle blickte auf ihren Arm, als sähe sie ihn zum ersten Mal. »Das ist noch harmlos, da sollten Sie einmal sehen, wie die Kerle Jonah zugerichtet haben. Um ein Haar hätten sie ihn erschossen.«

»Wegelagerer?«, fragte Mathilda. »Ich dachte, die würden sich nicht so nahe an die Stadt heranwagen. Meistens lauern sie doch auf einsamen Bergstraßen.«

»Es waren auch keine Räuber. Sie haben aus dem Dschungel heraus auf uns geschossen. Ich bekam einen Streifschuss ab. Jonah erwischte es an der Schulter. Er hatte unglaubliches Glück, dass die Kugel von seinem Gewehrriemen abgelenkt wurde, sonst hätte sie ihn mitten ins Herz getroffen, nicht wahr, Jonah?«

Der junge Mann antwortete auf diese Aufforderung, sich am Gespräch zu beteiligen, mit einem unbestimmten »Mhmm«.

»Meine arme Bluebell«, sagte Myrtle und klopfte der prächtigen Stute, die beim Klang ihres Namens die Ohren spitzte, auf den Hals. »Sie ist furchtbar erschrocken. Jedes andere Pferd hätte mich abgeworfen, aber nicht mein braves Mädchen. Morgenstern hat sich auch tapfer gehalten, nicht wahr, Jonah?«

»Mhmm.«

Helena ging der Gedanke durch den Kopf, dass so ihre Ehe mit Jonah aussehen würde: sie stumm, und er so wortkarg, dass es kaum einen Unterschied machte.

»Sie müssen entschuldigen, Fräulein von Odenhof«, schaltete Max Aldermann sich ein, »mein Bruder ist ein Schwätzer. Er geht uns oft auf die Nerven mit seinem pausenlosen Geplapper, nicht wahr, Jonah?«

Diesmal kam nicht einmal ein »Mhmm« als Antwort.

»Sie sehen«, fuhr Max fort, »er hat seinen Vorrat an Worten für heute bereits aufgebraucht, wir werden keinen weiteren Kommentar von ihm hören. Nun, umso besser.«

Mathilda, der diese spitzen Bemerkungen offenbar unangenehm waren, bemühte sich, das Thema zu wechseln. »Aber wenn es keine Räuber waren, Frau Aldermann, wer hat dann auf Sie geschossen?«

»Rebellen – so vermuten wir jedenfalls. Der Ausbruch des Krakatau hat die Einheimischen in helle Aufregung versetzt. Sie sind überzeugt, dass die Götter der Berge zornig sind, und daran sind ihrer Meinung nach wir Europäer schuld. Orang Alijeh und die übrigen Götter mögen uns nicht. Aber das hat nur eine Situation verschärft, die ohnehin schon lange besteht. Die einheimischen Priester hetzen das Volk auf, und wenn die es nicht tun, tun es die islamischen Mullahs, denen wir genauso ein Dorn im Auge sind.« Zu Helena gewandt, sagte sie: »Deshalb möchte ich Ihnen den guten Rat geben, die Plantage auf keinen Fall zu verlassen. Unseren eigenen Dienern und Arbeitern können wir weitgehend vertrauen, aber der Dschungel ist voll böser Augen – und geladener Gewehre.«

Helena nickte zum Zeichen, dass sie verstanden hatte.

Auf dem Weg kamen sie an einer Gruppe dunkelhäutiger Männer vorbei, die einen Pfad freihackten. Das Sonnenlicht schimmerte auf ihren nackten, schweißüberströmten Oberkörpern wie auf nasser Bronze. In eintöniger Gleichmäßigkeit schwangen sie ihre Macheten, um einen Weg in die Mauer aus Gestrüpp und Lianen zu schlagen, einen Weg, der schon in wenigen Tagen wieder vollständig überwuchert sein würde. Das rhythmische Geräusch, das die Macheten bei ihrer Arbeit machten, wurde vom schleppenden Gesang der Arbeiter begleitet.

Helena war ungemein erleichtert, als die gesamte Entourage auf halber Höhe der Berge in einen quer verlaufenden, sauber freigehackten Weg einbog und wenig später durch den mit Schnitzereien verzierten Torbogen in die Plantage einritt. Auf einer weit vorspringenden Schulter des Berges lag das Haus, eine weiß getünchte Villa, die mit ihren überreichlich vorhandenen Erkern und Türmen sowie den vielen rundum liegenden Gebäuden einen verwirrenden Eindruck machte. Es sah aus, als hätte der Architekt nicht ganz gewusst, was er eigentlich bauen wollte, die Hälfte vergessen und dann an anderer Stelle etwas angesetzt, das eigentlich gar nicht dorthin passte. Immerhin wirkte das Haus sauber und gepflegt und ganz allgemein sehr europäisch.

Der Wagen hielt, die beiden Damen stiegen aus und wurden von Max, der die Zügel seines Pferdes einem Diener übergab, ins Innere der Villa Rafflesia geführt.

Helena war erleichtert. Ihr zukünftiges Zuhause war geräumig und luftig, man verzichtete hier auf die deutsche Unsitte, die Zimmer mit tausend nutzlosen Kleinigkeiten vollzustopfen und die Fenster mit Plüschportieren zu verhängen. Die Räume waren vornehm, aber sparsam möbliert, nur mit dem wirklich Notwendigen. Die Luft hier oben war angenehm, sobald man der mörderischen Sonne entfloh. Der vielfältige Duft des Regenwaldes wehte durch die geflochtenen Oberlichten, allerdings auch der schwache Schwefelgeruch, den die Einheimischen wohl gar nicht mehr wahrnahmen, der den Fremden jedoch in der Nase stach. Dunkelhäutige Diener und Dienstmädchen huschten umher, lautlos wie Fledermäuse. Aus dem Untergeschoss, wo sich anscheinend die Küche befand, schwebte ein süßlich-pikantes Aroma herauf, das Helena bewusst machte, wie hungrig sie war.

Max verschwand und ließ die jungen Frauen eine ganze Weile in der Halle stehen, ohne ihnen auch nur Hut oder Sonnenschirm abzunehmen. Erst nachdem die Tatsache, dass sie hier ganz offensichtlich überhaupt nichts zählten, hinreichend in ihr Bewusstsein gedrungen war, erschien Max wieder und erklärte, Frau Annette sei nun bereit, sie zu empfangen; sie erwarte sie im Salon.

Langsam und mit schwerem Herzen schritt Helena den Flur entlang und betrat den Raum, den Max ihr beschrieben hatte. Wie überall an der Südseite des Hauses waren auch hier die Bambusjalousien geschlossen, was für ein grünliches Zwielicht sorgte. Helena konnte nur unbestimmt die verschnörkelten Formen einer mächtigen, dick gepolsterten Sitzgarnitur ausmachen. Dann wandte sie ihre ganze Aufmerksamkeit der alten Frau zu, die auf dem Diwan thronte und ihre Ankunft mit einer Gleichgültigkeit zur Kenntnis nahm, als sei sie ein dahergelaufenes Dienstmädchen. Der Empfang durch Frau Annette zeigte der jungen Braut sofort, welcher Platz in diesem Haushalt für sie vorgesehen war.

Ihr Enkel Jonah hatte die hohe, hagere Gestalt von ihr geerbt, ihr Enkel Max die dunkle Schönheit, die sie als junge Frau ausgezeichnet haben musste. Ihr strenges Gesicht umrahmten die steifen, nussbraun glänzenden Locken einer Perücke. Sie trug ein Kleid aus braunem Schantung, dessen geraffte Röcke mit flauschigen Pompons in derselben Farbe verziert waren, und, trotz der Tropenhitze, ein halbes Dutzend Unterröcke – die durch einen Schlitz hervorblitzten – sowie Knöpfstiefel und um die Schultern ein Tuch aus Klöppelspitze. Kein Schweißtropfen stand auf ihrem Gesicht. Sie roch nach Lavendel, aber in den staubig-süßen Duft der Blüten mischte sich der Geruch von Genever, und zwar ziemlich kräftig für die frühe Stunde.

Helena knickste und wartete darauf, dass die ältere Dame etwas sagte.

Frau Annette betrachtete sie eine Weile durch ein altmodisches Lorgnon, das an einem Silberkettchen um ihren Hals hing, dann entschloss sie sich, das verlegen dastehende junge Mädchen anzusprechen.

»Du bist also Alberts Tochter ... nun, ich hoffe, du hattest eine gute Reise. Man wird dir dein Zimmer zeigen. Deine Zofe kann im Nebengebäude bei den anderen Dienstboten schlafen.«

Helena unterbrach sie mit einer heftigen Handbewegung und einem Kopfschütteln. Sie riss das Notizbuch aus ihrem Pompadour und kritzelte hastig hinein: *Mathilda ist meine Schwester. Vater hat sie adoptiert. Sie hat dieselben Rechte wie ich.*

Frau Annette warf einen verächtlichen Blick auf den Zettel und schüttelte den Kopf. »Schwester hin oder her, wir achten hier auf strenge Trennung zwischen Europäern und Eingeborenen. Mathilda wird bei den Dienstboten ...«

Sie zuckte zurück.

Helena spürte, wie sich ihr ganzer Körper versteifte. Ihr Blickfeld trübte sich, und sie blinzelte heftig. Eine fürchterliche Kraft schien aus den Tiefen der Hölle herauf in ihre Glieder zu steigen, rüttelte sie hin und her, schüttelte ihren Kopf, sodass der Hut zu Boden fiel und die abgeschnittenen Haare zum Vorschein kamen. Mit einem tierischen Aufschrei stürzte sie sich auf die Hausherrin, zähnefletschend, die Hände zu Klauen gekrümmt, krallte die Finger in ihre Kleider und zerrte an ihr wie ein Hund an seiner Beute.

Eine Sekunde lang war Frau Annette starr vor Verblüffung, dann schlug sie zurück, so hart, dass Helena Blut aus der Nase rann. Blitzschnell raffte sie ihren Rock an einer Seite hoch, riss eine Gerte aus dem Knöpfstiefel und zog der Angreiferin einen pfeifenden Hieb über Brust und Arme.

Helena stockte der Atem, als eine feurige Schlange sich mit atemberaubender Geschwindigkeit wieder und wieder um ihren Oberkörper wand. Aber der Schmerz konnte sie nicht aufhalten, im Gegenteil. Sie erneuerte zähnebleckend den Angriff, und es wäre zu einer Katastrophe gekommen, hätte Max sie nicht in diesem Moment von hinten gepackt und mit eisernem Griff festgehalten. Sie versuchte sich loszureißen, trat und biss, aber dann wurde ihr plötzlich schwarz vor Augen, sie rutschte aus seiner Umklammerung und sank halb bewusstlos zu Boden.

In das Trommeln des Blutes in ihren Ohren und ihr eigenes Keuchen mischte sich ein absurdes Geräusch. Es kam von Jonah, der vor Entzücken johlte und klatschend die Hände zusammenschlug – wie ein boshaftes Kind, das sich an den schlimmen Streichen eines anderen Kindes ergötzt.

3

Als Helena aus ihrer Bewusstlosigkeit erwachte, fand sie sich in einem aus Rattan geflochtenen Bett wieder. Sie hob die schweren Lider und blickte sich um. Der Raum, in dem sie lag, war niedrig, aber ziemlich groß und mit Möbeln ausgestattet, die eine eigentümliche Mischung aus deutschem und javanischem Stil darstellten. Ein Moskitonetz hing halb aufgerollt über dem Bett.

Sie wandte den Kopf und sah, dass Mathilda neben dem Kopfende des Bettes auf einem Kissen am Boden saß, während Myrtle – jetzt in einem veilchenblauen Hauskleid – an die Wand gelehnt stand und sie beobachtete. Als sie merkte, dass Helena wach war, fragte sie mit der ruhigen Stimme einer routinierten Krankenpflegerin: »Möchtest du etwas essen oder trinken?«

Helena machte Zeichen mit den Händen, und Mathilda übersetzte: »Sie will nicht essen, aber sie hat großen Durst.«

Myrtle öffnete die Tür einen Spalt weit, rief etwas in den dunklen Flur hinaus und wandte sich dann an Mathilda. »Lass mich ein paar Minuten allein mit Helena sprechen. Es ist wichtig.«

»Gut, aber nur ein paar Minuten!«, antwortete Mathilda und ging. Ein dunkelhäutiges Mädchen kam herein, stellte einen Krug, eine Flasche und ein hohes Glas ab und zog sich hastig wieder zurück. Myrtle mischte den Inhalt der beiden Behälter und reichte Helena das Glas. Sie schmeckte Gin und Limonensaft in dem lauwarmen Wasser.

Myrtle setzte sich neben ihr auf den Bettrand. »Hör zu«, sagte sie mit leiser Stimme. »Ich will dir helfen, aber kein Wort von unserem Gespräch darf nach außen dringen, oder es ist dein Untergang. Schau!« Sie zog aus ihrem gehäkelten Beutel eine kleine Holzschachtel hervor und öffnete sie unter Helenas Nase.

Die fuhr mit einem unartikulierten Aufschrei zurück. In der Schachtel krümmte sich, scheußlich anzusehen, ein fingerlanger, gelb glänzender Skorpion.

Myrtle klappte den Deckel wieder zu. »Skorpione fallen manchmal von der Decke und stechen diejenigen, die darunter im Bett liegen«, sagte sie. »Muss ich dir erst sagen, dass der Stich tödlich ist? Aber ich denke, wir haben uns verstanden, nicht wahr?«

Helena nickte, halb gelähmt vor Schreck – nicht nur über den Anblick des giftigen Scheusals, sondern vor allem über den Gegensatz zwischen Myrtles elfenhaft lieblicher Erscheinung und der Brutalität, die aus ihren Worten sprach. Verstört schloss sie die Augen. Myrtle meinte wohl, sie wolle wieder einschlafen, denn sie rüttelte sie energisch wach.

»Schlaf nicht! Was ich dir zu sagen habe, ist wichtig. Gib mir jetzt eine ganz ehrliche Antwort, dein Leben kann davon abhängen: Willst du Jonah wirklich heiraten oder hat man dich dazu gezwungen?«

Helena machte ihr ein Zeichen, sie solle ihr den Pompadour geben, der auf einem Hocker am Fußende des Bettes lag. Mit zitternden Fingern zerrte sie ihr Büchlein heraus, schlug es auf und schrieb: *Ich wurde gezwungen. Sie hätten mich sonst ins Irren-*

haus gesteckt. Mein Vater ist bankrott und braucht das Geld. Ich bin verzweifelt.

Myrtle las und nickte zufrieden. »Gut so. Ich habe gesehen, wie du Jonah angeschaut hast. Du würdest ihn auch dann nicht heiraten wollen, wenn er sehr reich wäre, habe ich recht?«

Helena bedeutete ihr mit wilden Gebärden, dass sie damit sehr, sehr recht hatte. Sie riss das Büchlein wieder an sich und schrieb: *Ich will niemand heiraten. Ich könnte es nicht ertragen. Es ängstigt mich noch mehr als das Irrenhaus.*

Myrtle lächelte. »Ich bin froh darüber. Aber sie werden euch zwingen, dich genauso wie ihn – glaub nicht, dass er freiwillig dazu bereit wäre! Es geht um den Majapahit-Schmuck. Hat man dir davon erzählt?«

Ja.

»Deshalb werden sie euch verheiraten, egal, wie sehr ihr euch sträubt. Aber es gibt einen Ausweg.«

Helena setzte sich mit einem Ruck auf. Ihr blasses Gesicht trug den Ausdruck eines Delinquenten, der von einer überraschenden Möglichkeit der Begnadigung hört.

Myrtle beugte sich vor und flüsterte so dicht an ihrem Ohr, dass ihre Lippen es berührten. Ein feiner, zarter Duft nach Englisch-Rose-Parfüm stieg Helena in die Nase. »Ihr könnt nicht verhindern, dass man euch verheiratet, aber ihr müsst nicht verheiratet bleiben. Das Testament besagt nur, dass er bis zu seinem einundzwanzigsten Geburtstag verheiratet sein muss, um das Erbe zu bekommen. Was danach geschieht, dazu gibt es keine Bestimmung. Ihr heiratet in der Kirche und vor dem Friedensrichter, aber er wird nachts nicht zu dir kommen. Ihr wartet, bis das Erbe ausgehändigt wurde. Dann geben wir dir genug davon, dass du die Insel verlassen kannst, und du verschwindest.«

Aber wohin soll ich gehen – als Frau? Allein in einem fremden Land?

Myrtle hatte sich die Sache offenbar lange und genau überlegt, denn sie antwortete ohne Zögern. »Es gibt einen katholischen

Priester, der seit einiger Zeit öfters hier in der Gegen unterwegs ist. Er hat in Australien mit einer Miss Mary McKillop den Orden der Schwestern des Heiligen Joseph gegründet, der kürzlich eine Gruppe von Nonnen nach Singapur entsendet hat. Sein Freund, Sir Frederick Weld, ist Gouverneur von Singapur. Das steht unter britischer Verwaltung, die holländischen Behörden haben dort keinen Einfluss. Er könnte dich dorthin bringen; niemand kann dich von dort zurückholen. Sobald du in Sicherheit bist, werde ich hier alles einleiten, um die Ehe annullieren zu lassen. Sie wurde erstens unter Drohungen erzwungen und zweitens nicht vollzogen, ist also ungültig.«

Helena, die in ständig steigender Verwunderung dieser Rede gelauscht hatte, griff von Neuem zum Stift. *Warum tust du das alles für mich?*

Myrtle lachte leise und spöttisch. »Warum? Hast du das noch nicht begriffen? Ich will Jonah für mich haben. Aber ich will auch das Erbe, das ihm zusteht. Wenn wir den Schatz verkaufen, haben wir genug Geld, um von hier fortzuziehen und ein neues Leben anzufangen.«

Du bist verheiratet.

»Ach ja?« Die blauen Augen musterten sie mit einem Blick, aus dem so viel zynisches Vergnügen sprach, dass Helena zurückzuckte. »Lass das nur meine Sorge sein. Du hast eigene Probleme genug. Frau Annette wird dir diesen Angriff nicht verzeihen. Sie wird dich bis aufs Blut dafür züchtigen, nicht nur einmal, sondern jedes Mal wieder, wenn es ihr einfällt. Noch bist du in Sicherheit, noch wagt sie nicht, dich hart anzufassen, aus Angst, du könntest die Eheschließung verweigern. Aber wenn du erst einmal mit Jonah verheiratet bist, wirst du hier keinen glücklichen Tag mehr haben.«

Sie stand auf und strich Helena mit einer zarten, kalten Hand über die Wange. »Ich bin froh, dass wir uns auf Anhieb so gut verstehen. Schlaf gut.«

Damit verließ sie den Raum.

Gleich darauf kehrte Mathilda zurück und setzte sich an den Bettrand. Ihre Hände fragten: *Was wollte sie von dir? Mir machen die Leute hier Angst, einer wie der andere. Diese Myrtle ist eine Viper. Und die Brüder sollte man am besten erschlagen, von der alten Hexe gar nicht zu reden. Also, was wollte sie?*

Helena berichtete. Hoffnungsvoll fügte sie hinzu: *Es wäre wunderbar, wenn alles wirklich so geschähe, meinst du nicht? Dann könnten wir von hier fliehen. Und wenn eine Ehe nicht vollzogen wird, ist sie nicht gültig. Jedenfalls ist es ein Glück, dass Jonah mich so wenig will wie ich ihn. Ich glaube, Myrtle und er sind jetzt schon ein Paar. Sie liebt ihn. Und sie will ihren Mann loswerden.*

Mathilda erwiderte: *Wenn sie das will, wird sie ihr Ziel zweifellos erreichen. Zimperlich in der Wahl ihrer Mittel scheint sie mir ja nicht zu sein. Helena, wir sitzen hier in einem Hornissennest, und wenn wir nicht sehr vorsichtig sind, werden wir zu Tode gestochen.*

Sie stand auf und griff nach ihrem Schal. Laut sagte sie: »Ich gehe jetzt. Sie haben mir ein Zimmer in dem Haus gegeben, in dem die höhergestellten Dienstboten schlafen. Es ist ganz hübsch.«

Als sie sich zum Gehen wandte, sprang Helena mit einem Satz auf, umklammerte ihren Arm und zerrte sie zum Bett. Dumpfe, unartikulierte Laute quollen aus ihrem Mund, als sie mit der flachen Hand auf die Matratze schlug. Im nächsten Augenblick umarmte sie Mathilda und brach an ihrer Schulter in Tränen aus.

4

Frau Annette und ihr Enkel Max saßen vor der offenen Verandatür im Zimmer der alten Dame. Sie hatten die Lampe gelöscht, um die Moskitos nicht anzulocken. Wie zwei schwarze Schatten erschienen sie in der blaugrauen Nacht, die vom Licht eines freundlichen Vollmondes erleuchtet wurde. Das glühende Ende von Max' Zigarette bewegte sich auf und ab, während der Schaukelstuhl, in dem er es sich bequem gemacht hatte, gemächlich wippte.

»Ich dachte«, sagte Frau Annette mit verhaltenem Zorn, »sie würde fügsam und unterwürfig sein. Was ist Albert bloß eingefallen, mir eine solche geistesgestörte Wildkatze zu schicken? Damit ich dann zwei Verrückte hier auf dem Gut habe?«

»Du wirst schon mit ihr fertigwerden, Großmama.«

»Und ob ich das werde. Sie wird sich wundern, was ihr passiert, sobald die Angelegenheit erst einmal erledigt ist und wir den Majapahit-Schmuck in Händen haben. Bestie! Ich hätte gute Lust, sie im Sund zu ertränken.«

»Warum tust du es nicht?«, fragte Max lächelnd.

»Weil es in diesem Land Gesetze gibt und ich lieber im Bett sterben als gehängt werden möchte.«

»Großmama, niemand würde es wagen, dir etwas anzutun. Du stehst über dem Gesetz.«

Nachdenklich erwiderte sie: »Das war früher so, mein Lieber. Noch vor zehn Jahren hätte ich auch so gedacht. Da wurde kein weißer Plantagenbesitzer verurteilt, vom Hängen gar nicht zu reden. Aber heutzutage ... Die Kontrolleure haben Angst vor den Eingeborenen, wollen sie nicht provozieren. Die Leute werden frech und aufsässig und verlangen, dass Weiße und Farbige gleich behandelt werden – als hätte Gott nicht gewusst, was er tat, als er unterschiedliche Rassen erschuf!« Sie schwieg eine Weile und wechselte dann das Thema. »Hat es weitere Zwischenfälle gegeben?«

»Bisher nicht. Ich habe die Leute befragt, aber alle verdrehen nur die Augen und zucken die Schultern und wollen nichts gesehen haben. Aber ich bin überzeugt, dass sie ganz genau wissen, wer dahintersteckt. Wahrscheinlich einer von ihren Affenpriestern. Erinnerst du dich? Es fing einen Tag nach dem Ausbruch des Krakatau an. Ich wette, einer von diesen braunen Teufeln ist vor seinen Anhängern herumgesprungen und hat ihnen in Ekstase verkündet, Orang Alijeh sei erzürnt, weil die

Kolonialherren den Schatz gestohlen hätten. Jetzt wollen sie uns die Hölle heiß machen. Aber dazu müssen sie sich schon etwas Besseres einfallen lassen, als mir einen Totenschädel auf die Türschwelle zu legen.« Er schnaubte verächtlich. »Kinderkram! Trotzdem, wenn ich den erwische, der diesen faulen Zauber veranstaltet, dann peitsche ich ihm die Haut vom Rücken.«

Frau Annettes Schaukelstuhl knarrte, als die Kufen langsam vor- und zurückwippten. »Dass sie auf Myrtle und Jonah geschossen haben, war schon mehr als Kinderkram.«

»Meinetwegen hätten sie ruhig besser treffen können.«

»Mag sein. Aber hier geht es darum, dass Farbige auf Europäer geschossen haben. Wenn sie damit erst einmal anfangen – wo wird das enden? Damit, dass sie uns das Haus über dem Kopf anzünden?« Das rhythmische Knarren des Stuhls wurde schneller. »So etwas hätten sie früher nicht gewagt, glaub mir, Max. Da waren Herren noch Herren, und was die Herren taten, war rechtens, das akzeptierten sie. Aber jetzt, wo jeder Kaffer, der einen Anzug trägt und ein paar Worte Holländisch kann, sich für einen Mijnheer hält, da mucken sie auf. Was wollen sie denn? Sollen wir ihnen den Majapahit-Schmuck vielleicht schenken, nur weil er vor ein paar hundert Jahren ihren Vorfahren gehört hat?«

»Genau das wollen sie, Großmama. Und sie wispern, der Ausbruch sei ein böses Vorzeichen für die Europäer.«

Die alte Frau erhob sich, erstaunlich geschmeidig für ihr Alter. »Wenn ich jedes Knurren eines Vulkans als böses Vorzeichen betrachten würde«, bemerkte sie bissig, »hätte ich hier nichts als Unglück haben dürfen. Gute Nacht, Max.«

5

Mathilda hatte die Nacht bei Helena verbracht. Am nächsten Morgen wurden sie gegen neun Uhr von einem Dienstmädchen geweckt, das ihnen frisches Wasser und heißen Kaffee brachte. Das Frühstück, sagte die Magd, sei auf der Veranda angerichtet. Sie würden allein frühstücken, Frau Annette sei beschäftigt, und die jungen Herrschaften seien ausgeritten.

Helena atmete auf. Jetzt, wo ihre tobende Wut verraucht war, hatte sie Angst vor der alten Gutsherrin und wollte ihr lieber nicht unter die Augen treten. Hastig wusch sie sich, stürzte eine Tasse Kaffee hinunter und kleidete sich an. Gemeinsam eilten sie über den Flur und traten auf die Veranda hinaus, wo das Frühstück auf sie wartete.

Helena erblickte den gedeckten Tisch – und wich mit einem gurgelnden Schreckensschrei zurück. Quer über Platten und Tellern lag da, noch schwach mit den Flügeln zuckend, ein frisch geschlachtetes schwarzes Huhn, dessen Blut über die sorgsam angerichteten Speisen quoll. Mathilda begann ebenfalls zu schreien.

Offenbar hatte sie in ihrer Muttersprache nach dem Mädchen gerufen, denn es kam herbeigestürzt, rang beim Anblick des Tisches in wildem Entsetzen die Hände und war nur mühsam dazu zu bewegen, Auskunft zu geben. Es dauerte eine ganze Weile, ehe Mathilda sich mit einer Erklärung an Helena wandte.

»Sie sagte, sie hätte den Tisch gedeckt, ehe sie uns wecken ging, und da sei alles in Ordnung gewesen. Sie wüsste nicht, wer das getan haben könnte. Es sei ein schlechtes Omen, ein böser Zauber.« Ihre feinen Züge nahmen einen harten, finsteren Ausdruck an. »Da hat sie recht. Es bedeutet Tod.«

Helena deutete auf ihre Brust. *Für mich?*

»Ich glaube nicht, dass es sich speziell gegen dich – oder uns beide – richtet. Sie sagte, es sei nicht das erste Mal, dass so etwas passiert. Seit Ende Mai sei es immer wieder vorgekommen. Einmal hätten sie ein brennendes Huhn an einem Pfahl vor dem Haus angenagelt gefunden, ein andermal einen mit blutigen Zeichen beschriebenen Totenkopf auf der Schwelle, und immer wieder sonderbare Gestecke aus dürren Zweigen, Federn und Steinen, an denen Papierzettel mit den Namen der Weißen im Haus aufgespießt waren. Und dann hätten die unsichtbaren Unholde sogar auf Jonah und Myrtle geschossen. Die Familie habe die Einheimischen im Verdacht, aber niemand wisse, wer der Urheber dieser Drohungen sei.«

Meinst du, das stimmt?, gebärdete Helena.

»Schon möglich. Paul – also Dr. Lafarge, meine ich – sagte mir, dass der Zorn der Javaner gegen die Kolonialherren jetzt immer öfter gewalttätige Züge annimmt. Der Schrecken der Niederlage 1825 beginnt zu verblassen, und die Leute haben es einfach satt, unterdrückt und ausgenutzt zu werden. Hier und da gab es kleinere Aufstände, Häuser wurden angezündet, Europäer angegriffen … Und die Aldermanns sind nicht gerade der Menschenschlag, der sich bei einem unterdrückten Volk beliebt macht.« Sie wandte sich abrupt ab. »Ich nehme an, du hast auch keinen Appetit mehr auf Frühstück. Wir –«

Schritte erklangen aus dem Flur, schwere, energische Männerschritte, und Jonah Aldermann trat auf die Veranda. Sein Blick fiel auf den ausgebluteten Vogel. Er betrachtete ihn stirnrunzelnd, brach dann in ein blödes Lachen aus und schien die Sache auch schon wieder vergessen zu haben. Die Augen fest auf Helena gerichtet, kramte er in der Brusttasche seines Leinenjacketts, förderte ein silbernes Zigarettenetui zu Tage und zündete sich eine Zigarette an, deren Rauch sonderbar, wenn auch nicht unangenehm roch. Sein Gesicht zuckte von unterschwelligen Emotionen, von denen die stärkste eine kindische Art von Vergnügen schien. Beifällig, als hätte Helena eine gute Tat vollbracht, bemerkte er: »Du hast dich schrecklich benommen. Großmama hasst dich jetzt.« Der Gedanke gefiel ihm offenbar, denn er brach von Neuem in glucksendes Gelächter aus, die Augen zusammengekniffen, den Mund weit offen, und klatschte in die Hände. Dabei fiel ihm die Zigarette zu Boden. Sein Lachen verstummte. Er murrte leise vor sich hin, bückte sich schwerfällig wie ein Betrunkener, hob die Zigarette auf und putzte das Mundstück mit dem kleinen Finger ab. Helena fiel auf, wie unbestimmt seine Bewegungen waren. Es sah aus, als wüsste er nicht genau, was er eigentlich tun wollte, und machte so lange irgendwelche Bewegungen, bis zufällig die richtige darunter war.

Sie stand reglos da und starrte ihn an. Das Schlimmste, so schien es ihr, war der bizarre Gegensatz zwischen seinem wohlgestalteten Körper und seinem hübschen Gesicht und seiner unübersehbaren Geistesschwäche. Sie hätte es leichter ertragen, wäre er auch äußerlich missgestaltet gewesen. Sie fragte sich, wie in aller Welt es möglich war, dass Myrtle dieses unheimliche Mann-Kind ihrem attraktiven Ehemann vorzog.

Da Helena auf seine Bemerkung nicht reagierte, wechselte Jonah das Thema und fragte neugierig: »Warum kannst du nicht sprechen wie andere Leute?«

Helena griff nach ihrem Schreibblock, aber als er ihre Absicht erkannte, winkte er ab. »Du brauchst mir nichts aufzuschreiben. Ich kann nicht lesen. Das macht Myrtle für mich.«

Also wandte sie sich an Mathilda und signalisierte ihr, sie möchte ihm Antwort geben.

Jonah beobachtete die Sundanesin genau. Helena schien es, dass er mit aller Kraft versuchte, den Nebel, der seinen Verstand umgab, zu durchdringen und zu erfassen, was die beiden seltsamen fremden Frauen da taten. »Was macht Helena für Faxen mit den Händen?«, fragte er.

Mathilda erklärte es ihm. »Das ist eine Sprache. Siehst du? Diese Bewegung bedeutet ›guten Tag‹. Und diese: ›Wie geht es dir?‹«

Er starrte sie an, als hätte sie ein Kaninchen aus dem Zylinder gezaubert. Sein Mund verzog sich zu einem breiten, beifälligen

Grinsen. »Ihr seid spaßig«, meinte er. Dann fragte er unvermittelt: »Warum hast du dein Haar abgeschnitten, Helena?«

Sie gebärdete, und Mathilda übersetzte: »Aus Zorn, weil die Menschen grausam zu ihr waren.«

Jonah lehnte den Kopf an den geschnitzten Türpfosten und schloss halb die Augen. Langsam, als koste er den Geschmack jedes Wortes aus, wiederholte er: »Aus Zorn. Menschen waren grausam. Ich bin auch oft zornig. Die Menschen sind grausam zu mir. Sie lachen. Sie machen es hinter meinem Rücken, aber ich weiß es.« Mit erstaunlichem schauspielerischem Geschick tippte er sich mit dem Zeigefinger an die Schläfe und tat, als grinste er hinter jemand her. Sein Gesicht verfinsterte sich bei der Erinnerung an diese Demütigung. Mit heiserer Stimme fuhr er fort: »Ich schlage sie. So.« Er bückte sich, zog die Reitgerte aus dem Stiefelschaft und hieb mit brutaler Kraft vor sich hin in die Luft. »Dann laufen sie davon. Haben sie dir die Haare abgeschnitten?«

Helena schüttelte den Kopf und deutete auf sich. *Nein, ich selbst habe es getan.*

Er starrte sie stirnrunzelnd an. Dann erklärte er: »Du bist dumm. Du musst den anderen wehtun, nicht dir selber.« Dann, als hätte das kurze Gespräch ihn überanstrengt, fuhr er sich mit dem Handrücken über die Stirn, blinzelte und murmelte: »Hab keine Zeit mehr.« Ohne ihnen noch einen Blick zu schenken, drehte er sich um und ging, die Hände in den Taschen, davon.

Helena wartete, bis er um die Hausecke verschwunden war, dann schlug sie die Hände vors Gesicht und brach in Tränen aus.

Mathilda nahm sie sanft in die Arme. »Komm, lass uns ein Stückchen spazieren gehen, bis zu dem Brunnen neben der Toreinfahrt. Es wird dir guttun, ein wenig kaltes Wasser zu trinken.«

Helena nahm die Hände vom Gesicht, wischte sich die Tränen aus den Augen und nickte zustimmend.

Arm in Arm schlenderten sie den Weg entlang, der vom Herrenhaus zum Tor führte. Von allen Seiten umgab sie ein Wirrwarr aus Farnen, Palmen und Wurzeln, so eng verfilzt, dass man wie in einem Netz darin hängen blieb, wich man einen Schritt vom sorgfältig freigehackten Weg ab. Wunderschöne Vögel erschienen sekundenlang im Dickicht wie aufblitzende Juwelen: türkisfarbene Alude und Guru-Tauben mit Federkränzchen auf dem Kopf.

Helena beruhigte sich allmählich. Noch hatte sie drei Wochen Zeit bis zu dem schrecklichen Tag. Wenn ihr kein anderer Ausweg einfiel, würde sie auf Myrtles Vorschlag eingehen müssen, aber ihr schauderte bei der Vorstellung, Jonah zu heiraten, auch wenn die Ehe nur auf dem Papier bestehen und nur einige Wochen andauern würde. Außerdem, wer garantierte ihr denn, dass Myrtle ihr wirklich Geld zur Flucht geben und die Reise mit dem Geistlichen arrangieren würde? Es wäre so viel einfacher, ihr einen Skorpion ins Bett zu legen und dann vor Schreck über den plötzlichen Todesfall die Hände über dem Kopf zusammenzuschlagen und die großen Veilchenaugen aufzureißen. Aber selbst wenn Myrtle es ehrlich meinte, würde ein Priester ihr überhaupt helfen, einer – wenn auch arrangierten – Ehe zu entfliehen?

Sie schreckte auf. Eine graue Äffin – ein Muttertier mit einem Jungen auf dem Rücken – jagte über den Weg, blickte auf und zog erschrocken den Kopf zurück, als sie die beiden Menschen erblickte. Erbost schnatternd schwang sie sich über das Geländer, das den Weg säumte, und verschwand samt ihrem kreischenden Sprössling. Helena sah, dass sie nur noch wenige Meter von dem Tor entfernt waren, dessen geschnitzte und scharlachrot lackierte Flügel geschlossen waren. Quer davor lag ein Hund, groß wie ein Kalb, mit einem klobigen Schädel und gewaltigen Kaumuskeln, die die fürchterliche Kraft seiner Kiefer verrieten. Auf einer Holzbank saßen zwei Männer in fleckigen Anzügen und mit Tropenhelmen auf dem Kopf. Sie hatten jeder ein langes Gewehr vor sich aufgestellt, die Hände über dem Kolben gefaltet und das Kinn daraufgestützt. Es waren Europäer, wenn auch so braun gebrannt, dass nur ihre Gesichtszüge sie von den Einheimischen unterschieden.

Beim Anblick der beiden Frauen erhob sich einer von ihnen und fragte: »Sie wollen doch hoffentlich keinen Spaziergang durch den Dschungel machen?« Als er näher trat, kamen Helena die Züge seines braunen Gesichts vertraut vor. Er gehörte offenbar auch zur Aldermann-Sippschaft.

»Nein, nein. Wir hätten nur gern etwas Wasser aus dem Brunnen«, antwortete Mathilda. »Gibt es vielleicht ein Gefäß?«

»Gewiss.« Obwohl Mathilda ihn gefragt hatte, richtete er seine Antwort an Helena; die farbige Frau schien für ihn so gut wie nicht vorhanden zu sein. »Warten Sie einen Moment.« Er ließ den Eimer an der Winde in den Brunnenschacht hinunter, kurbelte ihn wieder hoch, goss etwas in einen Becher, der am Brunnenrand hing, und reichte ihn Helena. »Bitte sehr.« Er wartete, bis sie getrunken hatten, dann sagte er: »Sie sind erst gestern angekommen, nicht wahr? Hat man Ihnen schon Bescheid gesagt?« Ohne auf eine Antwort zu warten, fuhr er fort: »Frau Annette hat uns angewiesen, darauf zu achten, dass Sie in Sicherheit bleiben. Der Dschungel ist immer gefährlich, zurzeit aber ganz besonders. Da drinnen« – er wies auf die grüne Wildnis jenseits des Tores – »sind Rebellen unterwegs, die auf Weiße schießen. Sie hätten um ein Haar den jungen Herrn und Frau Myrtle ermordet. Deshalb bewachen wir jetzt das Tor.«

Helena nickte. Sie war nicht sicher, ob Frau Annette sie an der Flucht hindern wollte oder ob sie nur Angst hatte, irgendein Rebell könnte die kostbare Braut erschießen. Vielleicht beides. Es lief ohnehin auf dasselbe hinaus.

Der Wärter lächelte. »Außerdem«, sagte er, »werden Sie genug zu tun haben mit Schönmachen und Aufputzen, da werden Sie keine Zeit für einen Spaziergang haben. Sie fahren doch heute Abend zum Fest. Hat man Ihnen das denn nicht gesagt? Der stellvertretende Gouverneur, Herr Thomas Buijs, gibt ein

Gartenfest mit Tanzvergnügen, die gesamte weiße Gesellschaft von Port Crescent ist eingeladen. Da dürfen Sie nicht fehlen, Fräulein Helena, wo Sie doch so bald eine von uns sein werden.«

6

Helena war ganz und gar nicht in der Stimmung für ein Tanzvergnügen, aber sie wurde nicht gefragt. Am späten Nachmittag eskortierte Myrtle sie, keinen Widerspruch duldend, zurück ins Haus und in ein Ankleidezimmer. Überrascht stellte die junge Deutsche fest, dass ein magnolienrosafarbenes Ballkleid für sie bereitlag, komplett mit einem Handtäschchen und einem Kranz aus Seidenblumen. Noch überraschter war sie, als Myrtle ihr verriet, dass es eines von Frau Annettes Ballkleidern war. Eines, das sie schon eine ganze Weile nicht mehr getragen hatte – vermutlich, weil es für eine über 60-Jährige längst zu jugendlich war.

»Du gehörst ja jetzt bald zur Familie«, sagte die junge Frau Aldermann, »da borgt sie dir gerne etwas. Mit deinen kümmerlichen Fetzen könntest du dort nicht auftauchen. Das ist eine Veranstaltung für die wirklich besseren Leute. Komm, ich helfe dir beim Anziehen.«

Sie schälte Helena schnell und geschickt aus ihren Alltagskleidern, gab ihr eine neue Garnitur Wäsche, zog das Korsett darüber stramm und half ihr schließlich in das Ballkleid, das Helena als ein Labyrinth aus Ärmeln, Unterröcken, Mieder und Volants erschien. Sie hätte sich darin verfangen wie in einem Spinnennetz, hätte Myrtle ihr nicht zur Seite gestanden.

Da sie allein im Raum waren, wagte Helena es, eine Frage zu stellen. Weil sie bei all dem Aus- und Anziehen nicht schreiben konnte, sprach sie. Sie merkte, wie Myrtle angewidert zusammenzuckte, als sie zum ersten Mal ihre rostige, geisterhaft dünne Stimme vernahm.

»Myrtle, wie … wie kommt es, dass du Jonah so sehr liebst?«

Die junge Frau stand hinter ihr und band die Schleifen auf der Turnüre, daher klang ihre Stimme dicht an Helenas Ohr. »Das fragst du dich auch, nicht wahr? Kaum jemand versteht es. Aber es ist ganz einfach. Zu jeder Frauenseele gehört von Anfang an eine Männerseele, die ihr bestimmt ist. Sie sind eigentlich gar nicht zwei Seelen, sondern eine einzige, nur getrennt in Mann und Frau. Jonah ist die Dualseele, die zu mir gehört. Ich hätte ihn bekommen, wäre er so klug und tüchtig wie Max, aber auch so, wie er ist, hat ihn das Schicksal für mich bestimmt. Es war nicht seine Schuld, dass er bei der Geburt fast erstickt wäre.«

»Nein, natürlich nicht«, flüsterte Helena.

»Was ich erlebe«, fuhr Myrtle fort, »das verstehen nur Menschen, die ebenfalls ihrer Dualseele begegnet sind. Es ist Schicksal. Man sucht sich diesen Menschen nicht aus, er ist einfach da. War immer schon da. So richtig habe ich das nie verstanden, bis ich den Fehler machte und Max heiratete. Damals dachte ich, ich würde Jonah lieben wie einen Bruder, und heiraten könnte ich einen anderen. Die Hochzeit war kaum vorbei, als ich merkte, welchen Irrweg ich gegangen war. Jetzt muss ich den Weg wieder zurückgehen bis zu der Stelle, wo ich die falsche Abzweigung genommen habe.«

»Kannst du dich von Max scheiden lassen?«

»Er wird sich von mir scheiden lassen – sobald du mit Jonah verheiratet bist und er überzeugt ist, dass ich auf keinen Fall mehr mit Jonah zusammen sein kann. Das ist der Grund, warum er es bis jetzt nicht getan hat, verstehst du? Sobald er sich von mir trennt, würde Jonah mich heiraten, und das will er auf keinen Fall. Er kann den Gedanken nicht ertragen, dass ich seinen Bruder in aller Öffentlichkeit ihm vorziehen würde. – So! Du siehst sehr hübsch aus. Hier, nimm das Cape, das gehört dazu. Abends wird es kühl am Wasser.« Sie reichte Helena ein Cape aus blassrosa Samt, mit Rosenblüten bestickt und mit einem Saum von hauchzarten Daunen eingefasst. »Tanzt du gut?«

Helena schüttelte den Kopf. »Ich kann nicht tanzen.« Das war eine Lüge. Sie konnte sogar sehr gut tanzen, aber sie wollte um jeden Preis verhindern, dass all diese Männer kamen, ihre verschwitzten Arme um sie legten und mit fleischigen Pfoten ihre Hand umklammerten.

»Nein? Oh, schade. Nun, Jonah kann es auch nicht. Er mag das Drehen nicht, ihm wird leicht schwindlig. Also sitzen wir bei jedem Ball nur auf der Tribüne, trinken Eistee und schwätzen. Du meine Güte, was machen wir eigentlich mit deinem Haar?« Sie beäugte mit schief gelegtem Kopf das Stoppelfeld. »Seltsam«, bemerkte sie. »Weißt du, dass das im Grunde sehr gut zu dir passt? Wenn du ein Junge wärst, wärst du ein hübscher Junge. Aber so kannst du nicht zu einem Gartenfest gehen, die Leute müssen ja denken, du hättest Läuse gehabt. Warte! Frau Annette hat dir das Kleid geborgt, sie muss dir eben auch eine ihrer Perücken borgen, sie hat ja genug davon.«

Sie eilte davon und kam wenig später mit einer kühn aufgetürmten braunen Perücke zurück. Helena wurde auf einen Stuhl gedrückt. Myrtles zarte, kalte Hände glitten über ihre Schläfen und zogen das Netz der Perücke wie eine Haube über ihren kurzgeschorenen Kopf. Nachdem sie noch etwas daran herumgezupft hatte, erklärte Myrtle triumphierend: »Wunderbar! Sie passt.«

Helena erhob sich, um einen Blick in den Spiegel zu werfen. Sie fühlte sich in dem fremden Kleid und der noch fremderen Perücke wie in einem Theaterkostüm, umgeben von einem Geruch nach Leim, Rosshaar, Mottenkugeln und staubigem Samt. Ihr Spiegelbild war ihr vollkommen fremd. Seltsamerweise empfand sie diese Entfremdung als tröstlich. Das war nicht sie. Das war eine Person in einem Theaterstück, die tat und sagte, was der Spielleiter ihr vorschrieb. Sie konnte es einen Abend lang durchhalten, in der Öffentlichkeit Theater zu spielen.

»Komm, die anderen warten sicher schon.« Myrtle ergriff ihren Arm und bugsierte sie zur Tür hinaus in den Hof.

7

Helena schien es, dass die gesamte Aldermann-Sippschaft sich auf dem Gartenfest eingefunden hatte. Zumindest sahen sich alle recht ähnlich: hochgewachsene, blonde Männer mit scharfen Zügen sowie blonde und brünette Frauen mit hellblauen Augen, denen man allesamt ansah, dass sie von friesischen Einwanderern abstammten. Vermutlich waren diese schon in ihrer Heimat enger miteinander verwandt gewesen, als ihnen guttat, und während der vier Generationen in Java war wohl auch nur sehr wenig frisches Blut in den alten Stamm geströmt.

Es herrschte ein lebhaftes Durcheinander, bis alle Kutschen vorgefahren und die Festbesucher darin untergebracht waren. Helena wurde ein Platz in einem offenen Viersitzer zugewiesen, in dem auch Myrtle, Max und Jonah Platz nahmen. Der junge Mann murrte. Er wäre lieber geritten als gefahren, aber – wie sein Bruder ihm erklärte – ein Gartenfest in der Residenz des stellvertretenden Gouverneurs war nun einmal ein gesellschaftliches Ereignis ersten Ranges, da hatte man in der besten Kutsche vorzufahren, und außerdem wurde erwartet, dass er zusammen mit seiner Verlobten erschien. Wollte er Helena in ihrem Ballkleid vielleicht vor sich aufs Pferd setzen?

»Sie kann laufen«, befand Jonah.

Myrtle lachte und ergriff seine Hand. »Jonah, du musst dich heute Abend wirklich gut benehmen, hörst du? Du musst nett zu allen Leuten sein, besonders zu Helena. Du musst freundlich mit ihr reden und darfst sie nicht wegstoßen.«

Jonah nickte gehorsam, aber mit offenkundigem Mangel an Begeisterung. »Gibt es bei dem Fest zu essen?«, erkundigte er sich.

»Aber natürlich. Bei Festen gibt es immer Unmengen zu essen. Und es wird Musik gespielt und getanzt, und in der Nacht gibt es ein Feuerwerk.«

Jonah strahlte. »Feuerwerk!«, wiederholte er. »Mhmm.«

Maximilian, der ihn mit tödlicher Verachtung betrachtete, sagte zu Helena: »Die Äußerungen meines Bruders sind oft nicht ganz einfach zu verstehen, das machen sie aber durch ihre besondere Tiefgründigkeit wett, nicht wahr, Jonah? Wir haben hier einen Schatz in tönernen Gefäßen.«

Helena blickte Jonah an und sah den hilflosen Zorn auf seinem Gesicht. Offenbar hatte er zwar den Inhalt der Bemerkung nicht begriffen, aber sehr wohl verstanden, dass er verspottet wurde. Jählings flammte ein so heftiger Ärger in ihr auf, dass sie sich nicht die Zeit nahm, nach ihrem Büchlein zu suchen, sondern mit schwacher, krächzender Stimme hervorstieß: »Ich freue mich ebenfalls auf das Feuerwerk, und ich habe keinerlei Schwierigkeiten, Jonahs Worte zu verstehen.«

»Nur schade, dass du zum Gespräch nicht viel beitragen kannst, liebe zukünftige Schwägerin«, höhnte Max.

Myrtle warf ihrem Gatten einen verachtenden Blick zu. »Welches Zeichen von edler Männlichkeit«, zischte sie, »über die Behinderung einer Frau zu spotten!«

Jonah war das Gespräch völlig entglitten. Er holte sein Zigarettenetui hervor, zündete eine der seltsam duftenden Zigaretten an und lehnte sich im gepolsterten Sitz zurück, wobei er gedankenverloren Rauchkringel ausstieß. Helena, die für ihre heftige Zwischenbemerkung mit Halsschmerzen bezahlt hatte, schwieg ebenfalls. Sie dachte darüber nach, was Jonah ihr erzählt hatte: Wie zornig er wurde, wenn er merkte, dass man ihn hinter seinem Rücken verhöhnte. Zweifellos erging es ihm nicht anders als ihr. Sie konnte nicht schreien, und er hatte nicht den nötigen Verstand, um seinem Bruder die Sticheleien in gleicher Weise heimzuzahlen.

8

Als sie in Port Crescent ankamen, waren die engen Straßen dort bereits von Kutschen verstopft, die alle zum Landsitz des Herrn Buijs unterwegs waren. An die dreihundert Gäste waren geladen. Sie mussten sich in eine lange Schlange von Wagen einreihen und die Pferde im Schritt gehen lassen, bis sie endlich das schmiedeeiserne Tor des Landsitzes erreichten und im Licht des Sonnenuntergangs in die Kühle des Parks eintauchten.

So eindrucksvoll war die Szene, dass Helena sich kurzfristig von ihrem Kummer abgelenkt fühlte. Wohl gab es in Hamburg auch herrschaftliche Parks, aber was waren die im Vergleich zu den dämmrigen Weiten gezähmten Regenwaldes, den Alleen von Riesenbäumen, aus deren Kronen ein Gewirr von Lianen herabhing! Nur wenige Schritte vom gepflegten Rasen entfernt begann das zwielichtige Reich des feuchten, verworrenen Dschungels, von der Zivilisation abgegrenzt durch hohe Parkgitter, in denen sich da und dort Pforten in das von Lärm erfüllte Dickicht öffneten. Die bunt schillernden Vögel stürzten in Scharen herbei, sobald Menschen auftauchten, warteten, scheu und gierig zugleich, ob etwas für sie abfiel, und flatterten kreischend davon, sobald eine heftige Bewegung sie erschreckte.

Die Kutschen fuhren in den gepflasterten Hof ein, die Gäste stiegen aus und wurden von Scharen livrierter Diener zum Fest geleitet. Auf den weiten Rasenflächen waren überall Zelte aufgestellt, aus deren Inneren der Duft köstlicher Speisen drang. Für die im Freien spielende Kapelle hatte man einen türkischen Kiosk mit einer himmelblauen Kuppel errichtet, vor dem die Musiker in morgenländischen Kostümen saßen.

Jonah lachte entzückt auf und machte in seiner Erregung rasche, unkoordinierte Bewegungen, als wollte er gleichzeitig dahin und dorthin laufen. Als Max ihn scharf anfuhr, zog er eine schuldbewusste Grimasse, fuhr sich mit beiden Händen übers

Gesicht und versteckte sein Lachen hinter der vorgehaltenen Hand.

Helena blickte ihn an und bedeutete ihm: *Das ist alles sehr schön, nicht wahr?*

Mit dem Instinkt eines Kindes erfasste er, dass sie ihn unterstützte, und grinste sie verschwörerisch an.

Helena entdeckte in der gesamten vornehmen Gesellschaft kein einziges Gesicht, das nicht weiß gewesen wäre. Als sie danach fragte, bekam sie von Myrtle zur Antwort, dass bei den wirklich großen gesellschaftlichen Ereignissen selbst halbblütige Personen nicht geduldet wurden, wovon es viele in Port Crescent gab – Sprösslinge hellhäutiger Männer und farbiger Frauen. Der umgekehrte Fall trat praktisch nie ein, sagte die junge Frau, und wenn, so wurde ein solcher Skandal in aller Eile unter den Teppich gekehrt.

Jonah hatte ohne großes Interesse dem Gespräch zugehört, aber dann platzte er völlig unerwartet heraus. »Großmama war wütend. Sie hat Mama mit der Peitsche davongejagt. Sie –«

Im Nu stürzte Max sich auf ihn, packte ihn an der Hemdbrust und schrie ihm ins Gesicht: »Halt den Mund, du Halbaffe!«

Jonah riss sich los und knurrte gefährlich.

Myrtle warf sich eilig dazwischen. Mit einem diplomatischen Geschick, das jahrelange Übung verriet, trennte sie die beiden, wies Max zurecht, beschwichtigte Jonah und hinderte Helena daran, neugierige Fragen zu stellen. Nur mit Mühe gelang es ihr, öffentliches Aufsehen zu vermeiden.

Der Park war mit chinesischen Lampions erleuchtet. Mit Einbruch des Abends hatte sich die prunkvolle Villa des stellvertretenden Gouverneurs in ein Feenschloss verwandelt. Die beiden Obelisken links und rechts der Freitreppe wurden mit Gaslampen angestrahlt und gleißten so hell, als bewachten sie nicht den Weg ins Haus eines holländischen Regierungsbeamten, sondern in einen Tempel ägyptischer Zauberer. Und erst der Ballsaal im Innern mit der reich verzierten Decke, den gläsernen Lüstern, den Wänden voller Spiegel, umgeben von Statuen, Topfpalmen und zarten Gazevorhängen! In der Mitte des Saals sprudelte aus einem Brunnen mit Eau de Cologne parfümiertes Wasser. Dieses Parfüm mischte sich mit dem der versammelten Menschen, dem Zigarrenrauch und dem kräftigen Aroma der Speisen und Gewürze zu einem Geruch, der einem fast den Atem nahm und Kopfschmerzen hervorrief.

Noch lag die große Fläche des polierten und mit Schneiderkreide bestäubten Teakholzbodens leer und verlassen da, aber in Kürze würde hier bis in die Morgenstunden getanzt werden.

Helena wurde es allmählich ganz wirr im Kopf. Ihre drei Begleiter, zu denen sich eine wechselnde Anzahl weiterer Aldermann-Verwandter gesellte, schoben und zogen sie durch die dichte Menschenmenge. Sie wurde Leuten vorgestellt, die sie nicht kannte, musste nicken und lächeln, verstand aber bei dem Lärm nicht, was man überhaupt zu ihr sagte, zumal drei verschiedene Sprachen verwendet wurden. Man dirigierte sie dahin und dorthin, ohne Rücksicht auf ihre schmerzenden Füße und die Atembeklemmungen, die das stramme Korsett hervorrief, bis sie endlich, ungeheuer erleichtert, in einer der Logen am Rande der Tanzfläche Platz nehmen durfte. Jonah Aldermann setzte sich neben sie, allerdings erst, nachdem Myrtle es so eingerichtet hatte, dass sie an seiner anderen Seite sitzen konnte, und ihm in gedämpftem, aber scharfem Ton eine Rüge erteilt hatte.

Ein Teil der jüngeren Gäste war in Maskenkostümen erschienen: Da gab es eine Carmen, deren plissierter roter Seidenrock und knappes Bustier ein Gemurmel der Entrüstung unter den gesetzteren Festgästen hervorriefen, und ein dralles italienisches Bauernmädchen, dessen runder Busen in einem Dekolleté aus Genueser Spitze ruhte wie zwei Törtchen in ihren Papierkrausen. Ein Stierkämpfer erschien, ein König im Hermelinmantel mit zwei niedlichen Pagen, eine Prozession finsterer Mönche und ein Häuflein britischer Matrosen von einem Kriegsschiff der Royal Navy, die jeder für kostümiert hielt, obwohl sie lediglich ihre Uniform trugen. Zwei junge Damen hatten sich als Schneeweißchen und Rosenrot verkleidet und wurden von einem possierlichen Zwerg begleitet, der brummend hinter ihnen hertrottete. Zwei andere Mädchen kamen als Hänsel und Gretel. Den Männern fielen fast die Augen aus dem Kopf, als sie begriffen, dass die langen, nackten Beine unter der kurzen Lederhose einer Frauensperson gehörten. Eine Welle der Empörung ging durch den Saal, fast wäre das frivole Pärchen hinausgewiesen worden, hätte Herr Buijs nicht Gnade walten lassen. Hänsel durfte bleiben, musste aber den Rest des Abends in langen Hosen verbringen.

Überall standen Fotografen bereit, um das Ereignis festzuhalten. Ein Magnesiumblitz nach dem anderen erhellte den ohnehin bereits von Lichtern strahlenden Ballsaal, und der Geruch des verbrannten Pulvers mischte sich mit den in der schwülen Luft schwebenden Aromen. Helena schloss die Augen.

Myrtle bemerkte ihr Unwohlsein und fragte leise, ob sie Kopfschmerzen hätte. Als Helena nickte, kramte sie eine Pillenschachtel aus ihrem Pompadour, winkte einem der vorbeieilenden Lakaien, ihr ein Glas Sekt zu bringen, und warf die Pille hinein. »Trink«, flüsterte sie. »Das wird dir helfen.«

Sie behielt recht. Die bohrenden Kopfschmerzen ließen nach. Helena fühlte sich wohler, allerdings auch ein wenig beschwipst. Zweifellos war das alles zu viel für sie gewesen. Sie lehnte sich zurück und schloss die Augen.

9

»Helena?« Myrtle hatte sie eine Weile alleingelassen. Nun trat sie an die Loge heran und beugte sich zu ihr herunter. »Komm, wir müssen zum Fotografen. Eine Bildergalerie der Ballschönheiten.«

Helena seufzte. Sie hatte sich gerade so wohl gefühlt. Aber

den gesellschaftlichen Pflichten konnte man sich eben nicht entziehen.

»Komm, die anderen sind schon drüben. Alle Aldermanns auf einem Bild – das wird sooo lang!« Myrtle deutete lachend ein halbmeterlanges Foto an. »Du auch, Jonah! Sei jetzt bloß nicht zu faul zum Aufstehen.«

Der junge Mann raffte sich verdrießlich auf, und noch viel verdrießlicher bot er Helena, als sein Freundin ihn dazu aufforderte, den Arm. Sie war froh über die Stütze, denn ihre Füße fanden keinen rechten Halt auf dem Boden. Es fühlte sich an, als trete sie immer wieder in tiefe Löcher oder stolperte über unsichtbare Schwellen.

Myrtle eilte ihnen voraus durch die Menge der Tanzenden. Helena blinzelte. Die seltsame Verzerrung des Tanzsaales schien jetzt auch die Tänzer ergriffen zu haben. Waren die Masken bis dahin nur bunt und fantasievoll gewesen, wenn auch ein wenig frivol, so waren jetzt mehrere darunter, die ihr abstoßend und makaber erschienen. Eine Dame sah aus wie eine Schwalbe mit einem Kopfschmuck und Flügeln aus echten Federn von Singvögeln aus Anjer – Vögeln, die noch kurz zuvor durch die turbulenten Lüfte der Sundastraße geflattert waren. Helena sah das Blut an den Kielen kleben. Eine andere Dame trug schwarze Flügel, goldene Hörner und ein schwarz-rotes Seidenkleid mit Abbildern Luzifers, auf dem Rücken ihres Kostüms stand »Madame la diable« geschrieben. Zwei Personen – sie konnte nicht erkennen, ob es Mann und Frau oder zwei Frauen waren – hatten sich als grüne Leguane verkleidet und krochen schwerfällig, ihre mannsdicken Schwänze hinter sich herschleppend, über das Parkett.

Aber sie kam nicht dazu, lange über diese wunderlichen Kostüme nachzudenken, denn schon wurde sie in einen Salon geschoben, an dessen Wänden die Fotografen ihre Geräte aufgestellt hatten. Das Licht eines tief hängenden Kristalllüsters blendete sie, sodass sie nur unbestimmt rote Seidentapeten in barock verschnörkelten Goldrahmen wahrnahm, ein paar samtbezogene Bänke und Stühle sowie Blumenbuketts von überbordender Größe in bronzenen Bodenvasen. Frau Annette thronte, umrahmt von ihrer gesamten Verwandtschaft, an der Seitenwand der Salons auf einem vergoldeten Armstuhl mit geschweiften Lehnen und Löwenklauen als Füßen. Ihr grünes Ballkleid fiel in Kaskaden von Seide über ihre Füße zu Boden.

Helena blinzelte. Ihre Umgebung wurde immer eigenartiger. Sie bekam Angst. In ihren schlimmsten Anfällen hatte sie nie die Kontrolle über ihren Verstand verloren – über ihre Gefühle, ja, auch über ihre guten Manieren, aber niemals über ihre Wahrnehmung. Jetzt fragte sie sich, ob die Dinge und Menschen um sie herum wirklich waren. Die Fotografen drängten näher und näher, kesselten sie ein, sodass sie immer weiter der Stirnwand des Salons zugeschoben wurde, wo hinter einem Lesepult ein schwarz gekleideter Mann mit einer steifen weißen Halskrause stand. Neben ihm warteten zwei backenbärtige Herren mit dicken Goldketten über der Brust, die jeweils ein schweres Buch aufgeschlagen in Händen hielten.

Sie wollte etwas fragen, wollte rufen, aber ihre Stimme versagte ihr nun gänzlich den Dienst, und ihr Schreibblock steckte im Beutel, den sie nicht öffnen konnte, weil jemand ihre Hand hielt. Jemand. Jonah. Er hielt ihre Rechte unbarmherzig umklammert und starrte finster geradeaus.

»Und du, Helena von Odenhof, willst du den hier anwesenden Jonathan Aldermann …«

Sie versuchte sich loszureißen. Das war kein Trugbild, das war kein Maskenspiel. Sie musste weg, musste von hier fliehen, bevor es zu spät war.

»So erkläre ich euch für Mann und Frau.«

Sie spürte die tödliche Kälte, die vom Fußboden zu ihr aufstieg. Ihre Füße schienen in Bleischuhen zu stecken. Wie oft hatte sie diese unerträgliche Szene geträumt, und jetzt – war jetzt alles Wirklichkeit geworden? Sie senkte den Blick auf ihre Rechte. Am Ringfinger glänzte kalt und grell ein goldener Ring.

»Sie dürfen die Braut jetzt küssen.«

Jonah beugte sich so weit vor, dass seine gespitzten Lippen gerade eben ihre Wange berührten.

Die Aldermanns applaudierten aus Leibeskräften. Helena fühlte sich wie gefangen zwischen all den Leibern, die sich um sie drängten. Man hielt ihr etwas zum Unterschreiben hin. Sie unterschrieb. Man verlangte, sie solle sich neben Jonah stellen. Sie stellte sich neben ihn und blickte starr in die großen, auf Stative montierten Fotoapparate. Alles, was sie bislang noch aufrecht gehalten hatte, alle Hoffnungen auf Flucht brachen in sich zusammen und ließen sie als eine leere, fügsame Hülle zurück, eine Schauspielerin in einem geliehenen Hochzeitskleid.

10

Wie sie zurück in die Villa Rafflesia gekommen war, daran konnte Helena sich später nicht mehr erinnern. Aber sobald die Wagen in den von Kerosinlampen erleuchteten Hof eingefahren waren, wurde sie brutal zurück in die Wirklichkeit befördert. Sie begriff gar nicht, wie ihr geschah, als sie plötzlich von zwei Männern aus der Kutsche und quer über den Hof gezerrt wurde. Erst als einer der Männer ihre Hände packte und in die Höhe zog, während der andere einen Lederriemen um ihre Handgelenke schlang, kam sie zu sich und begann verzweifelt um sich zu schlagen und zu treten. Sie begriff, was geschah, wusste aber nicht mehr, wo sie sich befand und wer die Menschen um sie herum waren. Sie meinte in Professor Wiedemanns Irrenanstalt zu sein, bildete sich ein, Schwester Fridas Atem in ihrem Nacken zu spüren und ihre heisere Stimme zu hören – und dann wieder war es Frau Annette, die sie von hinten am Kinn fasste und ihren Kopf schmerzhaft herumdrehte. Mit einem Ruck riss sie Helena die geborgte Perücke vom Kopf. Die veilchenblauen Augen funkelten vor Rachsucht, und ihre Stimme war heiser vor Erregung. »So, meine kleine Wildkatze«, krächzte sie. »Jetzt gehörst du zur Familie, und jetzt wirst du lernen, wie man sich als Familienmitglied benimmt.«

Helena spürte, wie Hände ihr das Kleid hinten aufrissen, die Ärmel aufschlitzten und die Lumpen über ihre Hüften hinunterzerrten, sodass sie im Korsett in der feuchten Luft der Morgendämmerung stand. Gleich darauf ging die Gerte mit einer Gewalt auf ihren Rücken nieder, dass sie meinte, man würde sie mit dem Messer aufschlitzen. Tränen sprangen ihr in die Augen, sie wollte schreien, brachte aber keinen Laut heraus. Der nächste Hieb folgte, hinterließ eine sengende Spur auf ihrem Fleisch. Wieder ein Hieb. Der Hof drehte sich vor ihren Augen. Die Menschen, undeutlich sichtbar in dem Durcheinander aus Schatten und Licht, bogen und krümmten sich wie in einem Zerrspiegel. Ein neuerlicher Schlag pflügte eine glühende Furche in ihren entblößten Arm, ein zweiter folgte auf der anderen Seite. Sie spürte, wie ihr Tränen und Schweiß übers Gesicht liefen.

Irgendwo in weiter Ferne rief Myrtle: »Großmama, das ist jetzt aber wirklich genug, sie blutet ja!«

»Du sei ganz still, du ehebrecherisches Miststück!«, ertönte die kalte, spröde Stimme der alten Frau. »Sonst bist du als Nächstes dran!«

Mehr hörte Helena nicht. Sie brach ohnmächtig zusammen.

11

Mathilda von Odenhof hatte, da man sie nicht zum Ball mitgenommen hatte, erst noch ein Weilchen mit den einheimischen Dienstboten geplaudert und war dann früh schlafen gegangen. Wie in der Nacht zuvor legte sie sich in Helenas Bett. Die

Freundin würde sie wecken, wenn sie von den Festlichkeiten zurückkehrte. Vielleicht hatte sie ja sogar etwas Vergnügen an dem gesellschaftlichen Ereignis gefunden.

Sie wurde jäh aus dem Schlaf gerissen, als Fäuste gegen die Tür hämmerten und eine Stimme »Aufmachen, aufmachen!« rief. Erschrocken setzte sie sich im Bett auf, zog das dünne Nachthemd über der Brust zusammen. Das Gepolter dauerte an. Jetzt schrie die Stimme: »Verdammt noch mal, du braune Katze, mach auf oder wir holen dich mit Gewalt da raus!«

Da sie aus tiefstem Schlaf aufgeschreckt war, vermochte Mathilda keinen klaren Gedanken zu fassen. In blinder Panik sprang sie auf, warf sich ihren Morgenmantel über und floh hinaus auf die Veranda. Mit einem Satz schwang sie sich über das niedrige hölzerne Geländer und wollte quer durch den nächtlichen Garten fliehen, als sie am Arm gepackt und zurückgerissen wurde. Taumelnd starrte sie in das vom Laternenschein beleuchtete Gesicht von Max Aldermann.

Er machte eine höhnische Verbeugung. »Ein Kompliment von Frau Helena Aldermann! Sie lässt Ihnen ausrichten, dass sie Ihre Dienste nicht mehr benötigt, daher sind wir gekommen, Sie zum Tempel hinauszugeleiten.«

»Helena?« Mathilda spürte, wie es ihr kalt den Rücken herunterlief. »Sie ist … Sie meinen …«

Max grinste. »Sie ist jetzt Jonahs Frau, genau das meine ich. Die beiden wurden heute in Anwesenheit des Bürgermeisters von Port Crescent vom Pastor getraut. Du kannst es morgen in den Zeitungen nachlesen. Aber jetzt raus hier. Großmama hat genug von deiner arroganten braunen Fratze.« Damit riss er sie so wütend am Arm, dass sie taumelte und hinfiel. Weitere Hände packten zu. Mathilda schrie und wehrte sich, aber sie hatte keine Chance gegen das halbe Dutzend Aldermanns, Männer und Frauen, die sich auf sie gestürzt hatten. Wie ein Bündel Lumpen wurde sie den Torweg entlanggeschleppt. Jemand öffnete das Tor, und die Bande zog und zerrte sie hindurch.

Etwa hundert Meter vom Tor entfernt gab Max den Leuten ein Zeichen, sie loszulassen. Die Laterne in der Hand, beugte er sich so nahe über sie, dass sie seinen Atem im Gesicht spürte. »Hör zu, du braune Katze«, zischte er sie an. »Wir hätten es auch anders machen können, aber wir lassen dich laufen. Verschwinde von hier. Lass dich nie wieder blicken, sonst …« Er zog die Reitgerte aus dem Stiefelschaft und hieb Mathilda damit so scharf über die Wade, dass sie vor Schmerz erstarrte.

»Aber ich habe nicht einmal Schuhe an!«

»Na und? Dann lauf eben barfuß, das machen die Kaffern hier alle. Los, lauf!« Er hob die Gerte zu einem neuerlichen Schlag.

Sie duckte sich, wich dem Hieb aus. Mit hochgerafftem Nachthemd und Morgenmantel floh sie in wilder Angst in die Nacht hinaus, trat auf spitze Steine, stolperte, fing sich wieder. Das höhnische Gelächter der Familie Aldermann gellte ihr nach, bis sie um eine Biegung rannte und die Außenbeleuchtung des Hauses hinter den schwarzen Mauern des Dschungels verschwand.

Sie stolperte durch eine fast vollkommene Finsternis. Zwar stand der Mond am Himmel, doch die über dem Pfad hängenden, dicht belaubten Äste und das Luftwurzelgewirr der Orchideen sperrten dessen bläuliches Licht fast völlig aus. Rund um sie schnarrten, fiedelten und maunzten unzählige Stimmen. Mathilda kannte den Dschungel gut genug, um zu wissen, wie gefährlich die nächtlichen Jäger waren. Am meisten Angst hatte sie vor dem Tiger, der ihr von Kind auf als der Teufel in Person erschienen war, heimtückisch, blutgierig und gnadenlos. Er griff immer von hinten an. Lautlos schnellte die gewaltige Masse seines Körpers aus dem Dickicht und begrub das Opfer unter sich, während die dolchartig gekrümmten Klauen es packten. Mathilda keuchte. Sie wusste, dass ein Tiger ihre Schritte, ihre Atemzüge über weite Entfernung hin hören konnte, dass vielleicht gerade jetzt einer mit aufgestellten Ohren sein Lager verließ, um in ihre Richtung zu schleichen. So qualvoll war ihre

Angst, dass sie kaum merkte, wie spitze Steine ihre Füße aufrissen und dornige Ranken ihre Arme zerkratzten. Der körperliche Schmerz ging unter in der Furcht, der Wildnis zum Opfer zu fallen, und ihrer Angst und Sorge um Helena. Sie zweifelte nicht daran, dass Max die Wahrheit gesagt hatte. Hinterlistig, wie sie waren, hatten die Aldermanns Helena in dem Glauben gelassen, es seien noch drei Wochen bis zur Hochzeit, hatten sie in Sicherheit gewiegt – und dann blitzschnell zugeschlagen.

Plötzlich erstarrte sie. Den Rücken an einen Baumstamm gepresst, verharrte sie mit angehaltenem Atem. War da nicht ein verdächtiges Knacken dürrer Zweige gewesen, das Schnaufen einer gewaltigen Bestie? Sie lauschte, aber das Geräusch wiederholte sich nicht. War es nur eine Ausgeburt ihrer Angst gewesen? Oder hielt der sich heranschleichende Tiger ebenfalls inne, um sie in Sicherheit zu wiegen? Ihre Augen brannten Löcher in die Dunkelheit, aber sie konnte nichts erkennen außer den wirren Arabesken der von oben herabhängenden Ranken. Wenn der Menschenfresser nicht entdeckt werden wollte, dann ließ er sich auch nicht entdecken.

Und dann kam ihr der noch viel schlimmere Gedanke, dass es gar kein wirklicher Tiger sein mochte, sondern der gefürchtete Sima Gadhungan, der Wiedergänger eines Ermordeten. Zwar hatte Mathilda niemals jemand ermordet, aber sie fühlte sich dennoch wie gelähmt bei dem Gedanken, dem dämonischen Unhold zu begegnen. In Hamburg skeptisch zu sein war viel leichter gewesen als hier im tiefschwarzen, von geisterhaften Geräuschen erfüllten Dschungel.

Irgendetwas sprang mit einem gewaltigen Satz durch die Büsche und schoss hinter Mathildas Rücken quer über den Weg. Sie hatte nicht gesehen, was es war, und verschwendete keine Zeit damit, sich umzusehen. Wimmernd vor Angst, rannte sie davon, überzeugt, dass der Tiger auf lautlosen Tatzen hinter ihr herjagte und jeden Augenblick seine fingerlangen Zähne in ihren Nacken schlagen würde.

Sie konnte es kaum glauben, als sie lebend Port Crescent erreichte. Atemlos, mit blutigen Füßen und zerrissenem Nachthemd stolperte sie die menschenleere Hauptstraße des Städtchens entlang, auf das ›Hotel Schuit‹ zu. Wie das Gespenst einer Ertrunkenen stand sie im Mondschein vor dem Eingangstor und hämmerte schreiend dagegen, überzeugt, der Tiger sei ihr bis hierher gefolgt und würde sie jeden Moment auf der Schwelle zerreißen.

Ein Fenster wurde aufgestoßen, und eine zornige Stimme keifte: »Wer ist da, verdammt noch mal? Wisst ihr nicht, wie spät es ist? Geht heim auf euer Schiff, ihr besoffenen Kerle, hier gibt es nichts mehr zu trinken!«

Mathilda versagte beinahe die Stimme. Mit letzter Kraft stieß sie ein heiseres »Tiger! Der Tiger!« hervor und sank in dem Winkel zwischen Tür und Pfosten zu Boden.

Die Person am Fenster hatte offenbar erkannt, dass hier nicht betrunkene Matrosen nach einer weiteren Flasche Schnaps lärmten, sondern eine Frau in Not war. »Ich komme!«, rief sie. Mathilda hörte Gepolter im Haus und mehrere Stimmen, dann wurde ein Riegel zurückgeschoben und unter lautem Schlüsselklirren die massive Tür geöffnet. Im Schein einer Lampe nahm sie wahr, dass sich einige Gestalten über sie beugten. Stimmen riefen auf Holländisch durcheinander. Dann wurde sie in die Diele getragen und dort auf einen Diwan gelegt.

Inzwischen hatte der Lärm das halbe Hotel aufgeweckt. Wirre Gerüchte über eine Frau, die von betrunkenen Matrosen angefallen worden war, und einen blutdürstigen Tiger in den Straßen von Port Crescent machten die Runde. Alle fielen mit Fragen über Mathilda her, bis plötzlich Dr. Lafarge in der Schar der neugierigen Hausgenossen auftauchte.

»Lasst die Dame doch in Ruhe mit eurer Fragerei! Seht ihr nicht, dass sie verletzt ist?«, rief er. »Tragt sie auf ein Zimmer, das Mädchen soll ein paar Eimer heißes Wasser und Handtücher bringen.« Er beugte sich über Mathilda und ergriff ihre

Hände. »Bleiben Sie nur ruhig«, sagte er sanft. »Ich kümmere mich um Sie.«

Man brachte sie in ein Hotelzimmer, wo Dr. Lafarge sie mit der Assistenz eines Hausmädchens auszog, wusch und die vielen Schnitte und Schrammen verarztete. Ruben Kosminsky war ebenfalls aufgetaucht und fragte immer wieder besorgt nach Helena, aber der Arzt wies ihn an zu warten, bis die Patientin von oben bis unten gesäubert, mit Jod betupft und an allen wunden Stellen mit Gazestreifen umwickelt im Bett lag. Er verordnete Mathilda eine Tasse heißen schwarzen Kaffee mit einem Schuss Genever und das Hausmittel gegen nervöse Zustände, eine der indischen Zigaretten. Erst als sie sich ein wenig beruhigt hatte, fragte er: »Was ist geschehen? Wie kommen Sie in diesem Zustand nach Port Crescent?«

Sie leckte sich über die ausgedörrten Lippen. Ihr Herz hämmerte immer noch. »Sie haben Helena verheiratet«, flüsterte sie. Mit schwacher Stimme erzählte sie ihnen, was sie von den Ereignissen des Abends wusste. »Ihr müsst zu ihr … müsst ihr helfen … schnell … schnell …« Ihre innere Unruhe und Verzweiflung kehrte augenblicklich zurück. Mit kraftlosen Armen versuchte sie den jungen Arzt von ihrem Bett wegzudrängen, bedeutete ihm, zur Villa Rafflesia zu eilen. Aber gleichzeitig wusste sie, dass es sinnlos war. Niemand hier in Port Crescent würde sich mit den reichen Plantagenbesitzern anlegen wegen einer fremden Frau. Und wer würde ihnen überhaupt glauben, dass Helena sich so verzweifelt gegen die Hochzeit gesträubt hatte? War sie nicht den ganzen weiten Weg von Hamburg gekommen, um Jonah Aldermann zu heiraten?

Sie sank in sich zusammen und brach in bittere Tränen aus.

Dr. Lafarge gab sich alle Mühe, Mathilda zu trösten und zu beruhigen. Sie würden eine Lösung finden, versprach er; jetzt müsse sie sich aber erst einmal erholen. Er ließ sie eine Weile allein und ging draußen auf dem Flur auf und ab.

Als er zurückkehrte, setzte Dr. Lafarge sich an den Rand

des Bettes und ergriff ihre Rechte. »Fräulein Mathilda«, sagte er feierlich, »die Umstände geben mir das Recht, den Weg abzukürzen, den ich längst gehen wollte. Sie sind in Not und Gefahr und brauchen einen zuverlässigen Beistand. Wenn Sie einverstanden sind, können wir morgen heiraten, sobald die Kirche und das Büro des Kontrolleurs geöffnet sind.«

Mathilda lächelte trotz Angst und Schmerzen und nickte mit halb geschlossenen Augen. »Ich bin einverstanden.«

Dr. Lafarge wandte sich zu Ruben Kosminsky um, der mit den Händen in den Taschen dastand und augenzwinkernd das glückliche Paar betrachtete. »Machen Sie sich lieber nützlich, statt da herumzustehen und dumm zu grinsen! Nachdem ohnehin schon alle wach sind, gehen Sie in die Küche hinunter und sehen Sie zu, ob es dort irgendetwas gibt, mit dem man Verlobung feiern kann, Champagner, wenn möglich. Sagen Sie, es sei dringend, denn die Verlobungszeit ist kurz. Sobald die Ämter öffnen, wird geheiratet.«

12

Ruben Kosminsky hatte sich längst damit abgefunden, dass er kein Held war. Kühnheit war nie seine Stärke gewesen, und seit er zusammengeschlagen worden war, fürchtete er sich vor körperlicher Gewalt. Er traute sich einfach nicht, zur Villa Rafflesia zu gehen und von den Aldermanns Aufklärung über Helenas Schicksal zu fordern. Er wusste genau, dass sie die Hunde auf ihn hetzen würden, wenn er ihnen lästig fiel. Aber ganz im Stich lassen wollte er die junge Deutsche auch nicht.

Nach dem Frühstück bat er Herrn Schuit um eine diskrete Unterredung und trug ihm die Sache vor. »Was soll ich tun? Ich bin ein Fremder hier. Ich kann nicht einfach in die Villa Rafflesia hineinstürmen und verlangen, dass man mich mit Fräulein von Odenhof sprechen lässt.«

Herr Schuit rieb sich nachdenklich das große, runde Gesicht. »Ehrlich gesagt glaube ich nicht, dass Sie überhaupt etwas tun können. Diese junge Dame ist hierhergekommen, um Herrn Jonah zu heiraten, und jetzt hat sie es eben getan.«

»Sie wollte ihn niemals heiraten.«

Der Hotelier zog die Schultern hoch, wobei sich sein Anzug ziehharmonikaförmig unter dem Kragen zusammenschob. »Schon möglich, Mijnheer Kosminsky, aber das kommt nicht so selten vor. Viele Ehen werden geschlossen, ohne dass die Partner tiefe Gefühle füreinander hegen.«

Ruben schnitt eine verächtliche Grimasse. »Sie wissen genau, dass man Fräulein von Odenhof hereingelegt hat. Keiner hat ihr gesagt, dass Jonah Aldermann ein Idiot ist. Sie hat es zufällig während der Reise erfahren. Sie glauben doch nicht, dass sie einen solchen Menschen freiwillig geheiratet hätte?«

»Warum nicht? Halten Sie mich jetzt nicht für einen Zyniker, Mijnheer, aber Sie sehen die Dinge ein wenig zu romantisch. Hier in den Kolonien denkt man viel praktischer. Die wenigsten Ehepaare lieben einander. Man heiratet, führt sein Geschäft und seinen Haushalt, setzt Kinder in die Welt, zieht sie auf. Den meisten genügt das.« Er legte eine Hand auf Rubens Arm. »Jonah ist reich – oder wird es jedenfalls bald sein –, und er ist kein schlechter Kerl, solange man ihn in Ruhe lässt. Er interessiert sich sowieso nur für Pferde, also wird er seine Frau nicht oft stören. Und außerdem ...« Ein schmutziges kleines Lächeln glitt über sein Gesicht.

»Was außerdem?«, hakte Ruben nach.

Herr Schuit hob beschwichtigend beide Hände. »Es ist ein offenes Geheimnis, dass er ein Verhältnis mit seiner Schwägerin hat. Die beiden waren schon als Kinder unzertrennlich. Sie hätten besser geheiratet, Myrtle ist ja sowieso die einzige Frau, die ihn freiwillig nehmen würde. Aber das war den Aldermanns nicht recht. Sie müssen wissen« – er beugte sich vertraulich vor, so nahe, dass sein Haaröl Ruben in die Nase stach –, »dass

Fräulein Myrtle, ich meine, die junge Frau Aldermann, eine ziemlich energische Person ist. Jonah steht vollkommen unter ihrem Einfluss, er macht alles, was sie ihm sagt. Wenn sie seine Frau geworden wäre, hätten die Aldermanns nichts, aber auch gar nichts von dem Schatz zu sehen bekommen, denn sie hätte die Klunkern bis zum letzten Stück verhökert und für das Geld die Pferdefarm gekauft, von der die beiden träumen. Also hat Max dafür gesorgt, dass er selber Myrtle bekommt und Jonah eine Frau, mit der sie machen können, was sie wollen.«

Ruben lauschte. Sein Atem ging flach und schnell. Er spürte, wie sich alles in seinem Inneren anspannte, ließ sich jedoch nichts anmerken, sondern fragte ruhig: »Meinen Sie, ich könnte Fräulein Myrtle – ich meine, Frau Aldermann – kontaktieren und sie diskret danach fragen, ob es Helena gut geht? Ich fürchte nur, es könnte unziemlich wirken, wenn ich sie von mir aus anspreche.«

Der Hotelier schien froh zu sein, dass sein Gast davon Abstand nehmen wollte, sich bei den Behörden über die Honoratioren von Port Crescent zu beschweren. Bereitwillig antwortete er: »Wenn es sich nur um ein kurzes vertrauliches Gespräch handelt, das lässt sich leicht arrangieren. Früher war es einfach, da kamen die beiden Herrschaften fast jeden Tag zum Frühstück in die Stadt, aber seit der Krakatau wieder unruhig ist, kommt Herr Jonah nicht mehr. Er sagt, er fühle sich hier nicht sicher. Nun ja … wissen Sie, wenn man Angst vor Vulkanen hat, darf man sich nicht in Port Crescent niederlassen. Aber was wollte ich sagen? Ja! Ein Gespräch mit Fräulein Myrtle. Überlassen Sie das ruhig mir.«

Als Ruben nach diesem Gespräch auf die Terrasse hinaustrat, hielt eine offene Kutsche vor dem Hotel. Dr. Lafarge und Mathilda stiegen aus. Sie hielten einander an den Händen, aber ihre Gesichter waren ernst und bedrückt.

Ruben erfuhr auch rasch, warum. Sie hatten den Besuch im Büro des Kontrolleurs dazu genutzt, ihn um Intervention für

Helena zu bitten, aber er hatte brüsk abgelehnt. Er mische sich nicht in das Privatleben der Bürger ein. Wenn die deutsche Dame Herrn Aldermann nicht heiraten wollte, hätte sie ja nur zu Hause bleiben brauchen. Der Bürgermeister von Port Crescent hatte der Trauung als Zeuge beigewohnt, ebenso Herr Buijs – wollte Dr. Lafarge etwa behaupten, diese Honoratioren hätten sich der Teilnahme an einem Betrug schuldig gemacht?

»Kurz und gut«, sagte Dr. Lafarge, »wir wurden hinausgeworfen. Fällt Ihnen etwas ein, was wir noch unternehmen könnten?«

Ruben schüttelte den Kopf. »Nein. Ich bin auf dieselbe Weise abgewimmelt worden.«

Mathilda lehnte den Kopf an die Brust ihres Ehemannes und bemühte sich vergeblich, ihre Tränen zu unterdrücken.

13

Schon am nächsten Morgen konnte Herr Schuit vermelden, dass er das Gespräch arrangiert hatte. Wenig später stand Ruben im hellen Sonnenschein auf das Geländer der Hotelterrasse gestützt da und sah auf den Hafen hinunter, wo eben das Postschiff Tulipan entladen wurde. Sein Herz klopfte zum Zerspringen, das Blut brauste ihm in den Ohren. Er empfand Scham und Reue bei dem Gedanken, dass er im Moment viel weniger an Helenas Schicksal interessiert war als an den neuen Möglichkeiten, die das Gespräch mit dem Hotelbesitzer ihm eröffnet hatte. Aber vielleicht – so beschwichtigte er sein Gewissen – fand er genau durch dieses Gespräch eine Möglichkeit, ihr zu helfen.

»Mijnheer Kosminsky?«

Er drehte sich um. Ein paar Schritte entfernt stand die zierliche junge Frau, die zusammen mit den Aldermann-Brüdern Helena am Hafen abgeholt hatte. Sie trug ein pastellfarben geblümtes Kleid mit einem knappen Jäckchen und einen niedlichen Hut mit einem Kranz von Seidenblumen um die Krempe.

Ruben dachte: Verdammt – Jonah Aldermann mag ein Trottel sein, aber Geschmack hat er! Das Mädchen sah nicht nur entzückend aus, ihr Gesicht verriet zudem Intelligenz, Selbstbewusstsein und verschmitzten Charme.

Ihre Stimme hatte etwas vom Klingeln eines Glöckchens an sich, als sie sagte: »Herr Schuit erzählte mir schon, weshalb Sie mich sprechen wollen. Aber Sie müssen doch verstehen, dass Sie Ihre Hoffnungen jetzt, wo Helena verheiratet ist, begraben müssen. Sie finden sicher eine andere.« Bevor der verblüffte Ruben noch antworten konnte, kam sie näher heran und berührte mit den Fingerspitzen sein Handgelenk. »Seien Sie nicht dumm, Mijnheer. Sie haben keine Chance. Helena ist und bleibt Jonahs Gattin. Fürs Erste jedenfalls.«

»Bis er geerbt hat?«

»Ja. Danach ist es nicht mehr so wichtig. Freut es Sie, das zu hören?«

Er schüttelte die Rolle des enttäuschten Bewerbers, die sie ihm aufdrängte, unwillig ab. »Fräulein von Odenhof und ich sind nur Reisegefährten. Gewiss berührt mich ihr Schicksal, und als ich hörte, es gehe ihr schlecht …«

»Hat sie sich beklagt?«

»Ihre Halbschwester kam gestern in einem furchtbaren Zustand ins Hotel und erzählte, man hätte sie davongejagt – barfuß, mitten in der Nacht.«

Myrtle setzte sich auf einen der verschnörkelten Rattanstühle und faltete die Hände im Schoß. Der breite Hutrand warf einen bläulichen Schatten auf ihr Gesicht. »Helena ist jetzt ein Mitglied der Familie Aldermann und wird von deren Personal bedient. Sie braucht keine eigene Zofe. Mag sein, dass Max – mein Gatte – allzu grob mit ihr war, das ist leider seine Art … Max kommandiert alle Leute herum. Er ist überaus dominant.«

»Da hat sein jüngerer Bruder es sicher nicht leicht mit ihm.«

»Nein!«, entfuhr es ihr heftig. »Er behandelt ihn schlecht,

genauso, wie Großmama es tut. Jonah wäre ihnen hilflos ausgeliefert, wenn ich nicht wäre.«

Ruben ließ sich ihr gegenüber auf einem Rattanstuhl nieder. Die Wendung, die das Gespräch nahm, gefiel ihm. Gewandt schlüpfte er in die Rolle des verständnisvollen Freundes unglücklicher Frauen. Seine Stimme war weich wie Seide und glatt wie Öl, als er voll Mitgefühl sagte: »Ich kann mir vorstellen, dass Sie seine Interessen weitaus besser vertreten als der Rest der Familie.«

Myrtle schnaubte verächtlich. »Sie würden ihn ausplündern bis aufs Hemd, wenn ich nicht wäre. Glauben Sie, er würde sein Erbe auch nur einen Tag lang behalten, wenn ich nicht auf ihn aufpasste? Es ist ein Glück, dass er so vernünftig ist, alles mir zu überlassen.«

Ruben zündete eine seiner Nelkenzigaretten an. In leichtem Plauderton fragte er: »Sie meinen, Sie werden sich um die Verwaltung des Erbes kümmern? Wie ist das möglich? Sie sind nur seine Schwägerin, und als Frau sind Sie rechtlich gar nicht befugt ...«

»Nein, das bin ich nicht. Unsere Gesetze erlauben zwar einem schwachsinnigen Mann, seine Geschäfte zu führen, nicht aber einer geistig gesunden Frau.« Sie sagte es mit einer Bitterkeit und Verachtung, die ihm ins Herz schnitt. »Jonah ist in der Lage, seinen Namen zu schreiben. Das ist sein Teil an allen geschäftlichen Transaktionen, der Rest ist meiner. Und ich sage Ihnen etwas: An dem Tag, an dem er volljährig wird, stehen wir fünf Minuten nach acht Uhr in der Schalterhalle der königlich-niederländischen Bank, zehn Minuten nach acht hat Jonah sein Erbe in Händen, und Viertel nach acht ist es verkauft.«

»Was Sie nicht sagen! An wen verkauft?«

Sie pflückte nachdenklich eines der Seidenblümchen von ihrem Hut, zerrupfte es mit den Fingern und warf es auf den Rasen. »An den Meistbietenden. In einer Woche wird es hier nur so wimmeln von Juwelenhändlern, die alle hinter dem Majapahit-Schmuck her sind. Der Erste, der mir ein gutes Angebot macht, bekommt ihn. Mich interessieren die Klunker nicht, ich trage keinen Schmuck. Jonah und ich wollen uns ein Gestüt kaufen, dafür brauchen wir Bargeld.«

Ruben schenkte ihr sein bezauberndstes Lächeln. »Wenn Sie verkaufen wollen, Frau Aldermann, sind Sie bei mir genau an der richtigen Stelle. Ich kann dafür sorgen, dass Sie bereits vor dem Tag, an dem der Schatz in Herrn Aldermanns Besitz übergegangen ist, ein fixes Angebot der bedeutendsten Juwelenhändler Europas vorliegen haben.«

»Ich dachte, Sie wären Makler«, bemerkte sie mit einem schmallippigen Lächeln.

»Ich hielt es nicht für günstig, mich gleich als Juwelenhändler zu erkennen zu geben. Tatsächlich bin ich Agent für die weltgrößten Händler in Amsterdam, das Haus Liebkind & Schneyder. Nun, lassen Sie uns Nägel mit Köpfen machen! Sie geben mir auf der Stelle eine Vollmacht, den Handel für Sie abzuschließen, und ich schlage Ihnen die schönste Pferdefarm der Welt heraus.«

Myrtle begann zu lachen. »Sie lassen nichts anbrennen, wie?«

»Ich suche nur meinen Vorteil, so wie Sie den Ihren suchen.«

»Meinen und Jonahs Vorteil«, verbesserte sie ihn. Ihre blassen Züge wurden weich, als sie fortfuhr: »Der Schmuck würde ihn niemals glücklich machen. Er hat sich gefreut, dass Großonkel Friedhelm ihm etwas hinterlassen hat, aber er wird enttäuscht sein, wenn er die Juwelen sieht. Deshalb habe ich ihm gesagt, Friedhelm habe ihm ein Pferd vererbt, und wir würden es holen, sobald wir den Schmuck verkauft hätten.« Sie lächelte verträumt. »Wir sind beide Pferdenarren, müssen Sie wissen. Und in Banten gibt es ein Gestüt mit einer jungen Zuchtstute, Isabelle … ach, was erzähle ich Ihnen! Ein Außenstehender kann sich keinen Begriff davon machen, was ein so wundervolles Tier einem Liebhaber bedeuten kann, und wenn Sie Pferdekenner wären, dann hätten Sie bereits von Isabelle gehört.«

Ruben beugte sich vor und raunte: »Es liegt ganz bei Ihnen, Frau Aldermann, wie schnell Sie Isabelle Ihr Eigen nennen.«

Myrtle lachte. »Was sind Sie doch für ein Verführer! Gut, machen Sie mir einen Vorschlag!«

Ruben Kosminsky, der den ganzen Morgen darüber nachgedacht hatte, antwortete ohne Zögern. »Sie besorgen mir Jonah Aldermanns beglaubigte Unterschrift auf einer Vollmacht, die mich berechtigt, in seinem Namen zu verhandeln. Ich hole meinerseits ein verbindliches Angebot meiner Auftraggeber ein. Wenn Sie mit diesem Vertrag einverstanden sind, wird Herr Aldermann vor Zeugen unterschreiben. Zehn Minuten nach acht brauchen wir dann nur noch ein Telegramm nach Amsterdam zu senden: Alles erledigt, überweist Kaufsumme. Und ein zweites nach Banten: Kommen Isabelle am Nachmittag holen.«

Sie lachte herzlich, aber ihre Augen waren kühl, als sie sagte: »Woher weiß ich, dass Sie mich nicht betrügen?«

»Ich glaube nicht, dass Sie leicht zu betrügen sind, Mevrouw Aldermann. Aber Sie haben es in mir nicht mit einem windigen Gesellen zu tun, der in die eigene Tasche arbeitet – obwohl ich es natürlich nicht umsonst tue.«

»Ah! Kommen wir also zur Frage des Honorars. Wie viel?«

»Eines von den Schmuckstücken.« Als sie ihn nur gleichgültig ansah, fuhr er ermutigt fort: »Unter den Geschmeiden befindet sich ein Collier mit einem gelben Diamanten, der ›aufgehender Mond‹ genannt wird. Das ist meine Isabelle.«

Myrtle blickte ihn amüsiert an. »Sagen Sie bloß, dass Sie das Collier selbst tragen wollen.«

»Keineswegs. Aber wie Sie bereits sagten: Nur ein Kenner kann verstehen, was es mir bedeutet, dieses Kleinod mein Eigen zu nennen.«

Myrtle schüttelte verwundert und leicht missbilligend den Kopf. »Meine Familie ist reich genug, dass ich jeden Tag ein ganzes Pfund Schmuck mit mir herumtragen könnte, aber das hat mir nie etwas bedeutet. Mir genügen ein Ring und ein Halskettchen. Aber wenn es Sie glücklich macht, sollen Sie das Collier haben. – Wie ist das nun mit Ihrer Zuverlässigkeit?«

»Schicken Sie einfach ein Telegramm an Liebkind & Schneyder, man wird Ihnen bestätigen, dass ich tatsächlich für sie arbeite und einen guten Ruf habe. Ich schlage Ihnen Folgendes vor: Um den Verkauf möglichst rasch über die Bühne zu bringen, zahlen meine Klienten Ihnen – das heißt Herrn Aldermann – eine Pauschale, die sich nach dem bisherigen Schätzwert des Schmucks richtet; danach werden die Stücke noch einmal von verschiedenen offiziellen Gutachtern geschätzt, und die Differenz auf die höchste Schätzung wird Ihnen auch noch ausbezahlt. Das sollte für Isabelle reichen, meinen Sie nicht?«

»Isabelle ist unbezahlbar«, seufzte sie. »Aber was Sie sagen, klingt gut.«

Sie erhob sich graziös und ordnete mit einer sehr hübschen Bewegung ihre ausladenden Röcke um sich herum. »Wir werden uns nicht so bald wiedersehen – es wäre jetzt nicht klug, gemeinsam gesehen zu werden. Morgen wird hier im Hotel ein Brief von Jonah Aldermann für Sie hinterlegt, darin finden Sie die Vollmacht. Dann machen Sie sich ans Werk.«

Sie nickte ihm zu, trippelte zierlich davon, blieb aber in Hörweite der besetzten Tische auf der Terrasse noch einmal stehen und rief ihm laut zu: »Zum dritten und letzten Mal: Das Haus ist nicht zu vermieten! Sagen Sie Ihrem Klienten doch, er soll sich ein Nest in einem Banyan-Baum flechten, wenn er unbedingt auf Java wohnen will!«

Gedämpftes Gelächter an den Tischen verriet, dass man ihre Worte gehört und registriert hatte.

14

Zita Wetering hatte es immer schon als einen Vorteil gewertet, dass sie einen eher dümmlichen und verschlafenen Eindruck machte. Das hielt die Leute davon ab, sich mit ihr zu beschäftigen. Niemand kümmerte sich um sie, als sie mit raschelnden Röcken und einem Sonnenschirm in der Hand zur Telegrafenstation des Städtchens hinunterwatschelte. Im Schatten des rüschenbesetzten Schirms funkelten ihre kleinen, boshaften Augen. Sie hatte gute, aber auch sehr schlechte Nachrichten für Mevrouw Koloman.

Das Telegrafenbüro befand sich in einem langgestreckten, ebenerdigen steinernen Gebäude nahe dem Lotsenhaus. Als Zita es betrat, fand sie den Telegrafenmeister, Herrn Jan Schriever, selbst im Büro vor. Er begrüßte sie höflich – wobei ihm anzusehen war, dass ihr Gesicht und ihre ganze Erscheinung ihm ebenso unbekannt wie gleichgültig waren – und nahm den Zettel entgegen, den sie ihm reichte.

Sowohl die Zofe wie auch ihre Herrin waren zu gewitzt, um eine offene Nachricht zu senden. Sie hatten sich auf einen Code geeinigt, sodass das Telegramm lautete:

»Geschenk aus Hamburg eingetroffen stopp Tante und Onkel feierten vorgestern silberne Hochzeit stopp Ärger mit den Handwerkern stopp Vertrag nicht eingehalten stopp könnte Hausbau in Frage stellen stopp Zita.«

Schriever setzte sich an den Morseapparat und klapperte drauflos. »Wollen Sie auf eine Antwort warten?«

»Nein. Wenn die Antwort kommt, schicken Sie sie mir bitte ins ›Hotel Schuit‹. Geben Sie sie irgendeinem Jungen mit.« Sie legte eine kleine Münze für den Boten hin und verließ das Büro.

Während sie gemächlich ins Hotel zurückkehrte, rief sie sich das Gespräch ins Gedächtnis, das sie am Morgen beobachtet hatte. Ein Lächeln krümmte ihre Lippen. Solche Dummköpfe – hielten sich wohl für sehr schlau mit ihrer Posse: »Das Haus ist nicht zu vermieten!« Wäre es um ein Haus gegangen, hätten sie niemals auf diese Weise die Köpfe zusammengesteckt und miteinander getuschelt. Zita wusste, wer Myrtle Aldermann war, und sie hatte die richtigen Schlüsse aus dem Gespräch der beiden gezogen. Schlüsse, die sie bestätigt fand, als sie am nächsten Tag in Ruben Kosminskys Brieffach hinter der Empfangstheke des Hotels einen gelben Umschlag stecken sah, der keine Briefmarke trug, also persönlich abgegeben worden war. Ein geschickt eingefädeltes Gespräch mit dem Angestellten am Empfang ergab die Bestätigung, dass die junge Frau Aldermann den Brief abgegeben hatte. Kein Zweifel: Ruben Kosminsky ging seine eigenen Wege.

Mittwoch, 22. August

1

Albert von Odenhof stand an der Reling des Ozeandampfers Meerjungfrau und starrte hinaus auf die kobaltblaue See. Frau Annettes Telegramm hatte ihm einen gewaltigen Schrecken eingejagt. Glücklicherweise hatte die alte Hexe schnell reagiert und die Hochzeit noch am selben Tag stattfinden lassen, sonst wäre Helena in ihrer unbeherrschten Wut am Ende noch davongelaufen. Jetzt dauerte es nur noch zwei Wochen, bis Jonah volljährig wurde und sein Geld erhielt, und sobald die Formalitäten der Erbschaft erledigt wären, konnte er, Albert, anfangen, auf Helena einzuwirken, damit sie ihrerseits ihren Gatten unter Druck setzte.

Albert brauchte das Geld dringend – sehr dringend sogar. Hätte der gute Dr. Schwab ihn nicht rechtzeitig gewarnt, so hätte die Polizei ihn bereits in seinem Versteck in Hannover aufgespürt und verhaftet. So war es ihm gerade noch gelungen, unter falschem Namen an Bord der Meerjungfrau zu gehen, während die Polizeiagenten einer listig gelegten falschen Spur nach Berlin folgten. Wenn er erst einmal in Java war und das Geld hatte, war er gerettet.

Das Problem war freilich, dass auch andere Leute dieses Geld haben wollten und dass von Gesetzes wegen Jonah Aldermann dessen Besitzer war, nicht Helena. Auf keinen Fall durfte er zulassen, dass die Familie den Dummkopf dazu brachte, ihnen seinen Schatz auszuhändigen. Andererseits wollte Albert sich nicht in Port Crescent blicken lassen, denn Frau Annette hatte sich recht unzweideutig darüber geäußert, was sie davon hielt, dass er Mathilda ebenfalls nach Java geschickt hatte.

Albert zündete eine seiner teuren Zigarren an und blies den Rauch nachdenklich in die salzige Brise. Die Aldermanns, dachte er, plagte das schlechte Gewissen – und die Angst davor, dass der neunzehn Jahre alte Skandal wiederaufgewärmt wurde. Er hatte sich schon oft Gedanken darüber gemacht, was genau damals eigentlich passiert war. Ein paar der Tatsachen, die nicht zu verschleiern gewesen waren, kannte er, wie jeder im Umkreis der Familie. Magda hatte ihren Schlappschwanz von Ehemann mit einem der braunen Kulis betrogen. Thies – der ohnehin schon am Ende war – hatte die Entdeckung des Betrugs nicht verkraftet und sich erschossen, und Magda war aus dem Haus gejagt worden. Das alles war gewiss äußerst peinlich, aber Albert war überzeugt, dass die Aldermanns mehr als nur einen Skandal fürchteten. Es musste etwas Schlimmeres dahinterstecken. Höchstwahrscheinlich hatten sie Magdas Geliebten gelyncht, das war die übliche Vorgangsweise in solchen Fällen, aber auch deswegen hätten sie nichts zu befürchten gehabt. Das Leben eines Kulis zählte nicht. Selbst wenn eine solche Tat am helllichten Tag auf offener Straße begangen worden wäre, hätte niemand eine polizeiliche Untersuchung oder gar eine Gerichtsverhandlung vorgenommen. Da konnten die Eingeborenen zetern und toben, so viel sie wollten, verfolgt wurde ein Mord nur, wenn es einen Weißen betraf.

Er hatte nie viel darüber nachgedacht, warum die Aldermanns eigentlich so viel Wert darauf legten, die Kleine ans andere Ende der Welt zu schicken. Er war gut dafür bezahlt worden, dass er sie nach Deutschland mitnahm und das Gerücht verbreitete, sie sei seine uneheliche Tochter. Merkwürdig, wenn man es genauer betrachtete. Warum hatte er das eigentlich tun sollen? Den Aldermanns konnte es doch egal sein, was aus dem Kind wurde. Unehelich geboren und ein Mädchen obendrein, hatte es keinerlei Anrecht auf das Familienvermögen und konnte auch sonst keine Ansprüche stellen, und von sentimentalen Bitten oder auch Drohungen, den alten Skandal aufzuwärmen, hätte Frau Annette sich nie im Leben beeindrucken lassen. Die Hunde hätte sie auf die lästige Bittstellerin gehetzt.

Und dennoch hatten sie sehr viel Geld dafür aufgewendet, Mathilda für immer aus ihrem Leben zu verbannen.

Albert, der vor einer kleinen Erpressung durchaus nicht zurückschreckte, witterte eine Goldgrube. Mit einem leisen, feinen Lächeln schnippte er den Zigarrenstummel ins Meer und begab sich in den Salon, um mit einigen Reisenden, die aus Java stammten, ein Schwätzchen zu halten. Ein paar zusätzliche Informationen konnten nie schaden.

2

Von den drei Wochen, die seit ihrer Ankunft in der Villa Rafflesia vergangen waren, war Helena kaum ein Tag in bewusster Erinnerung geblieben. Ihr Leben bestand nur noch aus Einsamkeit, Verzweiflung und Schmerzen. Frau Annette hatte es nicht bei der einmaligen Züchtigung bewenden lassen. Sooft ihr Helenas Aufsässigkeit wieder einfiel, griff sie zur Gerte und suchte ihre Schwiegertochter heim, bis die junge Deutsche am ganzen Körper von Striemen und Blutergüssen bedeckt war. Das Essen brachte ihr eine Frau mit ausdruckslosem Gesicht, die auf alle Fragen nur mit einem Achselzucken reagierte. Myrtle kam zwar gelegentlich und brachte dann auch Branntwein und eine Salbe mit, um die schlimmsten Wunden zu versorgen, aber als Helena sie um Hilfe anflehte, schüttelte sie den Kopf.

»Ich kann nicht, Helena. Ich kann von Glück reden, dass die Alte nicht über mich herfällt – zornig genug ist sie, dass ich ihren Lieblingsenkel nicht schätze.«

»Und wenn du einfach die Tür offen lässt? Dann versuche ich es selbst.«

»Das geht nicht. Sie würde sofort wissen, wer es getan hat. Sie nimmt es mir schon übel, dass ich dich überhaupt besuchen komme.«

Damit ging sie. Helena begriff, dass die selbstsüchtige junge Frau niemals für sie eintreten würde. Es war angesichts von Myrtles Charakter schon erstaunlich, dass sie überhaupt das Risiko einging, sie gelegentlich aufzusuchen und zu pflegen. Wahrscheinlich, dachte Helena verbittert, tat sie es überhaupt nur, weil sie, Helena, zumindest bis Anfang September am Leben und Jonahs Frau bleiben musste, damit er an sein Erbe herankam – dessen eigentliche Besitzerin dann Myrtle Aldermann sein würde.

Als ihr klar wurde, wie hoffnungslos ihre Lage war, brach sie völlig zusammen. Zumeist lag sie in dem Zimmer in Jonahs Haus, in das man sie verbannt hatte, im Bett und starrte teilnahmslos an die Decke. Die Tür war immer versperrt, aber sie dachte auch schon gar nicht mehr daran zu fliehen. Jede Kraft, jeder Kampfeswille war aus ihr gewichen. Sie reagierte auf nichts, was man tat oder sagte. Und sogar als Myrtle ihr mitteilte, dass Frau Annette Mathilda aus dem Haus gejagt hatte und diese nach Port Crescent gegangen war, um Dr. Lafarge zu heiraten, blieb sie vollkommen teilnahmslos.

Nur ein einziger, jämmerlicher Trost blieb ihr. Jonah kam kein einziges Mal in der Nacht zu ihr. Er kümmerte sich überhaupt nicht um sie. Soweit es ihn betraf, hätte sie eine unerwünschte, aber geduldete Besucherin sein können, deren Versorgung er seinem Personal überließ.

3

Am Mittwoch, dem 22. August, war das frisch gebackene Ehepaar Lafarge unterwegs zur Einweihung eines neuen Dorfmarkts in einem Kampong oberhalb von Anjer. Dr. Lafarge nutzte solche gesellschaftlichen Ereignisse gern für seine Studien, denn dann waren eine Menge Leute beisammen, die man sich sonst mühsam in entlegenen Dschungelnestern zusammensuchen musste. Außerdem war bei solchen Gelegenheiten niemand in Eile, keine Arbeit lenkte sie von seinen Fragen ab, und so gab man ihm bereitwillig Auskunft, ob in der näheren oder entfernteren Verwandtschaft Fälle von Kinderlähmung aufgetreten waren.

Mathilda genoss es, wieder in das Leben ihres Heimatlandes einzutauchen. Nach der rituellen Schlachtung eines jungen Büffels spielte ein Gamelan-Orchester, und am Rand des Marktplatzes war ein Puppentheater aufgebaut. Flache Lederpuppen, die durch gespaltene Bambusstäbe gehalten wurden, die traditionellen Wayang-Figuren, spielten auf der kleinen Bühne Szenen aus der Mythologie und Geschichte nach. Beim Betrachten des Schauspiels wurde das Ehepaar getrennt, denn der Tradition gemäß saßen die Männer auf der Seite der Leinwand, auf der neben dem Dalang – dem Puppenspieler – auch das Gamelan-Orchester saß und von wo man einen direkten Blick auf die Figuren hatte. Die Frauen mussten hinter dem Vorhang Platz nehmen und sahen daher die Wayang-Vorführung als Schattenspiel. Daneben gab es Gaukler und Sänger, offene Herde, auf denen in riesigen Pfannen Reisgerichte schmorten, sowie das übliche fröhliche Durcheinander festlich gekleideter Menschen. Dennoch schien die Einweihungsfeier unter keinem günstigen Stern zu stehen. Lag es an der stickigen Schwüle, dem schwachen Schwefelgeruch in der Luft oder der Anwesenheit böser Geister, die nicht hinreichend gebannt worden waren? Es wollte keine rechte Stimmung aufkommen. Immer wieder wanderten besorgte Blicke zu den drei grummelnden, rauchenden Schloten des Krakatau hinüber, aus dessen Krater in Abständen kleine Wolken von Qualm und pulverisiertem Gestein pufften. Ein javanisches Kindermädchen, mit dem Mathilda ins Gespräch kam, klagte darüber, dass die Vögel, die sich um das Haus ihrer Herrschaft scharten, seit einiger Zeit aufgeregt wirkten und dies kein gutes Omen sei. Außerdem war das Mädchen der Ansicht, die Tage der Kolonialherren auf Java seien gezählt. Wie man sehen konnte, machten Scharen wütender Dämonen sich bereit, aus dem glühenden Schlot des Krakatau auszufahren und sie aus dem Land zu vertreiben. Überall, so berichtete sie, gäbe es Anzeichen, dass ein wichtiges – und erschreckendes – Ereignis bevorstand.

Mathilda hielt nicht viel von dieser Art Prophezeiung. Außerdem war sie überzeugt, dass alle Dämonen der javanischen Mythologie nicht ausreichen würden, die Europäer und Asiaten zu vertreiben. Allerdings beobachtete auch sie argwöhnisch den schmutzig braunen Qualm, der über dem Gipfel Rakata aufwirbelte. Ihr war beklommen zumute. Zwar grummelte der Vulkan schon seit fast drei Monaten auf diese Weise vor sich hin, einmal mehr, einmal weniger heftig, ohne dass irgendetwas Ernsthaftes passiert wäre – schließlich war die Verwüstung einer kaum bewohnten winzigen Insel kein Verlust, den man nicht hätte verschmerzen können –, aber an diesem Tag nahm sie seine bedrohliche Gegenwart deutlich wahr. Der dumpfe Rhythmus, den der Trommler des Gamelan-Orchesters auf seiner Kendang schlug, das lang ausklingende Hallen des Kesselgongs – der Ton der sonst so vertrauten Instrumente klang mit einem Mal fremd in ihren Ohren.

Sie wandte sich an ihren Mann. »Ich bin froh, wenn wir hier weg sind, je weiter fort von dem Berg, desto besser. Ich habe Angst.«

»Da bist du nicht die Einzige. Viele Menschen haben mir heute schon gesagt, dass ihnen diese Unruhe nicht gefällt, und es sind nicht nur Einheimische. Ich habe eben mit der Gattin von Konsul Beyerinck gesprochen. Das Paar wohnt in Ketimbang. Sie sagte mir, sie wolle mit ihrer Familie nicht nach Hause gehen, sondern sofort in ein kleines Dorf in den Bergen aufbrechen, wo sie ein Ferienhaus gemietet haben. Ich fragte sie, warum, und sie sagte mir, sie habe ein Vorgefühl, dass etwas Schreckliches passieren würde, und halte es keinen Augenblick länger an der Küste aus.«

»Ich persönlich würde einer solchen Vorahnung folgen.«

»Ihr Mann hält das für dummes Weibergeschwätz. Er will nichts davon hören. Die Einheimischen, sagt er, würden in Ketimbang ein Chaos anrichten, falls er abrückte. Die unzivilisierten Gesellen, die man für die sommerliche Pfefferernte oben im Bergland angeheuert hat, würden bald herausfinden, dass der holländische Kontrolleur Reißaus genommen hat, und umgehend in die Stadt einfallen. Nein, die Familie habe zu bleiben. Jetzt hängt bei Beyerinck der Haussegen schief.«

»Ich kann die Frau Konsul verstehen.« Mathilda ergriff seinen Arm. »Lass uns nach Hause fahren. So nahe an der Vulkaninsel fühle ich mich nicht wohl.«

»Wir bleiben ohnehin nicht mehr lange. Lass mich noch eine Stunde arbeiten, dann fahren wir zu deiner Familie in die Berge und stellen ihnen vor, was für eine wunderbare Frau aus ihrem kleinen Mädchen geworden ist.«

So viel Zeit blieb ihnen allerdings nicht mehr. Das Murmeln des Vulkans wurde plötzlich zu einem erst leisen, dann ständig anschwellenden Grollen. Es folgte eine dumpfe Explosion. Im nächsten Augenblick wurde eine Wolke aus Gas, weiß glühendem Gestein, Feuer und Qualm wie durch ein gigantisches Kanonenrohr senkrecht emporgeschossen, bevor sie sich nach allen Seiten ausdehnte. Glühende Lava regnete in eine milchig weiße See. Der Boden an der Küste zitterte unter den Erschütterungen, die wellenförmig von Pulau Krakatau ausgingen.

Das Dorffest löste sich in Chaos auf. Jammernd und kreischend flohen die Gäste in alle Richtungen. Wasserbüffel und Pferde wurden mit Peitschenhieben angetrieben und zerrten holpernde Wagen über die Straßen. Reiter stoben davon. Die Musiker des Gamelan-Orchesters rannten mit ihren Instrumenten unter dem Arm, die Puppenspieler mit ihren wertvollen Figuren davon. Die riesige eruptive Säule sank langsam in sich zusammen, als sich die Magmakammer entleerte. Ströme von zähflüssiger, rot glühender Lava rannen über die verbrannten Seiten des Rakatan-Gipfels herunter, verzweigten sich zu Rinnsalen und träufelten schließlich ins Meer, wo das Wasser zischte und brodelte. Bald jedoch schon erstarrte die Lava und bildete einen Ring aus schwarzem Gestein, der die Insel um einige Dutzend Meter vergrößerte.

Die fliehenden Menschen zogen die Köpfe ein, um dem aus der Luft weich und flockig herabfallenden Staub zu entgehen. Wenige Minuten nach dem Ausbruch bedeckte eine blassgraue Schicht die kläglichen Überreste des eben noch so fröhlichen Festes.

4

Die Lafarges hatten das Glück, dass ihr Weg sie nicht hinunter zur Küste, sondern hinauf in die Berge führte, wo ein scharfer, frischer Wind die Ascheschleier davonblies. Dennoch waren sie dem Staub nicht rechtzeitig entkommen, und so kauerten sie, den Geschmack von Schwefel und Bimsstein im Mund, verdreckt und mit geröteten Augen im Einspänner des Doktors, dessen Pferd alle paar Minuten in ein bellendes Husten ausbrach.

Mathilda atmete auf, als sie unter den Tamarindenbäumen nahe der Straße das Becken einer der vielen heißen Quellen entdeckte. Sie und Paul zogen sich aus, badeten und führten dann das Pferd hinein, das schwarzen Rotz schnaubte und sich erst wieder erholte, nachdem es ausgiebig getrunken hatte. Paul beugte sich vor und zog seine junge Frau in die Arme. »Müssen wir pünktlich bei deinen Eltern sein?«, neckte er sie.

Mathilda errötete. »Paul, wenn uns jemand sieht!«

Er lachte und küsste sie auf die Schulter. Seine Lippen strichen über die vernarbte Stelle an ihrem Oberarm, und sie zuckte zurück.

»Bitte nicht.«

»Warum? Du schämst dich doch nicht für eine Narbe, oder?«

Er bekam nicht gleich eine Antwort. Irgendwo in dem undurchdringlichen grünen Dickicht trompetete ein Elefant und schreckte damit eine Horde Gibbons auf, die kreischend über die Baumwipfel flohen. Schließlich sagte die junge Frau: »Ich verbinde sehr unangenehme Erinnerungen damit, deshalb habe ich immer die Haare darüberhängen lassen. Es geschah einen Tag nachdem dieser fremde Mann auftauchte und mich von hier fortbrachte. Ich erinnere mich an die Eisenbahn, die ich bisher noch nie gesehen hatte, an den furchtbaren Trubel in Batavia – mir schien es, dass alle Menschen der Welt in dieser einen Stadt lebten – und daran, wie schmerzhaft die Operation war.« Sie presste die flache Hand auf den Oberarm.

»Du wurdest damals operiert?«, fragte er überrascht.

»Ja. In Batavia. Professor von Odenhof sagte, es sei eine böse Krankheit und müsse weggeschnitten werden, sonst würde ich daran sterben – obwohl ich es schon immer gehabt hatte und nie davon krank geworden war. Es war nur hässlich anzusehen.« Sie schob ihn sanft von sich weg. »Tu so, als hättest du es nicht gesehen.«

Er küsste sie auf die Wange, aber die zärtliche Stimmung wollte sich nicht wieder einstellen, und so beeilten sie sich, aus dem Wasser zu kommen.

Es war unangenehm, nach dem Bad wieder die verschmutzten Kleider anziehen zu müssen, aber daran ließ sich nun einmal nichts ändern.

Der Kampong, in dem Mathildas Familie wohnte, lag jenseits

der Berggipfel am Hang eines üppig grünen Tales. Es war ein abgeschiedenes kleines Nest, in dem die Ankunft von Fremden große Aufregung hervorrief. Dutzende barfüßige Menschen in bunten Sarongs, die Männer mit einem Turban auf dem Kopf, kamen herbeigelaufen, schrien, winkten und bestaunten die Gäste. Die Lafarges mussten sich förmlich durchkämpfen zu dem Häuschen, in dem Mathildas Eltern Pathi und Saleh mit ihren übrigen Kindern wohnten. Die gesamte Dorfgemeinde folgte ihnen, um zu sehen, was die Fremden wollten.

Mathilda weinte und lachte durcheinander, als sie sich am Ort ihrer Kindheit wiederfand. So vieles hatte sich überhaupt nicht verändert. Ihre Eltern allerdings waren stark gealtert und die damals kleinen Geschwister zu jungen Männern und Frauen herangewachsen.

Das bäuerliche Ehepaar konnte es kaum fassen, dass ihre Tochter, die sie nie wiederzusehen geglaubt hatten, jetzt als eine richtige Dame in europäischer Kleidung, am Arm eines gebildeten – und in ihren Augen reichen – Mannes, zu ihnen zurückkehrte. Essen und Tee wurden aufgetischt, und den ganzen Nachmittag lang erzählte man sich, was sich in den vergangenen elf Jahren alles ereignet hatte. Vor allem Saleh konnte sich nicht fassen vor Wiedersehensfreude und beteuerte immer wieder, wie sehr sie Mathilda vermisst hätten.

»Trotzdem«, sagte Mathilda leise und vorwurfsvoll, »habt ihr zugelassen, dass Albert von Odenhof mich damals einfach mitnahm.«

»Was hätten wir tun sollen?«, fragte Saleh traurig. »Herr von Odenhof hatte ein behördliches Schreiben bei sich, das ihn zu deinem Vormund machte. Er kam mit dem Wedono, der uns alles übersetzte und erklärte und uns sagte, wir müssten dich hergeben. Er sagte, du solltest es gut haben.« Bitterkeit verzerrte ihre Züge. »Als hättest du es bei uns nicht gut gehabt! Wir haben es nicht gerne getan. Ich habe oft geweint.«

»Ich auch«, flüsterte Mathilda.

Dr. Lafarge mischte sich ein. »Wir machen dir keinen Vorwurf, Saleh. Wir kennen ja die Verhältnisse hier. Gegen die Kolonialherren haben die Einheimischen keine Chance, die haben wenn schon nicht das Recht, so doch die Richter auf ihrer Seite. Du und dein Mann, ihr habt nur getan, wozu man euch gezwungen hat.«

Mathilda, die sah, wie bedrückt ihre Mutter war, schüttelte ihren eigenen Kummer ab und bemühte sich, die alte Frau zu trösten. »Es ist mir ja nicht schlecht gegangen in Hamburg. Ich habe viel gelernt und in einem schönen Haus gelebt.«

»Ich frage mich allerdings«, meinte Paul Lafarge nachdenklich, »warum dieser Hamburger Professor plötzlich hier erscheinen und ein kleines Mädchen mitnehmen sollte.«

»Ich nehme an, Mathildas Mutter wollte es so«, antwortete Saleh.

Die junge Frau starrte sie verständnislos an. »Du bist meine Mutter und niemand anderer.«

»Nein, ich bin nicht deine Mutter. Und Pathi ist nicht dein Vater.« Die kleine, schwarzhaarige Frau seufzte. »Ich wollte es dir eigentlich niemals sagen, Mathilda. Du solltest immer den Eindruck haben, dass du unser Kind bist, dass du in unserer Familie einen Rückhalt hast. Aber jetzt bist du eine erwachsene Frau und verheiratet, da sollst du die Wahrheit erfahren.«

»Die Wahrheit?«, fragte Mathilda verwirrt.

»Eine Dienerin hat dich kurz nach deiner Geburt zu uns gebracht. Sie sagte, du seist das Kind einer Dame, die dich nicht behalten könne und wolle, und bot uns Geld dafür an, dich aufzunehmen.« Sie streckte schüchtern die Hand aus und streichelte Mathildas Arm. »Wir hätten dich aber auch ohne das Geld genommen. Du hast uns so leidgetan. Es war ja ganz offensichtlich, dass dich deine Mutter nicht wollte, und wer weiß, was sie mit dir gemacht hätte, wären wir nicht bereit gewesen, dich aufzunehmen. Und nach ein paar Wochen hatten wir ganz das Gefühl, dass du unser richtiges Kind bist.«

Mathilda umklammerte die Hand ihres Gatten mit zitternden Fingern. »Ihr habt nie erfahren, wer diese Dame war?«

Pathi, der das heikle Gespräch bislang seiner Frau überlassen hatte, mischte sich nun ein. »Wir wissen nichts Genaues, aber es gab Gerüchte. Die einheimischen Diener der Weißen stecken immer voll Klatsch und Tratsch, und so erfuhren wir verschiedene Dinge … zum Beispiel, dass es bei der Familie Aldermann in Port Crescent einen schlimmen Skandal gegeben hatte, dass der junge Herr des Hauses sich erschossen hatte, weil ihm seine Frau mit einem einheimischen Geliebten durchgebrannt sei und ihr Kind heimlich zur Welt gebracht habe. Als wir dann erfuhren, dass Albert von Odenhof ein Verwandter der Aldermanns ist, sahen wir einen Zusammenhang.« Besorgt setzte er hinzu: »Aber du darfst nicht glauben, dass wir dich weniger lieben, weil du weißes Blut in dir hast. Auf jeden Fall war dein Vater ein Sundanese, sonst wärst du niemals so schön geworden.«

Sie lächelte unter Tränen. »Nein, da mache ich mir keine Sorgen, an eurer Liebe habe ich nie gezweifelt. Meine richtigen Eltern seid ihr …« Doch dann erstarrte sie plötzlich. »Ihr habt gesagt, die junge Frau Aldermann … Magda Aldermann?« Gleichzeitig wusste sie, dass die Antwort nur Ja lauten konnte. Ein Schauer lief ihr über den Rücken. Diese schöne, kalte, schwarz gekleidete Frau mit den stechenden türkisfarbenen Augen, das sollte ihre leibliche Mutter sein? »Und wer war mein Vater?«

Ein paar Augenblicke lang herrschte Schweigen, dann sprach Pathi den Namen leise und ehrfürchtig aus. »Joyoprawiro.«

»Wie? Ich fasse es nicht!«, rief Paul. Er packte ihren Arm so hart, dass sie erschrak. »Joyoprawiro! Er war … er hatte … Mathilda, dieses Mal an deinem Arm, war das ein Fleck wie ein dicker Blutstropfen, der auf den Boden fällt und nach allen Seiten auseinanderspritzt?«

»Ja«, bestätigte sie, erstaunt über seine Aufregung.

»Sie haben dich fortgeschickt, damit niemand jemals diesen

roten Fleck sehen würde, denn daran hätte man dich als Joyoprawiros Tochter erkannt.«

»Aber … was wäre daran so Besonderes?«, fragte sie ratlos.

Pathi beantwortete ihre Frage. »Dein Vater war ein außergewöhnlicher Mann. Er war ein junger Verwandter des Prinzen und einer seiner treuesten Nachfolger. Viele machten sich Hoffnungen, er würde den Kampf wiederaufnehmen, den Diponegoro nicht hatte weiterführen können. Sie nannten ihn den Sohn des Ratu Adil, um anzudeuten, wie ähnlich er ihm war. Ich habe mit Männern gesprochen, die ihn kannten, und sie erzählten mir, dass er von Geburt an dieses rote Mal auf dem Oberarm hatte. Es wurde viel darüber geredet, denn die einen sagten, es sei ein Zeichen des Unglücks; andere waren genau der gegenteiligen Meinung – sie sahen darin ein Zeichen, dass er zu besonderen Taten auserwählt sei.«

»Verstehst du jetzt, Mathilda?«, sagte Paul aufgeregt. »Die Aldermanns kümmern sich nicht um die Einheimischen, daher wussten sie auch nichts von dem Muttermal. Erst als du bereits sieben Jahre alt warst, haben sie es auf irgendeine Weise erfahren und sofort gewusst, dass sie handeln mussten. Was meinst du wohl, was geschehen wäre, wenn man entdeckt hätte, wessen Tochter du bist, in welcher Beziehung dein Vater zu Magda Aldermann stand – und wenn jemand nachzufragen begonnen hätte, was aus ihm geworden war?«

»Er ist tot, nicht wahr?«, sagte Mathilda.

Pathi seufzte. »Ich nehme es an. Wenn die Aldermanns ihn in die Hände bekommen haben sollten, haben sie ihn umgebracht, da bin ich ganz sicher. Kein weißes Gericht hätte sie dafür angeklagt, aber du kannst dir vorstellen, wie furchtbar die javanischen Rebellen ihren Anführer gerächt hätten, wenn sie davon erfahren hätten. Und natürlich wäre dann auch die Herkunft des Majapahit-Schatzes ans Licht gekommen, und die holländischen Behörden hätten ihn als einen Teil der Kriegskasse der Freiheitskämpfer beschlagnahmt.«

Mathilda schüttelte ratlos den Kopf. »Ich fasse es nicht.«

»Es ist die Wahrheit«, sagte Pathi. Dann beschloss er, das Thema zu beenden. »Wie dem auch sei, du bist unsere Tochter und dein Mann unser Schwiegersohn, und wir wollen ein Büffelkalb schlachten und ein Fest veranstalten, um deine Rückkehr und eure Hochzeit zu feiern … Ihr habt doch noch gar keine richtige Hochzeitsfeier gehabt! Was soll denn da aus der Ehe werden, wenn sie ohne Fest und Freude anfängt!«

Während ihre Eltern – für sie würden Pathi und Saleh immer ihre Eltern bleiben – sich in die Vorbereitungen für das Fest stürzten, zu dem natürlich das ganze Dorf eingeladen werden musste, unternahmen Paul und Mathilda einen langen Spaziergang entlang der Reisterrassen. Der jungen Frau erschien es weniger schlimm, dass sie ein Pflegekind gewesen war, als dass Magda Aldermann ihre leibliche Mutter war. Und so lange sie auch in Deutschland gelebt hatte – der Gedanke, zur Hälfte von Weißen abzustammen, war ihr unangenehm. Sie musste sich gewaltsam daran erinnern, dass Paul in derselben Lage war wie sie und er sich damit abgefunden hatte.

Mathilda griff nach seiner Hand, und sie gingen langsam den Pfad oberhalb der terrassenförmigen Reisfelder am Rand des Dschungels entlang. Nach einem langen Schweigen sagte sie: »Was sollen wir tun, wenn unsere Kinder … weiß werden?«

»Ist das jetzt deine einzige Sorge?«, erwiderte er schmunzelnd.

»Nein, eigentlich nicht. Ich wünschte so sehr, Pathi und Saleh wären meine richtigen Eltern … und vor allem möchte ich nicht die Tochter von Magda Aldermann sein. Paul, sie ist eine kalte und böse Frau, ich darf gar nicht daran denken, dass ich ihr irgendwie ähnlich sein könnte.«

»Das bist du gewiss nicht. Denk nur an deine Freundin Helena: Sie ist die Tochter eines aufgeblasenen Schwindlers und hat doch nicht das Geringste von seinem Charakter.«

»Das stimmt, da hast du recht. Ich bin nur froh, dass Frau

Magda mich gleich nach der Geburt zu Saleh gegeben hat. Stell dir vor, sie hätte mich selbst aufgezogen – dann wäre ich vielleicht so geworden wie sie.«

»Du bist aber wie Joyoprawiro.« Er blieb stehen und umfasste mit inniger Zärtlichkeit ihre Hüften. »Denk nur daran, dass du die Tochter dieses Mannes bist, der der Nachfolger des Ratu Adil hätte werden können.«

»Sie haben mir sein Zeichen herausgeschnitten«, sagte sie voll Bitterkeit.

»Du trägst sein Zeichen in deinem Herzen, Mathilda. Und jetzt komm, wir wollen deinen Eltern die Freude machen und ein ausgiebiges Hochzeitsfest feiern, damit sie sich keine Sorgen um unsere Zukunft machen müssen.«

Sie nickte lächelnd, und dann lachte sie plötzlich. »Paul«, sagte sie, »wenn wir wirklich weiße Kinder bekommen, dann färbe ich sie einfach mit brauner Stiefelwichse ein.«

Samstag, 25. August

1

Jonah hatte sich seit seinem Hochzeitstag nicht im Geringsten um seine Frau gekümmert. Am 25. August jedoch überraschte er sie am frühen Morgen mit seinem Besuch. Ohne ein Wort trat er in den halbdunklen Raum, dessen Bambusjalousien Tag und Nacht heruntergezogen waren, schob das Moskitonetz von ihrem Bett beiseite und setzte sich daneben auf einen Hocker. Eine ganze Weile saß er so da, die Hände auf den Knien. Er sprach kein Wort, aber die Art, wie er vor sich hin summte und seufzte, verriet Helena, dass er im Begriff war, eine schwierige Rede zu halten. Sie beobachtete, wie er seine langen Finger dehnte und drehte und langsame, bedachtsame und bedeutungsvolle Bewegungen vollführte, als wollte er seine schwer festzuhaltenden Gedanken auf diese Weise fixieren. Schließlich war er so weit. Mit gedämpfter Stimme sagte er: »Ich wollte nicht heiraten. Es ging alles zu schnell. So viele Leute, so viel Gedränge! All die Fragen – viel zu schnell. Du wolltest auch nicht. Du bist unglücklich.«

Sie blickte ihn schweigend an.

»Ich bin auch unglücklich«, fuhr er fort. »Ich will nicht dich. Ich will Myrtle.« Mit einer unbeholfenen Bewegung gestikulierte er zur Tür hin. »Geh! Geh fort! Ich gebe dir Geld. Fahr zurück nach Hamburg.«

Als sie nicht reagierte, sprang er auf und begann, ärgerlich vor sich hin murmelnd, in allen Schränken und Schubladen zu kramen, warf Dinge zu Boden, stieß sie mit dem Fuß fort und wühlte weiter. Schließlich verriet ein zufriedenes Grunzen, dass er gefunden hatte, wonach er suchte. Mit beiden Händen hielt er ihr eine kleine hölzerne Schatulle hin und bedeutete ihr, sie aufzumachen.

Helena gehorchte. Sie spürte einen winzigen Hoffnungsschimmer, als sie sah, dass der Kasten bis zum Rand mit einem Sammelsurium von Münzen, Schmuckstücken und Geldscheinen gefüllt war. Kein Vermögen, aber vielleicht genug, um die Passage nach Batavia zu bezahlen.

Jonah wiederholte eindringlich: »Nimm! Und geh fort!«

Sie wollte sprechen, wollte ihm sagen, dass sie nicht einfach von der Plantage verschwinden konnte, aber seit dem albtraumhaften Abend in der Villa Buijs brachte sie nicht einmal mehr jenes klägliche Flüstern zu Stande. Und er konnte nicht lesen, sie konnte ihm nicht aufschreiben, warum sie ihm nicht gehorchen konnte. Hilflos gestikulierend versuchte sie ihm das Problem zu erklären, und – oh Wunder – er verstand.

Sichtlich erfreut, dass er ihre Befürchtungen zerstreuen konnte, packte er sie bei der Hand und zog sie aus dem Bett, wobei er ihr mit dem Finger auf den Lippen bedeutete, sich ganz still zu verhalten. »Großmama und Max und Myrtle sind fortgefahren«, flüsterte er. »Es ist niemand da, nur du und ich.«

Helena, die noch kaum zu glauben wagte, dass die Dinge eine solch überraschende Wendung genommen hatten, schlüpfte hastig in das nächstbeste Kleid und zog Strümpfe und Stiefel an. Sie nahm sich weder die Zeit, die Strümpfe festzuhaken, noch, ihr Korsett anzulegen. Das Kästchen leerte sie aus und verstaute den Inhalt in ihrem Häkelbeutel, den sie sich um den Hals hängte und unter dem Kleid verbarg.

Kaum war sie notdürftig angezogen, als Jonah sie wieder an der Hand nahm und durch die Verandatür aus dem Zimmer führte. Dort, im Schatten der Nelkenbäume und Tamarinden, wies er sie an, zu warten. Wenig später erschien er mit Morgenstern am Zügel. Mit einer Kraft, die Helena ihm nicht zugetraut hätte, hob er sie in den Sattel und schwang sich selbst hinter ihr aufs Pferd. Gleich darauf trabte der silberfarbene Hengst den Weg zum Tor entlang.

Helena schloss die Augen. Jeden Augenblick erwartete sie, dass Männer herbeistürzen und sie aufhalten würden, dass ein scharfer Zuruf Jonah zwingen mochte, umzukehren. Aber nichts dergleichen geschah. Sie hörte nur das gedämpfte Klip! Klop! der Pferdehufe auf dem Pflaster, das mit einem Mal in ein weiches Klopfen überging. Sie hatten das Tor bereits hinter sich gelassen und ritten nun auf dem Weg aus gestampfter Erde, der durch den Dschungel nach Port Crescent hinunterführte. Sie schlug die Augen auf.

Es war noch früh, vielleicht sieben oder acht Uhr morgens, und das von der Nacht ausgekühlte Laub strömte einen grünlichen Dunst aus, als es sich allmählich erwärmte. Helena meinte zu ersticken in der wuchernden Vegetation und der dampfenden Wärme, die sie umgab. Sie hatte seit Mittag des vergangenen Tages nichts gegessen – hatte seit drei Wochen überhaupt nur das Allernotwendigste gegessen, um nicht zu verhungern. Ihr leerer Magen rebellierte bei der plötzlichen körperlichen Anstrengung, und sie spürte, wie ihr übel wurde.

Jonah hielt sie mit einem Arm fest, während er mit der freien Hand locker die Zügel hielt. Morgenstern kannte seinen Weg und brauchte weder Antrieb noch Führung. Sie konnte Jonah nicht fragen, wo er mit ihr hinwollte. Offenkundig war nur, dass er sie aus der Villa Rafflesia und generell aus der Reichweite der Familie Aldermann fortschaffen wollte, und das genügte ihr.

Der Urwald wurde lichter, ging über in Reisterrassen und Palmenhaine. Plötzlich wurde der Weg aus gestampftem Lehm zur gepflasterten Straße, und ein Schild verkündete: »Willkommen in Port Crescent.« Sie ritten in Richtung Hafen, verfolgt von den neugierigen Blicken der Einwohner, die das prominente junge Paar zum ersten Mal in der Öffentlichkeit sahen. Zweifellos wurden viele Bemerkungen darüber gemacht, wie abgemagert und totenbleich die frisch gebackene Ehefrau war, welch dunklen Ringe sie unter den Augen hatte, wie sie schwankte und stolperte, als ihr Mann vor dem ›Hotel Schuit‹ anhielt, sie vom Pferd hob und auf den Boden stellte. Aber wirklich verwundert war wohl niemand darüber, dass eine Frau, die mit Jonah Aldermann verheiratet worden war, nicht eben glücklich aussah.

Jonah wusste genau, wohin er wollte. Er nickte dem Hauspersonal, das ihn ehrfürchtig und ängstlich begrüßte, flüchtig zu, stieg die steile Treppe zum ersten Stock hinauf und klopfte dort lautstark an eine Tür. Helenas Herz bebte vor Hoffnung, er möchte sie zu Dr. Lafarge und Mathilda bringen, oder auch zu Ruben Kosminsky, aber der Mann, der auf das Pochen hin die Tür öffnete, war ihr vollkommen fremd. Er war groß und bärtig und trug zu seinem fleckigen Tropenanzug den Kragen eines katholischen Priesters.

Jonah hielt sich nicht mit Höflichkeiten auf. Er schubste Helena zur Tür hinein, schloss diese hinter sich und erklärte: »Das ist meine Frau. Ich will sie nicht mehr. Nehmen Sie sie und bringen Sie sie fort.«

Der Geistliche musste wohl schon einiges von der Ehe des jungen Herrn Aldermann gehört haben, denn er zeigte sich keineswegs überrascht von dem sonderbaren Besuch. Er ging zur Tür, schob den Riegel vor und bedeutete den beiden Gästen, auf den Rattanstühlen Platz zu nehmen. Während er eine Flasche mit Genever aus dem Schrank holte und ihnen zwei Gläschen anbot, fragte er Helena: »Was sagen Sie dazu?«

»Sie kann nicht reden, nur schreiben und mit den Händen Faxen machen«, warf Jonah ein.

Sofort legte der Priester ihr einen Schreibblock und einen Stift hin. Ihre Hände zitterten erbärmlich, als sie schrieb: *Um Christi willen, helfen Sie mir! Ich wurde unter Zwang verheiratet. Es geht um viel Geld. Ich werde misshandelt. Ich bin so froh, dass Jonah mich loswerden will. Aber seine Großmutter will um jeden Preis, dass ich bei ihm bleibe, bis ihm sein Erbe ausgehändigt wird. Ich weiß nicht, was sie danach mit mir machen werden. Bitte bringen Sie mich von hier fort, schnell!*

Tränen flossen ihr über die Wangen, während sie schrieb, Tränen der Verzweiflung, er könnte sich ebenso wie die Somersets darauf berufen, dass sie ihrem Gatten untertan sein müsste, selbst wenn dieser sie nicht wollte. Panik wallte in ihr auf und verzerrte ihr Gesicht. Ohne sich noch im Geringsten um Anstand und Sitte zu kümmern, riss sie ihr Kleid auf und zeigte ihre blau gestriemten Schultern und von Blutergüssen übersäten Brüste.

Der Priester zuckte zurück. »Haben Sie das getan?«, wandte er sich an Jonah.

Beide Eheleute verneinten gleichzeitig, Helena mit einem heftigen Kopfschütteln, Jonah mit den rau hervorgestoßenen Worten: »Ich war das nicht. Großmama hat es gemacht. Sie schlägt mit der Gerte. Sie hat auch Mama geschlagen und fortgejagt.«

Helena knöpfte sich schluchzend ihr Kleid wieder zu. Der Priester legte ihr beruhigend die Hand auf die Schulter. An Jonah gewandt, fragte er: »Sie schicken Ihre Frau also tatsächlich fort?«

Der junge Ehemann schlug ärgerlich die Hände ineinander, bebend vor Ungeduld, diese Frau endlich wieder loszuwerden. »Ja! Ja! Sie soll weggehen, ich will sie nicht. Ich will Myrtle.«

»Haben Sie …« Der Priester zögerte, und als er weitersprach, wandte er sich an Helena. Sie begriff, dass er sich nicht sicher war, ob Jonah seine Formulierung verstehen würde. »Frau Aldermann, wurde die Ehe überhaupt vollzogen?«

Sie schrieb: *Nein. Er will mich genauso wenig wie ich ihn. Er liebt eine andere Frau.*

»Gut. Das macht uns alles viel leichter.« Der Priester richtete sich auf. »Dann hören Sie mir jetzt genau zu, Herr Aldermann. Reiten Sie mit Ihrer Frau zum Hafen hinunter. Dort liegt die Zeeland vor Anker. Gehen Sie zu Kapitän MacKenzie und sagen Sie ihm, dass ich gleich nachkomme. Sie können Ihre Frau in seiner Obhut lassen.« Zu Helena gewandt sagte er: »Auf dem Schiff sind Sie sicher. An Bord hat nur der Kapitän etwas zu sagen. Die Aldermanns können Sie von dort nicht fortholen.«

Jonah begann glucksend zu lachen, hocherfreut darüber, dass sich die Sache so leicht regeln ließ. Er packte Helena an der Hand und zog sie aus dem Zimmer und die Treppe hinunter. Vor dem Haus angekommen, hob er sie aufs Pferd und klopfte Morgenstern leicht auf den Hals. Sofort schlug der schöne Hengst den Weg zum Hafen ein.

Helena war vor Schwäche und Erregung einer Ohnmacht nahe, als sie den Kai entlangritten und sie die Zeeland dort vor Anker liegen sah. Drei Wochen hatte sie die Sonne nicht mehr gesehen, jetzt brannte sie ihr gnadenlos auf den Kopf, den kein Hut schützte. Rote Funken tanzten ihr vor den Augen. Jonah musste sie stützen, um sie aufrecht über das ausgefahrene Fallreep zu bringen.

Den ersten Matrosen, den er sah, hielt er an und verlangte zu wissen, wo Kapitän MacKenzie sei. Sie wurden in das Innere des Schiffes geführt, einen engen Korridor entlang, in dem es dunkel und unerträglich heiß war. Der Geruch von Schmierfett hing in der stickigen Luft. Helena stolperte noch ein paar Schritte vorwärts, dann verlor sie das Bewusstsein.

2

Die Nacht senkte sich über die Kopra-Plantage. Die Gesänge der Arbeiter und das rhythmische Knarren der Ölpressen waren verstummt, die Lichter in den Fenstern erloschen.

Jonah stand im Stall, kämmte seinem Pferd die Mähne und sprach leise mit dem Tier. Wenn Myrtle böse auf ihn war, hatte er außer Morgenstern niemand mehr, mit dem er sprechen konnte. Und Myrtle war so böse auf ihn, dass sie ihn geohrfeigt hatte.

Er seufzte schwer und lehnte die Stirn an den Hals des Pferdes. Warum machten sie alle nur so ein Theater? Es war doch viel besser, die fremde Frau wegzuschicken. Myrtle hatte selbst gesagt, sie würde sie zu Pater Julian bringen. Keiner hier mochte die Hamburgerin, und sie wollte ja sogar selbst gehen.

Er rieb sich mit dem Handballen über die Stirn. Myrtle hatte ihm vorgeworfen, er hätte aber auch gar nichts kapiert. Na schön, hatte er eben irgendetwas vergessen. Das kam öfter vor, und nie war sie deswegen so aus der Haut gefahren.

Die Ohrfeige hatte ihn gekränkt. Er war kein Kind mehr. Er war ein Mann. Myrtle durfte ihn nicht schlagen. Er würde ihr das ganz genau erklären, sobald sie … nun ja, sobald sie wieder bereit war, mit ihm zu reden. Im Moment zischte sie nur wie eine wütende Schlange, wenn sie ihm über den Weg lief.

Großmama war noch viel wütender gewesen. Sie hatte hässliche Dinge über ihn gesagt. Sie hatte gedroht, ihm Morgenstern wegzunehmen. Aber das würde er niemals zulassen.

»Wenn sie dich mir wegnehmen wollen«, flüsterte er dem Pferd ins Ohr, »werde ich sie erschlagen, und du wirst sie mit deinen Hufen zertrampeln.«

Morgenstern erbebte. Er spürte, was in seinem Herrn vorging, und teilte dessen Unruhe und Erbitterung. Überhaupt war der Hengst ganz und gar nicht guter Dinge. Jonah spürte das, wenn er die flachen Hände auf seinen Rücken und seine Brust legte. Er neigte den Kopf und hielt die Wange dicht an die bebende Flanke des Pferdes. Jetzt konnte er deutlich das nervöse Zittern spüren, das den mächtigen Leib durchlief. Morgenstern stampfte auf und warf wiehernd den Kopf zurück.

Jonah blieb regungslos stehen. Die Berührung hatte etwas in ihm ausgelöst, hatte auf ihn übertragen, was das Tier fühlte. Angst. Eine unsichtbare Bedrohung rundum, die nichts mit Frau Annette oder der erbosten Myrtle zu tun hatte. Sein Zorn über die Ohrfeige war vergessen. Den Hals vorgestreckt, witterte er wie ein Tier in die Luft. Seine Augen zogen sich zu schmalen Schlitzen zusammen. Unruhig verließ er den Stall und trat hinaus in die warme, klare Nacht. Er blickte den Berghang hinunter. Bläulicher Nebel schwebte in einer dünnen Schicht über dem Regenwald, und über der Sundastraße, wo die Luft klar war, leuchteten die Sterne. Der Feuerschein über dem Krakatau, sonst ein deutlich sichtbares Zeichen von Gefahr, war zu einem dumpfen Rotbraun verblichen, das nur gelegentlich an einigen Stellen aufleuchtete.

Nirgends war etwas Bedrohliches zu sehen oder zu hören. Und doch wurde ihm mit jedem Herzschlag klarer, dass sie in Gefahr waren. Er, Morgenstern, Myrtle, Bluebell, sie alle.

Als er in den Stall zurückkehrte, bemerkte er, dass das Pferd sich während der wenigen Minuten seiner Abwesenheit immer weiter in seine ängstliche Erregung hineingesteigert hatte. Morgenstern, der sonst die Ruhe in Person war, stampfte in seiner Box hin und her, senkte den Kopf wie ein angreifender Stier, warf ihn wieder hoch, schlug wild mit dem Schweif. Einen Augenblick lang schien er nicht einmal seinen Herrn zu erkennen und bäumte sich auf. Erst als Jonah ihn leise ansprach, ließ er sich wieder auf die Vorderhufe fallen.

Jonah streichelte ihm die Kruppe. »Du hast recht«, murmelte er. »Du hast ganz recht. Warte! Halt still.«

Er hob den schweren Sattel von seinem Haken an der Wand herunter und legte ihn mit geübten Bewegungen dem Pferd auf. Morgenstern fühlte sich beruhigt durch die Aussicht, gleich den Stall zu verlassen, in dem jetzt auch die anderen Pferde zusehends unruhiger wurden, und hielt still. Nachdem er auch Bluebell gesattelt hatte, schlüpfte Jonah in seine Jacke, hängte sich den Karabiner um und öffnete die Stalltür. Die beiden Pferde folgten ihm lautlos, als er sie am Zügel hinausführte.

Jonah wollte bereits aufsteigen, als ihm noch ein Gedanke kam. Leise kehrte er zum Stall zurück und öffnete alle Boxen.

Dann erst schwang er sich in den Sattel und ritt hinüber zu Maximilians Haus.

3

Myrtle Aldermann war eben dabei, die letzten Vorbereitungen für den Mord an ihrem Ehemann zu treffen. Im Haus war es dunkel bis auf ein Nachtlicht, das den Weg zum Abort beleuchtete, aber sie hatte nur wenige Handgriffe zu tun, und die hatte sie oft genug geübt. Bis jetzt, dachte sie, war alles nach Plan gelaufen. Max, Annette und die Übrigen waren fest davon überzeugt, dass rebellische Eingeborene hinter den makabren Anschlägen steckten. Sie und Jonah würden nicht unter Verdacht geraten – waren sie nicht selbst angegriffen und sogar verwundet worden? Und niemand, aber auch niemand würde an weiße Mörder denken, wenn das Opfer mit einem Eingeborenenpfeil in der Kehle gefunden wurde.

Sie lächelte vor sich hin. Es war wirklich ein guter Plan. Wer einen Pfeil sah, würde natürlich annehmen, dieser Pfeil sei aus einer gewissen Entfernung abgeschossen worden, und den Täter außerhalb des Hauses suchen. Diesen Eindruck konnte sie dadurch verstärken, dass sie den einfachen Fensterriegel von draußen abbrach und das Fenster aufriss. Und dann war da noch der zweite Pfeil, so tödlich wie der erste, der in ihrem Kopfkissen stecken würde.

In Gedanken ging sie noch einmal jeden einzelnen Schritt durch. Sich vergewissern, dass der Betäubungstrank gewirkt hatte und Maximilian tatsächlich schlief wie ein Stein. Ihm den Pfeil mit voller Wucht in den Hals rammen. Den zweiten Pfeil in ihr Kopfkissen stechen. Dann das Licht anzünden, wie eine Verrückte schreien und hinausstürmen, warten, bis ihr der nächstbeste Mensch begegnete, und ohnmächtig zu Boden sinken.

Sie fuhr prüfend mit der Fingerkuppe über die Spitze des Pfeils. Böses Ding. In die Halsschlagader gestoßen, würde es Max so schnell ausschalten, dass er auch ohne Schlaftrunk kaum Zeit zur Gegenwehr hätte, aber sie wollte nichts riskieren. Er war stark wie ein Stier. Ein einziger Schlag, und er hätte sie zu Boden geschleudert und ihr die Mordwaffe entrissen.

Jemand pochte ans Fenster.

Myrtle fuhr schuldbewusst zusammen. Einen Augenblick bildete sie sich ein, jemand hätte sie beobachtet und wollte wissen, was sie mitten in der Nacht mit einem javanischen Pfeil in der Hand wollte. Dann hörte sie das leise Wiehern eines Pferdes und erkannte Morgensterns Stimme. Jonah! Was in aller Welt hatte der hier zu suchen? Er durfte auf keinen Fall in der Nähe gesehen werden, wenn Max starb. Hatte er schon wieder alles vergessen? Reumütig sagte sie sich, dass es ein Fehler gewesen war, ihn in der ersten Wut über Helenas Entkommen zu ohrfeigen. Wenn er sich erst einmal aufregte, merkte er sich überhaupt nichts mehr. Jedenfalls musste sie zusehen, dass er auf der Stelle von hier verschwand. Sie schob die Pfeile zurück in ihr Versteck und huschte barfuß und im Nachthemd zur Verandatür hinaus.

Tatsächlich – Jonah saß vollständig angezogen auf Morgenstern, die gesattelte Bluebell am Zügel.

»Bist du von Sinnen!«, zischte sie. »Willst du unbedingt gehängt werden? Ich habe dir gesagt, du sollst – was willst du überhaupt mit meinem Pferd?«

»Steig auf«, befahl er. »Sofort. Wir müssen weg.«

»Aber was ist –«

Er knurrte sie an wie ein gereiztes Tier. »Zieh dich an, schnell, schnell! Und komm!«

Myrtle erstarrte. Sie wusste, wenn er diesen Tonfall anschlug, war es besser, ihm zu gehorchen. Während sie zurück in das dunkle Wohnzimmer lief, überschlugen sich ihre Gedanken. Was war geschehen? Was hatte er getan? Es hätte sie nicht gewundert, wenn er Frau Annette erschlagen hätte, nach all den Gemeinheiten, die die alte Frau ihm am Nachmittag an den Kopf geworfen hatte. Nun, sie würde es bald erfahren.

Hastig zog sie ein Hauskleid über das Nachthemd, schlüpfte in Strümpfe und Stiefel und warf eine Jacke über. Im Hinauslaufen ergriff sie den Revolvergurt und straffte ihn über der Brust. Als sie in den Steigbügel stieg und Bluebells Körper unter sich spürte, merkte sie, dass die Stute zitterte. Jetzt fiel ihr auf, dass auch Morgenstern ganz gegen seine Gewohnheit unruhig hin und her trippelte, mit dem Schweif schlug und die Augen rollte. Sie saß kaum im Sattel, als Bluebell, ohne auf ein Kommando zu warten, zu laufen begann und den Weg zum Tor einschlug. Der Hengst folgte ihr.

Als sie das mächtige Tor erreichten, sprangen die beiden Hunde auf, die es bewachten, und knurrten. Sobald sie Jonah erkannten, beruhigten sie sich jedoch wieder. Der junge Mann sprang aus dem Sattel, stieß die beiden schweren Riegel an der Innenseite zurück und schob den einen Torflügel auf. Mit einer Handbewegung befahl er den Hunden: »Lauft!« Und als hätten sie nur auf diesen Befehl gewartet, schossen die beiden sonst so treuen Wachhunde hinaus und verschwanden in der Finsternis.

Gleich darauf folgten ihnen die Reiter. Statt den talwärts führenden Weg einzuschlagen, wie sie es sonst taten, begannen die Pferde schnaubend bergauf zu laufen.

Myrtle stieß mit gedämpfter Stimme hervor: »Was ist? Was hast du getan?«

Er schüttelte den Kopf und deutete mit ausgestrecktem Arm in Richtung Pulau Krakatau. »Der Berg bricht aus.«

»Jonah, bist du jetzt von allen guten Geistern verlassen? Der Berg bricht seit Ende Mai immer wieder aus. Müssen wir deswegen mitten in der Nacht aus dem Haus fliehen? Und ich hatte geplant –«

Wieder schüttelte er den Kopf, dass ihm das blonde Haar ins

Gesicht fiel. »Wir müssen fort. Hinter die Berge. Sonst sterben wir.«

Myrtle zögerte. Sie erinnerte sich, wie er im Mai den ersten Vulkanausbruch gute zwanzig Minuten im Voraus gespürt hatte, als noch nicht einmal die Rispen der Gräser zitterten. Wenn er auch diesmal recht hatte, würden ihr seine Vorahnungen das Leben retten. Wenn nicht … Nun, dann hatte Maximilian ein paar Lebenstage gewonnen, was freilich nur eine Galgenfrist war

»Wohin willst du?«, fragte sie.

»Zur Jagdhütte. Dort ist es sicher.«

Nie zuvor waren die beiden Pferde in einem solchen Tempo einen Berghang hinaufgaloppiert. Ohne den geringsten Zuruf der Reiter beeilten sie sich so sehr, dass sie keuchten und Bluebell der Speichel aus dem Maul troff. Erst als sie den Grat erreicht hatten, hielten sie an und verschnauften.

Myrtle blickte sich um. Überall nur stille Nacht, eine der typischen lauen Nächte der Trockenzeit. Dunst über Urwald und Plantagen, Sterne über der Meerenge, ein Leuchten wie ein Blutfleck über dem Schlot des Krakatau. Kaum ein Lichtschein war zu sehen, nur die Lichter vor dem Lotsenhaus am Hafen und unten am Hang eine Reihe von Gaslampen, wo das streng bewachte Lager der Zwangsarbeiter hinter den Palisaden versteckt lag.

Jonah wartete gerade so lange, bis die Pferde sich einigermaßen erholt hatten, dann trieb er sie an. Der Weg, der zur Jagdhütte abzweigte, war längst nicht so gepflegt wie der Hauptweg. Ein dichtes Gewirr von Farnen, Luftwurzeln, Lianen und modrigen Baumriesen drängte sich von beiden Seiten an die Reiter heran, streifte ihnen über Haar und Schultern, griff nach den Beinen der Pferde. Es war stockdunkel hier, sodass die Pferde – die sich jetzt merklich beruhigt hatten – vorsichtig einen Huf vor den anderen setzten, um nicht über die verschlungenen Wurzeln zu stolpern. Ein muffiger Geruch hing in der unbewegten Luft. Leise Geräusche drangen von allen Seiten aus der Dunkelheit an Myrtles Ohren, ein Huschen und Trapsen und Rascheln.

Jonah sagte: »Horch! Die Tiere laufen ins Landesinnere.«

Sie lauschte angestrengt.

»Sie laufen leise«, sagte er. »Es sind die kleinen Tiere. Die großen kommen später.«

Schließlich erreichten sie die Jagdhütte, die auf einem Podest aus Holzbohlen mitten auf einer Lichtung stand. Myrtle merkte, dass sowohl Jonah wie auch die Pferde sich hier in Sicherheit fühlten. Gemächlich trotteten die Tiere zu dem schmalen Wasserfall hinter dem Haus und tranken aus dem Gumpen, den das ständig niederfallende Wasser ausgehöhlt hatte.

Der Javaner, der sich um die Hütte kümmerte, hatte ihr Kommen gehört. Nur mit einem Schurz bekleidet, eine Laterne in der einen, das Gewehr in der anderen Hand, sprang er zur Tür heraus, herrschte die nächtlichen Besucher drohend an und entschuldigte sich dann tausendmal, als er die beiden erkannte.

Myrtle lächelte ihn an. »Schon gut … schon gut, du bist ein treuer Wächter. Mach uns etwas zu essen, ja?«

Der kleine dunkelhäutige Mann faltete die Hände und verbeugte sich. Dann eilte er ins Haus, um einen Eimer zu holen und Wasser für den Kaffee aus dem Gumpen zu schöpfen.

4

Albert von Odenhof hatte unter falschem Namen am Rijkswik, Batavias Prachtstraße, im ›Hotel des Indes‹ Quartier bezogen, das als das vornehmste Haus weit und breit galt.

Das Hotel war exzellent, aber der neue Gast fühlte sich darin keineswegs wohl. Er verfluchte die Erfindung des Telegrafen. In Gedanken sah er schon die Nachricht vor sich: *Gesuchter Betrüger vermutlich auf Weg nach Java stopp überprüft alle Häfen stopp sofortige Festnahme erbeten.* Es wäre viel klüger gewesen, sich in einer einfachen Herberge einzumieten als in einem Hotel mit einem scharfäugigen Rezeptionisten, in dem er gewissermaßen auf dem Präsentierteller saß, aber Albert schaffte es einfach nicht, kleinere Brötchen zu backen. Er brauchte Luxus um sich, Bequemlichkeit, Respekt, den Duft der Hautevolee.

Dummerweise war das Nobelhotel voll von Artisten. Die Zirkusdirektion Wilson legte Wert darauf, dass ihr Unternehmen nicht als Schaubude vagabundierender Gaukler eingestuft wurde, sondern gebührenden Respekt erfuhr, daher mieteten Mr und Mrs Wilson ihre Truppe jedes Mal mit Glanz und Gloria in den feinsten Häusern am Platz ein. Dagegen hätte Albert nun nichts einzuwenden gehabt, aber irgendetwas schien in der Luft zu liegen, das die Menschen generell reizbar und die Zirkusartisten ganz besonders übellaunig machte. Ohne den zügelnden Einfluss des Zirkusdirektors John Wilson, der in Übersee weitere Artisten rekrutierte, hatten die üblichen Rangeleien und Rivalitäten der verschiedenen Zirkuskünstler in rohe Gewalt auszuarten begonnen. Die Artisten tranken in der Bar des Hotels Champagner und stritten sich ebenso wortreich wie lautstark darüber, wer der lustigste Clown oder der gewandteste Trapezkünstler sei, bis sich einer von ihnen über eine verletzende Bemerkung empörte und den anderen mit einem Glas bewarf. Sofort brach eine wüste Keilerei los. Volle Gläser, Teller und Fäuste flogen durch die Luft. Mrs Wilson erhielt einen Schlag ins Gesicht. Einem Artisten wurde übel in die Backe gebissen. Die Athleten rangen mit den Akrobaten, die Reiter mit den Jongleuren. Schließlich musste die Polizei eingreifen, was von der Öffentlichkeit mit Vergnügen zur Kenntnis genommen wurde, Albert jedoch absolut nicht gefiel. Die Vorstellung, als Zeuge aufgerufen zu werden, bereitete ihm Bauchschmerzen. Er überlegte, dass es vielleicht doch klüger wäre, abzureisen. Es würde ihm ohnehin nicht erspart bleiben, sich der Familie Aldermann und seiner wütenden Tochter zu stellen. Woher hatte Helena nur dieses entsetzliche Temperament! Wenn sie tobte, hatte er jedes Mal Angst, sie könnte ihm etwas zuleide tun. Er hatte sich Hoffnungen gemacht, die Aldermanns würden sie zähmen, aber anscheinend wurden nicht einmal die mit ihr fertig.

Wie man ein Hotel verließ, in dem man die Rechnung nicht bezahlt hatte, war eine Kunst, die er meisterhaft beherrschte. Er schlenderte Zigarren rauchend durchs Foyer, blieb stehen, um ein paar Worte mit dem Rezeptionisten zu wechseln, bat ihn, für den Nachmittag eine Droschke zu bestellen, und fragte, wo man in Batavia am besten ein Geschenk für eine Dame kaufen könnte, die ihn in den nächsten Tagen im Hotel aufsuchen würde. Nachdem das erledigt war, verließ er die Halle und spazierte gemächlichen Schrittes den Rijkswik hinunter – nicht etwa in Richtung Hafen, sondern in Richtung Stadtmitte. Erst ein paar Ecken weiter kehrte er um und schlug schmunzelnd den Weg ein, den er eigentlich gehen wollte.

Im ›Hotel des Indes‹ würden sie erst misstrauisch werden, wenn die bestellte Droschke umsonst auf ihn wartete – so ganz trauten sie ihm ohnehin nicht. Sie würden sein Zimmer aufsperren und seine Koffer durchsuchen, die vollgestopft waren mit teuren Anzügen und gewichtigen wissenschaftlichen Büchern, und erst allmählich draufkommen, dass er sein Geld, seine Dokumente und die wichtigsten persönlichen Artikel mitgenommen hatte.

Er hatte den Hafen schon fast erreicht, als ihm unversehens ein Mann in den Weg trat. »Professor von Odenhof?«, fragte er.

Albert erbleichte. Er überlegte fieberhaft, ob er auf seinem falschen Namen beharren oder zugeben sollte, dass er der Gesuchte war. Noch hatte er auf Java kein Verbrechen begangen, war nur ein harmloser Hotelgast, der einen Spaziergang machte.

Die Antwort blieb ihm erspart, denn da war auch schon ein zweiter Mann zur Stelle, in dem er einen Polizeiagenten in Zivil erkannte. Mit täuschend freundlicher Stimme sagte dieser:

»Wenn Sie uns bitte begleiten wollen, es gibt da einige Fragen, die wir gerne mit Ihnen klären würden.« Er hob die Hand und schnippte mit den Fingern. Eine Droschke, die offenbar auf dieses Zeichen gewartet hatte, rollte herbei.

Eskortiert von den beiden Männern, fügte sich Albert von Odenhof in sein Schicksal in dem Bewusstsein, dass der Welt mit seiner Verhaftung nun endgültig ein zweiter Leonardo da Vinci verloren gegangen war.

Sonntag, 26. August

1

Helena erwachte in einer Koje an Bord der Zeeland. Ihr Körper roch eigenartig nach Nüssen, und als sie die Arme ausstreckte, sah sie, dass die offenen Striemen mit Wundsalbe bestrichen und verbunden worden waren. Irgendjemand hatte sie gewaschen und gekämmt, sie verarztet und ihr ein frisches Hemd angezogen – ein langes Matrosenhemd.

Mit schwerem Kopf setzte sie sich auf und blinzelte. Ihr Magen knurrte grimmig, und als sie durch das Bullauge hinausblickte, wurde ihr klar, warum. Im Osten ging eben die Sonne auf. Sie musste geschlafen haben, seit sie am vergangenen Vormittag in dem schmalen Gang in Ohnmacht gefallen war.

Das Schiff lag still da, also befanden sie sich noch im Hafen. Sie erinnerte sich undeutlich daran, dass der Priester gesagt hatte, an Bord sei der Kapitän der alleinige Herr, unter seinem Schutz sei sie in Sicherheit. Dennoch wäre es ihr lieber gewesen, sie hätte bereits viele Seemeilen zwischen sich und die Villa Rafflesia gebracht. Bei dem bloßen Gedanken an Frau Annette spürte sie einen dicken Kloß im Hals.

Jemand pochte an die Tür. Gleich darauf streckte der bärtige Priester den Kopf herein. »Ah, Sie sind also wach, Fräulein von Odenhof? Ich darf doch eintreten?« Als sie nickte, verschwand er für einen Augenblick und erschien dann wieder in der Tür, ein Tablett mit Kaffee und einem Teller Sojakuchen in Händen. »Ich nehme an, Sie haben Hunger«, sagte er, während er einen Stuhl an ihre Koje heranzog und das Tablett darauf absetzte.

»Greifen Sie zu. Der Kaffee wird Ihnen guttun. Übrigens glaube ich, Sie kennen noch nicht einmal meinen Namen. Ich bin Pater Julian Tenison-Woods – einfach Pater Julian für die Leute hier, weil ich es niemand zumuten kann, meinen Familiennamen auszusprechen. Kapitän MacKenzie wird gleich nach Ihnen sehen. Er hatte übrigens gestern Nachmittag eine heftige Auseinandersetzung mit Herrn Maximilian Aldermann, der Sie zurückholen wollte.«

Helena blieb der Bissen im Hals stecken. Sie starrte den Geistlichen entsetzt an.

Dieser hob beschwichtigend beide Hände. »Keine Angst, liebes Fräulein. Er hat Ihrem sogenannten Schwager sehr energisch klargemacht, dass dieser auf seinem Schiff rein gar nichts zu melden hat. Herr Aldermann drohte ihm mit allen möglichen Behörden und Honoratioren, aber das beeindruckt einen Mann wie MacKenzie nicht im Geringsten.«

Sie bedeutete ihm, er möge ihr das Schreibbüchlein aus dem Pompadour geben, und schrieb: *Wann legt das Schiff ab und wohin fährt es?*

»Heute Mittag, kurz nach 14 Uhr. Der Zielhafen ist Singapur. Dort sind Sie in Sicherheit – Singapur steht unter britischer Oberhoheit, und ich bin mit dem Gouverneur, Sir Frederick Weld, sehr gut befreundet. Keine holländische Behörde würde es wagen, Sie von dort zurückzuholen. Ich kann Ihnen ein Quartier besorgen, bei den Nonnen des St.-Josephs-Ordens, die mit mir nach Niederländisch-Ostindien gekommen sind. Danach sehen wir weiter.«

Helena lächelte dankbar.

»Sie haben etwas Geld bei sich, habe ich gesehen«, fuhr er fort und deutete auf den gehäkelten Beutel, den sie um den Hals getragen hatte und der jetzt auf der gegenüberliegenden Koje lag. »Wir sollten einen Teil davon dafür verwenden, Ihnen anständige Kleider zu besorgen; Sie haben ja kaum etwas dabei. Nein, nein, Sie selber gehen nicht an Land! Einer der Matrosen wird etwas in Ihrer Größe kaufen.« Er lächelte verschmitzt. »Keine Sorge, es ist ein verheirateter Mann, der das Nötigste von Frauenkleidern versteht. Er wird schon das Richtige bringen.«

Sie lachte zum ersten Mal seit Wochen. Von dem Mann strömte eine Ruhe und Sicherheit aus, die ihr Kraft gab. Sie schrieb: *Dann fahren Sie auch nach Singapur?*

»Ich werde mitfahren, um Sie sicher zu den St.-Josephs-Schwestern zu bringen, aber eigentlich will ich nach Batavia. Ich habe eine Nachricht von Mrs Wilson bekommen – oh, Sie werden sie nicht kennen, die Dame ist die Chefin des Zirkus Wilson, der zurzeit in Batavia gastiert.«

In der offenkundigen Absicht, sie zu beruhigen, plauderte er weiter, während Helena ihren Kaffee trank und sich bemühte, mit ihrer geschwollenen Lippe einigermaßen gesittet den Kuchen zu essen. »Unter den Zirkusmitarbeitern sind viele Katholiken, Polen, Iren, Chinesen, und da muss ich hin, um bei zwei Hochzeiten und drei Taufen zu amtieren. Natürlich gibt es auch in Batavia katholische Priester, aber die Wilsons sind alte Bekannte von mir, wir haben uns immer wieder auf unseren Reisen getroffen. Ich bin sozusagen ihr Hauskaplan, jedenfalls wenn ich in greifbarer Nähe bin.«

Als sie den letzten Bissen Sojakuchen hinuntergeschluckt hatte, sagte er: »Wollen Sie mir jetzt nicht Ihre ganze Geschichte erzählen? Bislang habe ich nur sehr Bruchstückhaftes erfahren.«

Helena nickte, bedeutete jedoch, dass sie das nicht mit Worten tun könne. Da es eine lange Geschichte war, würde sie mit ihrem kleinen Büchlein nicht weit kommen, also besorgte Pater Julian ihr einen Schreibblock und einen Stift und wartete dann geduldig, während sie den ersten Absatz ihrer Lebensgeschichte verfasste.

2

Bis zum frühen Nachmittag unterschied sich dieser Sonntag, der 26. August, nicht von anderen Sonntagen. Das Wetter war angenehm – warm, trocken und windstill, das Meer ruhig und der Himmel klar. Der Krakatau brummelte wie ein schlafendes Tier vor sich hin und sandte gelegentlich Rauchwölkchen in den Himmel. Die Gottesdienste in den beiden Kirchen von Port Crescent, der katholischen und der reformierten, waren beendet, man hatte seine Pflicht Gott gegenüber getan und konnte sich nun guten Gewissens dem eigenen Wohl widmen. Überall in der Kolonie freuten sich Holländer wie Javaner auf den langen, müßigen Nachmittag ihres wohlverdienten Ruhetages. Das Sonntagsritual sah in fast allen Familien gleich aus: Die Männer rückten ihre Stühle vom Mittagstisch zurück, falteten ihre Servietten, tranken den letzten Schluck Kaffee und brachen, die Zigarre im Mund, von ihren Frauen, Kindern und Hunden begleitet, zu ihrem traditionellen Sonntagnachmittagsspaziergang auf. So war es überall, in Telukbetung, in Ketimbang, in Anjer, in Merak, in Tjeringin und auch in Port Crescent, wo die Wohlhabenden und Angesehenen über die Hauptstraße promenierten.

Ruben Kosminsky war eigentlich weder wohlhabend noch angesehen, doch hatte er es in der kurzen Zeit seines Aufenthalts fertiggebracht, sich unter diese Leute zu mischen, als wäre er einer von ihnen. Daher fühlte er sich auch verpflichtet, sich wie die anderen sehen zu lassen. In seinen besten Anzug gekleidet, die Hände in den Taschen, schlenderte er gemächlich über die Terrasse des ›Hotels Schuit‹ und lehnte sich an das weiß lackierte Eisengeländer. Er rauchte genießerisch eine der »indischen« Zigaretten, an denen er hier rasch Geschmack gefunden hatte. Ohne zu betäuben, erzeugten sie ein angenehmes Gefühl innerer Gelassenheit und Heiterkeit. Er schmunzelte vor sich hin, denn auch wenn er sich nicht umdrehte, spürte er die Blicke der vorübergehenden Frauen, Blicke, die warme Küsse auf seinen Körper hauchten. Schade nur, dass er hier mit keiner von ihnen etwas anfangen durfte. Ein Kleinstadtskandal war das Letzte, was er jetzt hätte gebrauchen können.

Da vernahm er eine freundliche Stimme, die ihm zurief: »Nun, Mijnheer Kosminsky, was haben Sie an diesem schönen Tag vor?«

Sie gehörte dem frisch eingesetzten Telegrafenmeister von Anjer, Herrn Schriever. Dieser saß wie üblich am Sonntagnachmittag auf der Veranda im Hotel seines Freundes, des Lloyds-Agenten Schuit, wo er einen Stumpen paffte und die Aussicht genoss.

Ruben, der es sich zur Gewohnheit gemacht hatte, nie einem liebenswürdigen Menschen die kalte Schulter zu zeigen, drehte sich um und erwiderte das Lächeln. »Ich weiß es noch nicht genau. Vielleicht gehe ich am Meer spazieren. Was soll ein einsamer Mann, der im Leben nur seine Arbeit hat, sonst schon tun?«

»Wir könnten den Club der einsamen Männer von Port Crescent gründen. Meine Frau und meine Kinder sind noch in Batavia. Es hat Wochen gedauert, bis ich endlich ein geeignetes Haus gefunden habe. Jetzt freue ich mich darauf, dass meine Familie bald nachkommen wird. Doch bis dahin verbringe ich meine Sonntage weiterhin hier auf der Veranda und plaudere mit jedem, der Zeit für ein Schwätzchen hat. Trinken Sie doch einen Kaffee und ein Gläschen mit mir.« Schriever wies einladend auf den leeren Rattanstuhl an seiner Seite.

Ruben folgte der Einladung bereitwillig. Als er sich setzte und den Blick über das Wasser schweifen ließ, fiel ihm erstmals auf, dass das am Morgen noch so friedliche Meer jetzt ungewöhnlich unruhig war, als tosten die unterschiedlichsten Strömungen kreuz und quer durch den engen Sund. Kleine Boote tanzten unruhig auf dem Wasser.

Kaffee und Genever wurden bestellt. Die beiden Männer tranken einander zu.

»Wie die Zeit vergeht!«, bemerkte Schriever. »Vor drei Monaten habe ich hier an dieser Stelle gesessen und unter Herrn Schuits Anleitung versucht, eine Flaggennachricht zu entziffern. Ich erinnere mich genau. Sie flatterte an der Rah des deutschen Kriegsschiffes Elisabeth, das zu dieser Zeit gerade die Meerenge passierte – es war eine Nachricht, die sich um den Ausbruch des Krakatau drehte. Herr Schuit schickte damals sofort eine Meldung an Lloyds in London.«

»Und Sie vermutlich eine Meldung an das Telegrafenamt in Batavia?«

»Nein, damals nicht. Ich war neu in der Gegend und noch nicht im Dienst.«

Ruben lehnte sich zurück und sah einer voll aufgetakelten Bark mit Kurs nach Norden nach, die mit aufgeblähten Segeln auf den unruhigen Wellen schaukelte. Dann erspähte er den Dampfer Gouverneur-General Loudon, der im Mai eine Schar von sechsundachtzig Touristen gegen eine deftige Gebühr nach Krakatau gebracht hatte, die die zerstörte Insel aus der Nähe sehen wollte.

»Was befördert die Loudon diesmal?«, fragte er. »Wieder Touristen, die sich für viel Geld den Schnurrbart versengen lassen?«

Schriever schüttelte den Kopf. »Nein, diesmal erledigt sie nur Routineaufgaben. Erst hat sie entlang der Küste hundert Kulis aufgesammelt, die beim Bau eines Leuchtturms eingesetzt werden sollen, und danach dreihundert Kettensträflinge, die zum Arbeitsdienst auf verschiedenen staatlichen Baustellen in Aceh auf Sumatra abgestellt werden.«

»Hartes Schicksal«, bemerkte Ruben, der während seines Aufenthalts mehr als nur einmal die in langen Reihen aneinandergeketteten graugesichtigen Männer gesehen hatte, wie sie stumpfsinnig dahinschlurften, nur von den Peitschen der Aufseher zum Leben erweckt.

Herr Schriever zuckte die Achseln. »Die haben es nicht besser verdient. Zur Zwangsarbeit in den Kolonien wird man nicht verurteilt, weil man ein Huhn gestohlen hat. Das sind Berufsverbrecher, mehrfache Mörder, Brandstifter … Ich wette, der Kapitän ist froh, sie los zu sein. Jetzt macht die Loudon ein, zwei Tage hier Halt.« Er nahm einen letzten langen Zug von seiner kurzen Zigarre und warf den Stummel dann schwungvoll über das Geländer ins Meer. Dabei runzelte er sichtbar beunruhigt die Stirn. »Hoffentlich werden es friedliche Tage.«

»Ich kenne nur die Nordsee«, bemerkte Ruben, »aber soweit ich etwas vom Meer verstehe, sehen diese hüpfenden Wellen unnatürlich aus.«

Schriever nickte. »Da haben Sie recht«, erwiderte er. »Das macht mir schon seit einigen Stunden Sorgen. Und nicht nur mir, auch die Schiffe draußen in der Sundastraße berichten, dass sich die See in einem ganz außergewöhnlichen Zustand befindet. Ich habe schon einen ersten Bericht nach Batavia telegrafiert, damit die Kapitäne Bescheid wissen. Und da ist noch etwas, das mir nicht geheuer ist. Das Thermometer fällt.«

»Sie meinen, es kommt ein Sturm?«

»Nein. Ich sagte Thermometer, nicht Barometer. Dass es kühler wird, bedeutet, dass sich viel Staub in der Atmosphäre befindet und somit weniger Sonnenlicht durchgelassen wird. Wenn Sie gute Augen haben, können Sie das mit bloßem Auge sehen.« Er deutete mit der ausgestreckten Hand aufs Wasser hinaus.

Ruben hatte sehr gute Augen, und er sah sofort, was der Telegrafist meinte. Die eben noch glänzende Wasseroberfläche war stumpf geworden, und vor die gegenüberliegende Küste von Sumatra zog sich ein bräunlicher Schleier, dünner als eine Rauchschwade, dünner als eine Nebelbank, aber immer noch dicht genug, um die Umrisse zu verschleiern und das satte Grün der steilen Abhänge in ein stumpfes Graubraun zu verwandeln. Das Knattern und Rumpeln des Vulkans, an das Ruben sich in den vergangenen drei Wochen mehr oder minder gewöhnt hatte, klang ihm mit einem Mal bedrohlich laut in den Ohren.

»Bilde ich mir das ein, Mijnheer Schriever, oder sind die Eruptionen lauter geworden?«

»Sie hören ganz richtig. Natürlich schwanken seismische Aktivitäten« – der Telegrafist sprach die beiden Worte, mit deren Gebrauch er seine Bildung kundtat, mit sichtlichem Behagen aus – »in Lautstärke und Intensität, aber der Krakatau ist so unruhig wie schon lange nicht mehr. Wahrscheinlich pustet er uns wieder einen ganzen Kohlenkeller voll Staub und glutflüssigem Gestein in die Luft. Die Skipper werden sich freuen, wenn sie ihre rußigen Pötte von vorn bis hinten putzen dürfen.« Er lachte, aber seine innere Unruhe war unverkennbar. Plötzlich griff er nach Rubens Ellbogen und drückte ihn so fest, dass dieser zusammenzuckte. »Ehrlich gesagt, mir gefällt das überhaupt nicht. Müsste ich nicht auf meinem Posten bleiben, so würde mich hier nichts halten.«

»Meinen Sie denn, es könnte gefährlich werden?« Ruben warf einen zweifelnden Blick auf all die Leute mit ihren Sonnenschirmen, Tropenhelmen und kakifarbenen Strohhüten, die die Straße auf und ab schlenderten, gelegentlich in kleinen Gruppen zu einem Schwätzchen stehen blieben oder die Angebote in einem der Schaufenster bewunderten. Eine große Zufriedenheit ging von ihnen aus. Kinder liefen hin und her, spielten mit ihren Hunden, trieben hölzerne Reifen den Gehsteig entlang oder warfen sich Bälle zu. Niemand schien auch nur im Geringsten beunruhigt.

Schriever, der seinen Blicken gefolgt war, sagte: »Die Leute hier sind daran gewöhnt – allzu sehr daran gewöhnt. Die haben kaum mit der Wimper gezuckt, als im Mai der erste Ausbruch stattfand, der Ausbruch eines angeblich erloschenen Vulkans auf einer Insel, die als vollkommen sicher galt. Und sie denken sich auch jetzt nichts dabei, außer dass die Damen sich vielleicht ärgern, weil sie Aschestaub von ihren Sonntagskleidern bürsten müssen. Aber ich bin nicht von hier, und ich bin noch nicht abgestumpft. Deshalb würde ich –«

Genau in dem Augenblick, um 13.06 Uhr, ertönte der erste Knall einer heftigen Explosion. Dampf und pulverisierter Schutt schossen in Form einer schwarzgrauen Wolke aus dem Krater des nördlichsten der drei Kegel, und man hörte einen ohrenbetäubenden Lärm, in dem sich das Donnern schwerer Artillerie und das Rattern unaufhörlichen Gewehrfeuers zu überlagern schienen.

Ruben sprang auf wie eine Katze, der man auf den Schwanz getreten hat.

Schriever blickte ihn mit einem gequälten Lächeln an. »Ungemütlich hier, was? Wenn Sie klug sind, verschwinden Sie, bevor es noch ärger wird.« Er wies mit ausgestreckter Hand auf den Hafen hinunter. »Die Zeeland sticht um 14 Uhr in See, sie segelt über Batavia nach Singapur. Machen Sie sich ein paar schöne Tage in Batavia und kommen Sie wieder, wenn sich die Lage beruhigt hat.«

Ruben betrachtete das als einen sehr, sehr klugen Rat. Mit langen Schritten eilte er zurück ins Hotel, packte seinen Koffer, bezahlte, und nachdem er sich kurz von Herrn Schuit und dem Telegrafenmeister verabschiedet hatte, betrat er das Fallreep des Postschiffes.

3

Helena hatte bereits so viel Vertrauen zu Kapitän MacKenzie gefasst, dass sie es wagte, an Deck zu kommen, freilich nur auf der Seite, die man vom Kai her nicht einsehen konnte. Deshalb bemerkte sie Ruben erst, als er bereits seine Kabine gebucht und seinen Koffer verstaut hatte und sich ebenfalls an Deck begab. Überrascht und voll Freude blickte sie auf, als er sich ihr mit raschen Schritten näherte.

»Fräulein von Odenhof!«, rief er, wobei er ihr beide Hände entgegenstreckte, ohne sie jedoch zu berühren. »Ich hörte, dass Sie an Bord sind. Und … Ihr Gatte?«

Sie schüttelte stumm den Kopf und bedeutete ihm, sie wolle darüber nicht sprechen.

So schweigsam, wie sie es schon von der langen Reise auf der Kohinoor her gewohnt waren, standen sie nebeneinander an der Reling und blickten auf die Sundastraße hinaus. Die Luft schmeckte nach Schwefel. Schaudernd zog Helena ihren Schal enger um die Schultern.

Kapitän MacKenzie kam übers Deck, dicht gefolgt von dem Priester, der ein Notizbuch unterm Arm trug. Offenbar war der Kapitän wegen der seltsam aufgewühlten See zutiefst beunruhigt. Helena hörte ihn sagen: »Kein Fahrplan und keine Schifffahrtsbehörde der Welt bringen mich dazu, durch ein Labyrinth wie die Sundastraße zu segeln, solange die Welt so aussieht wie jetzt. Da, schauen Sie!« Er fuhr mit den Fingern über die Reling und hielt sie ihnen entgegen, allesamt schwarzbraun von der Asche, die aus der Luft fiel. »Ich bleibe hier im Hafen, bis wieder Ruhe eintritt.«

Helena erschrak fürchterlich, als sie das hörte. All ihre Hoffnung hatte sich darauf gerichtet, dass sie schon bald weit weg von Port Crescent sein würde, in Singapur, wo Pater Julians Freund Gouverneur war und die holländischen Behörden keinen Einfluss hatten. Und jetzt sollte sie hier festsitzen, nur durch das schmale Fallreep von den Menschen getrennt, die sicher bereit waren, sie notfalls mit Gewalt zurückzuholen? Die Hände flehentlich ausgestreckt, eilte sie auf die beiden Männer zu, versuchte vergeblich zu sprechen und bedeutete ihnen mit Gesten ihre Angst und Sorge.

»Ja, verstehe ich«, knurrte MacKenzie. »Aber liebes Fräulein, auch wenn Sie es eilig haben, nützt es Ihnen nichts, am Ende auf einem gestrandeten Schiff zu sitzen, weil das Meer verrückt spielt. Bleiben Sie ruhig, ich garantiere Ihnen, niemand wird Sie von Bord holen. Sie stehen unter meinem Schutz, nach wie vor. Aber ich bin nun mal für mein Schiff verantwortlich, und ich sage, die Zeeland bleibt im Hafen.«

Ruben fiel ein: »Aber wenn Sie nach Singapur unterwegs sind, fahren wir doch in die andere Richtung? Immer weiter fort vom Krakatau?«

»Das stimmt, aber es nützt uns nichts. Wir haben schon bei ruhigem Wasser und guter Sicht massive Probleme damit, die Zeeland durch die Untiefen zu navigieren. Was meinen Sie, wie das erst wird, wenn wir durch unruhige See schippern? Sehen Sie sich nur das Wasser an! Da muss doch sogar eine Landratte wie Sie begreifen, dass es kein Spaß ist, sich durch solche Wellen zu kämpfen.«

Helena und Ruben blickten beide in die Richtung, in die er wies. Er hatte recht. Die Wellen waren zwar nicht sonderlich hoch, aber sie klatschten unregelmäßig gegeneinander, spritzten hoch, zogen sich einmal sprunghaft zurück, um dann wieder heranzuschnellen. Eine Dschunke, die in den Hafen einzulaufen versuchte, wurde hin und her geschleudert, tänzelte erst auf dem Kamm einer glasgrünen Wassermasse und wurde dann wie von einer unsichtbaren Hand gedreht und in ein tiefes Wellental gestürzt. Geschrei erscholl an Bord, als die chinesischen Matrosen durcheinanderrannten und das Schiff vor dem Kentern zu bewahren versuchten, was ihnen erst nach einer Reihe atemberaubender Segelmanöver gelang. Dann verlor der Kapitän anscheinend die Geduld und gab den Kampf auf, denn plötzlich drehte das so wehrlos und zerbrechlich aussehende Schiff ab, vermutlich in dem Versuch, die Unruhe in der Mitte des Fahrwassers zu überstehen.

»Wissen Sie, was es bedeutet, dass das Meer sich so verhält?«, fragte Kapitän MacKenzie. »Es bedeutet, dass starke unterseeische Strömungen durch die Sundastraße laufen, die zweifellos von der Insel Krakatau ausgehen. Wenn es so weitergeht wie jetzt, werden die Wellen zunehmend unberechenbarer und immer höher. Wir laufen Gefahr –«

Von der Insel Krakatau drang ein dumpfes Donnern herüber, dem der Lärm einer Explosion folgte, doppelt so laut wie die erste. Ein Schwall heißer Luft blies über das Deck und fuhr Helena ins Gesicht. Sie sah nach Süden und erlebte den unvergesslichen Anblick einer gewaltigen Eruption. Eine Wand aus flüssigem Feuer schoss tausende Meter hoch in den Himmel und erleuchtete das Meer so grell, dass die Schiffe scharfe Schatten warfen. Auf allen Masten begannen die Elmsfeuer zu tanzen, was von den abergläubischen Matrosen mit entsetztem Geheul beantwortet wurde. Die Elektrizität in der Luft ließ den Menschen auf Deck die Haare zu Berge stehen. Vom Himmel herabregnende Gesteinsbrocken schlugen wie Kanonenkugeln ins Meer ein und lösten zischende Wasserhosen aus. Der Wasserspiegel stieg und fiel jäh. Es war weder Ebbe noch Flut noch Dünung oder Brandung. Das Wasser schwappte bedrohlich und völlig unberechenbar auf und nieder. Im Hafen wurden Boote und kleine Schiffe durcheinandergeworfen, manche bis hinauf auf den Kai, wo sie zerschmettert liegen blieben, andere krachten gegen Mauern und Piere und sanken, leck geschlagen, auf den Boden des Hafenbeckens. Laut jammernde Fischer rannten mit den Armen fuchtelnd am Kai hin und her und starrten verzweifelt auf die Trümmer ihrer kostbarsten Besitztümer.

Dem klaren, fast durchsichtig goldenen Springquell aus Feuer folgte ein Kranz wallender, aschgrauer Wolken. Während Helena, benommen vom Feuerwerk der Eruption, noch atemlos nach Süden starrte, stieß der Vulkan einen weiteren Schwall Rauch und glühende Lava in die Luft, und sofort zog von dort eine riesige schwarzgraue Qualmwolke heran. Die junge Frau spürte einen Druck, als sei ihr etwas auf die Brust gesprungen, fiel gegen die Deckaufbauten und keuchte. Es war, als wäre alle Luft plötzlich weggesaugt worden. Innerhalb weniger Minuten war ganz Port Crescent in Staub und Dunst gehüllt und versank in einer unheimlichen, bläulich grauen Düsternis.

Die Sonne stand als bronzene Scheibe am Himmel. Schlagartig wurde es merklich kühler, als die dichte Rußwolke sich zwischen Erde und Sonne schob. Die Feuersäule war in sich zusammengesunken. Unter dem verhüllten Himmel war nur der ferne Feuerschein zu erkennen, ein rotgoldener Fleck auf der Unterseite der Wolken, wo die Glut aus dem Krater hervordrang, aber niemand ließ sich von dieser scheinbaren Ruhe mehr täuschen. Mochte der Krakatau ein oder zwei Stunden lang innehalten, früher oder später würde er von Neuem riesige Mengen glühenden Gesteins in den Himmel schleudern.

Pater Julian saß auf einer Seekiste, sein Notizbuch auf den Knien, und schrieb, ohne sich um die herumfliegende Asche zu kümmern oder eine Laterne anzuzünden, seine Beobachtungen nieder.

> *»Die astronomischen Daten für den 26. August vermelden, dass die Dämmerung um 18.22 Uhr einsetzen soll. In Port Crescent ist es jetzt bereits um 14 Uhr Nacht, eine künstliche Nacht unter der Schmauchwolke, die sich, soweit wir sehen können, über die gesamte Sundastraße hinzieht. Die Luft, ein heißer Odem voller Staub und Schwefel, ist giftig und macht jegliche Orientierung unmöglich. Kapitän MacKenzie signalisiert den anderen Schiffen mit Lampen, doch sind die Scheiben schneller, als man sie putzen kann, von der fettigen, klebrigen Asche bedeckt, und nur ein schwaches, trübseliges Lichtlein dringt an Stelle des üblichen grellen Strahles heraus.«*

Er unterbrach seine Niederschrift, als MacKenzie an seine Seite trat und ausrief: »Als hätten wir nicht genug Ärger mit dem Vulkan, sucht uns dieser Schuft von Aldermann schon wieder heim, diesmal in allerhöchster Begleitung – was mich aber nicht daran hindern wird, ihm noch einmal den Marsch zu blasen.«

4

Max Aldermann war nicht der Mann, der sich von einem Kapitän wegschicken ließ, und sei dieser auch juristisch im Recht. In seiner Welt ging es nicht darum, wer recht hatte, sondern wer der Stärkere war. Am Vortag hatte er nachgeben müssen in dem Bewusstsein, dass MacKenzie über zwei Dutzend ergebener Seeleute verfügte, die ihm, Max, jederzeit eine Tracht Prügel verabreicht hätten. Aber jetzt kam er wieder, und zwar in Begleitung des Polizeichefs und des Hafenmeisters, den er als höchste Autorität in nautischen Angelegenheiten herbeizitiert hatte. Zu dritt ritten sie im Schatten der Palmen die sonnenbeschienene Straße entlang, grüßten links und rechts die Spaziergänger und taten, als merkten sie nichts von den neugierig fragenden Blicken, die ihnen folgten. In Port Crescent hatten die Ereignisse bereits die Runde gemacht, jeder wusste, dass die junge Mevrouw Aldermann auf dem Schiff Zuflucht gesucht hatte und Kapitän MacKenzie, angestiftet und aufgehetzt von dem katholischen Priester, ihr Schutz gewährte. Jetzt rückten die Aldermanns also im Ernst an, um sie zurückzuholen, nachdem ein erster Versuch gescheitert war. Man beobachtete, wie die drei Herren – Max im kakifarbenen Reitanzug, die beiden Beamten in Ehrfurcht gebietenden Uniformen – auf den Pier hinausritten und dem wachhabenden Matrosen von oben herab einen Befehl erteilten.

Wie der Mann reagierte, sollte niemand je erfahren, denn genau in diesem Moment ereignete sich die Explosion, die über das gesamte Städtchen Port Crescent einen grauschwarzen Schleier fallen ließ und es in ein unnatürliches Zwielicht tauchte. Blitze zuckten in der Qualmwolke. Max' Pferd Barbarossa, ein nervöses und reizbares Tier, stieg vor Entsetzen, und der Reiter musste all seine Kunst aufwenden, um sich im Sattel zu halten. Auch die Pferde der Beamten wieherten, rollten die Augen, drehten sich im Kreis und versuchten sich auf die Hinterbeine zu stellen. Die drei Männer hatten gute zehn Minuten zu kämpfen, um die Tiere wieder unter Kontrolle zu bringen. Danach hatten die beiden Beamten jegliches Interesse, sich in die Familienangelegenheiten der Aldermanns einzumischen, verloren. In höchster Eile galoppierten sie in Richtung Stadt, um nachzusehen, wie es um ihre Häuser und Familien stand.

Max fluchte laut. Ohne die Autorität der beiden Behördenvertreter befand er sich in genau derselben Situation wie am Vortag. MacKenzie hatte wieder die Oberhand. Er stieß Barbarossa die Fersen in die Flanken und jagte hinter den Männern her, fest entschlossen, diese Feiglinge zur Räson zu bringen.

5

Die Idylle des Sonntagnachmittags war in tausend Stücke zerbrochen. Die Menschen liefen kreuz und quer auf den unheimlich verdunkelten Straßen umher. Besonders die chinesischen Händler waren in Panik und rannten aufgeschreckt herum, hin und her gerissen zwischen dem Wunsch, so bald wie möglich von hier zu verschwinden, und der Angst, ihre Besitztümer unbeaufsichtigt zurückzulassen. Die Eingeborenen duckten sich in panischem Entsetzen, schrien bei jedem Donnerschlag auf, warfen sich mit ausgestreckten Armen zu Boden und flehten ihre Götter an, sie zu verschonen. Auch viele Muslime und Christen lagen auf den Knien und beteten.

Jan Schriever lief an den Strand hinunter, wo er seinen Sekretär entdeckt hatte, der wie gelähmt die Eruption beobachtete. »Piet!«, schrie er ihm zu. »Sperr auf, wir müssen sofort eine Meldung absetzen!«

Die beiden Männer rannten zu dem langgestreckten Steingebäude, in dem sich das Telegrafenamt von Port Crescent befand, wobei sie ihre Taschentücher vors Gesicht drückten, um den giftigen Schmauch nicht einzuatmen. Schriever hatte den

Geschmack von Staub und Metall im Mund; er nieste unaufhörlich und schnäuzte schwarzen Schleim in sein Taschentuch. Welch eine Erleichterung, als sie die Tür hinter sich schließen konnten und die Luft klarer wurde. Sie mussten mitten am Nachmittag Laternen anzünden, um überhaupt genug zu sehen, bevor sie ihre erste Nachricht abschickten. Auf Krakatau, so meldeten sie ihrer Zentrale in Batavia, habe es eine größere Eruption gegeben. Der Vulkan speie Feuer und Rauch, und es sei so dunkel in der Stadt, dass man kaum die Hand vor Augen sehen könne. Wie lauteten die Anweisungen?

Batavia antwortete umgehend. Ja, man wisse bereits, dass etwas im Gange sei, die Telegrafisten von Anjer, Telukbetung, Ketimbang und Merak hätten ebenfalls Bericht erstattet. Der Generalgouverneur habe sich trotz der Sonntagsruhe, aus der man ihn gerissen habe, persönlich nach dem Stand der Dinge erkundigt und werde in Kürze seine Anweisungen durchgeben. Daher sei es wichtig, dass das Telegrafenamt in Port Crescent besetzt bleibe und alle Meldungen entgegennehme.

Piet begab sich daraufhin ins Hinterzimmer und kehrte mit einer Flasche Genever zurück. »Machen wir es uns gemütlich, Herr Schriever. Ich glaube, in den nächsten Stunden werden wir sehr beschäftigt sein.«

6

Wie ein Choleriker, der sich mit jedem Wutausbruch mehr in seinen Zorn hineinsteigert, donnerte der Berg zunehmend lauter und heftiger. Über der Sundastraße lag jetzt, soweit Helena sie nach beiden Richtungen überblicken konnte, eine so tiefe Dämmerung, dass es nicht mehr möglich war, ohne Lampe zu lesen, und in diesem Zwielicht fiel ein feiner, beständiger, lauwarmer Ascheregen. Schon sahen Deck und Aufbauten, Seilrollen und Seekisten aus wie mit grauem Reif bedeckt. Die nackten Füße der Matrosen, die wie aufgescheuchte Ameisen an

Deck herumwimmelten, hinterließen geisterhafte Spuren darin. Das Krachen der rasch aufeinanderfolgenden Detonationen war ohrenbetäubend. Ein feurig rotes Leuchten hing, kreisförmig wie der Schein aus einem Ofenloch, über dem brennenden Berg. Es erhellte nichts außer der Unterseite der Wolken und der Rauchsäule, die in immer wilderen Arabesken aus dem Schlot aufstieg, und erschien der fassungslosen Helena wie der Weg in eine andere Dimension.

Ruben schrie: »Wir müssen weg von hier!«

MacKenzie zuckte verärgert die Achseln. »Wir bleiben hier. Sie können ja aussteigen, wenn Sie nicht mitfahren wollen, der Zahlmeister gibt Ihnen Ihr Geld zurück.«

Ruben wandte sich Helena zu. Er breitete verlegen die Hände aus, in dem unbestimmten Gefühl, er lasse sie im Stich, wenn er ihr nicht wenigstens anbot, sie mitzunehmen, obwohl seine Gegenwart ihr nicht im Geringsten helfen konnte. »Ich werde den Rat des Herrn Kapitäns annehmen. Wollen Sie mit mir kommen?«

Helena zögerte. Ihr Blick schweifte unruhig nach allen Richtungen. Die Aussicht, in dieser prekären Lage auf einem Schiff festzusitzen, war beängstigend, aber an Land mochten die Aldermanns auf sie lauern.

Sie warf Pater Julian einen fragenden, Hilfe suchenden Blick zu, und zu ihrer Überraschung unterstützte er Rubens Vorhaben. »Wenn sich die Aktivitäten des Vulkans noch weiter steigern, ist es hier an Bord vermutlich weniger sicher als in den Bergen. Ich glaube auch, dass die Aldermanns inzwischen andere Sorgen haben, als Ihnen nachzujagen. Wenn Sie sich mir anvertrauen wollen, Fräulein von Odenhof, würde ich Sie auf dem Landweg nach Batavia bringen. Noch haben wir Zeit, eine Kutsche zu mieten und die Straße oben auf den Klippen zu nehmen.«

Helena war sofort einverstanden. Nachdem sie, Pater Julian und Ruben sich von Kapitän MacKenzie verabschiedet hatten und man sich gegenseitig alles Gute gewünscht hatte, wurde in aller Eile das Nötigste zusammengepackt. Die Landebrücke bebte unter ihren Füßen, erschüttert von den wütenden Wellen, die gegen die Piers donnerten. Stellenweise überschwemmten sie bereits die hölzernen Stege. Noch ragten die Kaimauern über das immer weiter anschwellende Wasser, aber da und dort breiteten sich zwischen den Granitquadern bereits große Pfützen aus.

Als die drei durch den Hafen zum ›Hotel Schuit‹ liefen, fand Helena das Städtchen drastisch verändert vor. Von den heiteren Spaziergängern war nichts mehr zu sehen. Die bedrückende Finsternis, die die Stadt verhüllte, war jetzt so dicht, dass nur die düster glühende Reihe der Gaskandelaber an der Hauptstraße und die erleuchteten Fenster ihnen den Weg zum Hotel wiesen. Helena konnte sich überhaupt nicht vorstellen, dass es zwei Uhr nachmittags im August war und doch Himmel und Erde so schwarz wie in einer Mittwinternacht. Von allen Seiten drangen Geräusche aus der Dunkelheit: das Wiehern ängstlicher Pferde, Schreie und Zurufe, das Poltern der Boote, die gegen die Piers und die Kaimauern geschleudert wurden, und die Flüche der Fischer, die versuchten, ihr Eigentum in Sicherheit zu bringen.

Während sie mit ihrem wenigen Gepäck auf das Hotel zuhasteten, pressten sie sich mit der freien Hand Kragen und Schal vor Nase und Mund. Helena spürte die Misshandlungen und den Hunger der letzten Wochen, ihr war schwindlig, ihre Knie zitterten und schmerzten bei jedem Schritt. Sie wollte eben darum bitten, doch einen Augenblick innezuhalten, als sie hinter sich Pferdehufe vernahm. Ein Mantel streifte sie, und im nächsten Augenblick hatte der Reiter sie an den Kleidern gepackt und versuchte sie zu sich hinaufzuziehen.

Noch nie hatte sie ihre Stummheit als so grauenvoll empfunden wie in diesem Augenblick, als sie Max erkannte und ihr bewusst wurde, dass er sie gefangen hatte und sie zurück in das verfluchte Haus auf dem Hügel schleppen würde. Mit beiden Fäusten schlug sie auf ihn ein, riss an seinem Mantel, seiner Halsbinde, seinem Haar, versuchte verzweifelt, sich einen Hilfeschrei abzuringen. Ruben und Pater Julian waren an ihrer Seite, aber was sollten sie gegen den Reiter unternehmen, dessen Pferd, von der strampelnden Last ganz verstört, jetzt auch noch nach allen Seiten ausschlug? Sie spürte, wie ihre Kräfte unter dem unbarmherzigen Griff des Mannes schwanden.

Dann geschah alles gleichzeitig. Sie hörte einen peitschenden Knall, wurde von dem Pferd, das sich wie verrückt gebärdete, abgeworfen, fiel schmerzhaft zu Boden und sah gerade noch, wie der Hengst in Panik davonstürmte – quer über den gepflasterten Kai, den Pier entlang, an dessen Ende die Zeeland vor Anker lag. Seine Hufe donnerten über die Bohlen. Außer Rand und Band vor Schrecken, sprang er über die Seite des Piers hinaus, hing einen Augenblick lang wie ein Geist mitten im Licht der Schiffslampen in der Luft und verschwand dann mitsamt seinem Reiter in den tobenden Wellen.

Helena lag rücklings auf dem Pflaster und meinte, sie hätte sich alle Knochen gebrochen, so hart hatte der Sturz ihrem misshandelten Körper zugesetzt. Pater Julian eilte herbei und half ihr auf die Beine. Sie deutete mit einer zitternden Hand auf ihn, wie um zu fragen: *Haben Sie geschossen?*

Ruben Kosminsky war plötzlich an ihrer Seite. »Nein, ich war das.« Er schob eine kleine, damenhafte Waffe unter seinen Gehrock. »Ich habe sie immer bei mir, seit ich überfallen wurde.« Mit einem Blick auf das Meer, das in chaotischen Strudeln aufschäumte, fügte er hinzu: »Ich bin kein großartiger Schütze, aber ich glaube, mein Schuss hat uns den Menschen dennoch vom Hals geschafft. Bei dem Seegang da muss er schon sehr gut schwimmen können, wenn er in Mantel und Stiefeln wieder an Land gelangen will.«

Helena konnte den Gedanken kaum fassen, dass Max Aldermann vielleicht tot war, ertrunken in einem Meer, das im Augenblick nicht bereit schien, irgendetwas wieder auszuspeien, das es verschlungen hatte. In dem unwirklichen Zwielicht gewann ihre Umgebung immer mehr Ähnlichkeit mit den verzerrten Landschaften, die eine zu hohe Dosis Laudanum hervorrief. Sie sah sich selbst wie einen Schatten durch dieses graubraune Niemandsland streichen, in dem die Geräusche so unnatürlich waren wie das Licht, die Luft mit giftigen Gasen durchmischt war und den Boden ein immer dickerer Teppich aus Bimssteinbrocken bedeckte, die vom Himmel herabregneten.

Auf dem Marktplatz unmittelbar vor dem Hafeneingang stießen sie auf Herrn Buijs, der dort vor einer Gruppe ängstlich dreinblickender Honoratioren eine leidenschaftliche Rede hielt. Der stellvertretende Gouverneur versuchte offenbar, möglichst viele seiner Landsleute zusammenzuscharen, um sie zu beruhigen. Ersteres schien ihm gelungen zu sein, und nun setzte er alles daran, sie zu überzeugen, dass das beängstigende Geschehen bald vorüber sein werde und dass seiner wohlüberlegten und sachkundigen Auffassung nach kein Grund zur Sorge bestehe. Doch den Zuhörern war deutlich anzusehen, dass niemand ihm glaubte.

Helena atmete auf, als sie die überdachte Veranda des Hotels erreicht hatten, die wenigstens Schutz vor dem immer heißer werdenden Ascheregen bot. Ruben blieb bei ihr, während der Priester mit Herrn Schuit die nötigen Verhandlungen wegen einer Kutsche und zweier Pferde führte. Sie sah die beiden Männer unter die Laterne treten, deren trüber Lichtkreis den Eingang beleuchtete, und hörte den aufgeregten Hotelier sagen: »Sie haben Glück, Pater, gerade wollte ich die Tiere alle frei lassen. Stern und Socke kann ich Ihnen geben, das sind die frömmsten Pferde, die ich habe, aber Sie müssen damit rechnen, dass auch die Ihnen durchgehen könnten, wenn es noch schlimmer wird. Ich übernehme da keine Verantwortung.«

Dann verschwanden die beiden die hölzerne Verandatreppe hinunter, um die Pferde zu holen.

Bald darauf hörte Helena ein schrilles, zweistimmiges Wiehern und fand, dass Herr Schuit die Lage richtig eingeschätzt hatte. Stern und Socke waren zwei feiste dunkelbraune Wallache, der eine mit weißer Blesse, der andere mit weißen Fesseln vorne – gutmütige und unerschütterliche Tiere, die normalerweise keine tutende Schiffssirene, kein bellendes Nebelhorn aus dem Takt brachte, wenn sie ihren Wagen voll Passagiere vom Hafen heraufzogen. Jetzt zitterten sie nervös am ganzen Körper, ihre Augen rollten, und ihre Schweife zuckten so stark, dass sie gegen den leichten, offenen Wagen klatschten, an den sie angeschirrt waren. Der Stallknecht, der sie herbeiführte, hatte Mühe, sie im Zaum zu halten.

Der zweisitzige Wagen mit seinem Kutschbock bot gerade drei Personen Platz, für Gepäck war kaum noch Raum. Eilig öffneten sie ihre Koffer und Taschen, um nur die wichtigsten Dokumente, Geld und einige unverzichtbare Dinge wie Helenas Schreibbüchlein und Pater Julians Brevier mitzunehmen. Herr Schuit kam aus dem Hotel gelaufen und legte ihnen ein dickes Proviantpäckchen, zwei Flaschen Sodawasser und eine Flasche Genever in den Wagen.

Pater Julian nickte ihm zu, schwang sich auf den Kutschbock und ließ den beiden anderen Passagieren kaum Zeit, sich hinzusetzen, als er auch schon den vor Unruhe zitternden und schnaubenden Pferden die Zügel freigab. Ohne auf irgendwelche Befehle zu warten, stürmten Stern und Socke in einem solchen Tempo los, dass der leichte zweirädrige Wagen von einer Seite der Straße zur anderen holperte und die Passagiere sich erschrocken festklammerten. Es war ein Glück, dass die Pferde den Hunderte Male zurückgelegten Weg auch beim jämmerlichen Licht der Wagenlaternen fanden, denn der Kutscher hätte nicht gewusst, wohin er sie lenken sollte. Kaum endete die Reihe der Gaskandelaber, da war es, als steckten sie in einem Kohlensack. Dicht wie Schneetreiben rieselte glutflüssiges Gestein auf die Scheiben der Laternen und blieb daran haften.

Das einzig sichtbare Licht war der schauerliche Feuerstrudel über dem Vulkan, der weit hinter ihnen die Landschaft in sein unnatürliches Licht tauchte.

Der Lärm der Pferdehufe und Wagenräder mischte sich jetzt, außerhalb der Stadt, mit anderen Geräuschen. Große Tiere brachen durch den Dschungel, oft so nahe neben der Straße, dass Helena die Luft anhielt und fürchtete, im nächsten Augenblick von einem in blinder Panik fliehenden Tiger niedergerissen zu werden. Die Affen vollführten ein grässlich gellendes Konzert, das in den Ohren schmerzte. Immer wieder huschten Schatten in wilden Sprüngen über die Straße. Vögel, Fledermäuse und Fliegende Hunde flohen in kreischenden Schwärmen ins Landesinnere.

Sie hatten schon fast die Höhe des Hügelkamms erreicht, als es überraschend zu regnen begann. Es war kein klares Wasser, das aus dem nachtschwarzen Himmel fiel, sondern ein dicker, schmieriger Schlammregen, der ihre Haare verklebte und ihre Kleider mit einer graubraunen Suppe durchtränkte. Von Süden her ertönte eine weitere Explosion. Die beiden Pferde erschraken so sehr, dass der Wagen umkippte und Kutscher wie Passagiere hinausgeschleudert wurden. Nur das Dickicht zu beiden Seiten des Weges bewahrte sie vor schweren Verletzungen. Glücklicherweise blieben Stern und Socke ein Dutzend Meter weiter stehen, den umgestürzten Wagen hinter sich, und scharrten verlegen mit den Hufen.

Zerkratzt und zerschunden befreiten die drei sich aus dem Dickicht und machten sich an die mühselige Arbeit, den Wagen wieder aufzurichten. Bis sie es geschafft hatten, waren alle drei von oben bis unten mit Schlick bedeckt und durchnässt bis auf die Unterwäsche.

Helena hatte überhaupt keine Vorstellung mehr, wie spät es sein mochte. Die Zeit schien stillzustehen, während die müden und verängstigten Pferde sich die Bergstraße entlangquälten. Irgendwann tauchte in der Finsternis das Licht einer einzelnen

Lampe auf. Darunter war ein Schild aus Holz angebracht, auf dem ein Pfeil den Weg zu einer Herberge wies.

Das Gasthaus bestand aus einem hölzernen Mittelgebäude und daran zu beiden Seiten anschließend zwei offenen Hallen, deren Seiten nur durch lose Windschirme geschützt wurden. Auf steinernen Herden brannten Feuer. Beide Hallen waren voll von Bauern und Landarbeitern, die sich vor dem bedrohlichen Meer auf die Berge gerettet hatten und jetzt zusammengekauert inmitten ihrer wenigen Habseligkeiten saßen. Viele hatten nicht nur Koffer und Taschen mitgebracht, sondern auch Pferde, Esel und Käfige mit lebenden Hühnern, sodass ein unbeschreiblicher Lärm herrschte. Auf dem Feuer wurde gekocht, die Bauern gaben ihren verängstigten Kindern zu essen und versuchten, sie zum Schlafen zu bringen. Angstvoll spähten sie zu dem wütenden Vulkan hinüber, dessen hohen Hauptschlot man deutlich durch den Schleier aus Staub und Schutt erkennen konnte. Viele glaubten, dass der Tag des Jüngsten Gerichts gekommen sei.

Helen, Ruben und der Pfarrer fanden einen Platz, wo sie sich ausruhen und Herrn Schuits Proviant – der wohlweislich wasserdicht verpackt war – verzehren konnten. Sie hätten sich auch gerne gewaschen, aber die Quelle hinter dem Haus reichte gerade, um Gesicht und Hände notdürftig zu säubern. Also saßen sie in schlammig nassen Kleidern am Feuer und fröstelten angesichts der für die Jahreszeit ungewöhnlich niedrigen Temperaturen. Und wie alle anderen fragten sie sich, was die nächsten Stunden wohl bringen mochten.

7

Max Aldermann lag bäuchlings auf dem Kai, triefnass von seinem dichten, schwarzbraunen Haar bis zu den Reitstiefeln, und verfluchte den unglücklichen Barbarossa, den die Wellen verschlungen hatten. Eine gute Viertelstunde lang hatte es so ausgesehen, als sollte das auch sein Schicksal werden. Seine Kleider hatten sich im Wasser in eine bleischwere Kluft verwandelt, die ihn gnadenlos in die Tiefe zog, und die gegeneinander anstürmenden Wellen hatten ihn so heftig hin und her geworfen, dass er zeitweise nicht einmal mehr wusste, wo oben und unten war. Dieselbe unberechenbare Wut des Meeres war jedoch seine Rettung geworden: Eine mannshohe Welle hatte ihn gepackt, ihn auf den Kai geworfen und ihn dort triefend und halb ertrunken liegengelassen.

Er keuchte und röchelte, spie Salzwasser aus und schnaubte es aus Nase und Rachen. Schließlich fand er die Kraft, sich auf die Knie aufzurichten, wurde aber sofort von einem so heftigen Schwindel gepackt, dass er innehalten und sich flach auf den Bauch legen musste. Am liebsten wäre er einfach so liegen geblieben, doch dann fiel ihm ein, dass eine weitere launische Welle ihn packen und zurück ins Meer werfen könnte. Dieser Gedanke gab ihm die Kraft, sich erst auf die Knie und dann auf die Füße zu erheben. Das Wasser quoll ihm oben aus den Stiefelschäften, als er in Richtung Telegrafenamt hinkte, hinter dessen erleuchtetem Fenster im Erdgeschoss er Jan Schriever bei der Arbeit sah. Jeder Schritt tat ihm weh, seine Lunge brannte, sein Magen war vom Salzwasser verätzt. Er riss die Tür auf und torkelte in den Raum wie eine Erscheinung aus den Tiefen des aufgestörten Meeres.

Jan Schriever und sein Sekretär erschraken heftig, als plötzlich eine triefend nasse, schwarze Gestalt hereinwankte, aber sie fingen sich rasch wieder.

»Herr Aldermann!«, rief der Telegrafist. »Du meine Güte, wie sind Sie ins Wasser geraten?«

»Mein Pferd ist durchgegangen und hat mich abgeworfen.« Sein mürrischer Ton machte deutlich, dass er nicht die Absicht hatte, ins Detail zu gehen. »Haben Sie einen starken Kaffee für mich?«

»Gewiss doch.« Schriever sah sofort, was der Mann am dringendsten brauchte, und reichte ihm den Genever. Dann bedeutete er seinem Sekretär, rasch eine Kanne Kaffee aufzubrühen, während er Max einen Platz anbot und ihm half, die Stiefel abzuziehen.

In Hemd und Hosen, eine Decke um die Schultern gewickelt, stand Max neben dem Schreibtisch und verfolgte die Botschaften, die Schriever nach Batavia telegrafierte. Den holländischen Beamten lieferten sie in der abgehackten Sprache der Telegrafie eine detaillierte Chronik der Katastrophe: »Detonationen werden lauter.« »Bimssteinhagel.« »Grobkörniger Ascheregen.« »Erste Überflutung.« »Schiffe im Hafen losgerissen.« »Ungewöhnlich dunkel.« »Besorgnis wächst.«

»Eruptionen halten an und verstärken sich noch.« Es war achtzehn Uhr, als Herr Schriever Letzteres den Regierungsstellen mitteilen wollte, aber er kam nicht mehr dazu, weil die Telegrafenleitung zwischen Anjer und Batavia ausfiel. Schriever fluchte laut. Fieberhaft klopfte er auf seinen Taster.

»Was ist?«, fragten Max und der Sekretär gleichzeitig.

»Die Verbindung ist unterbrochen, und nicht nur die nach Batavia. Ich bekomme nicht einmal mehr mit Merak Kontakt. Irgendwo auf den sieben Meilen zwischen hier und der Stadt ist das Kabel perdu gegangen. Vielleicht finden wir den Schaden hier im Hafen.«

Mit seinem Assistenten im Schlepptau stürmte er in die Dunkelheit hinaus, um zu sehen, ob sich die Bruchstelle vor Ort befand und sich reparieren ließ. Max rannte hinterher, ohne dass er sich die Mühe gemacht hätte, seine Stiefel anzuziehen. Im Hafen bot sich ihnen ein schrecklicher Anblick: Ein Schoner und fünfundzwanzig bis dreißig Proas trieben hilflos zwischen der Zugbrücke und der fest installierten Brücke hin und her, während das Wasser stieg und fiel. Nichts blieb dabei unversehrt, einschließlich der Telegrafenleitung, die vom Mast des Schoners gekappt worden war.

Schriever brüllte auf, als er die in Fetzen gerissene Leitung sah. »Das ist unmöglich zu reparieren!«, überschrie er das Donnern der Wogen. »Wir sind abgeschnitten!«

8

Bei Einbruch der Nacht verwandelten sich die Gewässer der Sundastraße in ein tobendes Ungeheuer. Stundenlang ging ein Hagel von Holzkohle und glutflüssigem Gestein, den der heiße Wind vor sich hertrieb, auf die Schiffe nieder. Kapitän MacKenzie schrieb in sein Logbuch: »Es ist eine furchtbare Nacht ... Sand und kleine Steine fallen so dicht, dass wir nichts mehr sehen können ... einen Augenblick ist der Himmel tintenschwarz, im nächsten flammt er in weißem Feuer. Drei heftige Wellen nacheinander. Plötzlich eine schreckliche Detonation. Himmel in Flammen. Schwefliger Dunst.« Wenig später notierte er, dass es Schlamm regnete und das Barometer um einen halben Zoll pro Minute stieg und fiel. Gegen Mitternacht war er überzeugt, dass der Jüngste Tag angebrochen war, und vermerkte in seinem Logbuch: »Ich schreibe dies blind in stockdunkler Finsternis. Unentwegt prasseln Asche und pulverisiertes Gestein auf uns nieder. Die Explosionen sind so heftig, dass mehr als die Hälfte meiner Besatzung über gerissene Trommelfelle klagt. Meine letzten Gedanken gelten meiner lieben Frau. Ich bin überzeugt, der Tag des Jüngsten Gerichts ist gekommen.«

Montag, 27. August

1

Myrtle Aldermann hatte eine unruhige Nacht hinter sich. Zwar fühlte sie sich außer Gefahr, solange Jonah sich nicht besorgt zeigte, aber der Lärm war unerträglich. Immer wieder hatte sie ein dumpfes Bollern aus ihrem leichten Schlaf gerissen, und wenn der Lärm des Vulkans kurzfristig aufhörte, hielt sie das Gewimmer des einheimischen Hauswarts wach, der im Nebenzimmer auf und ab lief und Orang Alijeh um Gnade anflehte.

Gegen vier Uhr früh wurden die Detonationen seltener, und sie wagte schon zu hoffen, dass der Feuerberg sich allmählich wieder beruhigte. Aber gerade als sie endlich einschlafen wollte, setzte Jonah – den sie schlafend geglaubt hatte – sich im Bett auf und stieß heiser hervor: »Wir sind hier nicht mehr sicher. Wir müssen weiter weg. Zieh dich an.«

Eilig zündete sie die Petroleumlampe an und begann sich anzukleiden, die umständliche Prozedur verfluchend, die das immer bedeutete. Jonah hatte es gut, dachte sie. Der fuhr in Hemd und Hosen, schnürte die Stiefel zu und warf sich das Jackett über, während sie an tausend Häkchen herumfummelte, und dann war er auch noch zu ungeschickt, ihr dabei zu helfen.

Er war hinausgelaufen, um nach den Pferden zu sehen, und hatte die Verandatür offen stehen lassen. Statt der milden Morgenluft eines Sommertages quoll dicker schwarzer Rauch herein. Draußen war es stockfinster. Myrtle empfand plötzlich eine beklemmende Furcht. Eben waren die Pferde noch ruhig gewesen, aber jetzt meldete sich der Berg wieder, diesmal mit

Geräuschen wie von einer Dampflokomotive, die zischend und keuchend Fahrt aufnimmt, und die Tiere gerieten völlig außer sich. Ihre Hufe hämmerten in Panik gegen das Geländer der Veranda, an der sie festgebunden waren.

Hastig knöpfte Myrtle ihre Stiefel zu und rannte hinaus; in der schwefelgesättigten Luft musste sie husten.

»Hoa, hoa!«, rief Jonah beruhigend, während er sich vorsichtig den außer Rand und Band geratenen Tieren näherte. Seine Zurufe beschwichtigten sie ein wenig. Aber als Myrtle mit der brennenden Lampe auf sie zutrat, sah sie, dass beide schäumten und zitterten.

Zum ersten Mal im Leben hatten sie Mühe, ihre Pferde zu satteln und zu besteigen. Die Tiere waren in heller Panik. Sie hörten auf keinerlei Zurufe mehr, keine besänftigenden Worte, spürten kein Streicheln und Klopfen. Kaum saßen die Reiter im Sattel, als sie den Weg entlangstürmten, der auf der anderen Seite des Bergkammes in ein tiefes, kaum besiedeltes Tal führte. Jonah rief: »Lass Bluebell laufen, wie sie will!« Er hatte Morgenstern die Zügel frei gegeben und überließ es dem Hengst, ihn sicher den Berg hinunterzubringen, obwohl sie in dem staubig schwarzen Zwielicht kaum den Boden unter ihren Füßen sehen konnten.

Sie hatten gerade die Talsohle erreicht, als hinter ihnen ein weiterer Donnerschlag über den Berg hallte. Über dem bewaldeten Kamm fuhr eine Feuersäule auf, die schlagartig den Dschungel rundum erhellte und in ein gespenstisch glühendes Flickwerk aus Scharlachrot und Schwarz verwandelte. Die auf die Explosion folgende Druckwelle machte die Pferde scheu, sodass sie stiegen und nicht mehr zu bändigen waren. Myrtle wurde aus dem Sattel geschleudert und krachte schmerzhaft in ein Gebüsch am Rand des Pfades. Dornen rissen ihre Haut auf, aber der Busch hatte sie davor bewahrt, sich ernsthaft zu verletzen. Fluchend kroch sie hervor, hinkte zu Bluebell hin, die schuldbewusst dastand und die gestürzte Reiterin anglotzte, und kletterte wieder in den Sattel. Das Pferd zitterte am ganzen Leib, Schaum stand ihm vorm Maul. Es begann stolpernd zu laufen, als Myrtle ihm sanft auf den Hals klopfte.

Noch immer lag Zwielicht über dem Land, als die beiden Reiter eine kurze Rast einlegten, ehe sie den Aufstieg zum nächsten Hügelkamm in Angriff nahmen. Reiter und Pferde hatten gleichermaßen viel von der vergifteten Luft eingeatmet und fühlten sich unwohl. Sie tranken aus einer Quelle, deren Wasser heiß aus dem Boden sprudelte. Auch das Wasser schmeckte nach Schwefel.

Eng aneinandergeschmiegt ruhten sie sich seinen Moment lang neben der Quelle aus, erschöpft von dem langen Ritt, ohne einen Bissen zu essen. Aschekörnchen regneten vom Himmel und hinterließen auf der Haut ein Gefühl, als würde man von glühenden Spinnennetzen eingehüllt.

»Ich habe Hunger«, sagte Jonah, und nachdem er sich die daraus zu folgernden Möglichkeiten reiflich überlegt hatte, kam er zu dem Schluss: »Es muss Zeit fürs Frühstück sein, was meinst du?«

Myrtle blickte zu dem hinter Staubwolken verschwundenen Himmel auf. »Ich weiß nicht«, antwortete sie. »Ich sehe keinen Funken von der Sonne. Meinem Gefühl nach müsste es ungefähr zehn Uhr sein.«

Im selben Augenblick erbebten Luft und Erde unter einer ungeheuerlichen Erschütterung. Ein riesenhafter, die Augen blendender Feuerblitz erhellte den Himmel im Südosten; gleich darauf bildete sich eine gigantische Wolke, in deren Innerem es gewitterte. Eine Druckwelle ließ die Bäume auf dem Hügelkamm, hinter dem Port Crescent lag, abknicken wie Streichhölzer, fuhr über das tief eingeschnittene Tal hinweg und riss selbst dort noch wie ein gewaltiger Rechen die Bäume um und drückte das Gewirr des Regenwaldes zu einem feuchten Filz zusammen. Jonah und Myrtle verschwanden unter dem flach gepressten Dickicht wie unter einem riesigen Federbett. Über ihnen am schwarzgrauen Himmel brauste eine Riesenfackel aus siedender Luft, Gas und glühender Lava über das Tal und entzündete die feuchten Wipfel der Bäume. Die Pferde zerrissen ihre Zügel und gingen durch.

Dann war es still.

Erstaunlich und unheimlich still.

2

Helena hatte die ganze Nacht hindurch kaum schlafen können. Von dem Sturz taten ihr alle Knochen im Leib weh. Ihre Kleider waren feucht und von langsam trocknendem Schlick durchtränkt. Das Schwatzen der Menschen rundum klang wie das schläfrige Zwitschern von Vögeln. Ständig war irgendeine der einheimischen Frauen mit ihrer blechernen Teekanne von der Quelle zur Feuerstelle in der Mitte der Halle unterwegs, um sich Tee aufzubrühen. Zwei Laternen hingen an den Dachsparren und warfen ihr schwaches Licht in die Nacht. Wo ihre Strahlen hinfielen, sah man Staub wirbeln. Die Luft war dick und graubraun und kratzte bei jedem Atemzug in der Kehle. Wie der Klang einer Kendang-Trommel rollten die fernen, bedrohlichen Geräusche des Feuerberges durch die Nacht. Immer wieder stieß der Krater einen neuerlichen Schwall glühender Lava hervor.

Helena war todmüde, konnte aber nicht einschlafen. Gegen vier Uhr morgens stand sie auf, strich ihre Kleider glatt, so gut es eben ging, und trat vor die offene Halle. Sie hatte gehofft, in die anbrechende Dämmerung zu treten, aber da war nichts als rauchiger Nebel. Sie konnte kaum sehen, wohin sie trat.

Der Knall der ersten Explosion traf sie so unerwartet wie ein Schuss aus der Dunkelheit. Sie hatte das Gefühl, dass ihr jemand mit beiden Handflächen gegen die Ohren schlug, empfand einen scharfen Schmerz und wandte sich instinktiv zur Flucht, obwohl sie keine Ahnung hatte, wohin sie hätte fliehen können. Die anderen Flüchtlinge waren gleichzeitig aufgesprungen, und ein Sturm von Jammern und Klagen brach los, während die Menschen blindlings in alle Himmelsrichtungen rannten. Die Windschirme an den Seiten der Halle wurden umgestoßen. Dürrer Bambus fiel von der Decke ins Feuer und loderte hoch auf. Sekunden später stand das Dachgeflecht in Flammen, und ein brausender Windstoß fachte das Feuer weiter an. Die brennende Halle erhellte die Nacht. Kreischend und schreiend flohen die Leute vor dem Feuer und sammelten sich am Straßenrand gegenüber der Herberge. Dort konnten sie freilich nicht mehr tun als zusehen, wie das gänzlich aus Holz, Bambus und Rotang erbaute Gebäude unter lautem Prasseln und Knacken innerhalb kürzester Zeit bis auf die Grundmauern abbrannte.

Helena stand im Gras, die Hände hinter dem Rücken verschränkt, und betrachtete mit unnatürlich glänzenden Augen die Szene. Ihr war übel vor Angst, aber sie empfand mit allen Sinnen, dass das Gewebe ihres bisherigen Lebens zerrissen war. Sie war nicht mehr Albert von Odenhofs Tochter, nicht mehr Jonah Aldermanns Frau. Sie stand inmitten einer Welt, in der das alles nichts mehr zählte. Alles rund um sie zerbarst in Stücke, selbst das Haus, das ihnen seinen bescheidenen Schutz geboten hatte, zerfiel vor ihren Augen.

»Fräulein Helena?«

Sie blickte auf und sah den Priester vor sich stehen, mit rußgeschwärztem Gesicht und angesengtem Bart.

»Ich habe die Stalltüren aufgemacht«, erklärte er sein Aussehen, »und da fiel mir ein brennendes Büschel Bast von oben auf den Kopf. Unsere dummen Pferde waren überhaupt nicht dankbar, dass wir sie freigelassen haben, sie haben Mijnheer Kosminsky getreten, und dann sind sie durchgegangen.«

Im Augenblick, in dem sein Name fiel, erschien auch Ruben, in Hemdsärmeln, verdreckt von trockenem Schlamm und frischem Ruß. Er hinkte erbärmlich. Entweder Stern oder Socke hatte ihm seine Rettung mit einem Huftritt gedankt, der ihn hart am Gesäß getroffen hatte. Er fluchte herzhaft vor sich hin und hörte erst auf, als er in Hörweite der jungen Frau gelangte.

»Und was jetzt?«, fragte er und deutete auf die niedergebrannte Herberge. Mit einem sarkastischen Grinsen fügte er hinzu: »Hier bekommen wir nicht einmal mehr ein Frühstück.«

»Nein, gewiss nicht. Ich würde auch unter keinen Umständen hier bleiben.« Der Priester sah sehr besorgt aus. »Die Eruptionen könnten so stark werden, dass pyroklastische Ströme bis hierher gelangen.«

»Pyro-was?«, fragte Ruben.

»Das erkläre ich Ihnen später. Kommen Sie. Hinter der Herberge führt ein Pfad in den Talkessel. Wenn wir dort hinuntersteigen, schützt uns der Bergwall im Rücken, und wir können hoffen, dass der Strom über uns hinwegfährt. Schaffen Sie das, Fräulein von Odenhof?«

Helena nickte.

Ohne Zeit zu verlieren, eilten sie über den von Aschehaufen und schwarz verschmorten Bambusstückchen bedeckten Weg an der Seite des Hauses und bogen auf einen steil bergab führenden Pfad ab, der stellenweise mit hölzernen Stufen versehen war, die das Ausschwemmen während der Regenzeit verhindern sollten. Am Anfang war da auch ein Handlauf, der ihnen den Weg durch die Finsternis wies, aber das Eisenrohr endete auf einer ebenen Fläche, vielleicht einer Aussichtsterrasse, und sie mussten sich mühselig weitertasten.

Aus der Staubwolke drang Pater Julians Stimme: »Zu Ihrer Frage, Mijnheer: Pyroklastische Ströme sind glühend heiße Gemische aus pulverisiertem Gestein, Gas und glühender Lava, die aus dem Schlot des Vulkans ausgestoßen werden und sich mit Geschwindigkeiten von bis zu 500 Meilen pro Stunde ausbreiten. Sie können einen Menschen auf der Stelle einäschern.«

»Gott schütze uns!«, stieß Ruben entsetzt hervor. »Das klingt nach Sodom und Gomorrha. Und damit müssen wir rechnen?«

»Auf dem Bergkamm oben hätten wir damit rechnen müssen. Hier unten wird uns hoffentlich nicht viel passieren. Aber passen Sie bloß auf, wo Sie hintreten, und fassen Sie nichts unnötig an. Der Dschungel ist auch ohne Vulkan gefährlich genug.«

3

Es war früh am Morgen, als Max den Weg oberhalb des Strands entlangging, um sich ein Bild von dem Unheil zu machen, das die Nacht gebracht hatte. In der Düsternis war jedoch nicht viel zu erkennen. Zwar musste bald die Sonne aufgehen, doch wegen der herabfallenden und herumwirbelnden Staubschwaden war die Sicht in alle Richtungen auf wenige Meter beschränkt. Der Krakatau, der im Westen drohend vor sich hin donnerte, war in graue Schleier gehüllt, unsichtbar bis auf ein tief oranges Leuchten in den Schwefelwolken über dem Berg.

Max war bereits auf Höhe der privaten Anlegestelle, die zur Villa des stellvertretenden Gouverneurs gehörte, als er plötzlich etwas bemerkte, das nur vage zu erkennen war und das es eigentlich gar nicht geben durfte.

Als er angespannt auf das Meer hinausblickte, bemerkte er in der Düsternis ein massiges, schwarzes Etwas, das auf die Küste zurollte. Auf den ersten Blick wirkte es wie eine flache Hügelkette, die aus dem Wasser aufragte, ein zweiter Blick jedoch – ein sehr hastiger zudem – überzeugte ihn, dass es sich um einen riesigen Wellenkamm handelte, eine unaufhaltsam sich nähernde Wand aufgepeitschten, donnernden und schäumenden Wassers. Starr vor Staunen und Entsetzen stand er da, während die ungeheure Welle heranrollte. Sie war höher als die höchste Palme weit und breit – eine Wand aus Wasser, der niemand entrinnen konnte, der von ihr erfasst wurde. Unten am Strand stürzten Herrn Buijs' Anlegestelle, sein Bootshaus sowie einige Nebengebäude ein. Der Anblick der gegen die Gipsmauern krachenden Wogen riss Max aus seiner Erstarrung. Er rannte wie ein Hase. Verzweifelt versuchte er der Welle zu entkommen, indem er den Einheimischen nachlief, die ebenfalls in Panik flüchteten. Er hätte nicht sagen können, ob manche Szenen aus Angst und Schrecken und einer schlaflosen Nacht geborene Phantasmen waren oder ob er sie tatsächlich erlebte. Das alles kam ihm im höchsten Maße unwirklich vor. Er sah eine Frau, die stolperte und ihr Kind fallen ließ; beide wurden von der Flutwelle mitgerissen. Er sah einen Mann, der verzweifelt versuchte, der Wasserwand zu entkommen, indem er auf eine Palme kletterte – und mitsamt der Palme von den Fluten verschlungen wurde. Während ihn die gigantische Wassermasse, die hier und da gegen ein Hindernis krachte und sich zu himmelhohen, schmutzig grauen Bergen aus Schaum und trümmerbeladener Gischt auftürmte, erbarmungslos weiterverfolgte, bot Max all seine Kraft auf, um so hoch wie möglich auf den Hügel zu gelangen. Trotz seiner bleiernen Beine und seines stockenden Atems hastete er immer weiter nach oben, getrieben von der Angst, im nächsten Augenblick überspült und gegen die zerborstenen Mauern geschleudert zu werden.

Rund um ihn wurden schreiende Menschen von den Fluten begraben, und eine Zeit lang sah es so aus, als würde auch er es nicht schaffen und zum zweiten Mal binnen 24 Stunden – und diesmal endgültig – ertränkt werden. Dann jedoch, als er schon fast am Ende seiner Kräfte war, sah er die hohe, steile Treppe vor sich, die zu dem auf einer Schulter des Berges gelegenen Haus des Herrn Buijs führte. So schnell er konnte, rannte er hinauf, das fürchterliche Geräusch in den Ohren, mit dem die Flutwelle über die Ruinen der Gebäude am Strand, über den gesamten Küstenstreifen und die halbe Treppe hinaufraste, ehe sie wieder zurückrollte.

Halbtot vor Erschöpfung, schleppte Max sich durch das Tor in den Park des stellvertretenden Gouverneurs. Gellendes Geschrei schlug ihm entgegen. Auf dem Rasen rund um die Villa drängten sich Hunderte verzweifelt heulender und klagender Einheimischer, die Allah, Christus und Orang Alijeh – oft alle in einem Atemzug – um Erlösung von dem Albtraum anflehten. Herr Thomas Buijs selbst stand am oberen Ende der steinernen Treppe und starrte sprachlos auf die peitschenden Wellen, von denen ein fauliger Gestank nach aufgewühltem Schlamm ausging.

Max hatte ihn gerade begrüßt, als plötzlich einer der jammernden Einheimischen aufsprang und auf die beiden Männer zustürmte. Ein Strom von heftigen Worten floss über seine Lippen. Max verstand die Worte nicht, aber das wutverzerrte Gesicht verriet ihm, dass der Mann ihnen, den Kolonisten, die Schuld an dem Unglück gab. Es war ein alter Mann mit schmutzigem Turban, braun und knorrig, und es sah lächerlich aus, wie er vor ihnen herumhopste, die dürren Fäuste schüttelte und sie beschimpfte. Offensichtlich brauchte er eine Lektion in gutem Benehmen, fand Max, also sprang er vor und versetzte ihm mit der Faust einen Schlag ins Gesicht, sodass er zu Boden stürzte und mit blutender Nase im Gras lag. Max ließ einen kräftigen Tritt folgen. Aufjaulend raffte der Alte sich hoch und kroch, in seinen Sarong verwickelt, auf allen vieren davon, wobei er eine blutige Spur im Gras hinterließ.

»Danke, Aldermann.« Gouverneur Buijs klopfte ihm anerkennend auf die Schulter. »Die Leute sind völlig närrisch vor Angst … und ich muss selbst sagen, gut sieht es nicht aus.« Er schüttelte besorgt den Kopf. »Was macht der verdammte Berg bloß? Erst stellt er sich zwei Jahrhunderte lang tot, und dann explodiert er plötzlich wie ein morscher Heizkessel. Wollen Sie bei mir bleiben? Ich glaube, wir sind hier hoch genug, um in Sicherheit zu sein.«

Max schüttelte den Kopf. »Ich muss nach meiner Großmutter sehen. Auf der Plantage spielen sicherlich alle verrückt, genau wie Ihre Leute hier. Könnten Sie mir ein Pferd leihen? Mein Barbarossa ist bei der Flut im Hafen ertrunken.«

»Meinetwegen gern, aber die Pferde sind alle außer sich vor Angst, sie zu reiten ist eine riskante Sache.«

»Ich werde es schon schaffen.«

Buijs zuckte die Achseln und winkte einem jungen Javaner. »Führ den Mijnheer in den Stall und gib ihm das Pferd, das er sich aussucht.«

Der Stallbursche eilte Max voraus um das prächtige Haus herum zu den Ställen. Schon von Weitem hörten sie das Wiehern und Stampfen der verängstigten Tiere. Normalerweise hätte Max es sich sehr genau überlegt, unter diesen Umständen ein Pferd zu besteigen, aber er war ungeduldig und besorgt, und er wollte so rasch wie möglich in die Villa Rafflesia zurück. Hastig trat er in den Stall, dessen dumpfes Halbdunkel ein Geruch nach Heu und Schwefel erfüllte. Sein Blick glitt über die Reihe der Pferde in ihren Boxen, suchte nach einem, das einen halbwegs ruhigen Eindruck machte.

Plötzlich wurden seine Arme von zwei kräftigen Paar Händen nach hinten gerissen, und eine Stimme flüsterte an seinem Ohr: »Mijnheer, der alte Mann, den Sie geschlagen und getreten haben, ist mein Vater.«

Max spürte einen jähen Schmerz im Nacken und dann nichts mehr. Als er auf dem Boden aufschlug, war er bereits tot, getötet vom heimtückischen Stich einer Candrasa, der langen, dünnen Nadel, die zum Handwerkszeug javanischer Meuchelmörder gehörte. Die beiden jungen Männer rissen die Tür einer Box auf und warfen den Leichnam hinein, genau vor die Hufe eines nervösen Hengstes, der bei diesem neuerlichen Schrecken völlig die Fassung verlor und nach allen Seiten auszuschlagen begann. Dann verschwand der Mörder, während der Stallbursche, schreiend und mit den Händen fuchtelnd, zu seinem Herrn rannte. »Ein Unglück, Mijnheer, ein Unglück ist geschehen!«

4

Um 5.30 Uhr erschütterte eine gigantische Explosion die Villa Rafflesia. Die steinernen Wände erbebten unter einer Druckwelle, die den Bewohnern den Atem nahm. Frau Annette, die eben aufgestanden war, wurde gegen eine Wand geschleudert. Es war, als würde alle Luft aus dem Raum gesaugt. Um sie herum schien sich ein wirbelnder schwarzer Tunnel zu öffnen, der sie mit unwiderstehlicher Gewalt in sich hineinsog, sodass sie überzeugt war zu sterben. Dann schloss sich das schwarze Loch wieder. Sie fand sich keuchend und mit dröhnenden Kopfschmerzen auf dem Boden sitzend wieder.

Es dauerte jedoch nur kurz, bis sie sich gefangen hatte. Gestählt von einem langen Leben voll eiserner Selbstdisziplin, raffte sie sich auf, ohne auf ihre schmerzenden Glieder zu achten, zog den Morgenmantel eng um ihre hagere Gestalt und eilte in Pantoffeln hinaus.

Gellendes Geschrei und das Geräusch nackter Füße, die panisch über die Steinplatten liefen, schlugen ihr entgegen. Immer wieder stiegen aus dem Tumult zwei hysterisch herausgekreischte Worte auf: »Gelombang pasang!«

Sie packte eines der Dienstmädchen mit ihren klauenartigen Händen und hielt es fest. Das Mädchen kreischte und schlug in wilder Panik um sich.

»Gib mir Antwort!«, schrie die Herrin. »Was heult ihr da?«

»Gelombang pasang! Wasser!«, winselte die Magd. »Große Welle Wasser, groß wie Berg!«

Frau Annette ließ sie laufen, Dann starrte sie von der Veranda hinunter auf die Küste, wo Häuser und Schiffe von einem wie Leuchtfeuer immer wieder aufzuckenden feurigen Schein erhellt wurden.

Eine gewaltige, dampfende Welle war dabei, das gesamte Küstenvorland von Java und Sumatra entlang der Sundastraße zu überschwemmen und alles fortzuspülen. Es ging so unglaublich schnell und sah in dem rötlich grauen Zwielicht so unwirklich aus, dass sie kaum glauben konnte, was sie da sah. Seltsam lautlos und ohne jeden Widerstand überrannte die graue Woge die beiden Küsten, zertrümmerte mit unwiderstehlicher Wucht Holz und Stein, zerdrückte Kampongs und walzte Villen und Schiffe platt.

Frau Annette stand noch immer fassungslos auf der Veranda, ein Glas mit Genever in der Hand, als um 6.44 Uhr die nächste Explosion Meer und Land erschütterte. Eine weitere Flutwelle rauschte heran. Ringsum verstummten allmählich die Schreie der Kulis, als einer nach dem anderen die Plantage verließ und in die Berge floh. Umso lauter wurde der Lärm der Dschungelbewohner. Die Vögel kreischten und zwitscherten durcheinander, die Affen stießen, während sie hektisch von Wipfel zu Wipfel sprangen, ihre misstönenden Schreie aus. Tiere, die sich sonst nie aus dem Zwielicht der verschlungenen Vegetation hervorwagten, überrannten die Plantage. Stachelschweine hasteten über den Fahrweg, gefolgt von einer Familie Gibbons, die entsetzlich kreischend auf allen vieren davonjagten, und einem in Panik geratenen Orang-Utan, der hin und her hüpfte und sich im Kreis drehte wie ein verwirrter Mensch.

Und dann stand Frau Annette im Zwielicht des Aschenregens ihrer Nemesis gegenüber. Inmitten der widerhallenden Donner des Feuerberges erschien vor ihr Sima Gadhungan, der rächende Geist des Ermordeten, erschien genau an der Stelle unter dem Banyan-Baum, an der sie vor neunzehn Jahren Joyoprawiros Leichnam verscharrt hatten. Aus dem Dschungel brach in gewaltigen, elastischen Sprüngen ein Tiger hervor, riesenhaft anzusehen in dem alles verzerrenden Nebel. Nichts lag dem Tier im Augenblick ferner, als Beute zu machen, aber die Frau stand ihm im Weg, und in seiner Panik rannte er sie nieder, schleuderte sie mit seinen furchtbaren Vordertatzen zu Boden und landete mit den Hinterpranken mit seinem vollen Gewicht auf ihrem Körper, der unter der Wucht des Aufpralls zerbrach wie dürres Holz. Gleich darauf war er verschwunden. Zurück blieb, mit gebrochenem Genick, zersplitterten Rippen und zerschmetterten Knochen, der Leichnam der Herrin von Gut Rafflesia.

5

Helena stolperte wie im Traum durch eine in höchstem Maße unwirkliche Welt. Zweimal während des langen, mühseligen Abstiegs steigerte sich das stete Rumoren des Vulkans zu einem Donnerschlag. Blitze durchzuckten den verschleierten Himmel. Heiße Sturmböen brausten über das Tal hinweg. Endlich erreichten sie durch ein Labyrinth verfilzter Pflanzentunnel und Rankengewölbe den Talgrund und suchten Schutz in einer kleinen Grotte, von deren Felswänden Wasser tröpfelte. Das Wasser war warm, aber sauber, und sie tranken gierig. Erschöpft und schmutzig kauerten sie sich an die rückwärtige Wand und lauschten den feindseligen Geräuschen in der Nacht, die nicht zum Tag werden wollte.

Helena hatte keine Vorstellung davon, wie spät es sein mochte. In dem Zwielicht schien sich die Zeit ebenso aufzulösen wie der Raum.

Plötzlich zerriss ein Blitz die unnatürliche Finsternis, verwandelte den gesamten Himmel in eine weiß glühende Riesensonne, und mit einem Krachen, dessen Gewalt sie körperlich spürte, donnerte eine Druckwelle heran, die den hohen Bäumen die Kronen abriss. Funken flimmerten in der Luft. Hätte die Grotte sie nicht geschützt, so wären sie wie Federbälle durch die Luft geschleudert worden.

Helena schrie.

Sie konnte nicht aufhören zu schreien. Ihre Stimme gellte noch durch den Wald, als das fürchterliche Geräusch der Explosion bereits verstummt war und eine geisterhafte Stille sich über den zerfetzten Dschungel senkte.

Erst als ein scharfer Schmerz durch ihre überanstrengte Kehle fuhr, verstummte sie, brach in einem Winkel zusammen und weinte.

Ruben kauerte sich an ihrer Seite nieder. »Fräulein Helena … Fräulein Helena, sind Sie verletzt?«

»Nein«, antwortete sie. Ihr Körper krümmte sich unter einem Hustenanfall. »Nein, nur … Ich meine, nie zuvor habe ich einen so entsetzlichen Lärm gehört. Ich dachte, das ist das Ende der Welt. Sie nicht auch?«

Aber er achtete gar nicht auf ihre Worte. »Sie können sprechen«, flüsterte er.

Erst jetzt wurde ihr bewusst, dass sie laut und klar gesprochen hatte. »Das … das verstehe ich nicht«, stammelte sie.

Pater Julian ließ sich neben den beiden nieder. »Sie sagten mir, Sie hätten durch den Schrecken eines Brandes die Stimme verloren. Es kommt zuweilen vor, dass ein Mensch, dem so etwas widerfahren ist, durch einen ähnlichen Schrecken wieder erlöst wird.« Er unterbrach sich und lauschte in die Stille. »Ich höre etwas … Da kommen Pferde.«

Tatsächlich: Wie Geister tauchten zwei Gäule aus dem Halbdunkel auf und auf ihnen zwei verdreckte, zerschundene Reiter.

Helena erkannte die Stimme, die »Ist da jemand?« rief. Noch vor wenigen Stunden wäre sie bei dem Gedanken, jemand von den Aldermanns wiederzusehen, in Panik geraten, aber jetzt war es ihr vollkommen gleichgültig.

»Frau Aldermann?«, schrie Ruben. »Hier sind wir, in der Grotte!«

Gleich darauf stiegen die Reiter ab und traten in die niedrige Grotte. Jonah drängte sich an die Wand und schlürfte, ohne die Hände zu Hilfe zu nehmen, wie ein Tier mit der Zunge das Wasser. Myrtle wartete, bis der tröpfelnde Fluss ihre zierlich zur Schale geformten Hände gefüllt hatte, bevor sie hastig trank.

»Wo kommt ihr her?«, fragte Helena. »Wie habt ihr überlebt?

Was ist überhaupt geschehen? Erst der entsetzliche Lärm, und jetzt ist es vollkommen still.«

Myrtle bemühte sich tapfer, das Zittern in ihrer Stimme zu beherrschen, als sie antwortete: »Ich glaube, der Berg ist in die Luft geflogen – der ganze Berg. Deshalb hat der Lärm plötzlich aufgehört. Aber mehr weiß ich nicht. Wir sind seit den frühen Morgenstunden im Dschungel.«

Der sonst so wortkarge Jonah mischte sich unvermutet ins Gespräch. »He!«, sagte er. »Jetzt kannst du reden? Hast du uns zum Narren gehalten?«

Helena blickte ihn an. Alle Furcht, alle Abneigung war aus ihrem Herzen verschwunden. Sie empfand nur noch eine wohlwollende Gleichgültigkeit gegenüber dem Mann, der vor dem Gesetz ihr Gatte war. »Ich bin so furchtbar erschrocken, dass ich laut geschrien habe. Und danach konnte ich wieder reden.«

»Schade. War lustig, wenn du Faxen gemacht hast.« Er äffte ihre Gebärden nach, lachte und wandte sich, schon wieder desinteressiert, von ihr ab. »Ich gehe Wasser für die Pferde suchen. Sie sind halb verdurstet.«

Myrtle ließ sich an der Wand herunterrutschen. In ihrem zerrissenen Reitkleid, die Hände im Schoß, saß sie da und starrte vor sich hin. Man hätte meinen können, ihre Gedanken seien bei dem furchtbaren Schicksal, das ihre Heimat getroffen hatte, aber Myrtle Aldermann hielt sich nicht mit Sentimentalitäten auf. »Wie du siehst, Helena, hat dein Weglaufen nichts genützt – du bist wieder bei uns. Sagen wir, das Schicksal oder Gott hat es so gewollt? Dein Schicksal ist es, dafür zu sorgen, dass Jonah sein Erbe kassieren kann.«

»Zum Teufel mit dem verfluchten Schatz!«, schrie Helena.

Myrtle ignorierte ihren Zorn. »Schau«, sagte sie freundlich, »wir haben das doch alles besprochen. Sobald Jonah sein Erbe in der Hand hat, bist du frei. Nimm das Geld, das wir dir geben, und verschwinde aus Java. Sobald alles geregelt ist, schicke ich dir den amtlichen Bescheid über die vollzogene Scheidung, und wir alle leben glücklich und in Frieden bis an unser seliges Ende. Du brauchst nichts weiter tun, als zu bestätigen, dass du mit ihm verheiratet bist.«

»Ich bin aber nicht mit ihm verheiratet. Ich wurde zu der Ehe gezwungen, und sie wurde niemals vollzogen, also ist sie nicht gültig.«

»Niemand hat dich gezwungen«, antwortete Myrtle gleichmütig. »Du hast ein Papier unterschrieben, dass du mit der Eheschließung einverstanden bist, und zwar, als du noch in Hamburg warst, also kann dich niemand von uns unter Druck gesetzt haben.«

»Aber mein Vater hat es getan!«

»Da steht dein Wort gegen seines. Er hat Großmama geschrieben, dass du sehr angetan wärst von der Aussicht, Frau Jonah Aldermann zu werden. Kein Wunder, nicht wahr, wo du doch sonst keine Chance hattest, dem Armenhaus zu entgehen. Und was den Vollzug der Ehe angeht ... Ich habe Jonah gesagt, er soll es nicht tun, und er hat es nicht getan. Aber wenn ich ihm sage, tu es ...«

Ruben blickte auf. Seine Stimme, heiser von Ruß und Rauch, hatte einen ungewohnt autoritären Ton. »Hören Sie auf, Fräulein von Odenhof zu drohen«, befahl er. »Und Sie, Helena ... Warum gehen Sie nicht einfach darauf ein? Es ist doch nur eine Formalität. Sie bestätigen, dass Sie mit Jonah verheiratet sind, das Erbe wird ausgehändigt und ...«

»Und Sie kassieren Ihre Provision«, ergänzte Helena. »Gibt es eigentlich irgendetwas, das Sie für Geld nicht tun würden, Sie und Myrtle?«

»Was ist Unrecht daran?«, erwiderte Ruben. »Jonah ist der gesetzliche Erbe. Er ist verheiratet. Der Schatz geht ganz legal in seine Hände über. Und Frau Aldermann hat recht, Sie haben sich mit der Ehe einverstanden erklärt.«

»Hol Sie der Teufel«, erwiderte Helena. Sie erhob sich und trat aus der Grotte. Draußen herrschte immer noch die unnatürliche Nacht und die für das Land ganz ungewöhnliche Kälte, aber ein kräftiger Wind war aufgekommen, und sie hatte den Eindruck, dass es zaghaft lichter wurde. Jedenfalls bewegten sich die Staub- und Rußwolken in Richtung Norden.

Rund um sie herrschte, jetzt deutlicher sichtbar, vollkommene Verwüstung. Unzählige tote Vögel, die der giftige Luftschwall aus den Lüften geholt hatte, und Scharen kleiner toter Landtiere lagen auf dem von zerschmetterten Ästen und abgerissenem Laub bedeckten Boden.

Sie setzte sich nieder und vergrub das Gesicht in den Händen. Tränen liefen ihr über die Wangen und verwandelten die Schmutzschicht in eine groteske Maske. Ihre Verzweiflung war umso bitterer, als sie sich all die Jahre an die Hoffnung geklammert hatte, wenn sie nur sprechen könnte, so würde alles in ihrem Leben in Ordnung kommen. Jetzt konnte sie sprechen, und was hatte es ihr gebracht? Für Myrtle und für Ruben – auf dessen Hilfe sie gehofft hatte – war sie nichts weiter als ein Bauer in einer Partie Schach, eine unbedeutende Figur, mit der sie machen konnten, was sie wollten. Beiden bedeuteten ihre eigensüchtigen Pläne mehr als das Schicksal eines anderen Menschen. Myrtle gierte nach Jonah und der unvergleichlichen Stute Isabelle, Ruben nach dem Collier mit dem ›aufgehenden Mond‹, da blieb kein Raum für Mitgefühl.

Eine Hand berührte ihre Schulter. Sie fuhr herum und sah den Priester hinter sich stehen.

»Wollen wir ein Stück von hier weggehen und über die Dinge, die Sie belasten, reden?«, fragte er.

Helena begann erneut zu weinen. »Was hilft mir das?«, schluchzte sie. »Myrtle hat recht – ich habe diese verfluchte Einverständniserklärung unterschrieben, und wen kümmert es schon, in welcher verzweifelten Situation ich es getan habe? Mein Vater drohte, mich ins Irrenhaus zu stecken, und –«

»Ich meinte nicht diese Situation«, unterbrach Pater Julian sie. Gleichzeitig griff er nach ihrem Arm und zog sie mit sanfter

Gewalt hoch. »Ich rede von der Situation, die dazu geführt hat, dass Sie die Sprache verloren haben. Können und wollen Sie darüber sprechen?«

Helena schwieg. Sie fühlte sich wie jemand, der eine aufwallende Übelkeit nicht mehr beherrschen kann und doch Angst hat, sich zu erbrechen, obwohl er weiß, welche Erleichterung es bedeuten würde.

»Auch wenn Sie keine formelle Beichte ablegen«, sagte der Geistliche, »fühle ich mich an das Beichtgeheimnis gebunden, wenn Sie mir Ihren Kummer anvertrauen wollen.«

Mit einem Mal spürte sie, wie erschöpft sie war, und nickte. »Bis jetzt ist der einzige Mensch, der je davon erfahren hat, meine Schwester Mathilda, aber … Gut, ich werde es Ihnen erzählen.«

Sie verließen die Lichtung am Eingang der Grotte und gingen ein Stück weit den Pfad entlang, den die Pferde in den Dschungel getrampelt hatten. Außer Hörweite setzten sie sich auf einen umgestürzten Baum.

»Es war wie gesagt ein Brand, durch den ich die Sprache verlor«, sagte sie. »Aber damals war das ganz, ganz anders. Was wir hier erleben, ist eine Naturgewalt. Damals war es ein Mensch.« Sie blickte auf ihre Hände, als sie ihre Gedanken laut aussprach. »Es geschah in einem Landhaus, das mein Vater für kurze Zeit gemietet hatte, um einige Flugexperimente auf den umliegenden Wiesen durchzuführen. Damals war ich sieben Jahre alt. Ich wollte Apfelsaft aus dem Keller holen und ging, da das Haus kein elektrisches Licht hatte, mit einer Petroleumlampe hinunter. Als ich das untere Ende der steilen Treppe erreichte, hörte ich Schritte im Flur, und dann erschien ein Mann in der offenen Tür. Ich weiß bis heute nicht, wer er war. Niemand hat es mir damals gesagt, und ich kam nie wieder in diese Gegend. Er muss gesehen haben, wie ich alleine in den Keller ging, und er … er wollte die Situation ausnutzen. Er kam herunter und versuchte mich mit einer Hand zu packen, während er mit der anderen seine Kleider öffnete. Ich schrie, aber niemand hörte mich. Die einzige Waffe, die ich hatte, war die Petroleumlampe, und die schlug ich ihm so hart auf den Kopf, dass sie zerbrach. All das Zeug, das rundum im Keller gestapelt war, die Apfelkörbe und Obstkisten, die wurmstichigen Möbel, die Truhen mit ausrangierten Dingen, all das begann zu brennen, und der Mann mit seinen von Petroleum durchtränkten Kleidern stand mittendrin. Er schwankte und sprang hin und her, eine schwarze Gestalt, in Flammen gehüllt, und zündete immer mehr an, während er dahin und dorthin taumelte. Da rannte ich die Treppe hinauf, schlug die Kellertür zu und sperrte sie hinter mir ab.«

Sie hielt inne und drückte beide Fäuste an die schwer atmende Brust. Nur mit Mühe konnte sie weitersprechen: »Ich hörte ihn heulen vor Entsetzen und Schmerz, aber niemand anderer hörte ihn, denn die Dienstboten waren einkaufen und mein Vater bei seinen Flugzeugmodellen. Ich lief davon und versteckte mich im Wald.« Sie verstummte.

»Und dann?«, fragte Pater Julian nach einer Weile.

»Das Haus brannte ab. Ich kam zurück, als ich die Schreie der Menschen hörte, die um die Ruine herumstanden. Sie hatten etwas aus dem Brandschutt zu Tage gefördert und auf den versengten Rasen gelegt. Nie werde ich den Anblick vergessen. Es sah überhaupt nicht mehr wie ein Mensch aus, nicht einmal wie ein Leichnam, es war starr und schwarz und rau und hatte kein Gesicht mehr … Aber es hatte eine Hand erhoben und drohte mir damit.« Mit einer steifen Bewegung hob sie die Hand vom Ellbogen aufwärts in die Höhe und zog sie zu einer verkrampften Klaue zusammen. »So.« Sie erschauderte. »Von da an war ich stumm.«

»Man hat Sie nie zu der Sache befragt?«

»Nicht wirklich. Alle waren so froh, mich heil und gesund wiederzusehen, dass sie nicht weiter nachfragten. Später erklärte ich, ich sei im Wald spielen gewesen und erst zurückgekehrt, als ich die Flammen sah. Die offizielle Version lautete, ein Landstreicher habe sich in das verlassene Haus eingeschlichen und dort durch Ungeschick ein Feuer entfacht, dem er zum Opfer fiel.« Sie lächelte den Priester gequält an. »Sie sehen, ich bin dennoch meiner Strafe nicht entgangen.«

Er schüttelte den Kopf. »Sie sollten sich nicht mit dem Gedanken an eine Strafe quälen. Sie waren in Gefahr und haben sich gewehrt, so gut Sie konnten.«

»Dennoch ...« Helena schlang die Arme eng um die zuckenden Schultern. »Der Anblick dieser verbrannten Hand, die so drohend gegen mich erhoben war, hat mich all die Jahre hindurch verfolgt. Wieder und wieder habe ich davon geträumt. Mathilda nannte sie einen Polong, einen Rachegeist. Alles Unglück in meinem Leben, so will es mir scheinen, hat diese rächende Hand über mich gebracht. Und was kann das anderes gewesen sein als ein Zeichen des zürnenden Himmels? Tote erheben ihre Hände nicht mehr.«

Pater Julian ergriff ihre eiskalten Finger und drückte sie ermutigend. »Doch. In einem verbrannten Körper verkürzen sich die Muskeln infolge der Hitze, sodass der Leichnam Arme und Beine an sich zieht und in dieser Haltung erstarrt. Das ist eine ganz natürliche Reaktion. Aber als Kind konnten Sie das nicht wissen, und Ihr Entsetzen tat ein Übriges.«

»Tatsächlich?«, fragte sie unsicher.

»Ja. Glauben Sie mir. Ich hatte leider schon mehrmals Gelegenheit, solche Körper zu sehen. Fragen Sie einen Arzt, er wird es Ihnen bestätigen.«

Ihre Stimme zitterte. »Dann ... dann ruht kein Fluch auf mir?«

»Nein, mein Kind.«

»Und ich dachte – ich dachte, es geschähe mir recht ... all die schrecklichen Dinge, die mir widerfuhren, Schwester Frida und all das ...« Jetzt, wo sie einmal ins Reden gekommen war, wollte sie alles loswerden. »Ich werde es Ihnen erzählen.«

Er lauschte mit der stillen Aufmerksamkeit des Geistlichen,

der schon zahllose Beichten von Schuldigen und Klagen von Unschuldigen gehört hat, und hielt dabei ihre kalte, feuchte Rechte mit beiden Händen fest. Helena redete und redete, bis sie an seiner Schulter in Tränen ausbrach.

6

Erschöpft von den Strapazen, schliefen alle bis spät in den Nachmittag. Als sie aufwachten, war die Luft immer noch trüb, aber die Dunkelheit war gewichen. Im Westen stand eine wunderliche Sonne am Himmel, die einmal grün, einmal blau schillerte, nie jedoch in ihrem gewöhnlichen Goldgelb. Sie machten sich auf den Weg zurück auf den Hügelkamm, angeführt von Jonah, der zu Fuß neben Morgenstern dahintrabte. Auch Myrtle führte ihre Stute am Zügel – nicht etwa aus Rücksicht auf die drei, die ermattet hinter ihnen herstapften, sondern aus Rücksicht auf das Pferd. Die beiden verwöhnten, empfindsamen Tiere schienen einem Nervenzusammenbruch ebenso nahe wie die Menschen und forderten sehr viel Zuwendung, die ihnen auch reichlich zuteil wurde. Jonah versuchte Morgenstern damit aufzuheitern, dass er ihm von seiner zukünftigen Stute Isabelle erzählte.

Die Übrigen schwiegen. Alle hatten sie Halsschmerzen von der giftigen Luft, allen juckten und tränten die Augen von den Schwaden heißer Asche, jedem von ihnen taten sämtliche Knochen im Leib weh. Je höher sie den Hang hinaufstiegen, desto unheimlicher wurde das Bild, das sich ihnen bot. Bäume und Büsche waren vollkommen kahl, das im glühenden Sturm vergilbte Laub zentnerweise von den Zweigen gerissen. Überall lagen vom Gas vergiftete Tiere, bedeckt von einer weichen, grauweißen Schicht allmählich erkaltender Asche, die sich im Wind in gespenstischen Wirbeln über den Kadavern drehte.

Sie erreichten die Straße auf dem Kamm des Berges und überquerten sie, um einen Blick hinunter auf die Westküste Javas zu werfen.

Diesmal stieß sogar Myrtle einen Schreckensschrei aus, und Jonah gab ein ängstliches Murren von sich. Helena stand reglos da, eine Hand auf Ruben Kosminskys Arm. Die Meerenge war übersät von Wracks, und entlang der Küste zog sich bis zu einer Höhe von etwa vierzig Metern ein grauer Schlickstreifen, aus dem da und dort ein Haufen undefinierbaren, von Schlamm bedeckten Gerümpels ragte. Kein einziges Gebäude stand mehr in Anjer, Tjeringin, Merak, Telukbetung, Ketimbang und Port Crescent. Vom ›Hotel Schuit‹ war nichts geblieben außer den Fundamenten. Die massiven Mauern des holländischen Forts im Hafen von Anjer, die die Verwüstungen von Jahrhunderten überstanden hatten, waren geborsten und zu einem Haufen verwitterter Steine zusammengefallen. Eisenbahnschienen waren verbogen. Überall lagen Getrieberäder, zertrümmerte Metallteile und Bruchstücke von Maschinen. Riesige Felsblöcke fanden sich an völlig unmöglichen Stellen, mitgerissen wie Kieselsteine. Den Leuchtturm von Fourth Point hatten die Wellen weggerissen bis auf einen zackigen Stumpf, der wie ein hohler Zahn aus der Schlammschicht aufragte.

Myrtle flüsterte: »Hat außer uns überhaupt jemand überlebt?«

»Doch, einer zumindest«, antwortete Pater Julian und deutete auf ein schwer mitgenommenes Schiff, das mit zerfetzten Segeln auf den immer noch unruhigen Wellen schaukelte. »Das ist die Zeeland!« Er hob eine der vielen herumliegenden Glasscherben auf und nutzte das schwache Sonnenlicht, um Signale zu senden, auf die die Zeeland auch bald aufmerksam wurde. Ein kräftiges Tuten drang ermutigend zu ihnen herauf.

WARTET AUF UNS, signalisierte der Priester. Vom Schiff kam die Antwort: WIR WARTEN.

Vorsichtig kämpften sie sich den steilen Berghang hinunter, erst der mit Unrat übersäten Straße folgend, dann, näher der Küste, durch eine dicke Schicht Schlick, die ihnen gelegentlich bis zu den Knien reichte und wie Fliegenleim an Kleidern und Stiefeln haften blieb.

Nie im Leben hätte Helena geglaubt, dass es eine so absolute Zerstörung geben könnte, wie sie sie an diesem Montag im August in Port Crescent erlebte. Die Flutwellen hatten alles, was sie überrannten, dem Erdboden gleichgemacht und die Trümmer ins Meer geschwemmt. Auch bei der Villa Rafflesia war kein Stein auf dem anderen geblieben, obwohl das Haus so hoch auf dem Berg stand, dass keine Flutwelle ihm schaden konnte. Das Gebäude, in dem sie drei grauenhafte Wochen zugebracht hatte, war mit allen seinen Nebengebäuden vom Erdboden verschwunden. Die Plantage und der Dschungel rundum waren von Feuer geschwärzt.

7

Kapitän MacKenzie und seine Mannschaft waren übernächtigt, krank von den giftigen Gasen und völlig erschöpft, aber noch durften sie sich keine Ruhe gönnen. Sie wollten so schnell wie möglich aus der Meerenge heraus, für den Fall, dass eine weitere Flutwelle folgte. Selbst für den erfahrenen Kapitän war das eine schwierige Aufgabe, denn die Sundastraße ähnelte eher einem Abfallkanal als einer Schifffahrtsrinne. Von einem Ufer bis zum anderen war das Wasser übersät von zersplitterten Wracks, Baumstämmen, zerschmetterten Hütten, Überresten von Wagen, Möbeln, Maschinen und Hausrat, alles eingebacken in die endlosen Bimssteinfelder, die wie Eisschollen das Wasser bedeckten. Hin und wieder musste die Zeeland abrupte, waghalsige Manöver ausführen, um von dem sperrigen Treibgut nicht leck geschlagen zu werden.

Helena und Ruben standen an der Reling und sahen zu, wie das Postschiff sich mit leisem Knirschen einen Weg bahnte. Keiner von beiden sagte ein Wort. Stumm und erschöpft vor Grauen sahen sie zu, wie der scharfe Bug die Bimssteinschicht zerteilte und die schaurige Fracht freilegte, die der Teppich aus aufgeschäumter Lava mit sich führte. Es war die schiere Ungeheuerlichkeit des Anblicks, die ihn erträglicher machte, ihn mehr wie ein bizarres Traumbild erscheinen ließ als eine grausame Wirklichkeit. Das Schiff kämpfte sich durch Massen von schauderhaft stinkenden Tierkadavern, unter denen auch Elefanten und Tiger waren, und grauen, aufgequollenen Leichen. Hunderte und Aberhunderte dieser im Bimsstein gefangenen Toten prallten an beiden Seiten gegen die Zeeland, oft in Gruppen von fünfzig bis hundert, die meisten nackt, Einheimische und Europäer, Chinesen und Araber durcheinander.

Da und dort wurde die Zeeland von der javanischen Küste aus angerufen, sie möchte Menschen mitnehmen, die bis zu den Knien im Schlamm standen und in angstvoller Erwartung weiteren Unheils nach Süden blickten. Kapitän MacKenzie schickte, wo es irgend möglich war, Matrosen mit den beiden Rettungsbooten an den Strand und ließ die Leute einsammeln. Rasch füllte sich das Postschiff mit Dutzenden schmutzverschmierten, erschöpften, weinenden oder vor Entsetzen verstummten Menschen.

Unter ihnen war auch Herr Thomas Buijs, der am Vortag noch lauthals getönt hatte, es bestünde keine Gefahr. Seine Kleider hatten sich, durchnässt vom Schlammregen, in formlose graue Lumpen verwandelt, seine sonst so gepflegte Erscheinung in das Zerrbild eines alten, verängstigten und hilflosen Mannes. Er kümmerte sich weder um Helena noch um Ruben, aber als er Myrtle und Jonah entdeckte, stolperte er auf sie zu.

»Frau Aldermann!«, hörte Helena ihn krächzen. »Ihr Gatte … Herr Max … ein Pferd … Ich warnte ihn noch, ich sagte ihm, dass die Pferde unberechenbar seien in ihrer Angst, aber er bestand darauf, in den Stall zu gehen … wollte ausgerechnet meinen wildesten Hengst aus der Box holen … schrecklicher Anblick …«

»Das Pferd hat ihn getötet?«, fragte Myrtle.

Buijs nickte. »Mein Beileid, Frau Aldermann.« Es klang eher höflich als mitfühlend, denn ganz Port Crescent wusste, wie wenig Liebe zwischen den jungen Eheleuten war.

»Danke«, erwiderte Myrtle und neigte graziös den Kopf. »Dein Bruder ist tot«, sagte sie dann zu ihrem Schwager. »Ein Pferd hat ihn totgetreten.«

Jonah starrte vor sich hin. Sein Gesicht verzog sich, als wollte er weinen, dann warf er den Kopf in den Nacken und begann mit offenem Mund laut und glucksend zu lachen. Er hörte erst auf, als Myrtle ihm einen kräftigen Rippenstoß versetzte und ihn am Arm packte, um ihn mit sich fortzuziehen, aber es fiel ihm schwer, seine Freude zu verbergen.

Batavia, Java

1

Helena konnte es kaum glauben, dass nur achtzig Meilen vom Ort des Geschehens entfernt eine Welt existierte, in der es saubere Zimmer und warmes Wasser gab. Herr Thomas Buijs dankte dem Himmel seine Rettung damit, dass er die Kosten für alle Überlebenden aus Port Crescent übernahm. Sie wurden im ›Hotel des Indes‹ einquartiert und mit allem versorgt, was sie brauchten, von einem heißen Bad bis hin zu frischen Kleidern.

Myrtle und Jonah waren hauptsächlich um ihre Pferde besorgt, die stark unter dem Schrecken und der ungemütlichen Schiffsreise gelitten hatten. Sie brachten die Tiere nach Banten in das Gestüt, in dem Isabelle ihre zukünftigen Gefährten erwartete. Myrtle vergaß nicht, ihrer Schwägerin ins Ohr zu raunen: »Versuch nur ja nicht, wieder zu verschwinden! Gnade dir Gott, wenn wir dich nicht genau in diesem Hotel wiederfinden!«

»Keine Sorge, Myrtle«, antwortete Helena kalt. »Dein Geschäftsfreund passt schon auf, dass ich nicht davonlaufe, nicht wahr, Mijnheer Kosminsky?«

Der Edelsteinhändler zuckte ungerührt die Achseln. »Fräulein Helena, wir bauen auf Ihre Vernunft. Kommen Sie.« Er trat an sie heran und bot ihr den Arm an. »Lassen Sie uns einen Spaziergang machen, es wird Ihnen guttun, grüne Bäume zu sehen und frische Luft zu atmen.«

Helena gehorchte. Sie hatte es aufgegeben, sich zu widersetzen. Sollten die drei den Schatz heben, nach dem sie so verrückt waren. Wenigstens konnte sie dann Java auf dem schnellsten Wege verlassen. Wohin sie eigentlich wollte, wusste sie noch nicht genau, aber darüber konnte sie ja in Singapur weiter nachdenken.

Ruben Kosminsky versuchte die Tatsache, dass er als eine Art Gefängniswärter fungierte, dadurch zu überspielen, dass er all seinen Charme aufbot, und das war nicht wenig. Er führte Helena in den schönsten Teil der Stadt, in dem die reichen Holländer wohnten, promenierte mit ihr durch Parks und an blühenden Gärten vorbei und lud sie auf einen Imbiss in einem von vielen Bürgern besuchten offenen Pavillon ein, von dem man die Stadt, den Hafen und dahinter das Meer überblickte.

Sie lachte angesichts seiner Bemühungen. »Nun hören Sie schon auf, Mijnheer Kosminsky. Es ist mir inzwischen gleichgültig, ob ich diese Posse lange genug spiele, damit Sie an Ihr Collier und Myrtle zu ihrem Pferd kommt. Ich verspreche Ihnen, dass ich als Frau Jonah Aldermann auftreten werde, und ich halte meine Versprechen.«

»Nichts anderes erbitten wir von Ihnen, Fräulein Helena. Es hängt so viel von dem einen, für Sie so unbedeutenden Satz ab: Ja, ich bin Jonah Aldermanns rechtmäßig angetraute Gattin.«

»Das Collier mit dem ›aufgehenden Mond‹ hängt davon ab.« Verachtung schwang in ihrer Stimme mit. »Sie würden Ihre Seele dem Teufel verkaufen, um es in die Finger zu kriegen.«

Er zog die Augenbrauen hoch und zuckte mit den Achseln. »Jeder Mensch hat seine Leidenschaft, Fräulein Helena. Haben Sie denn keine?« Er beugte sich vor und blickte sie aus seinen geheimnisvollen, tiefgrünen Augen an. »Wofür würden Sie Ihre Seele verkaufen?«

Irritiert von seinem Ton, der überhaupt nichts Ironisches an sich hatte, zögerte sie mit der Antwort. Schließlich sagte sie: »Meine Seele würde ich für nichts und niemand verkaufen, aber wenn Sie fragen, wonach ich mich am meisten sehne, so sage ich: Freiheit. Und Respekt. Ich will mein Leben nicht als die

Sklavin eines Mannes verbringen, weder eines guten noch eines schlechten Mannes. Ich will es selbst leben. Selbst bestimmen, was ich tue, wohin ich gehe, welche Aufgaben ich mir stelle.«

»Und sehen Sie schon einen Weg vor sich?«

»Nein, nicht wirklich. Aber ich habe ja noch Zeit zum Nachdenken.«

Eine Weile herrschte Schweigen zwischen ihnen, während sie die letzten Schlucke von ihrem Kaffee tranken und mit der Kuchengabel die Krümel aufpickten. Dann sagte Ruben plötzlich: »Ist Herr Albert von Odenhof ein Verwandter von Ihnen?«

Erstaunt blickte sie auf. »Er ist mein Vater ... Aber wie kommen Sie denn jetzt darauf?«

»Er hat sich vor zwei Wochen im Hotelregister eingetragen, unter falschem Namen zwar, aber die Polizei hat rasch herausgefunden, wer er wirklich ist. Der Empfangschef sagte mir, er hätte ein paar Tage hier gewohnt und sei dann verschwunden, ohne die Rechnung zu begleichen.« Ein dünnes Lächeln kräuselte seine Lippen. »Deshalb habe ich Sie erst einmal unter vier Augen gefragt, ob Sie mit ihm verwandt sind, denn wenn die Hotelmanager erfahren, dass er Ihr Vater ist, müssen Sie seine Rechnung bezahlen.«

Helena spürte, wie es ihr die Kehle zuschnürte. »Weiß man ... weiß man, was aus ihm geworden ist? Er wird doch nicht nach Port Crescent gefahren und dort umgekommen sein?«

»Nein, er ist noch in Batavia – allerdings im Stadtgefängnis. Er wurde auf Ersuchen der deutschen Behörden hier verhaftet und soll nach Deutschland ausgeliefert werden.«

Sie schüttelte müde den Kopf. »So musste es ja einmal kommen. Wie haben Sie das übrigens herausgefunden?«

Ruben lächelte. »Sie wissen doch, dass ich Kaninchen aus dem Hut zaubern kann, habe ich Ihnen das nicht bei Frau Magda Aldermann vorgemacht? Nein, ich will mir keine Fähigkeiten zuschreiben, die ich nicht besitze. Die Wahrheit ist: Der Nachtportier hat es mir erzählt. Es gibt keinen besseren Weg, um alle möglichen Dinge zu erfahren, als ein Schwätzchen mit Leuten zu halten, die sich langweilen. Als Ihr Herr Vater nicht zurückkehrte, hat das Hotelmanagement natürlich Nachforschungen angestellt und rasch herausgefunden, dass er vom ›Hotel des Indes‹ ins Stadtgefängnis übersiedelt war. Es scheint, dass er sehr hohe Schulden gemacht hat, von denen er von Anfang an wusste, dass er sie nicht bezahlen kann, stimmt das?«

Sie nickte wortlos.

»Werden Sie ihn im Gefängnis besuchen? Wenn Sie es wünschen, begleite ich Sie dorthin.«

»Sie würden mich doch auf jeden Fall begleiten, oder etwa nicht? Tag und Nacht werden Sie an meiner Seite kleben, bis das Erbe ausgehändigt ist! Sie armer Teufel, was würden Sie denn nicht tun für diesen gelben Kristallklumpen?«

Ruben zeigte sich keineswegs gekränkt. sondern lächelte charmant. »Fräulein Helena, Sie auf allen Ihren Wegen zu begleiten, ist bei Weitem nicht die schlimmste Last, die ich für dieses Juwel auf mich genommen habe. Darf ich Ihnen ehrlich sagen, dass ich Sie bewundere und respektiere und obendrein sehr gerne mag? Ich würde mich um Ihre Hand bemühen, wäre mir nicht ein anderer Weg vorgezeichnet.« Er lachte und zog aus der Innentasche seines Gehrocks ein blaues Telegrammformular, das er auf dem Tisch ausbreitete.

Sie las: »Lea Schneyder gewählt stopp Hochzeitstermin Ende September stopp rasche Heimkehr notwendig stopp Mutter.« Selbstzufrieden lächelnd lehnte er sich zurück und verschränkte die Hände vor der Brust. »Wissen Sie, meine Mutter hätte Börsenmakler werden sollen. Erst waren meine Aktien ja wegen meiner verkrüppelten Hand nicht viel wert, keine jüdische Familie nimmt gerne einen Schwiegersohn mit einem körperlichen Gebrechen. Aber ein Schwiegersohn, der als Morgengabe den Majapahit-Schatz mitbringt, ist sogar dem alten Schneyder willkommen.«

Helena starrte ihn entsetzt an. »Aber Ihre Braut … Lieben

Sie diese Lea denn?« Noch während sie sprach, sah sie seinem Gesicht an, dass er ihre Frage nicht wirklich verstand.

Seine Stimme klang unsicher, als er antwortete: »Ich kenne sie flüchtig. Sie ist ein anständiges Mädchen aus bester Familie und nicht unattraktiv. Meine Mutter findet, dass sie eine gute Ehefrau sein wird.«

»Ich fragte, ob Sie sie lieben.«

»Noch nicht. Aber das kommt mit der Zeit. Wenn man zusammen lebt und arbeitet, gemeinsam Kinder hat, dann entsteht eine Wärme im Herzen. Mein Vater und meine Mutter liebten einander auch nicht, als sie verheiratet wurden, und jetzt sind sie schon über dreißig Jahre zusammen und glücklich miteinander.« Er streckte die Hand über den Tisch und legte sie auf Helenas Rechte, als müsste er sie dafür trösten, dass sein Weg ihr so entsetzlich erschien. »Glauben Sie mir, Fräulein Helena, in den Sitten meines Volkes steckt die Weisheit von Jahrhunderten. Es ist sicherlich sehr schön und aufregend, sich zu verlieben, aber darauf kann man kein Leben aufbauen, denn Verliebtheit kann brennen, aber auch wieder erlöschen. Meine Eltern wissen schon, was sie tun. Sie haben meine Braut mit Weisheit und Liebe ausgesucht, und da sie in diesen Dingen weitaus erfahrener sind als ich, vertraue ich ihrer Wahl mehr als meiner eigenen.«

»Und was sagt Lea dazu?«

Wieder lachte er. »Sie ist einverstanden, denn sie denkt genauso wie ich. Außerdem – sehen Sie mich an, Fräulein Helena, und beurteilen Sie mich ganz unparteiisch: Ist es eine schlimme Zumutung für eine Frau, mich zu heiraten?«

Nun musste auch sie lachen. »Aber gewiss nicht.« Dann fragte sie neugierig: »Wird Ihre Frau das Collier tragen?«

»Aber nein«, rief er entrüstet. »Eine gute Frau sollte sich nicht so herausputzen, und es würde nur Neid und Zwietracht unter den anderen Frauen hervorrufen. Der ›aufgehende Mond‹ gehört mir. Mir ganz allein.«

Sie stand vom Tisch auf. »Ich könnte niemals Ihren Weg gehen, aber ich sehe, Sie sind zufrieden damit. Wenn Sie mich nun zu einem Besuch bei meinem Vater begleiten würden, wäre ich Ihnen sehr dankbar.«

2

Das Stadtgefängnis war ein grimmiger Bau von mittelalterlichem Aussehen, mit einem Torbogen, der mit Gittern verschlossen war und von bewaffneten Posten bewacht wurde. Nach längeren Formalitäten wurde Helena in ein düsteres, niedrig gewölbtes Zimmer mit einem einzigen vergitterten Fensterchen geführt. Ruben blieb an ihrer Seite.

Sie nahmen an dem rohen Holztisch in der Mitte des Raumes Platz und warteten. Draußen ertönten Schritte, und gleich darauf erschien, von einem uniformierten Gefängniswärter begleitet, Professor von Odenhof.

Irgendwie hatte er es geschafft, sich trotz seiner misslichen Lage das Aussehen eines Herrn von Stand und Vermögen zu bewahren. Seine melodramatische Stimme, sein pompöses Auftragen, alles war gleich geblieben; sogar ein Taschentuch steckte adrett gefaltet in der Tasche seines allerdings ziemlich ungebügelten Gehrocks.

Er blieb stehen, starrte Helena an und dröhnte dann, während er beide Arme ausbreitete: »Meine Liebe! Was habe ich für Ängste ausgestanden, du könntest diesem entsetzlichen Unglück zum Opfer gefallen sein!«

»Ich war auch sehr froh, als ich hörte, dass du am Leben bist.«

Er schreckte zusammen, als er ihre klare Stimme hörte. »Du kannst wieder sprechen? Wer oder was hat dich geheilt?«

»Der Krakatau«, erwiderte sie mit einem schmalen Lächeln. »Der Schock der Explosion hat mir die Zunge gelöst.«

»Schön, sehr schön! Das freut mich für dich.« Es war offenkundig, dass ihn ihre Heilung nur am Rande interessierte; er war, wie immer, völlig in seinen eigenen Wünschen und Bedürfnissen gefangen.

Der Wärter verkündete: »Sprechzeit eine halbe Stunde! Es ist verboten, dem Gefangenen irgendwelche Gegenstände, auch Esswaren, zu übergeben!« Damit schloss er die Tür hinter sich und sperrte mit lautem Schlüsselklirren von draußen ab.

Albert warf einen Blick auf Ruben. »Wer ist der Herr, meine Liebe? Dein Anwalt?«

»Nein. Er passt auf, dass ich meinem Gatten nicht davonlaufe, ehe das Erbe ausgehändigt wird.«

»Das Erbe, jaja ...« Albert setzte sich und knetete nervös seine breiten, wohlgepflegten Hände. »Jetzt ist es ja bald so weit, nicht wahr? Noch zwei Tage, dann bist du eine schwerreiche Frau. Ich freue mich für dich, wirklich.« Seine Augen huschten unruhig hin und her. »Was wirst du denn mit all dem herrlichen Geschmeide tun? Du trägst doch keinen Schmuck, wenn ich mich recht erinnere?«

»Der Schmuck gehört Jonah Aldermann.« Ihre Stimme war jetzt eiskalt. »Wie Myrtle Aldermann zu sagen pflegt: Das Gesetz gestattet einem schwachsinnigen Mann, seine Geschäfte zu führen, nicht aber einer geistig gesunden Frau. – Du hast gewusst, dass Jonah ein Idiot ist, nicht wahr?«

Albert wand sich voller Unbehagen und schlechtem Gewissen. »Nun ... nun, so hart würde ich das aber nicht ausdrücken, meine Liebe! Er ist gewiss kein sonderlich kluger Mensch, aber deswegen musst du doch nicht ...«

Sie unterbrach ihn mitten im Satz, was sie noch nie getan hatte. »Du und Dr. Schwab, ihr habt das gemeinsam mit Frau Annette ausgeheckt. Ich sollte ihn heiraten und dann als seine Frau dafür sorgen, dass sein Erbe in deine Hände gelangt, nicht wahr? Es hat dich nie interessiert, was aus mir wird, in einem fremden Land, an einen Menschen gekettet, der den Verstand eines siebenjährigen Kindes hat – und mich seinerseits unter keinen Umständen heiraten wollte.«

»Ich weiß nicht, was du willst!« Albert nahm seine ganze Kraft zusammen, um ein Bild unantastbarer väterlicher Autorität zu bieten. »Wie sprichst du überhaupt mit mir? Ich war verantwortlich dafür, dich standesgemäß unter die Haube zu bringen. Du hast mir diese Aufgabe nicht eben leicht gemacht, meine Liebe, mit deiner Sprachlosigkeit, vor allem aber mit deinem unerträglich heftigen Temperament … deine Ausbrüche grenzten ja an Wahnsinn … Professor Wiedemann sagte –«

Wieder fiel sie ihm ins Wort. »Hat Professor Wiedemann dir auch gesagt, dass er und seine Ärzte und Pfleger dabei zugeschaut haben, wie Schwester Frida über mich herfiel?«

»Dein Benehmen hat zweifellos eine scharfe Reaktion provoziert. Wenn du tobst wie eine Wildkatze, darfst du dich über eine harte Behandlung nicht wundern.« Er war jetzt völlig in seinem Fahrwasser, würdevoll, überlegen, streng, aber gütig.

»Die harte Behandlung bestand darin, dass sie mich vergewaltigt hat.«

Albert von Odenhof blieb der Mund offen stehen. Er wurde erst rot, erbleichte dann, blies die Backen auf, schnaubte empört und stieß schließlich hervor: »Unsinn! Was für ein Unsinn! Wie könnte denn eine Frau eine andere Frau vergewaltigen! Und du willst doch nicht etwa behaupten, dass Professor Wiedemann –«

»Nein, er ist mir nicht nahegetreten. Er stand nur im Kreise seiner Mitarbeiter und amüsierte sich. Gut, ich will dir zugestehen, dass du davon nichts gewusst und es auch nicht erwartet hast. Aber du hast gewusst, was mich auf Java erwartet.« Helena beugte sich vor, einen Blick in den Augen, der ihren Vater trotz des breiten Tisches zwischen ihnen zurückweichen ließ. »Du hast mich verkauft – für Geld, das du wieder nur in deine nutzlosen Erfindungen stecken wirst!«

Er plusterte sich auf vor Empörung. »Helena, wie kannst du nur! Das kannst du doch überhaupt nicht beurteilen. Alle großen Erfinder wurden anfangs verlacht. Ich stehe unmittelbar vor dem Durchbruch. Wenn es dir nur gelingen würde, mir eine gewisse Summe – eine durchaus geringe Summe – aus deinem riesigen Vermögen zu leihen, damit ich erst einmal ungestört weiterarbeiten kann …«

Sie schüttelte ruhig den Kopf. »Nein, Vater. Ich habe dich schon viel länger durchschaut, als du ahnst. Du bist dein Leben lang ein Windbeutel gewesen und hast nichts weiter zu Stande gebracht als einen Haufen sinnloser Maschinen, die man nur auf den Müll werfen kann …«

Er sprang auf und beugte sich drohend vor. »Ich verbitte mir diesen Ton von meiner Tochter! Ich verlange, dass du auf der Stelle …«

»Du hast nichts mehr von mir zu verlangen.« Jetzt lachte sie ihm ins Gesicht. »Hast du vergessen, dass ich Jonah Aldermanns Frau bin und er von Gesetzes wegen jetzt zu befehlen hat, was ich tun und lassen darf?«

»Dieser Schwachkopf?!«

»Ach, jetzt fällt es dir auch ein, nicht wahr?« Helena erhob sich mit einer eleganten Bewegung. »Nein, Vater. Weder du noch er haben mir irgendetwas zu sagen. Ich gehe von jetzt ab meinen eigenen Weg.«

Albert wurde bleich, als er merkte, dass sie drauf und dran war, sich zu verabschieden. »Das kannst du nicht!«, schrie er. »Du musst mir helfen! Du musst mich hier rausholen! Wenn ich nur einen Teil meiner Schulden zahlen könnte – und das Material für meine neueste Erfindung kaufen – Helena, du bleibst!« Jetzt brüllte er, dass ihm die Adern am Hals anschwollen. »Du hörst mir zu!«

»Nein. Wir haben uns nichts mehr zu sagen.« Sie hielt kurz inne; trotz allem empfand sie ein wenig Mitleid mit ihm. »Ich hasse dich nicht. Ich bemühe mich, dir deinen Verrat zu verzeihen. Aber von heute an verschwinde ich aus deinem Leben, ganz und für immer.«

»Helena!«

Erhobenen Hauptes schritt sie zur Tür, ohne darauf zu achten, dass sein Wutgebrüll abrupt in ein klägliches Winseln umschlug. Ruben Kosminsky folgte ihr. Der Wärter, der den Lärm gehört hatte, schloss auf und erklärte die Besuchszeit für beendet.

3

Am Morgen des 4. September hielt eine Droschke vor dem protzigen Marmorgebäude der königlich-niederländischen Bank auf dem Rijkswik, und eine vornehm gekleidete Dame in Begleitung ihrer ältlichen Zofe stieg aus. Die beiden Frauen nahmen auf einer Parkbank gegenüber dem Haupteingang Platz. Während die Zofe eifrig zu stricken begann, studierte die Dame einen Fahrplan. Jedenfalls versuchte sie diesen Eindruck zu erwecken, aber in Wirklichkeit hingen ihre türkisblauen Augen mit starrem Blick an der von griechischen Pfeilern begrenzten Pforte. Mit der Linken hielt sie den Fahrplan, die Rechte umklammerte unter dem weiten Umhang den Griff eines Revolvers.

Magda Koloman war vor Wut wie von Sinnen. In ihren Augen war Ruben Kosminsky der schlimmste Bandit und Verräter, der ihr je unter die Augen gekommen war, ein Betrüger, ein Dieb ihrer Schmuckstücke, die er der jungen Frau Aldermann zuschanzen wollte! Wahrscheinlich hatten sich die beiden unnützen Kreaturen unterwegs ineinander verliebt und planten nun, gemeinsam mit den Kleinodien zu verschwinden. Aber da würden sie nicht weit kommen.

Die Erbitterung und Frustration von vielen Jahren wallte in der Frau auf, deren Erinnerungen an die in der Villa Rafflesia erlittenen Demütigungen seit der Rückkehr in ihre Heimat doppelt schmerzten. Zorn überschwemmte nicht nur ihr Herz, sondern auch ihren Verstand. Hatte sie bislang überlegt und gerissen gehandelt, so machte sie sich nun überhaupt keine Gedanken mehr, was sie eigentlich vorhatte. Wollte sie den beiden

den Schmuck mit vorgehaltenem Revolver abnehmen oder sie zur Strafe kurzerhand beide erschießen? Sie wusste es nicht. Bewusst war ihr nur, dass ihre letzte Chance, an die herrlichen Steine zu kommen, in einer halben Stunde dahin sein würde.

»Da sind sie, Mevrouw«, flüsterte Zita ihr zu.

Magda hob ruckartig den Kopf. Ja, da waren sie. Eben stiegen sie aus einer Droschke. Vielleicht hätte Magda in diesem Augenblick geschossen, so heftig übermannten sie die quälenden Gefühle, die sie seit zwei Jahrzehnten zermürbten. Aber das Gefährt versperrte ihr die Sicht, und als es endlich wegfuhr, war die kleine Gesellschaft bereits im Inneren des Gebäudes verschwunden.

Voran schritt Myrtle Aldermann, entzückend anzusehen in ihrem geblümten Chiffonkleid, am Arm ihres seit der vergangenen Mitternacht volljährigen Schwagers, auf der anderen Seite flankiert von Ruben Kosminsky, der seine Gefühle kaum im Zaum halten konnte und vor Erregung schwitzte. Ihnen folgte, allein und unbeachtet, Helena von Odenhof. Die fünfte Person in der Gruppe war ein Anwalt aus Batavia, Herr Hosböck, der als Zeuge der Transaktion dienen sollte.

In der prunkvollen Halle mit den Mahagonitüren und Kristalllüstern wurden sie bereits erwartet. Der außergewöhnliche Schatz, der da im Tresorraum lagerte, war auch den Bankbeamten ein Begriff, und manch einer beneidete den stellvertretenden Leiter, Herrn Döllke, dafür, dass er einen Blick auf die sagenhaften Juwelen werfen durfte.

Der blonde junge Mann – ein alberner Schnösel, wie Helena dachte – begrüßte sie überschwänglich. Er prüfte die Dokumente, die man ihm vorlegte, ließ sich von Jonah, Helena und Myrtle bestätigen, dass die Hochzeit am 1. August in der Residenz des stellvertretenden Gouverneurs stattgefunden hatte, und bat sie dann, ihm in den Tresorraum zu folgen. Helena schlurfte hinter den anderen her, todmüde und zutiefst verdrossen. Sie konnte nur noch daran denken, dass Myrtle ihr versprochen hatte, ihr sofort nach der Transaktion genug Bargeld auszuhändigen, damit sie Niederländisch-Ostindien verlassen konnte.

»Hier entlang bitte, Herr Aldermann.« Döllke geleitete den verschlafen dreinblickenden Jonah – in der Nacht war lange und deftig gefeiert worden – in das unterirdische Gewölbe hinab, dessen breite steinerne Bögen sich wie in einer Gruft über dem marmorgepflasterten Boden spannten. Eine Bronzetür wurde aufgeschlossen. Dahinter lag ein Raum mit zahlreichen Schließfächern und einem polierten Ebenholztisch in der Mitte.

Der Bankbeamte lächelte. »Das ist ein schöner Augenblick für Sie, nicht wahr? Viele Menschen würden etwas dafür geben, diesen Schatz auch nur sehen zu dürfen.« Er zog eine schwere Schatulle hervor, wuchtete sie auf den Tisch und überreichte Jonah die Schlüssel.

Der fummelte eine Weile ungeschickt herum, bis er das Schloss aufbrachte, dann klappte er den Deckel hoch und blickte hinein. Enttäuschung zeichnete sich auf seinem Gesicht ab. »Das ist nicht schön«, murrte er. »Das ist alles dreckig.« Offenbar hielt er die Patina der altertümlichen Schmuckstücke für eine Schmutzschicht.

Er holte eine Handvoll Preziosen heraus, als griffe er in einen Sack Bonbons, betrachtete sie verdrießlich und warf sie dann in die Schatulle zurück. »Die kannst du behalten«, maulte er, an Myrtle gewandt. »Sie gefallen mir nicht. Du hast gesagt, Großonkel Friedhelm hat mir Isabelle hinterlassen. Die will ich haben. Wo ist sie?«

»Nicht hier, Lieber. Man kann ein Pferd doch nicht in einer Bank aufbewahren.«

Jonah, der entzückt war, wenn er einmal einen Witz verstand, lachte schallend und fuhr sich mit beiden Händen über die Nase. »Nein, kann man nicht. Dumme Idee.«

»Siehst du. Heute Nachmittag fahren wir hin und holen Isabelle.« Myrtle wandte sich an den Anwalt. »Können wir jetzt gleich alles regeln?«

Dr. Hosböck sah etwas zweifelnd drein. Offenbar war ihm aufgefallen, dass Jonahs Geschäftsfähigkeit beschränkt sein mochte. Er schien nahe daran, eine Bemerkung zu machen, überlegte es sich jedoch anders. Ein Mann war ein Mann, auch wenn er vielleicht etwas geistesschwach war. Mit einem leichten Achselzucken – das wohl bedeutete: Was geht es mich eigentlich an? – öffnete er seine Aktentasche.

Helena saß, das Kinn auf die verschränkten Hände gestützt, am Tisch und sah stumpfsinnig zu, wie der Schatz auf Seidenpapier ausgebreitet und untersucht wurde. Inventarlisten wurden angefertigt und mit den bestehenden verglichen. Ruben, der wie von Sinnen war vor Glück, ließ die Kleinodien immer wieder durch seine Hände gleiten und murmelte mit halb geschlossenen Augen selig vor sich hin.

Dr. Hosböck wandte sich an den Erben. »Wenn Sie bitte hier unterschreiben, dass Ihnen den Verfügungen des Erblassers entsprechend der Schmuck ausgehändigt wurde.« Jonah warf einen fragenden Blick auf Myrtle, und als sie nickte, malte er, die Zungenspitze zwischen den Zähnen, mühsam seinen Namen.

»Sehr gut. Und wenn Sie bitte nun hier mit Ihrer Unterschrift Ihr Einverständnis bekunden, dass der Schmuck mit sofortiger Wirkung in den Besitz des Handelshauses Liebkind & Schneyder mit Sitz in Amsterdam übergeht, gegen ebenfalls sofortige Überweisung einer ersten Rate der Kaufsumme. Die Auszahlung der weiteren Raten erfolgt gemäß den im Folgenden genannten Modalitäten …«

Er unterbrach sich, als er merkte, dass Jonah seinen Worten weder folgen konnte noch wollte. Der junge Mann war ungeduldig geworden. Er schaukelte auf dem Stuhl hin und her und konnte nur daran denken, dass er die unvergleichliche Isabelle abholen wollte.

Mit einem Seufzer schob der Anwalt ihm den vorbereiteten Vertrag zu, den er, ohne einen Blick darauf zu werfen, unterschrieb. Ruben stieß einen tiefen Seufzer aus, als der letzte

Federstrich das Juwelenhaus Liebkind & Schneyder in Amsterdam rechtskräftig in den Besitz der Schmuckstücke brachte und ihn selber in den Besitz dessen, was er sich als Honorar ausbedungen hatte. Mit den zärtlichen Fingern eines Liebhabers ergriff er das Collier mit dem ›aufgehenden Mond‹, wickelte es in Seidenpapier und verbarg es in einem Lederbeutel, den er sich unter dem Hemd um den Hals hängte. Die übrigen Juwelen, die nun Liebkind & Schneyder gehörten, sollte ein Kurier der Käufer abholen und mit allen erforderlichen Sicherheitsvorkehrungen nach Holland bringen.

Nachdem die Geschmeide wieder im Tresor eingeschlossen worden waren, stieg man in die Halle hinauf. Ein Telegramm der Bank ging an Liebkind & Schneyder, das den Verkauf bestätigte, und eine halbe Stunde später kam das Antworttelegramm mit der Anweisung eines ersten Teils der ungeheuren Summe, für die der Schmuck in die Hände der Firma übergegangen war. Helena erhielt eine Summe, die ausreichte, ihr die Rückkehr nach Europa zu ermöglichen.

»Können wir jetzt endlich Isabelle holen?«, fragte Jonah gereizt. »Warum stehen wir noch immer hier herum?«

»Wir sind schon fertig, mein Lieber, es ist alles erledigt.« Myrtle ergriff seinen Arm. Zu Herrn Döllke sagte sie: »Könnten wir die Bank unauffällig verlassen? Da draußen lauern sämtliche Juwelenhändler von ganz Europa auf uns, und wir möchten in Ruhe gelassen werden.«

»Aber gewiss.« Döllke verneigte sich beflissen vor der Dame, deren Begleiter eben ein Konto über eine ganz erstaunliche Summe eröffnet hatte, obwohl er sich fragte, wer sie eigentlich war und warum die echte Ehefrau sich so völlig desinteressiert an den Vorgängen zeigte. »Folgen Sie mir zum Hinterausgang, ich lasse Sie mit einer unserer Firmendroschken wegbringen. Wo möchten Sie denn hin?«

»Dorthin, wo die Stute ist«, sagte Jonah Aldermann.

Eine Viertelstunde später betrat eine elegante ältere Dame in Begleitung ihrer Zofe die Bank und schritt hoheitsvoll auf Herrn Döllke zu. Sie grüßte flüchtig und fragte: »Sind meine Verwandten schon da?« Dann, als er die Augenbrauen hochzog, fügte sie etwas gereizt hinzu: »Nun, ich meine Jonah und Helena Aldermann. Wir hatten uns wegen der Übergabe des Majapahit-Schmucks hier verabredet.«

»Da haben Sie sich verspätet, gnädige Frau. Die Herrschaften waren hier und sind bereits wieder weg. Aber ich kann Ihnen den Namen des Anwalts geben …«

»Das ist nicht notwendig, danke. Haben sie denn den Schmuck gleich mitgenommen?«

Sofort wurde Herr Döllke argwöhnisch. Er richtete sich steif auf, ging ganz in seiner Rolle als Bankbeamter auf. »Darüber darf ich Ihnen keine Auskunft erteilen. Wenn die Herrschaften Ihre Verwandten sind« – dabei betonte er deutlich das *wenn* –, »dann werden sie Ihnen zweifellos mitteilen, wo sich die Wertsachen befinden.«

»Ich verbitte mir diesen Ton, junger Mann«, erklärte Magda mit der ganzen Herablassung, deren sie fähig war, und das war nicht wenig. »Ich sagte Ihnen doch, wir waren zu genau dem Zweck hier verabredet.«

»Bedaure, gnädige Frau.« Döllke, der sich bewusst war, dass sämtliche Kassiere neugierig zu ihm herüberblickten, bemühte sich, eine Szene zu vermeiden. »Ich bin an unsere Vorschriften gebunden. Bitte verlassen Sie jetzt die Bank. Ich darf –«

In diesem Moment verzerrte sich das Gesicht der Frau dicht vor seinem eigenen auf eine Weise, die ihn erschrocken zurückzucken ließ. Im nächsten Augenblick traf ein dumpfer Schlag seinen Oberkörper, dann noch einer, und noch einer. Unfähig zu begreifen, was mit ihm geschah, brach er auf dem Marmorboden zusammen. Durch einen Schleier hindurch hörte er Schreien und Kreischen, das Poltern umgestoßener Pulte, die gellenden Pfiffe eines Wachmanns. Dann fiel er in eine tiefe Ohnmacht.

Magda Koloman stand da und starrte ihren Revolver an, als sei er zu ihrer Überraschung ganz von allein losgegangen. Sie hatte überhaupt nicht auf diesen jungen Mann schießen wollen, der jetzt in einer großen Blutlache vor ihr auf dem Boden lag. Mit einem Aufschrei warf sie den Revolver weg und wandte sich zur Flucht, aber da waren bereits die Bankangestellten herbeigestürmt, und inmitten hysterischer Schreie wurde sie von einem halben Dutzend Hände gleichzeitig festgehalten. Männer in Uniform erschienen. Die Welt verschwamm vor ihren Augen, als sie durch eine Gasse zorniger Menschen zum Ausgang geschleppt wurde und zwei Polizeibeamte sie in einen Wagen zerrten. Die Tür knallte zu, und Magda Koloman fand sich in Gesellschaft zweier finsterer Polizeiagenten in einem Gefängniswagen wieder, in dem es übel nach Erbrochenem und Urin roch. Sie spürte, wie sich ihr Magen zusammenkrampfte. Schleier wirbelten vor ihren Augen. Bald jedoch ließ das erste Entsetzen nach, und sie begann wieder klar zu denken. Sie hatte keine Gewissensbisse, aber sie fragte sich, welcher Teufel in sie gefahren war, dass sie auf einen völlig Unbeteiligten gefeuert hatte, aus dessen Tod ihr nicht der geringste Vorteil erwuchs. Jetzt saß sie in der Tinte. Wenn der dumme Kerl starb, würde man sie wegen Mordes anklagen. Heinrich mit seinem Geld und seinen guten Verbindungen würde sie zwar herausholen, aber bis dahin standen ihr Wochen, vielleicht Monate in einem nicht eben komfortablen Gefängnis bevor, und etwas noch viel Schlimmeres als von Kakerlaken wimmelnde Zellen und schlechtes Essen: Sehr bald würde irgendjemand sich an den Namen Magda Obermayer erinnern. Und dann würde der Ärger erst richtig beginnen.

»Habe ich ihn erschossen?«, fragte sie mit brüchiger Stimme.

Doch sie erhielt keine Antwort. Der Wagen holperte über unregelmäßiges Pflaster dahin. Magda, die Batavia noch sehr gut in Erinnerung hatte, brauchte nur einen Blick aus den eng vergitterten Fenstern zu werfen, um zu sehen, dass sie sich auf direktem Weg ins Stadtgefängnis befanden.

4

Nahe beim Hafen setzte der Kutscher des Firmenwagens seine Passagiere ab. Der Abschied war kurz. Niemand machte sich die Mühe, den Eindruck zu erwecken, dass man ein Wiedersehen wünschte. Myrtle und Jonah wechselten in eine andere Kutsche, die sie zweifellos zu dem Gestüt bringen würde, wo Morgensterns zukünftige Braut auf ihn wartete, während Ruben und Helena auf der Suche nach der Anlegestelle der Tulipan im Gedränge des Hafens untertauchten. Beide hatten nur noch den einen Wunsch: aus Batavia zu verschwinden, wohin auch immer. Singapur war so gut wie jeder andere Hafen. Sobald sie sich in Sicherheit fühlten, würden sie erst einmal bessere Kleidung und etwas Gepäck beschaffen und dann die weitere Reise planen. Ruben wollte auf schnellstem Wege nach Amsterdam, um zu heiraten und sich in der Firma seines Schwiegervaters zu etablieren. Dem tüchtigen Agenten, der den Majapahit-Schmuck für Liebkind & Schneyder erworben hatte, standen dort alle Türen offen. Helena wusste noch nicht, wohin sie wollte. Sie hatte aber auch keine Eile, das zu entscheiden. Fürs Erste würde sie bei den Nonnen des St.-Josephs-Ordens in Sicherheit sein.

»Da ist der Pier, und da ist auch schon Pater Julian!« Ruben packte sie am Arm und zog sie hinter sich her. Man begrüßte sich, und der Geistliche ging mit ihnen an Bord, wo er ein paar Worte mit dem Zahlmeister wechselte, der die schäbig gekleideten Gäste ohne Gepäck argwöhnisch musterte. Als sie ihre Karten erhalten hatten, ging der Priester ihnen voran unter Deck.

»Wir werden ein bisschen zusammenrücken müssen«, erläuterte er. »Das Schiff ist ausgebucht bis zur letzten Koje – der gesamte Zirkus Wilson fährt nämlich nach Singapur; samt Elefanten, Kamelen, Löwen und John Holtums Kanone. Wir haben Glück, dass ich den Kapitän kenne, sonst hätte er uns gar nicht mitgenommen. Sie, Mijnheer Kosminsky, und ich werden uns eine Kabine mit Herrn Holtum teilen – das heißt vermutlich, dass wir uns die halbe Nacht lang die Schilderungen seiner größten Erfolge anhören müssen. Sie, Fräulein von Odenhof, nimmt Mrs Wilson unter ihre Fittiche.«

Helena lächelte. »Das ist sehr freundlich von ihr.«

In der folgenden Stunde füllte sich die Tulipan tatsächlich bis in den letzten Winkel mit Zirkusleuten, ihren Tieren und ihrem Gepäck. Ein gewaltiges Gedränge herrschte auf den Gängen und Treppen des Schiffes. Fräulein Droost stand mit ihrer Katze Anastasia – der einzigen Klavier spielenden Katze der Welt – auf dem Arm und einem Koffer in der Hand an der Treppe und wusste nicht weiter, weil sie keine Hand mehr frei hatte, um sich am Geländer festzuhalten, das Schiff aber heftig schwankte. Tierbändiger kämpften sich in den Bauch des Schiffes vor, um das Einladen der Raubtierkäfige und Pferdeboxen zu überwachen, die erregten Tiere zu beruhigen und für Futter und Wasser zu sorgen. Die Leute von der Sideshow humpelten und stolperten herein, die meisten ohne fremde Hilfe, manche jedoch auf den Armen ihrer Kollegen – der Mann ohne Arme und Beine, das Mädchen ohne Unterleib, der versteinerte Mann, die Schlangenfrau Serpentina. Sie wurde von einem der Kraftmenschen getragen. Helena fand sich plötzlich mitten im Getümmel, einen von Fräulein Droosts Koffern in der Hand, während sie mit der anderen einem Liliputaner Platz machte, der Gefahr lief, in dem Gedränge zu Boden gestoßen zu werden. Dann ging es Schlag auf Schlag. Sie half dabei, die Truhe, in der Fräulein Gretchen, die kaum ein Meter große Kunstreiterin, ihre Kostüme verwahrte, unter Deck zu bringen. Sie kehrte hinter deren Pony her, das sich vor Nervosität mitten auf dem Deck erleichtert hatte. Sie besorgte eine Decke für Serpentina, die der Kraftmensch im Salon auf einem Sofa abgelegt hatte und die erbärmlich fror. Es schien ganz selbstverständlich, dass man sie von allen Seiten und in einem halben Dutzend verschiedener Sprachen um Hilfe bat. Vielleicht dachten die Leute ja, sie gehörte dazu. Jedenfalls bekam sie, als der schlimmste

Trubel vorbei war, wie alle anderen auch eine Tasse Tee und ein Butterbrot.

»Gerade erst engagiert worden, hm?«, fragte Gretchen, die seit der Reinigungsaktion mit ihrem Pony – es trug den passenden Namen »Bastard« – Sympathie für die Fremde empfand. Mit einem abschätzenden Blick aus runden blauen Augen musterte sie Helena. »Was ist denn Ihre Branche?«

Diese kam nicht dazu, eine Antwort zu geben, denn die Kunstreiterin plauderte sofort weiter. »Schön jedenfalls, dass Sie gleich überall mit anpacken. Durch die Katastrophe sind eine Menge Leute abgesprungen, Bühnenpersonal, Handwerker und so weiter, vor allem auch einige Betreuer der Sideshow-Leute. Da muss jetzt jeder ran, auch die großen Stars – wie ich«, setzte sie mit einem verschmitzten Lächeln hinzu.

»Sie sind sicher sehr berühmt«, sagte Helena.

»Oh ja, das kann man sagen. Ich war schon überall auf der Welt, New York, San Francisco, Marseille, sogar in Adelaide in Australien. Gar nicht schlecht, wenn man auf Fehmarn geboren wurde, nicht wahr? Wo kommen Sie denn her?«

»Hamburg.«

»Ach, da hab ich angefangen. Fräulein Gretchen, die lebende Teepuppe. Das war leichte Arbeit. Ich wurde hübsch angezogen, hab gesungen und getanzt und den Damen Küsschen gegeben. Den Herren manchmal auch. Aber dann bekamen sie eine Kollegin in die Show, die nur siebzig Zentimeter groß war, und neben der sah ich aus wie eine holsteinische Kuh.«

»Ich bitte Sie! Wie eine Kuh!«

Beide brachen in Gelächter aus.

Am späten Nachmittag legte die Tulipan ab. An Deck wimmelte es von bunten Gestalten, die an der Reling lehnten. Bedächtig tuckerte der Dampfer aus dem Hafen hinaus in die offene Javasee. Ein stiller, schöner Abendhimmel breitete sich über dem glatten Meer aus.

Helena stand am Bug des Schiffes und starrte aufs Wasser.

Als die freundliche Stimme des Priesters sie ansprach, drehte sie sich um. »Nun, Fräulein von Odenhof? Werden Sie Java vermissen?«

Sie zögerte, bevor sie sprach. »Ich weiß nicht. Ich habe hier Schreckliches erlebt … Aber ich habe auch etwas Unglaubliches erlebt. Diese Katastrophe hat mir meine Stimme wiedergegeben und meine Kraft. Pater Julian? Würden Sie mir eine Bitte erfüllen?«

»Was ist es denn?«

»Ich möchte heute Abend mit Mrs Wilson sprechen und sie bitten, mich in ihren Zirkus aufzunehmen. Ich bin keine Artistin, aber ich kann Hilfsarbeiten erledigen. Und da die Dame mich nicht kennt, möchte ich Sie bitten, mir sozusagen eine Referenz auszustellen – sofern ich eine verdient habe.«

»Mein liebes Fräulein.« Er griff nach ihren Händen und drückte sie fest. »Das ist ein abenteuerlicher Lebensweg, den Sie da einschlagen möchten!«

»Raten Sie mir davon ab?«

»Keineswegs. Ich bin ja selbst in der ganzen Welt unterwegs gewesen. Ein geregeltes Leben in einem Ordenshaus, das war nie mein Stil. Sobald ich konnte, bin ich entwischt. Nein, nein, Sie haben mein vollstes Verständnis. Ich werde mit Mrs Wilson sprechen.«

»Ich danke Ihnen«, antwortete sie mit einem tiefen Seufzer.

Amsterdam, Holland

In Rechtsanwalt van Houtens Büro in der Keizersgracht saß Mijnheer Heinrich Koloman und las immer wieder die Zeilen des Telegramms, das ihn aus Batavia erreicht hatte.

»Wir müssen auf der Stelle etwas unternehmen, um Ihre Frau da herauszuholen«, begann der Anwalt. »Ich würde vorschlagen ...«

Koloman hob abwehrend die Hand. »Warten Sie noch einen Augenblick, van Houten. Ich muss erst nachdenken, wie wir jetzt am besten vorgehen.«

Er dachte angestrengt nach. Die dumpfe Furcht fiel ihm ein, die er immer wieder vor seiner Frau verspürt hatte. Die Notwendigkeit, sein Testament so zu gestalten, dass sie auf keinen Fall von seinem Tod profitieren würde. Ihre herrschsüchtige Art. Sie hatte ihn fasziniert, sie hatte sein Leben reich und aufregend gemacht, aber sie war auch sehr anstrengend gewesen, und er spürte das Alter. Er fand keinen Geschmack mehr an Aufregungen und Sensationen. Bald würde er nur noch seine Ruhe haben wollen.

Und Mariaan.

Mariaan war zwanzig Jahre jünger als Magda, und sie war sanft, fügsam und freundlich. Ihr Interesse galt der Gärtnerei und der Aufzucht irgendeiner besonderen Rasse von Hühnern, deren Namen er sich nie merken konnte. Vor Mariaan brauchte er keine Angst zu haben, sie konnte er beruhigt in seinem Testament bedenken.

Heinrich Koloman war immer ein kluger Geschäftsmann gewesen. Er wusste, wann man fallende Aktien abstoßen musste.

Sein faltiges Kinn straffte sich, sein Blick aus den wässrig blauen Augen unter den wulstigen Lidern wurde plötzlich vollkommen klar, als er mit entschlossener Stimme sagte: »Ich werde die Scheidung einreichen.«

»Mijnheer!«

»Aber gewiss. Ich weiß, Sie sind ein alter Freund meiner Frau, daher werde ich einen Ihrer Kollegen damit beauftragen. Ich bin nicht bereit, noch länger mit einer Person verheiratet zu sein, die ohne Grund und Anlass wildfremde Menschen niederschießt. Sie muss verrückt geworden sein.«

Van Houten presste die Lippen zusammen. »Das wird sich alles klären lassen, sobald sie wieder in Holland ist.«

»Wenn sie nach Holland will, wird sie die Reise selbst bezahlen müssen.« Heinrich war wieder ganz der kalte Geschäftsmann. »Schicken Sie ihr ein Telegramm, dass ich mich unter den gegebenen Umständen – da an ihrer Schuld ja kein Zweifel besteht – außer Stande sehe, die Ehe fortzusetzen, und die Scheidung einreiche, die zweifellos ohne Schwierigkeiten durchgehen wird.« Er stand auf. »Erledigen Sie das bitte noch für mich, dann können wir unsere Geschäftsbeziehung in beiderseitigem Einvernehmen auflösen. Und nun entschuldigen Sie mich, ich muss zu meinem Anwalt.«

Batavia, Java

In einer heißen, stickigen Zelle des Gefängnisses in Batavia saß Magda, geborene Obermayer, verwitwete Aldermann, seit kurzem geschiedene Koloman, und schrieb.

»… war meine Ehe die Hölle. Vielleicht waren die Aldermanns nicht schlechter als andere Kolonialherren auch, aber mir erschienen sie wie Scharen von Teufeln. Ich hatte mich blenden lassen von Thies' gutem Aussehen und seiner oberflächlich charmanten Art, die auf dem gesellschaftlichen Parkett von Batavia einen so glänzenden Eindruck gemacht hatte. Bald sollte ich feststellen, dass er zu Hause ein völlig anderer war: ein schlaffer, lebensuntüchtiger, aufgeblasener Mensch, der ganz und gar unter der Fuchtel seiner herrschsüchtigen Mutter stand. Nie habe ich eine so durch und durch böse Person erlebt wie Frau Annette. Ich darf mir schmeicheln, einiges an Charakter und innerer Stärke zu besitzen, doch gegen sie kam niemand an.

Wie unerträglich meine Situation war, wurde mir jedoch erst richtig bewusst, als ich Joyoprawiro kennen lernte. Er war in allem das genaue Gegenteil meines Ehemannes. Stark. Kühn. Ein Mann mit einer Vision. Als Gefolgsmann des Prinzen Rangeran Diponegoro wurde er von den Holländern gesucht, ein Preis war auf seinen Kopf ausgesetzt, aber er hatte es verstanden, als einfacher Plantagenarbeiter unter falschem Namen unterzutauchen. Dass sich die Kolonisten niemals für einen Einzelnen ihrer Kulis interessieren würden, kam ihm dabei zu Gute.

Wir verliebten uns leidenschaftlich ineinander. Eine gemeinsame Zukunft war beschlossene Sache. Wir würden Java verlassen und nach Makassar auf der Insel Sulawesi ziehen, wo der Ratu Adil begraben liegt; dort wollte Joyoprawiro Männer um sich scharen, die bereit für einen Guerillakrieg gegen die Kolonialherren waren. Er hatte so viel Vertrauen zu mir, dass er mir den Schatz zeigte, mit dem er den geplanten Aufstand finanzieren wollte. Es war ein Teil der Kriegskasse der Prinzen und bestand zum größten Teil aus gemünztem und ungemünztem Gold, aber auch aus antiken Schmuckstücken.

Hätte ich diese Geschmeide nur nie gesehen! Es muss ein Fluch darauf gelegen haben, denn sie schlugen mich völlig in ihren Bann. Ich konnte nicht anders: In einem unbeobachteten Moment brachte ich das Kleinod an mich, das unser Untergang werden sollte – das Collier mit dem ›aufgehenden Mond‹. Mein Geliebter bemerkte es nicht. Er hatte kein Interesse an Edelsteinen, für ihn waren diese Schmuckstücke trotz ihres historischen Wertes nur etwas, das sich zu Geld machen ließ, um Waffen und Munition dafür zu kaufen. Er dachte an das Java der Zukunft, nicht an das der Vergangenheit.

Niemals hätte ich das Collier mit in die Villa Rafflesia nehmen dürfen, aber ich tat es, denn ich konnte mich nicht davon trennen. Zehnmal am Tag und sogar in der Nacht holte ich es aus seinem Versteck, um es anzuschauen und zu befühlen. Die wundervolle, altertümliche Arbeit, die in Europa ganz unbekannte Form des künstlerischen Entwurfs, vor allem aber der unvergleichliche Diamant lösten eine Art von Besessenheit in mir aus. Um diese Leidenschaft zu stillen, ging ich das hohe Risiko ein, dabei beobachtet zu werden – und wurde entdeckt.

Nie werde ich die grauenhafte Nacht vergessen, in der Frau Annette mich überraschte, als ich vor dem Spiegel stand und den Schmuck an meinem Hals bewunderte. Sie erkannte sofort, dass es mit dem Collier eine ganz besondere Bewandtnis haben musste, und rief nach ihrem Ehemann und Schwager. Im Verlauf der Nacht prügelten sie alles aus mir heraus, was ich wusste, vor allem natürlich das Versteck des Schatzes. Was mit Joyoprawiro geschah, weiß ich bis heute nicht. Otto und Friedhelm zogen los, um ihn zu lynchen; ob sie es vollbrachten oder ob ihm die Flucht gelang, habe ich nie erfahren. Mich, die Schwangere, jagten sie fort, fort von meinen beiden kleinen Söhnen, trieben mich mit Gertenhieben in die Nacht hinaus …

Denn ich war schwanger – von Joyoprawiro. Thies hatte schon längst kein Interesse mehr an mir, ebenso wenig an seinen Kindern; für ihn zählten nur noch Genever und Opium.

Mir gelang es, mich nach Batavia durchzuschlagen, in der Hoffnung, von meiner Familie aufgenommen zu werden, aber als meine Eltern erfuhren, was vorgefallen war, haben sie mich mehr oder weniger verstoßen. Ich bekam gerade noch so viel Hilfe, dass man es mir ermöglichte, mein Kind in aller Stille und Verborgenheit zur Welt zu bringen. Es war ein Mädchen, das auf den Namen Mathilda getauft wurde. Ich ließ es durch meine Zofe Zita einer ehrbaren bäuerlichen Familie übergeben, die dafür bezahlt wurde, es als das eigene Kind auszugeben. Dann kauften meine Eltern mir eine Fahrkarte nach Europa und rieten mir dringend, niemals zurückzukehren. Es war nicht nur die Schande, die sie dazu bewog, es war auch die Angst, meine Beziehung zu einem Rebellen könnte sie selbst in ein schiefes Licht rücken. Ich fuhr also nach Europa, nur von meiner Zofe Zita begleitet, die mir immer treu zur Seite gestanden hat.

Sie war es, die über ihre Freundinnen unter der Dienerschaft Kontakt zu meiner alten Heimat hielt und über die Aldermanns auf dem Laufenden gehalten wurde. Von Joyoprawiro hörte niemand etwas, auch von meinem Kind nicht. Wir erfuhren jedoch, dass Friedhelm gestorben war und sein Erbe eine Sensation ausgelöst hatte. Man kannte ihn in Port Crescent und darüber hinaus als dilettantischen Sammler historischer Schmuckstücke, der von den Fachleuten belächelt wurde, da er sich oft wertloses Zeug andrehen ließ. Als sein Erbe, wie er es gewünscht hatte, geschätzt wurde, schlug der Bericht der Gutachter wie eine

Bombe ein: Der Goldschmied hinterließ Schmuckstücke aus der Zeit des Majapahit-Reiches, für die jeder Sammler und jedes Museum Unsummen bezahlt hätten. Quittungen belegten, dass er sie im Lauf der Zeit von verschiedenen Personen, denen er den Materialwert bezahlte, erworben hatte. Diese Behauptung ließ sich nicht widerlegen, auch wenn man ihm so viel Glück und Zufall nicht glauben mochte, und das Testament wurde nicht angefochten. Mein Sohn Jonathan sollte den Schatz seines Großonkels erben.

Allein das genügte schon, um die Aldermanns den Eingeborenen verhasst zu machen. Hätten sie erfahren, dass der Schatz in Wirklichkeit dem Prinzen Diponegoro gehört hatte, so wäre wohl die Rebellion neu aufgeflammt. Also schwiegen auch diejenigen unter den Europäern, die sich ihr Teil dachten.

Ich fand in Europa einen zweiten Ehemann, der mir ein komfortables Leben ermöglichte, dann einen dritten und schließlich meinen letzten, den Reeder Heinrich Koloman, der mich jetzt in der Not so treulos verlassen hat. Ich wurde zu einer sehr reichen Frau. Aber der Gedanke an den Majapahit-Schmuck, wie er jetzt genannt wurde, ließ mich nicht los. Niemand, so will es mir scheinen, hat je solche Kleinodien gesehen, von so vollkommener Form, solcher edlen Zartheit in der Ausführung, so wundervoll im Schliff und in der Fassung. Keine Frau hätte diesem Wunderwerk der Goldschmiedekunst widerstehen können, und für mich war es zusätzlich ein Andenken an Joyoprawiro. Dennoch, der Schmuck war für mich unerreichbar. Erst hütete Friedhelm ihn, und nach seinem Tod verstaubten die Kostbarkeiten in einem Tresor der königlich-niederländischen Bank und warteten darauf, dass dieser Idiot Jonah einundzwanzig Jahre alt wurde. Konnte ich zusehen, wie solche Schätze in die Hände eines Mannes übergingen, für den sie nicht mehr wären als buntes Spielzeug?

Dass die Aldermanns einen entfernten Verwandten namens Albert von Odenhof hatten, der in Hamburg wohnte, wusste ich,

ich hatte ihn sogar bei einem seiner Besuche in der Villa Rafflesia gesehen. Als ich erfuhr, dass er ein javanisches Mädchen bei sich aufgenommen und adoptiert hatte, war mir klar, dass es sich um meine Tochter handeln musste. Ich hatte nie große Liebe für dieses Kind empfunden – seltsam, da es doch auch Joyoprawiros Kind war –, aber ich freute mich, dass es ihr gut ging und sie bei dem windigen Narren alles hatte, was sie zum Leben brauchte. Es war mir nur recht, dass sie in Deutschland bleiben und niemals nach Java zurückkehren würde, denn in Port Crescent war das Gerede noch sehr lebendig. Fluch über diese Kleinstädte, in denen kein Skandal jemals in Vergessenheit gerät! Ich fürchtete, ihre Rückkehr in die Stadt würde die Erinnerung wiederaufleben lassen, und jemand könnte herausfinden, was damals wirklich geschehen war. Dann würde es sich nicht vermeiden lassen, dass der wahre Ursprung des Schatzes ans Licht kam. Und in dem Fall hätten die holländischen Behörden ihn als einen Teil der Kriegskasse ihres geschworenen Feindes beschlagnahmt. Nie wieder hätte ich hoffen dürfen, in den Besitz der Geschmeide zu gelangen.

Ich wagte es nicht, selbst in Port Crescent aufzutauchen, aus Furcht, dort auf der Stelle ermordet zu werden, wenn die Aldermanns von meiner Anwesenheit Kenntnis erhielten. Also engagierte ich einen Mann, der für mich den Schmuck beschaffen sollte, sei es durch Kauf oder auf andere Weise. Es genügt zu sagen, dass er mich betrog. Er lieferte, was mir zustand, in die Hände Myrtle Aldermanns. Zwar war Jonah nach Recht und Gesetz der Besitzer, aber der Schwachkopf hatte immer nur getan, was sie ihm sagte. Myrtle wusste genau, wie hoch das Risiko war, die Beute wieder zu verlieren. Die Holländer mochten sie beschlagnahmen, die Javaner sie rauben, Fanatiker Rache nehmen an den Weißen, die sie als Diebe betrachteten, Rechtsanwälte Jonahs Geschäftsfähigkeit anzweifeln. Sie bewog ihn, auf der Stelle alles zu Geld zu machen. Ein holländisches Handelshaus kaufte den Schmuck – und wird ihn zweifellos mit hohem Gewinn weiterverkaufen –, und die beiden Kanaillen lachten sich ins Fäustchen. Sie besitzen jetzt, wie Zita mir sagte, ein prächtiges Gestüt an der Ostküste von Java.

Für mich ist der Schmuck verloren. Für mich ist alles verloren. Zwar ist der Dummkopf, den ich angeschossen habe, nicht gestorben, eine Zukunft gibt es für mich trotzdem nicht. Was musste es auch ein weißer Mann sein! Bei einem Javaner, Araber oder Chinesen wäre niemand auf den Gedanken gekommen, eine weiße Frau zu verurteilen, aber so werden sie es tun.

Das heißt, sie würden es tun, wenn ich ihnen die Gelegenheit dazu ließe. Aber die werden sie nicht bekommen.«

Sie überlegte kurz, ob sie noch etwas schreiben sollte, entschied sich dagegen und unterzeichnete den Brief.

Schritte hallten über den unregelmäßigen Fliesenboden des Korridors vor den Zellen. Der harte Schlag eines Knüppels gegen die Türen erinnerte die Gefangenen daran, dass es Zeit war, sich auszukleiden und schlafen zu gehen. In fünf Minuten würde das Licht gelöscht werden, und wehe dem, der dann nicht in seinem Bett lag.

Als das Licht ausging, lag Magda vorschriftsgemäß auf der unteren Pritsche des Stockwerkbetts; sie war allein in der Zelle. Nachtinsekten flatterten durch das Lüftungsgitter herein. Sie wartete, bis die Schritte der Wärterin verhallt waren, dann zog sie unter der Matratze den armlangen Schnürsenkel eines Stiefels hervor. Sie schlang die Schnur um die Metallstangen des Bettrahmens über ihr, knotete eine Schlinge und steckte den Kopf hindurch. Dann zog sie die Decke bis zum Kinn hoch und ließ sich auf den Rücken sinken.

Die Wärterin, die wenig später durch das Guckloch in der Tür schaute, meinte nichts weiter zu sehen als eine Frau, die ruhig im Bett lag und schlief. Erst beim Wecken am Morgen, als ihr die blauroten Flecken im Gesicht der Gefangenen auffielen, schloss sie hastig die Tür auf und eilte zu ihr, aber da war es längst zu spät. Magda Obermayer war schon vor Stunden gestorben.

Batavia, im Jahre 1885

Mathilda Lafarge stieg aus der Dampftramway und ging in Begleitung ihrer Köchin die Straße entlang zum Gemüsemarkt. Dabei stachen ihr die grellbunten Werbeplakate des Zirkus Wilson ins Auge, die über Nacht aufgehängt worden waren. »Erstaunliche und entzückende Darbietungen in einer Atmosphäre, wie sie sich prächtiger nicht ausmalen lässt«, wurde da versprochen. »Platz für fünftausend Zuschauer!«, verhießen die Werbeplakate. »Dressierte Kamele! Edle Pferde! Fräulein Gretchen, die kleinste Kunstreiterin der Welt, führt atemberaubende Kunststücke auf ihrem Pony vor! Anastasia, die einzige Klavier spielende Katze der Welt, verblüfft das Publikum!«

Mathilda seufzte, von einer wehmütigen Erinnerung ergriffen. Sie sah die Szene vor sich, wie sie zu viert am Straßenrand gestanden und tief beeindruckt die Parade des Zirkus Wilson betrachtet hatten. Hätte sie damals gewusst, dass sie Helena bald darauf nicht mehr wiedersehen würde …

Sie schluckte. Die Erinnerung an die verlorene Freundin war immer noch schmerzhaft. Nach wie vor fühlte Mathilda sich als Schwester der jungen Deutschen. Die Katastrophe hatte sie auseinandergerissen, und nun wusste sie nicht einmal, wo in der weiten Welt sie sich aufhielt. Einmal hatte sie Mut gefasst und war zu dem Gestüt gefahren, das Jonah gekauft hatte, in der Hoffnung, dort etwas zu erfahren, aber Myrtle hatte ihr auch nicht weiterhelfen können. Sie hatte selbst Post für Helena: die Nachricht, dass ihre Ehe mit Jonah Aldermann für ungültig erklärt worden war. Aber sie hatte auch nichts weiter tun können, als den Brief, wie abgemacht, in der königlich-niederländischen Bank zu hinterlegen.

Also hatte Mathilda sich von Myrtle – geborene Linton, verwitwete Max Aldermann, verehelichte Jonah Aldermann – verabschiedet und war nach Batavia zurückgekehrt, wo sie ebenfalls einen Brief zu Händen Helena von Odenhofs hinterlegte. Bislang war er jedoch nicht abgeholt worden.

»Oh, hören Sie das? Frau Doktor, hören Sie das?« Die Köchin, eine kleine, dunkelhäutige Frau mit einem mächtigen, rot gepunkteten Kopfputz, packte Mathildas Arm und deutete den Rijkswik entlang. »Da kommt die Zirkusparade!«

Und wirklich: Immer lauter wurde der Klang von Fanfaren und das grelle Gelärm der Tschinellen, das Klappern von Pferdehufen und das aufgeregte Geschrei der Passanten, an denen die Parade vorbeizog. Zwerge sprangen dem Zug voran, schwenkten Fahnen und streuten Konfetti. Ein Riese in roter Livree schritt feierlich hinter ihnen her, auf jedem Arm eine Liliputanerin, beide niedlich wie Puppen, die Kusshände in die Menge warfen und mit Jubel begrüßt wurden. Dann ging ein lang gezogenes »Ooooh!« der Bewunderung durch die Menge. Alle Augen richteten sich auf einen niedrigen, offenen Wagen, der schon durch das riesenhafte Pferd auffiel, das ihn zog: einen Fuchs mit weißblonder Mähne, ein Jütländer Kaltblüter, der mit der Wucht eines Elefanten voranstapfte. Auf der Lafette stand die berühmte Kanone, so blank geputzt, dass die Gesichter der Umstehenden sich darin spiegelten, und davor, in imperialer Pose, der Kanonenkugel-König John Holtum in seinem glitzernden Bühnenkostüm mit schwarzen Lederhandschuhen und einem schweren Schutzschild vor der Brust. Die Arme vor dem gewaltigen, ölglänzenden Oberkörper verschränkt, den Kopf erhoben wie ein Feldherr, blickte er über die Reihen der Zuschauer hinweg, und Mathilda meinte zu spüren, wie das Selbstbewusstsein all der Männer, die sein Blick streifte, sich in Luft auflöste. Holtum war nicht nur ein außergewöhnlich starker, geschickter und mutiger Mann, er war auch sehr hübsch mit seinem dicken, lockigen braunen Haar und dem kecken Oberlippenbärtchen.

Eine junge Frau in grün-silberner Livree führte den Jütländer, der den Kanonenwagen zog. Als sie an Mathilda vorbeiging, wandte sie ihr das Gesicht zu, und beide rissen erstaunt die Augen auf.

Mathilda stürzte so ungestüm vorwärts, dass sie beinahe einen der Zwerge zu Fall gebracht hätte, und ohne sich um die bunt beflitterten, lärmenden Artisten rundum zu kümmern, umarmte sie Helena und drückte sie leidenschaftlich an sich. »Du Liebe! Du Liebe!«, stieß sie atemlos hervor. »Ich hätte nicht gedacht, dass ich dich noch einmal wiedersehen würde! Erzähl, erzähl! Wie geht es dir, und was machst du bei Wilsons Zirkus?«

Helena, die erst völlig verblüfft gewesen und dann vor Freude errötet war, löste die Hände ihrer Freundin von ihrem Hals. »Ich kann's nicht fassen – Mathilda! Ich habe oft gefürchtet, du wärst tot.«

»Wie! Du sprichst? Hast du einen Arzt gefunden, der dich geheilt hat, oder einen Zauberer, der den Fluch von dir genommen hat?«

»Keins von beiden. Aber hör zu, Mathilda, ich kann jetzt nicht mit dir reden, können wir uns in einer Stunde vor der königlich-niederländischen Bank treffen?«

Tatsächlich wurden ihre Dienste bereits vermisst. Der schmucke Herkules auf dem Wagen rief: »Lene, Lene, was ist denn? Geh weiter, du hältst ja die ganze Parade auf!« Mathilda bemerkte, dass sie drauf und dran war, ein Chaos auszulösen, und eilte zurück zum Straßenrand, während Helena mit den Zügeln auf den Hals des Jütländers klatschte und der Wagen im gewohnten Tempo weiterrollte.

Mathilda schickte die Köchin allein nach Hause und setzte

sich in der Nähe des vereinbarten Treffpunkts auf eine Parkbank im Schatten eines Banyan-Baumes.

Sie musste nicht allzu lange warten. Helena, jetzt wieder im damenhaften Kleid, kam mit leichten Schritten die Straße entlang; ihren Sonnenschirm drehte sie anmutig zwischen den Fingern. Mathilda fiel auf, wie entspannt ihr Gesicht war, wie zufrieden und ruhig, das Gesicht einer Frau, die ihren Platz im Leben gefunden hat.

Sie fielen einander um den Hals und umarmten sich zärtlich. Dann saßen sie Schulter an Schulter auf der Bank und erzählten einander, wie es ihnen ergangen war, seit sie sich das letzte Mal gesehen hatten. Vor allem wollte Mathilda natürlich wissen, wie ihre Freundin die Sprache wiedererlangt hatte, und sie hörte von dem Schock der gewaltigen Explosion, der der Stummen die Zunge gelöst hatte, vor allem aber von dem Gespräch mit Pater Julian, das sie von Schuld und Angst befreit hatte.

Helena erzählte ihr alles, bat dann jedoch: »Lass uns nicht mehr darüber reden. Ich möchte es vergessen und mich ganz auf mein jetziges Leben konzentrieren.«

»Du hast sicher viel Aufregenderes erlebt als ich!«, rief Mathilda. »In meinem Leben ist seit der Katastrophe kaum etwas passiert. Paul reist durchs Land, untersucht Fälle von Kinderlähmung und behandelt Kranke, und ich helfe ihm dabei.«

»Ist er noch immer …« Helena dämpfte die Stimme, obwohl der Park um sie herum verlassen in der Mittagssonne lag. »… noch immer politisch tätig?«

Mathilda legte in einer bedeutungsvollen Geste den Zeigefinger auf die Lippen und lächelte.

»Oh. Entschuldige. Dann reden wir besser davon, was mir sonst alles widerfahren ist.« Sie begann zu berichten, wie es gekommen war, dass sie die Villa Rafflesia verlassen und den Vulkanausbruch überlebt hatte, und wie sie sich, statt Pater Julian zu seinen Nonnen zu folgen, dem Zirkus angeschlossen hatte.

Mathilda staunte. »Du musst ein wunderbares Leben haben.«

»Nun ja … so aufregend ist es auch wieder nicht, wenn du dreimal am Tag dieselbe Schau siehst. Aber natürlich gibt es immer wieder etwas Neues, und vor allem sind wir dauernd auf Reisen. Würdest du mir glauben, dass ich schon in Australien war?« Sie erzählte, wie sie als »Mädchen für alles« in der Sideshow angefangen hatte, wo sie sich vor allem um die hilflosen »Wunder der Natur« wie den versteinerten Mann oder die knochenlose Serpentina gekümmert hatte, während sie nebenbei Kostüme flickte, Haare ondulierte, die Katze Anastasia bürstete und Fräulein Gretchens widerborstiges Pony spazieren führte. Sie begleitete die staunenden Besucher durch die Sideshow und erzählte ihnen in vier Sprachen die – zumeist frei erfundenen – Lebensgeschichten der »Wunder der Natur«.

Helena lachte. »Ich bekam ein Jagdkostüm und einen Tropenhelm verpasst und wurde als die Tochter eines Forschers präsentiert, der angeblich alle diese Leute unter Lebensgefahr aus den finstersten Ecken der Erde zusammengetragen hat. Serpentina, so erzählten wir, war als Säugling im Dschungel von Schlangen verschleppt worden, während ihre Mutter Feuerholz sammelte, und durch das Aufwachsen im Nest allmählich selbst zur Schlange geworden. Dabei ist sie die Tochter einer Näherin aus Dortmund, die sie zum Zirkus gab, weil sie das hilflose Mädchen nicht länger versorgen konnte.«

Dann hatte Mrs Wilson bemerkt, dass das neue Mitglied ihrer Truppe eigentlich sehr hübsch war, und sie zur Assistentin des Liliputaners gemacht, der als Zauberer auftrat. Später wurde sie zur Assistentin für alle, die gerade eine brauchten: Sie führte Pferde in die Manege, rollte das vergoldete Wägelchen herein, in dem die Katze Anastasia zu ihren viel bestaunten Auftritten gebracht wurde, und reichte John Holtums Kanonenkugel im Publikum herum zum Beweis, dass es wirklich eine massive Kugel und kein billiger Trick war.

Bei der Erwähnung des Namens Holtum errötete sie so sehr, dass Mathilda sofort ausrief: »He! Sag bloß!«

»Was soll ich sagen?« Helena stotterte vor Verwirrung. »Er ist einfach ein ungemein netter Kollege. Man denkt, ein solcher Kraftmensch müsste auch im Inneren ein wilder Kerl sein, aber er ist sanft und liebenswürdig und … und er sieht ja auch sehr gut aus. Ich meine, da ist es doch klar, dass ich ihn mag.«

»Ja, sicher«, bestätigte Mathilda, blickte die Freundin aber weiterhin mit brennender Neugier an.

Helena plapperte hastig weiter, wobei ihre Wangen mittlerweile tiefrot glühten. »Alle mögen ihn, Männer wie Frauen. Er hat eine ungemein starke Ausstrahlung, deshalb ist er auch so erfolgreich. Nach der Vorstellung muss man die Verehrerinnen förmlich von ihm herunterklauben, aber er ist durch und durch Artist. Weibergeschichten, wilde Feste oder Alkohol, das gibt es für ihn nicht. Er sagt, es sei seine Lebensversicherung, ständig in Topform zu sein; und dann erzählte er uns von dem Italiener, der seine Show nachahmen wollte und von der Kugel in zwei Stücke zerrissen wurde. Der war einfach nicht trainiert genug. John sagt …«

Es wurde ein langer Bericht darüber, was John so sagte, dachte und tat. Mathilda las zwischen den Zeilen und fand, dass Helena sehr viel Zeit mit dem berühmten Artisten verbringen und sehr intime Gespräche mit ihm führen musste, um das alles in Erfahrung zu bringen – sie, die früher einen Mann nicht mit der Mistgabel angerührt hätte!

»Er mag dich sicher auch?«, fragte sie vorsichtig. »Ich meine, als Kollegin?«

Erneut lief Helena rot an. »Ja, schon … Er mag mich. Er nennt mich immer seine Lehrerin. Er ist kein dummer Muskelprotz, musst du wissen. Zwar hat er kaum eine formale Ausbildung, aber er ist intelligent und sehr offen, wir sprechen über alles, was in der Zeitung steht und was einen sonst noch beschäftigt …«

»Jetzt komm schon, lass die Katze aus dem Sack!«, grinste Mathilda. »Du bist in ihn verliebt, nicht wahr? Und er in dich?«

Helena blickte verschämt zu Boden. »Ja«, flüsterte sie.

»Dann musst du dich sehr verändert haben.«

»Glaubst du, man kann ein solches Ereignis wie die Explosion des Krakatau miterleben, ohne sich dadurch zu verändern? Es war nicht allein, dass ich durch den Schock meine Stimme wiederfand. Ich wurde auch meinen Verfolger los, und das war es, was mich gesund machte. Ich habe mit Pater Julian lange darüber gesprochen … Er versicherte mir, dass Gott niemals ein Kind strafen würde, weil es sich seiner Haut gewehrt hat. Was dem Mann widerfuhr, war ein Unglück, an dem er selbst die Schuld trug. Und er sagte mir auch, dass das, was ich für ein Zeichen des zürnenden Himmels gehalten hatte – ein Toter, der drohend die Hand hebt –, eine ganz natürliche Sache sei, die sich oft in solchen Fällen ereignet. Du kannst dir wohl vorstellen, welch ein Stein mir vom Herzen fiel. Von da an schien in meinem Leben wieder die Sonne.« Sie lächelte. »Weißt du, dass ich sogar mit recht freundlichen Gefühlen an Jonah Aldermann zurückdenke?«

»Nun, er hat dir ja auch nichts getan, sondern dich sogar gerettet, wenn auch nur, weil er dich loswerden wollte.«

»Auf jeden Fall gönne ich ihm seinen Reichtum. Und nun … ach, Mathilda, du weißt gar nicht, wie sehr ich dich vermisst habe!«

»Nicht mehr, als ich dich vermisst habe.«

»Ich werde es nur schwer ertragen, wieder von dir Abschied zu nehmen«, sagte Helena mit einem Seufzer, »aber wir bleiben nur eine Woche hier, dann steht schon wieder ein Gastspiel in Singapur auf dem Programm. Sag mir nur, dass du glücklich bist.«

»Ich bin sehr glücklich. Ich lebe wieder in meiner Heimat, und Paul ist ein guter Ehemann, einer, der meinen Traum von einem freien Java mitträgt. Das verbindet uns noch mehr als unsere Heiratsurkunde. Ach, übrigens! Warst du schon auf der Bank?«

»Ja. Was glaubst du, wie froh ich war, als ich das Dekret in

Händen hielt, das diese absurde Ehe für ungültig erklärte! Aber ich glaube, Myrtle war noch froher, als sie es hinterlegen konnte. Hat sie ihn jetzt eigentlich geheiratet?«

»Gewiss. Und sie sind erstaunlich glücklich miteinander.«

Eine Weile plauderten sie noch über gemeinsame Bekannte und Erlebnisse, dann erhob sich Mathilda. »Ich muss nach Hause.«

Auch Helena stand auf. Sie verabschiedete sich mit einem zärtlichen Kuss. »Ich wünsche dir alles Glück der Erde für dein Leben mit Paul.« Keine der beiden fragte: Wirst du mich besuchen? Werden wir einander wiedersehen? Sosehr sie einander immer noch liebten, ihre Wege hatten sich endgültig getrennt.

Einen Augenblick hielten sie einander noch fest in den Armen, dann lösten sie sich voneinander, und jede schritt schweren Herzens in eine andere Richtung davon, jede in ihr eigenes Leben.

Nachwort

Die Stadt Port Crescent, der Majapahit-Schatz und die geschilderten Ereignisse rund um Helena von Odenhof, ihre Freunde und Feinde sind Fiktion. Pater Julian Tenison-Woods jedoch ist eine historische Person, er hielt sich zur Zeit der Katastrophe in Westjava auf und verfasste einige der wichtigsten Berichte über das Unglück. Auch Prinz Rangeran Diponegoro existierte tatsächlich und wird als Anführer des javanischen Freiheitskampfes 1825–1830 heute noch als Volksheld verehrt. Unter den Schätzen, die zur Erinnerung an ihn im Sasana-Wiratama-Museum in Java aufbewahrt werden, befinden sich der Dolch Kyai Omyang und das Schwert, denen die Kraft zugeschrieben wurde, Java vor Katastrophen zu schützen. Und schließlich sind auch der Zirkus Wilson und sein Star, »Kanonenkugel-Holtum«, historisch belegt.

Bei der Schilderung des Vulkanausbruchs habe ich mich – mit einiger dichterischer Freiheit im Detail – eng an die tatsächlichen Ereignisse gehalten, wie sie von Augenzeugen berichtet und in zeitgenössischen Dokumenten festgehalten wurden.

Ewald Arenz im dtv

»Was bei Patrick Süskinds ›Das Parfüm‹ die Nase ist, wird bei Ewald Arenz der Gaumen. Der Sinn des Lebens wird zum Geschmackstest, die Sinnlichkeit eine Frage des Überlebens.«
Abendzeitung

Der Duft von Schokolade

Roman

ISBN 978-3-423-13808-6

Wie gewinnt man das Herz einer schönen, aber unnahbaren Frau? Im Wien des ausgehenden 19. Jahrhunderts greift Leutnant August Liebeskind zu einer ungewöhnlichen Verführungstaktik. Er erlernt das Handwerk eines Chocolatiers. Aus exotischen Gewürzen, edler Schokolade und viel Liebe kreiert er außergewöhnliche Pralinés, um nicht zu sagen: die absolute Versuchung. Seine Strategie scheint aufzugehen - die geheimnisvolle Elena Palffy erliegt den Reizen ihres »Schokoladesoldaten«.

Der Teezauberer

Roman

ISBN 978-3-423-13978-6

Eigentlich müsste Jakob glücklich sein: Er liebt seine Frau, seine kleine Teehandlung, und er kann auf Worten reisen. Wenn er vorliest, werden die Geschichten vor den Augen seiner Zuhörer zu Bildern. Er selbst träumt von einem Leben auf Tucholskys ›Schloß Gripsholm‹ oder im Chicago alter Filme. Getrieben von diesen Wunschbildern reist er in die Stadt, die schon immer ein Tor zu anderen Welten war: Hamburg. Dort wird ihm ein geheimnisvoller Tee serviert und das Wunderbare geschieht. Seine Traumwelt wird zur Wirklichkeit.

Ehrlich & Söhne

Bestattungen aller Art

ISBN 978-3-423-14051-5

Voller Situationskomik und Dialogwitz erzählt Ewald Arenz von den drei Generationen einer Bestatterfamilie, die einen Trauerfall, eine Liebesgeschichte und einen Krimi zugleich erleben.